Un protecteur dans l'ombre

Dans les bras de son ennemi

CAROL ERICSON

Un protecteur dans l'ombre

Traduction française de
CATHERINE VALLEROY

BLACK ROSE

HARLEQUIN

Collection : BLACK ROSE

Titre original :
ARMY RANGER REDEMPTION

Ce roman a déjà été publié en 2017

HARPERCOLLINS FRANCE
83-85, boulevard Vincent-Auriol, 75646 PARIS CEDEX 13
Service Lectrices — Tél. : 01 45 82 47 47 - www.harlequin.fr
ISBN 978-2-2804-8996-6— ISSN 1950-2753

Composé et édité par HarperCollins France.
Imprimé en mars 2023 par CPI Black Print (Barcelone)
en utilisant 100% d'électricité renouvelable.
Dépôt légal : avril 2023.

FSC
www.fsc.org
MIXTE
Papier issu de sources responsables
FSC® C159065

Pour limiter l'empreinte environnementale de ses livres, HarperCollins France s'engage à n'utiliser que du papier fabriqué à partir de bois provenant de forêts gérées durablement et de manière responsable.

1

L'estomac noué par l'appréhension, Scarlett sortit sous le porche de sa maison. Poussés par le vent, des nuages cachaient le croissant de lune, masquant par instants les arbres situés devant le bungalow. Retenant son souffle, elle scruta l'obscurité.

Puis elle tendit l'oreille, à l'écoute des bruits de la forêt : le bruissement des feuilles mortes, le craquement des brindilles, le doux roucoulement des engoulevents.

Le cri qu'elle avait cru entendre n'était-il qu'un tour de son esprit ? Cela ressemblait à un animal hurlant à la mort.

Son retour de New York ne remontait pas à plus d'une semaine et, déjà, elle était sur les nerfs. Elle n'avait pourtant plus rien à craindre des manigances de Jordan Young. Duke Harper, l'agent du FBI, l'avait abattu pour protéger Beth St. Regis.

Les hommes du shérif avaient aussi passé sa propriété au peigne fin, pour s'assurer que Young et ses acolytes n'avaient pas posé d'autres pièges.

Elle n'avait donc aucune raison d'avoir peur. Mais elle était angoissée.

Avant même d'entendre ce cri, elle était mal à l'aise. N'arrivant pas à en définir la cause, elle en avait conclu que c'était dû aux suites de la transe à laquelle elle s'était livrée pour aider Beth. Chaque fois qu'elle se servait des pouvoirs extrasensoriels hérités de sa grand-mère quileute, elle restait nerveuse des jours durant.

Une main en porte-voix, elle cria :

— Hello ? Il y a quelqu'un ?

Elle ne s'attendait pas à une réponse, mais cela valait mieux que de trembler sans raison sous le porche. Seul le sifflement du vent dans les arbres lui répondit.

Avec un soupir, elle pivota sur elle-même, non sans jeter un dernier coup d'œil derrière elle. Elle claqua la porte d'entrée puis essaya de fermer le verrou. Comme d'habitude, il était bloqué. Elle renonça au bout de quatre tentatives.

Ce verrou était une idée de sa grand-mère, mais Scarlett ne l'avait jamais utilisé. Et, maintenant qu'elle en avait besoin, ce satané truc avait rouillé. Il faudrait qu'elle le remplace.

Tirant le rideau devant la porte, elle revint à son fauteuil près de la cheminée. Les jambes repliées sous elle, elle reprit sa lecture devant le feu crépitant. À peine cinq minutes plus tard, un coup sonore retentit à la porte, faisant à nouveau battre son cœur.

Cette fois, elle s'empara du tisonnier et prit son téléphone, même si le réseau était défaillant, comme toujours. Un coup plus fort la fit sursauter. Un judas, voilà ce qui lui manquait. Pourquoi n'en avait-elle pas fait installer un en même temps que le verrou ?

Repoussant le voilage de la fenêtre située à côté de la porte, elle risqua un œil dehors. La silhouette d'un homme de grande taille se découpait dans la lumière du porche. Elle déglutit et recula. Le mouvement dut cependant attirer l'attention de l'homme, car il se tourna vers elle.

— Tout va bien, chez vous ?

Relevant le rideau, son portable en évidence, elle demanda :

— Qui êtes-vous ? Que voulez-vous ?

— Je m'appelle Jim Kennedy. J'ai une maison par là, dit-il en agitant la main derrière lui. J'ai entendu du bruit et je suis venu voir si tout allait bien.

Scarlett se méfiait toujours. Il avait l'air sincère, mais cela pouvait être un piège.

— Jim Kennedy ?

— Oui, mon père avait une maison, un peu plus loin sur la route. Et c'étaient les Butler qui habitaient ici. Vous n'êtes pas Gracie Butler, si ?

Kennedy. Ce nom lui disait quelque chose. Elle avait rencontré l'homme, ou plutôt le garçon autrefois. Un adolescent taciturne et solitaire.

— Les Butler ont vendu et déménagé dans l'Idaho, pour être plus près de Gracie et de son mari.

— Alors, vous êtes du coin ?

Ils ne pouvaient pas continuer à crier ainsi à travers la porte. En l'ouvrant, elle pensa fugacement qu'elle avait aussi connu Wyatt Carson, ce qui ne l'avait pas empêché de s'avérer être un psychopathe.

L'homme recula d'un pas, comme surpris qu'elle lui ouvre. Elle jaugea du regard son mètre quatre-vingt. Lui, au moins, ne devait pas avoir peur d'errer la nuit.

— Je m'appelle Scarlett Easton, dit-elle en tendant la main. J'ai grandi dans la réserve, mais je suis allée au lycée Timberline High. Tu étais dans mon cours de géométrie.

Il cilla brièvement, et elle sentit le rouge lui monter aux joues. Pourquoi lui avait-elle rappelé ça, au nom du ciel ? Parce qu'elle copiait parfois sur lui. Pas à cause de sa frange de cheveux noirs ébouriffés ou de sa moto.

Elle s'éclaircit la gorge.

— Le cours de M. Stivers ? En première ?

— Scarlett, ah oui. Tu copiais tout le temps sur moi.

— De temps en temps, dit-elle avec un mince sourire. Tu veux entrer ? J'ai aussi entendu du bruit. Un hurlement, ou... je ne sais pas.

— Volontiers.

Elle ouvrit la porte plus largement, et il franchit le seuil en boitant. Elle détourna le regard. Cette boiterie était nouvelle. Venait-il de se tordre la cheville ?

— Tu as vu quelque chose ?

Une rafale de vent lui arracha la porte des mains et la fit claquer.

Jim fit le tour de la pièce de sa démarche bancale, passant les doigts sur une table sculptée, effleurant un coussin peint à la main, étudiant les aquarelles au mur.

— On dirait un musée ici.

— Mes œuvres sont à vendre, si ça t'intéresse.

— Ah oui ! dit-il en claquant des doigts. Tu suivais les cours de peinture au lycée. Tu as été renvoyée pour avoir peint une fresque sur le mur du gymnase.

— Une de mes meilleures œuvres.

Il se pencha pour étudier une aquarelle.

— Tu es sortie juste après avoir entendu le bruit ?

— Comment sais-tu que je suis sortie ?

La gorge nouée, elle recula vers la porte et posa les doigts sur la poignée.

— J'ai entendu la porte claquer.

Se redressant, il fourra les mains dans les poches de son jean noir.

— J'en ai déduit que c'était ici, puisqu'il n'y a pas d'autre maison dans le coin, n'est-ce pas ?

— N… Non.

Était-il obligé de lui rappeler son isolement ? Et comment avait-il entendu sa porte claquer à plus d'un kilomètre ? Le bungalow des Kennedy était vide depuis qu'elle avait acheté le sien, mais elle savait qu'il était situé à bonne distance. Elle s'humecta les lèvres.

— Laisse-moi comprendre. Tu as entendu un cri depuis chez toi, tu es sorti pour te rendre compte et tu as entendu ma porte claquer ?

— Non.

Il se dirigea vers la cheminée, où une bûche venait de tomber dans une gerbe d'étincelles.

— Tu as un tisonnier ?

Se retournant, Scarlett saisit l'instrument, qu'elle avait posé près de la porte. Si Kennedy avait un geste malheureux, elle n'hésiterait pas l'employer contre lui. Mais par quel bout le tenir ?

Sous ses paupières mi-closes, Jim lui glissa un regard amusé.

— Je faisais un tour quand j'ai entendu du bruit. Je savais que le bungalow des Butler était dans le secteur, alors je suis venu voir, et c'est là que j'ai entendu la porte claquer.

Se redressant, Scarlett s'avança vers lui, en pointant le tisonnier droit devant elle.

Il le saisit par le milieu et remit la bûche en place, qui s'enflamma rapidement.

— Donc, tu es sortie ou tu as juste ouvert la porte ?

— Je suis sortie, mais je n'ai rien entendu d'autre. Je pense que ce devait être un animal blessé. Soit il est mort, soit il est parti.

— Peut-être, dit-il en haussant les épaules. C'était un son… familier.

Elle avait cru qu'il allait dire humain, parce que c'était ainsi qu'elle-même l'avait perçu.

— Ça m'a donné la chair de poule.

Elle tendit les mains vers le feu et, se reflétant sur ses bagues, les flammes projetèrent des éclats de lumière sur le mur.

— Je vais te laisser reprendre ta lecture, dit-il en jetant un coup d'œil au livre ouvert dans le fauteuil. Comme il y avait de la lumière, je voulais m'assurer que tout allait bien.

— Merci.

Elle le raccompagna à la porte qu'elle ouvrit largement. Une odeur masculine et boisée lui chatouilla les narines quand il franchit le seuil. Prise d'une impulsion, elle lui toucha le bras.

— Et où étais-tu toutes ces années, Jim Kennedy ?

Il se retourna en écartant ses cheveux noirs et, pour la première fois, elle remarqua la cicatrice qui lui barrait le front.

— Par-ci, par-là.

Immobile, elle le regarda descendre le perron de sa démarche inégale. Alors qu'elle allait refermer, un hurlement s'éleva soudain du bois.

— C'était tout près ! lança Jim en se mettant à courir avec une agilité surprenante.

— Attends-moi, s'exclama Scarlett en lui emboîtant le pas.

Elle faillit trébucher contre son dos et s'accrocha à son blouson de cuir.

— Hé, qui va là ? cria Jim

Il éclaira les arbres à l'aide d'une lampe de poche prise dans son blouson.

Il s'est équipé, songea Scarlett. Puis elle vit le revolver qu'il tenait de l'autre main. *Mais dans quel but* ? Elle lâcha son blouson, et il poursuivit son chemin, se frayant un passage au milieu des arbres.

Scarlett resta en arrière, se tordant les mains. Qu'était-il venu faire ? Pourquoi avait-il une arme ? Elle connaissait les armes de chasse, et ce revolver n'avait rien de commun avec elles.

Tandis que Jim multipliait les appels, elle décida de rentrer chez elle et de s'enfermer. Elle n'ouvrirait plus à personne, ancien condisciple ou non. Jim Kennedy pouvait aller promener son allure sexy ailleurs.

Allumant la lumière de son téléphone pour s'orienter dans le noir, elle fit un pas dans ce qu'elle croyait être la direction de sa maison.

À cet instant, une main lui agrippa la cheville.

2

Un hurlement terrifié lui glaça le sang. *Scarlett !*

Pourquoi ne l'avait-elle pas suivi ? Pourquoi l'avait-il laissée en arrière ?

— Scarlett ?

Il revint maladroitement sur ses pas, maudissant sa mauvaise jambe. Et ceux auxquels il la devait.

Un nouveau cri s'éleva, tout aussi fort, mais peut-être moins frénétique. Précédé du faisceau vacillant de sa lampe, Jim pressa le pas, se glissant sous les branches pour aller plus vite.

— Scarlett ?

— Je suis là.

Soudain il la vit, recroquevillée à ses pieds. Stoppé dans son élan, il s'accrocha à une branche pour ne pas perdre l'équilibre.

— Que s'est-il passé ?

Elle désigna les broussailles derrière elle.

— Là. Il y a un homme. Il est blessé ou…

Jim s'accroupit près d'elle et, en éclairant les buissons, distingua un bras tendu et un poing. Écartant le feuillage, il posa deux doigts sur la gorge de l'homme.

— Il est mort. Comment l'as-tu vu sans lumière ?

— Il m'a attrapé la cheville, balbutia-t-elle. Tu es sûr qu'il est mort ?

— Quoi ?

Se rapprochant un peu, Jim posa la main sur la poitrine de l'homme. Sa chemise était poisseuse de sang. Il se pencha en avant pour détecter une respiration.

— Appelle le 911.

— Il n'y a pas de réseau ici. Il faut aller sur la route.

— Il est mort, déclara Jim en désignant le corps. Il n'ira nulle part. Je vais venir avec toi.

— Qu'est-ce qui lui est arrivé ?

Scarlett se redressa sur ses genoux et prit la main que Jim lui tendait.

— Il a une blessure à la poitrine. J'ignore ce qui l'a causée, mais il a perdu beaucoup de sang. Ça m'étonne qu'il ait eu assez de force pour te saisir la cheville ou même pour se rendre compte que quelqu'un passait par là.

Quand elle fut debout, il sentit son parfum légèrement musqué.

— Ce sont sûrement ses gémissements que nous avons entendus. Il a perdu connaissance, puis s'est réveillé quand je suis passée et m'a touchée dans un dernier effort.

Elle replia la jambe et se frotta la cheville.

— Allez viens, dit Jim en lui prenant la main. Vu la quantité de sang qu'il a perdue, il n'aurait pas survécu, même si nous l'avions découvert plus tôt.

Quand ils furent sur le chemin, Jim se mit à courir, entraînant avec lui Scarlett. L'idée de tomber sur celui qui avait tué l'homme ne lui plaisait pas du tout.

À l'intersection avec la route, à la hauteur de sa boîte aux lettres, Scarlett lui tira le bras.

— Ça y est, j'ai du réseau.

— Laisse-moi faire.

Il lui prit le téléphone des mains et expliqua en détail ce qu'ils avaient vu à l'opérateur. Puis il raccrocha et laissa tomber l'appareil dans la paume de Scarlett.

— Tu as vu son visage ? lui demanda-t-elle. Tu le connais ?

— Je n'ai pas vu ses traits, mais je doute de le connaître.

Ça fait un bout de temps que je ne suis pas venu à Timberline. En tout cas, j'ai son sang sur les mains, dit-il en tendant ses doigts à la lueur de sa lampe.

— Beurk ! Tu veux que j'aille chercher de quoi te nettoyer pendant qu'on attend les flics ? J'ai du papier absorbant dans la voiture.

— Mieux vaut le garder jusqu'à ce que les hommes du shérif y jettent un coup d'œil.

Il se tourna vers elle.

— Qu'est-ce qui s'est passé là-bas ? Pourquoi as-tu cessé de me suivre ?

— Je…

Elle lança un bref regard à la poche où il avait fourré son arme.

— Je n'avais pas envie de m'enfoncer aussi loin dans les bois.

Surtout en compagnie d'un homme armé. Un homme qu'elle venait de rencontrer, même s'ils étaient allés au lycée ensemble.

Une femme pleine de sagesse, songea Jim.

— Et le type t'a saisi la cheville comme ça ? Il t'a fait mal ?

— Non, mais ça m'a surprise, et j'ai trébuché.

— Comment t'es-tu rendu compte qu'il était blessé ?

— En tombant, j'ai secoué la jambe pour me dégager. J'avais le téléphone en main pour m'éclairer, et j'ai vu sa main inerte. Elle ne bougeait pas du tout. J'ai quand même crié encore, juste au cas où.

— Je t'ai entendue les deux fois. Tu n'as pas vu son visage ?

— Je n'avais qu'une idée, m'enfuir, mais je ne pouvais pas bouger, j'étais comme paralysée. En tout cas, je n'avais aucune envie de le regarder.   toi, tu l'as vu ?

— Non, dit Jim en secouant la tête. Mais tu le connais peut-être. C'était peut-être un ami qui te rendait visite…

— À moi ? dit Scarlett en haussant les sourcils. Je ne pense pas. Les seules personnes qui viennent me voir, ce sont mes cousins Jason et Annie. Et ce n'était pas la main de Jason.

— On le saura bien assez vite. J'entends des sirènes…

Ils virent bientôt la lueur sinistre des gyrophares tournoyer dans l'air humide de la nuit.

Jim agita sa lampe de poche pour signaler leur position. Une ambulance, un camion de pompiers et une voiture de patrouille s'arrêtèrent dans un grand crissement de frein devant la boîte aux lettres.

Jim courut jusqu'à la voiture de patrouille et frappa à la fenêtre. Un adjoint descendit sa vitre.

— Vous pouvez prendre le chemin. Le corps est dans les bois, à quelques mètres du sentier.

L'homme fit signe à l'ambulance de les précéder, et la voiture de patrouille la suivit.

Jim et Scarlett les rattrapèrent au moment où l'agent de police descendait de voiture.

— Qu'est-ce qui se passe, Scarlett ? Encore des coups de feu ou des pièges à ours ?

Jim jeta un coup d'œil à la jeune femme. Elle ne lui avait pas parlé de cela. Marcher sur un piège, c'était tout ce qu'il lui fallait, avec sa jambe.

— Cody, tu te souviens de Jim Kennedy ? dit-elle en le désignant.

Jim serra la main de Cody. Ce devait être l'adjoint Cody Unger, à présent. Autrefois, c'était le *quarterback* du lycée, un type réglo. Il ne l'avait pas bien connu, n'appartenant pas à la même bande que lui.

— Kennedy, le salua Unger avec un signe de tête. C'est toi qui l'as trouvé ?

— Non, c'est Scarlett, répondit-il. Mais je l'ai examiné. Il est blessé à la poitrine et a perdu beaucoup de sang. Par là.

Il prit la tête du groupe avec sa lampe de poche.

— Où est le shérif ? demanda Scarlett.

— Je l'ai appelé. Il ne se sent pas bien, alors il m'a dit de me débrouiller.

Jim s'arrêta et désigna de sa lampe le bras étendu sortant des broussailles.

— Le voilà. Le reste du corps est caché par le feuillage. Je ne sais pas comment il est arrivé là, mais Scarlett et moi avons entendu un cri un peu plus tôt. Ce devait être lui.

— Les collègues sont en route, ils vont quadriller la zone.

Unger s'accroupit près du corps et écarta les buissons pour éclairer le visage de l'homme.

— Je ne le connais pas. Laissons le champ libre aux secours.

Les ambulanciers les contournèrent, et Jim et Scarlett retournèrent avec Unger sur le sentier.

— On peut aller parler chez toi, Scarlett ?

— Je suis contente que tu le proposes, dit celle-ci en reniflant. Il fait plutôt frisquet dehors.

En chemin, ils croisèrent deux autres adjoints, et Unger leur ordonna de chercher des indices et de vérifier l'identité de l'homme.

Dans la maison, Unger prit un kit dans le sac qu'il portait en bandoulière.

— Je vais prendre un peu du sang sur tes mains, Kennedy. Ensuite, tu pourras te les laver.

Jim tendit une main, paume en l'air, et Unger préleva un échantillon de sang avec un bâtonnet. Il le déposa sur une lamelle, colla une autre lamelle par-dessus et laissa tomber le tout dans un sachet en plastique.

— Tu peux te nettoyer, maintenant. Merci d'avoir pensé aux indices.

— Première porte à droite, indiqua Scarlett en lui tapotant le bras.

La salle de bains, elle aussi, ressemblait à une galerie

de peinture, avec sa bordure de fleurs et d'angelots, et son miroir en bois sculpté.

Jim se savonna les mains. Il n'avait pas envie de salir les serviettes artistiquement disposées, aussi prit-il des mouchoirs en papier pour se sécher. Il les jeta ensuite dans les toilettes et tira la chasse d'eau.

Puis il se pencha vers le miroir et fit une grimace à son reflet. Comment diable se retrouvait-il mêlé à une histoire de meurtre une semaine à peine après son retour à Timberline ? Ce n'était pas le meilleur moyen de rester discret.

En retournant dans le salon, il interrompit Scarlett qui était en train de mimer le moment où l'homme l'avait saisie à la cheville.

— Je me suis débattue, j'ai crié et je suis tombée, mais je ne sais pas bien dans quel ordre.

Unger se tourna vers Jim, calepin en main.

— C'est à ce moment-là que tu es revenu sur tes pas ? Quand tu l'as entendue crier ?

— J'ai couru dans sa direction, et elle m'a montré le corps.

Il essuya ses mains encore humides sur son jean.

— C'est comme ça que je me suis mis du sang sur les mains. J'ai tâté son pouls et écouté sa respiration. Il était mort.

— Tu as une formation aux premiers secours, Kennedy ? demanda Unger en tapotant le calepin avec son stylo.

— J'ai fait six ans dans l'armée comme tireur d'élite. Je sais reconnaître un cadavre quand j'en vois un et je sais quand il est trop tard pour les secours.

Tout en soutenant le regard d'Unger, il entendit Scarlett reprendre son souffle. Un lent sourire éclaira le visage d'Unger.

— J'imagine que tu sais ce que tu fais. L'un de vous a-t-il reconnu le mort ?

— Je n'ai pas bien regardé ses traits, et Scarlett n'a pas

vu son visage. Il avait une barbe. Je l'ai sentie quand j'ai écouté sa respiration.

— Tu l'as reconnu, Cody ? demanda Scarlett. Tu l'as regardé, n'est-ce pas ?

— Un type d'un certain âge, barbu, rouquin. Je ne me souviens pas de l'avoir vu par ici, mais les conditions ne sont pas optimales pour identifier un cadavre.

Il fourra son calepin dans sa poche.

— Bon, j'ai vos témoignages. Si j'ai d'autres questions, je vous le ferai savoir. Ça pourrait être un accident. Je ne sais pas encore ce qui a causé sa blessure, mais s'il s'avère que c'est un homicide, on appellera les gars du comté, et ils voudront certainement vous interroger de nouveau.

Jim raccompagna Unger et sortit sous le porche avec lui. Scarlett prit une veste et leur emboîta le pas. Avait-elle l'intention de ressortir ? se demanda Jim.

Unger montra les arbres entourant le bungalow.

— Tu devrais faire couper ces arbres, Scarlett. La plupart des bungalows ont été construits dans des clairières. Je ne sais pas pourquoi les Butler n'ont pas fait défricher quand ils possédaient la maison.

— C'est une des choses qui m'ont plu ici, l'intimité. J'en ai besoin pour mon travail.

— Les peintres n'ont-ils pas besoin de lumière ? questionna Jim en croisant les bras.

— Pas pour le genre de peinture que je fais.

Il ne connaissait rien à la peinture ni aux artistes, en dehors des tatoueurs, si bien qu'il se tut.

Scarlett lui prit soudain le bras.

— Ils l'emmènent !

Entre les arbres, Jim vit les ambulanciers pousser une civière sur le chemin d'accès. Ils s'arrêtèrent devant les portes ouvertes de l'ambulance. Ils avaient remonté le drap sur le visage de l'homme.

— Il a reçu plusieurs blessures au couteau dans la poitrine, dit l'un d'eux à Unger.

À côté de Jim, Scarlett vacilla, et il lui passa un bras autour des épaules.

— Ça s'est passé ici ? questionna Unger.

L'ambulancier haussa les épaules.

— Je ne peux pas dire. Ce sera à vos hommes de le déterminer.

Unger émit un long sifflement.

— Je vais appeler le shérif. Il faut contacter les autorités du comté.

— Il faut qu'on attende le *coroner* ? reprit l'ambulancier.

— Emmenez-le à la morgue. Il pourra travailler là-bas.

Unger fit volte-face pour retourner dans le bois, mais Jim l'arrêta de la main.

— Attends une minute… Scarlett est-elle en sécurité, ici ? Ce type a été assassiné à vingt mètres de sa porte.

— Je vais appeler tout de suite le bureau du shérif du comté. Ils resteront sans doute dans les parages une bonne partie de la nuit. Je ne pense pas que Scarlett ait quoi que ce soit à craindre.

Sur quoi, il pressa le pas en direction de la scène de crime.

En voyant les ambulanciers sangler le corps avec des courroies, Scarlett intervint :

— Attendez. On… on peut voir son visage ? Je voudrais m'assurer que je ne le connais pas. Je doute que ce soit le cas, mais…

— Bien sûr.

L'ambulancier repoussa le drap pour découvrir le visage de l'homme.

Jim serra les dents et retint une exclamation de surprise. Scarlett et Unger ne le connaissaient pas, mais lui si.

Et si ce type n'avait pas déjà été mort, il aurait bien aimé l'étrangler lui-même.

3

Scarlett déglutit en observant le visage à moitié mangé par une barbe et une moustache fournies. Il avait une sorte de tatouage sur le cou, un L et un C entrelacés. Elle n'avait jamais été portraitiste, mais dans le cas contraire, elle aurait eu envie de fixer ces traits sur la toile. Même dans la mort, l'histoire de cet homme y était gravée.

Elle poussa un gros soupir.

— Je ne le connais pas. Et toi, Jim ?

— Jamais vu de ma vie.

L'ambulancier recouvrit le cadavre et le chargea dans l'ambulance.

À cet instant, Unger revint avec ses adjoints.

— Les hommes du comté seront là d'ici peu, Scarlett. Ils ne te dérangeront pas cette nuit, mais je pense que l'inspecteur principal voudra vous parler à tous les deux demain matin. Tu vas quelque part, Kennedy ?

— Je dors chez… moi.

Scarlett l'observa du coin de l'œil. Le bungalow des Kennedy était la maison la plus proche de la sienne, mais personne n'y vivait depuis qu'elle-même avait acheté la maison. Apparemment, Jim Kennedy, l'énigme du coin, avait fait la guerre durant toutes ces années.

Quand l'ambulancier avait soulevé le drap, Jim s'était éloigné d'elle. Le bras qu'il avait passé autour d'elle et sa proximité physique ne lui avaient pas déplu, même si elle n'avait jamais été du genre à se reposer sur un homme. Son père était mort en même temps que sa mère dans un accident de voiture, et son oncle avait toujours été le mouton noir de la famille.

— Je crois que je vais aller me coucher, dit-elle en rejetant en arrière ses longs cheveux noirs. Dis aux hommes du comté qu'ils peuvent venir m'interroger quand ils veulent, mais que c'est préférable le matin, avant que je ne me mette au travail.

Unger frappa le flanc de l'ambulance, qui démarra.

— Je vais dire à mes gars de repartir, mais moi, je reste dans les parages.

— Et moi, je peux y aller, Unger ? questionna Jim.

Il fourra la main dans la poche où l'arme devait toujours se trouver. Si l'homme avait été tué par balle au lieu d'être poignardé, Jim aurait-il parlé de son arme à Unger ? S'il avait un revolver, il pouvait aussi avoir un couteau.

Scarlett poussa un grand soupir et ferma les yeux. Certes Jim n'avait rien d'un tueur, mais elle ne parvenait pas à écarter l'idée que son apparition, suivie de la découverte du cadavre, était une drôle de coïncidence.

— Oui, tu peux y aller. Mais reste joignable, au cas où on voudrait te poser d'autres questions.

— J'espère que vous découvrirez ce qui est arrivé à ce pauvre homme, lança Scarlett en pivotant sur ses talons.

Jim se rapprocha d'elle, lampe de poche à la main.

— Je vais te raccompagner, si tu es d'accord.

— Si tu veux, mais je ne vois pas ce qui pourrait m'arriver avec la moitié des hommes du shérif chez moi, sans parler des agents du comté.

— Je pourrais vérifier tes portes et tes fenêtres, par exemple, parce qu'ils ne seront pas toujours là.

Scarlett frissonna et fit le dos rond.

— Quelle idée horrible !

— Je ne veux pas t'effrayer, mais la peur n'est pas mauvaise conseillère.

Ils retournèrent au bungalow. À la porte, Jim donna une chiquenaude au verrou inutilisable.

— Tu pourrais commencer par le faire remplacer et installer un judas pour ne pas avoir à regarder par la fenêtre.

— Figure-toi que j'y pensais quand tu as frappé à ma porte.

— Tu me fais faire le tour de la maison ?

— Voici la pièce principale, annonça Scarlett en ouvrant les bras. Parfaite pour accueillir trois invités à la fois.

Le sourire aux lèvres, Jim alla vérifier la fenêtre donnant sur la façade, puis il examina les deux autres.

— Au moins, les loquets sont en bon état.

— Au moins ?

— N'importe qui pourrait briser une vitre.

— Eh bien, merci de me le rappeler.

— Mais tu te réveillerais, et l'intrus perdrait l'avantage. Et tu pourrais toujours te défendre avec ça, dit-il en se dirigeant vers la cheminée pour y replacer le tisonnier. Tu as une arme à feu ?

— Une arme à feu ? Je les déteste.

Jim sortit son revolver de sa poche et en caressa la crosse.

— Tu les détestes parce que tu en as peur. Si tu apprenais à t'en servir et à respecter les mesures de sécurité, tu changerais d'avis.

— J'en doute, répliqua Scarlett en serrant les dents. La plupart des gens ont une carabine ici, et ils passent leur temps à chasser des animaux sans défense.

— Je suis d'accord. Tu n'as rien à craindre d'un animal sauvage, approuva Jim en remettant son arme dans sa poche. Dans l'armée, je chassais un autre genre d'animal, certainement pas sans défense.

— Mais tu chassais autrefois, non ?

Elle claqua dans ses doigts.

— Bien sûr, c'est pour ça que tu es devenu un sniper. Tu ne manquais jamais ton coup.

— Quelque chose comme ça.

Jim désigna la cuisine.

— Tu as une porte de service ?

— J'en ai deux : une porte latérale dans la cuisine et une autre dans la pièce que les Butler ont ajoutée. C'est ce qui m'a plu ici, c'était parfait pour en faire un atelier.

Jim vérifia la porte de la cuisine et tapota le cadre.

— Il te faut un verrou sur cette porte aussi.

— Je demanderai qu'on en installe un sur chaque porte, avec une clé commune.

La cuisine semblait minuscule, avec Jim planté au milieu. Déjà, à l'adolescence, il était très bien bâti, se souvint Scarlett. Au lieu de jouer dans les équipes du lycée, il passait son temps à faire de la musculation.

— Tu sais ce qu'il te faut, dans cette cuisine ?

— En dehors d'un chef cuisinier vingt-quatre heures sur vingt-quatre ?

— Une ligne de téléphone fixe. Tu ne peux pas continuer à courir au bout de la route en cas d'urgence.

Scarlett s'accouda au comptoir.

— C'est pour travailler que j'ai acheté cette maison, pas pour me connecter avec le monde.

— Mais après ce qui s'est passé, poursuivit Jim en désignant l'extérieur, tu devrais penser à ta sécurité.

— Pourquoi ? dit Scarlett en écarquillant les yeux. Tu crois qu'il y a un tueur en série dans les parages ? Ça ne me plaît pas que quelqu'un soit mort près de ma maison, mais ça n'a rien à voir avec moi. Vu l'allure du type, ça peut aussi bien être les suites d'une bagarre de bar qu'un règlement de comptes lié à la drogue.

Jim, qui s'était baissé pour chercher une prise téléphonique, se redressa si vite qu'il manqua se cogner la tête au placard.

— Pourquoi dis-tu ça ?

— Je ne sais pas. Il a plutôt l'air d'un voyou, non ?

— Le fait est que nous ne connaissons pas son histoire.

Il sortit en boitant de la cuisine et désigna le petit corridor du menton.

— Ça ne te dérange pas si je jette un coup d'œil aux autres pièces ?

— Il n'y a que deux chambres. Tu as déjà vu la salle de bains. La pièce au bout du couloir est mon atelier.

Jim entra dans la salle de bains et palpa la petite fenêtre en verre dépoli.

— On pourrait facilement la faire remonter de l'extérieur. Tu devrais mettre une tringle dans la glissière, ou même un crayon.

— Bonne idée. Je ne m'étais jamais rendu compte à quel point j'étais exposée.

— Tu n'avais jamais trouvé de cadavre sur ta propriété, n'est-ce pas ?

— Oui, c'est le premier, mais j'imagine qu'il n'est pas rare de trouver des cadavres par ici. Tu as entendu parler de Jordan Young qui a tué sa maîtresse il y a vingt-cinq ans et emmuré son cadavre derrière la cheminée de sa maison ?

— J'ai lu un article là-dessus quand je suis arrivé.

Il vérifia les fenêtres de la chambre d'amis, puis elle le fit entrer dans sa chambre, dont il fit le tour. Elle rougit soudain. Non par modestie, mais parce qu'elle venait de l'imaginer étendu sur son lit.

— Tu devrais les fermer le soir, dit-il en tirant les rideaux, ce qui la fit sursauter. Tu es encore sur les nerfs ?

— Ce n'est pas tous les jours qu'on assassine quelqu'un près de chez moi, rétorqua-t-elle en se mordillant la lèvre.

D'ailleurs, elle aurait dû s'inquiéter de cela, plutôt que fantasmer sur la nudité de Jim Kennedy. Sans doute l'effet du choc.

Jim pencha la tête, et une mèche de cheveux noirs lui tomba sur l'œil, exactement comme à l'époque du lycée.

— Allons voir cette porte de service.

Scarlett le conduisit à son atelier en faisant nerveusement tourner l'anneau qu'elle portait au majeur. En général, elle ne faisait entrer personne dans son sanctuaire, à moins qu'il ne s'agisse d'un autre artiste. Même ses clients n'avaient pas le droit de voir son espace de travail.

Avec une brève inspiration, elle ouvrit la porte et fit basculer l'interrupteur.

Jim se figea sur le seuil, bouche ouverte.

— Je n'ai jamais rien vu de pareil.

— Eh bien, dit-elle en agitant les bras, c'est un atelier d'artiste.

— Tu es… très productive, commenta-t-il.

Il pivota la tête de tous côtés, notant les peintures accrochées au mur, les toiles entassées dans un coin et les œuvres inachevées sur des chevalets.

— Et un peu schizophrène…, ajouta-t-il.

— J'imagine que c'est une façon de voir…

— De ce côté, il y a les peintures normales, dit-il en tendant le bras, et de l'autre… un genre différent.

— Les aquarelles de paysages à droite et les peintures abstraites à gauche.

— Laisse-moi deviner…

Il désigna un tableau représentant des gratte-ciel, des yeux et une tête de loup.

— Ce sont celles-là que tu vends le plus cher.

— Bonne déduction.

Scarlett retint son souffle, attendant qu'il lui demande d'expliquer de quoi il s'agissait.

Il l'étudia quelques secondes, tête penchée, puis haussa les épaules.

— Cette pièce n'est pas sûre du tout.

— À cause de la baie vitrée, approuva Scarlett en relâchant son souffle.

— La lumière doit être fantastique dans la journée,

mais, la nuit, n'importe qui peut voir ce qui se passe à l'intérieur. Si tu stockes des œuvres de valeur ici, il faut mieux les protéger.

— On est à Timberline. Je ne m'attendais pas à devoir faire face à une vague de criminalité. Qu'est-ce que tu suggères ? questionna-t-elle en tapotant la baie vitrée.

— C'est la porte de service ?

Slalomant entre les chevalets et les tables, il alla secouer la poignée de la porte coulissante. Puis il s'agenouilla et inspecta la glissière.

— Tu peux mettre une tringle par mesure de sécurité, au cas où quelqu'un casserait la serrure. Une caméra ne serait pas une mauvaise idée non plus.

Enroulant sa natte autour de sa main, Scarlett soupira.

— Autant retourner en ville.

— Le mort de ce soir n'a probablement rien à voir avec toi.

— N'essaie pas de me remonter le moral alors que tu viens juste de me démontrer qu'on entre dans ma maison comme dans un moulin.

— Le problème, c'est qu'on ne sait pas ce que ce type faisait ici, ni pourquoi il a été tué et qui l'a tué.

Il se redressa avec effort, en agrippant la poignée. Elle aurait pu lui prêter main-forte, mais Jim ne semblait pas du genre à accepter de l'aide.

— Il faut espérer que le shérif du comté résoudra l'affaire. Franchement, je n'ai pas besoin qu'on vienne rôder autour de chez moi et causer des problèmes.

— C'était après cette journaliste TV que Jordan Young en avait, pas après toi, n'est-ce pas ?

— En fait, c'était le père biologique de Beth St. Regis. Il avait assassiné sa mère vingt-cinq ans auparavant et vendu Beth sur le marché de l'adoption. Il ne s'est intéressé à moi que parce que j'aidais Beth.

Elle frissonna et plaqua une main sur sa poitrine.

— Le mal incarné.

— Et il se disait qu'on mettrait la disparition de sa fille sur le compte des kidnappings ? interrogea Jim.

— Quelque chose comme ça, sauf que personne n'a remarqué la disparition ni de la fille, ni de la mère. Angie avait déménagé après s'être rendu compte de sa grossesse et elle venait juste de revenir à Timberline. Young les a gardées captives dans son bungalow jusqu'à ce qu'il tue Angie.

— C'est à se demander…

Il fourra une main dans sa poche et contempla les ombres menaçantes de l'autre côté de la baie vitrée.

— Se demander quoi ? répéta Scarlett.

— S'il y avait un trafic d'enfants dans la région. Si c'est ce qui est arrivé au trio Timberline.

— Oh non, tu ne vas pas t'y mettre, toi aussi.

Scarlett éteignit la lumière dans l'atelier.

— Depuis que Wyatt Carson a kidnappé ces gosses pour jouer les héros, tout le monde fait des hypothèses sur l'affaire.

— Et tu penses que c'est une mauvaise idée ?

Il se détourna de la fenêtre, ses yeux brillant dans l'obscurité.

— C'est fini, tu sais, dit-elle.

Elle ne lui aurait jamais avoué qu'elle avait ses propres raisons de découvrir ce qui s'était passé vingt-cinq ans auparavant. Elle ne l'avait jamais dit à personne, car ceux qui s'intéressaient à l'affaire semblaient devenir automatiquement des cibles.

— J'imagine que ce n'est jamais terminé pour les familles des disparus, dit-il. Regarde ce qui est arrivé à Wyatt Carson. La perte de son frère a dû profondément l'affecter, pour qu'il kidnappe ces gosses des années après.

— Tu as raison, reconnut-elle en reculant dans la lumière du couloir. Ce n'est pas de l'insensibilité de ma part, mais…

— Tu es une Quileute.

— Et qu'est-ce que c'est censé vouloir dire ? lança-t-elle en avançant le menton.

— Seulement que ton peuple entretient des craintes et des superstitions autour de cette affaire. Hé, ce ne sont pas les seuls ! conclut-il en levant les mains.

Autant qu'elle s'en souvienne, Jim n'avait jamais fait montre d'hostilité envers les Quileutes, mais son père, c'était une autre histoire. Une grande gueule raciste. Certains membres de la tribu avaient eu maille à partir avec Slick Kennedy.

Slick devait son surnom à son physique de vedette de cinéma et à sa musculature impressionnante. Il ne pouvait pas renier son fils, songea Scarlett en contemplant Jim, debout au milieu de la pièce.

Jim n'avait jamais eu de problèmes avec son peuple, mais les garçons de leur classe se méfiaient de lui, à cause de son père, de son frère et de leurs copains, des motards réactionnaires et buveurs de bière.

Elle haussa les épaules d'un mouvement vif.

— Oui, on racontait des histoires insensées à l'époque.

Traversant la pièce, il la rejoignit près de la porte.

— De toute façon, tu devrais penser à mieux sécuriser cet endroit, au moins jusqu'à ce que la police découvre pourquoi ce type a rendu l'âme sur ton terrain.

— Je vais le faire, merci, dit-elle en refermant la porte de l'atelier.

À mi-chemin de la pièce principale, traversée d'une pensée soudaine, elle se retourna brusquement. Jim, qui la suivait de près, la heurta.

— Désolée, dit-elle en posant une main sur sa poitrine, là où son cœur tambourinait.

Il se tendit et recula d'un pas. Scarlett laissa retomber sa main.

— Qu'es-tu venu faire ici, en réalité, Jim ?

Les yeux mi-clos, il l'étudia à travers ses épais cils noirs.

— J'avais envie de me retirer du monde, comme toi.

Scarlett cilla et se remit en marche.

— Ça fait combien de temps que tu as quitté l'armée ? demanda-t-elle par-dessus son épaule.

— Plus d'un an.

— C'est à cause de… ce qui est arrivé à ta jambe ?

— C'est une longue histoire.

Une histoire qu'il n'avait manifestement pas envie de raconter. Peut-être se confierait-il après quelques bières ou un verre de whisky.

Mais quand ils atteignirent le salon, il fila vers la porte.

— À un de ces jours !

— Je peux t'offrir quelque chose pour te remercier ? Bière ? Café ?

— Non, ça ira, merci.

À présent, il avait l'air impatient de la quitter. Peut-être s'était-elle montrée indiscrète en lui posant des questions. Elle le suivit jusqu'à la porte, qu'il avait déjà ouverte.

Il sortit sous le porche, plongé dans l'obscurité.

— Oh ! pardon, j'ai éteint la lumière. Fais attention, il y a des plantes…

En se retournant, Jim trébucha sur un des pots et dégringola les marches, atterrissant sur le sol en jurant.

— Oh ! je suis désolée…

Scarlett alluma la lumière et dévala le perron. En se penchant pour aider Jim, elle eut un aperçu de son dos nu, découvert par sa chemise.

Le choc la figea sur place. Un L et un C étaient entrelacés sur son dos, exactement comme sur le tatouage du mort.

4

— Bon sang !

Si Scarlett essayait de l'aider, son humiliation serait complète.

Mais elle se redressa vivement. Elle devait avoir senti sa réticence.

— Pourquoi as-tu éteint le porche ?

Il s'assit et croisa du regard ses yeux écarquillés.

— J'avais oublié ces foutues plantes, marmonna-t-il.

— Oui, désolée, dit Scarlett. J'éteins par réflexe quand je rentre me coucher.

Elle fit un nouveau pas en arrière, tendant la main vers la porte derrière elle.

— Ça va ?

— Ça va, dit-il en se remettant sur pied et en brossant son jean de la main.

— Un des adjoints pourra peut-être te raccompagner chez toi.

Elle n'offrait pas de le faire elle-même, mais il ne pouvait pas le lui reprocher, après la manière dont il l'avait rembarrée. Ce n'était pas sa faute s'il était éclopé.

— Je pense que j'y arriverai.

Il piétina le sol de ses grosses bottes.

— Aucune séquelle, ou du moins aucune autre séquelle.

— Bon, très bien. Bonne nuit, alors ! lança précipitamment Scarlett avant de se glisser à l'intérieur et de claquer la porte.

L'étincelle que Jim avait sentie entre eux venait de s'éteindre. En le voyant tomber, Scarlett avait dû comprendre qu'il était amoché. Une femme comme elle avait besoin d'un homme solide, pas d'un ancien combattant aux capacités diminuées et aux idées confuses.

Il se traîna péniblement entre les arbres, évitant les policiers qui ratissaient la scène de crime, car il avait eu son content de questions pour la soirée.

Reconnaître Rusty Kelly lui avait causé un choc. Que faisait-il là ? Ce type ne se déplaçait qu'en bande. Cela voulait-il dire que les autres étaient sur ses talons ? Était-ce une coïncidence si Rusty était venu mourir à Timberline, moins d'une semaine après son retour ?

Il contourna les voitures de patrouille et décida de rentrer chez lui par la route, un trajet un peu plus long. Arrivé sur sa propriété, il tira son arme de sa poche et vérifia qu'il n'y avait personne.

Contrairement à celui de Scarlett, son bungalow était situé dans une clairière qui s'étendait jusqu'à la route. Il préférait voir venir les visiteurs éventuels.

Mais il n'avait pas vu venir Scarlett Easton. Il avait remarqué de la fumée sortant de la cheminée, mais il s'était dit que Gracie Butler avait repris la maison de ses parents. Cette mystérieuse beauté brune l'avait surpris.

Au lycée, Scarlett était un peu rebelle, mais sans méchanceté. Elle avait perdu ses parents dans un accident de voiture. On ne la voyait pas beaucoup dans les fêtes et, quand elle se déplaçait, elle était toujours entourée d'une bande de jeunes Quileutes très protecteurs. Ils n'auraient jamais laissé Jim approcher à plus d'un mètre d'elle, sans doute parce qu'ils le jugeaient d'après son père. Il ne le leur reprochait pas.

Satisfait de voir qu'aucun inconnu — ou connaissance, ce qui aurait été pire — ne rôdait autour de la maison, il entra chez lui. Après avoir verrouillé la porte, il pénétra dans le salon, le souffle court.

Fermant les yeux, il massa sa mauvaise jambe. Elle ne lui faisait plus mal, mais il la sentait parfois s'ankyloser.

Il inspira profondément, ce qui ne lui fit aucun bien. Même les yeux fermés, il sentait la pièce tourner autour de lui.

Il réussit à atteindre le canapé et, s'affalant sur les coussins, il retira son blouson et le jeta par terre. Puis il se courba en deux, la tête dans les mains, les doigts pressés sur son crâne.

La chaleur. Il ne pouvait pas supporter cette chaleur. Il ôta sa chemise et son T-shirt d'un seul mouvement, et en fit une boule dont il se servit pour éponger son front.

Se laissant tomber sur le côté, il poussa un gémissement. Puis les images commencèrent à défiler derrière ses paupières. Il pressa ses poings sur ses yeux pour les arrêter, mais en vain.

Il avait besoin de son médicament. Comment avait-il pu croire qu'il pourrait s'en passer, surtout dans cet endroit ?

Il avait besoin d'un verre. Il avait besoin de dormir. Il avait besoin de la chaleur d'un corps.

Il avait besoin de Scarlett Easton.

— Alors, il a été tué ailleurs ? demanda Scarlett.

Les mains autour d'un mug, elle inhala la vapeur qui montait de son thé dans l'air matinal.

— C'est plutôt… un soulagement, ajouta-t-elle.

L'adjoint Collins, de la division des homicides du comté, hocha la tête.

— On pense qu'il a été poignardé dans une voiture ou dans la rue, et qu'il a été balancé au bord de la route. Il y a des traces de sang sur l'asphalte. Ensuite il s'est traîné dans les bois. Peut-être se dirigeait-il vers votre maison, pour appeler à l'aide.

Elle frissonna.

— Il n'avait pas de portable sur lui ?

— Non, et pas de portefeuille non plus.

— Donc vous ne l'avez pas identifié ?

— Pas encore. Le *coroner* va procéder à l'autopsie ce matin, et nous aurons ses empreintes et son ADN. Mais on n'a pas de signalement : ni disparition, ni accident, ni bagarre.

Pourquoi ne parlait-elle pas à ce policier du tatouage que Jim et le mort avaient en commun ? Pourquoi Jim n'avait-il rien dit ? Peut-être ne l'avait-il pas vu sur le cou de l'homme. Mais pourquoi avait-il le même ?

Impossible que ce soit une coïncidence. Ces deux lettres n'avaient rien à voir avec les tatouages ordinaires. Elles signifiaient quelque chose.

Elle donna un petit coup de pied dans le pot de fleurs sur lequel Jim avait trébuché.

Qu'était-il arrivé à sa jambe ?

Il était aussi secret adulte qu'il l'avait été adolescent. Et aussi dangereux. L'attirance qu'elle avait ressentie la veille au soir était aussi celle qu'elle éprouvait à l'adolescence, sauf que, cette fois-ci, elle semblait réciproque.

Elle n'était pas la seule à rêver de Jim au lycée. Des tas de filles — même les plus populaires — chuchotaient et pouffaient en parlant de lui. Mais aucune d'elles, Scarlett comprise, n'aurait eu la permission de sortir avec lui. Jim était l'incarnation même du cauchemar parental : cheveux longs, blouson noir, moto et très, très mauvais milieu.

D'ailleurs il n'y avait pas de mère chez eux. Ils n'étaient que trois : le père, le frère aîné et Jim. Ils roulaient tous les trois à moto. Slick et le frère de Jim buvaient sec et faisaient constamment la fête. Elle ignorait ce qui était arrivé à la mère.

Collins contempla son calepin.

— Un certain Jim Kennedy était avec vous quand vous avez découvert le corps ?

— C'est exact. Il vit dans un bungalow, un peu plus loin sur la route.

— Merci de votre aide, mademoiselle Easton. Nous vous recontacterons si de nouveaux éléments se présentent, ou si nous pensons que vous êtes en danger.

— En danger ? répéta-t-elle avec un sursaut. Vous voulez dire qu'il y a peut-être en tueur en série dans les parages ?

— Je ne pense pas que ce soit le cas. La victime était manifestement un type coriace avec de mauvaises fréquentations. Quand nous connaîtrons son identité, nous serons en mesure de vous rassurer. Vous n'avez rien à craindre.

Rien à craindre en dehors de son attirance pour Jim Kennedy qui portait le même tatouage que le mort. Ça, ça l'inquiétait.

— Eh bien, si vous avez besoin d'autres renseignements, je ne bouge pas.

Collins inclina son chapeau en guise de salut et se fondit rapidement dans l'ombre du bois. Les yeux plissés, elle le regarda monter dans sa voiture, la dernière à quitter les lieux.

Si ce type était mort à la suite d'une bagarre, il n'y avait pas de quoi s'effrayer. Elle ne le connaissait pas et n'avait rien vu. Elle ne pouvait donc pas inquiéter le tueur.

Mais si quelqu'un s'amusait à poignarder les gens et à se débarrasser d'eux sur sa propriété, alors elle avait du souci à se faire.

Avec une sorte de ricanement, elle but une gorgée de son thé tiède. Pourquoi aurait-on voulu faire ça ? Elle ne savait rien de rien. Aucune vision, aucun galimatias psychique, comme disait son cousin Jason.

Sauf qu'elle était au courant d'au moins une chose. Elle savait que Jim et le mort portaient le même tatouage, et que Jim n'en avait parlé à personne.

Elle rentra à l'intérieur et claqua la porte. Elle était venue à Timberline pour travailler, et elle avait l'intention de le faire sans se préoccuper du reste du monde.

Elle n'avait ni le temps ni l'énergie de penser à un ex-soldat maussade au regard troublant et à la bouche tentatrice.

— C'est pour ta grand-mère ou tu t'es mise à tricoter ?

Scarlett laissa tomber les pelotes de laine sur le comptoir.

— Moi ? Tricoter ? Tu plaisantes ?

Barbara, la propriétaire de la mercerie tapa le prix sur la caisse enregistreuse.

— Tu as tellement de talent, tu pourrais sans doute t'y mettre.

— Ce n'est pas le même genre de talent, Barbara.

— J'aime tes aquarelles de paysages, dit la mercière avec une moue, tout en fourrant la laine dans un sac.

Scarlett dissimula un sourire derrière sa main. Barbara n'était pas obligée d'aimer ses peintures abstraites, d'autres gens les appréciaient.

— Merci, Barbara.

— Tu sais, reprit celle-ci en agitant un index, tu devrais faire de l'artisanat local, comme Vanessa avec ses grenouilles Libby Love. Peut-être quelque chose… d'amérindien.

— Tu veux dire des attrapeurs de rêves et des tam-tams ? dit Scarlett en haussant les sourcils. Non, je ne fais pas ce genre de choses.

Tout en cherchant son portefeuille, elle lança un regard dans la rue et vit son cousin pénétrer chez Sutter.

— Combien je te dois, Barbara ? Je viens juste de voir Jason entrer chez Sutter. Je voudrais lui parler avant qu'il s'en aille.

— Ça fait dix dollars et cinquante cents. Ton cousin passe son temps chez Sutter. Non que je passe le mien à épier, mais tout de même, termina Barbara en s'éclaircissant la voix.

— Il sort avec une des serveuses, expliqua brièvement Scarlett.

Posant un billet de dix sur le comptoir, elle chercha deux *quarters* dans son porte-monnaie.

— Merci, en tout cas. Tu m'as sauvé la vie en trouvant cette nuance de violet.

— Du moment que c'est pour ta grand-mère…

Coinçant le sac sous son aisselle, Scarlett se hâta de traverser la rue. Jason, qui aurait dû garder un œil sur leur grand-mère, ne cessait de se défiler, et elle avait l'intention de lui passer un savon. Il n'était pas question qu'il se décharge de ses responsabilités sur sa sœur Annie.

La foule des employés d'Evergreen Software s'était dissipée, et Scarlett repéra tout de suite Jason, accoudé au bar. Faisant le tour des tables, elle se faufila derrière lui et lui tapa sur l'épaule. Il sursauta et manqua tomber de son tabouret, ce qui amena un large sourire sur le visage de Scarlett.

— Waouh, cousine, tu veux me faire avoir une crise cardiaque ?

Elle agita le sac de laine devant son visage.

— Ce sera pire si tu ne vas pas voir grand-mère plus souvent.

— Ce n'est pas moi qu'elle veut voir. Elle préfère que ce soit toi ou Annie qui lui rendiez visite.

— C'est ridicule, et tu le sais très bien. Elle a beaucoup vieilli, et tu dois garder l'œil sur elle. Tu ne peux te décharger entièrement sur Annie. Tu sais très bien qu'elle a beaucoup de travail avec son entreprise de nettoyage.

Jason haussa les épaules et rejeta ses longs cheveux noirs en arrière d'un coup de tête.

— J'ai entendu dire que tu avais trouvé un cadavre chez toi, hier soir.

— En voilà un bon moyen de changer de sujet !

Scarlett se percha sur le tabouret voisin et ajouta :

— Oui, un type d'un certain âge, avec de longs cheveux roux. Je ne l'avais jamais vu avant.

— Et moi qui croyais que tes problèmes étaient terminés depuis que Jordan Young s'était fait descendre par le FBI.

— Mes problèmes ? Les hommes du comté pensent qu'on l'a balancé d'une voiture près de chez moi et qu'il s'est traîné dans les bois.

Elle croisa les bras sur le bar.

— Rien à voir avec moi.

Chloe, la petite amie de Jason, s'approcha d'eux, en rangeant son carnet de commandes dans son tablier.

— Ils ont découvert qui était le mort ?

Scarlett leva les yeux au ciel.

— Alors tout le monde est au courant ?

— Bien sûr, dit Chloe en faisant claquer son chewing-gum. On est à Timberline.

Jason lui pinça la taille.

— Il faut que j'y aille. Je suis juste passé te faire coucou. Et oui, j'irai voir grand-mère plus souvent, Scarlett.

— Je te verrai après le boulot, lança Chloe.

Soudain, elle écarquilla les yeux en regardant par-dessus l'épaule de Jason.

— C'est qui, lui ?

Scarlett tourna la tête à temps pour croiser le regard de Jim, de l'autre côté de la salle.

— Ce foutu raciste de motard, gronda Jason.

Scarlett donna un coup de coude à son cousin.

— Jim n'est pas comme ça. C'est à son père que tu penses. Et, en parlant de ça, qu'est-il arrivé à Slick Kennedy ?

— Il s'est fait tuer à Seattle, il y a quelques années… Et franchement, personne ne l'a pleuré par ici, répliqua Jason en donnant un coup de pied à Scarlett.

— Chut, il vient par ici.

— Mais qu'est-ce qu'il vient faire ici ? questionna Chloe, les joues envahies par une rougeur subite.

Jason lança un regard aigu à sa petite amie.

— Il était avec moi quand j'ai découvert le cadavre, expliqua Scarlett, ce qui lui valut aussi un regard curieux de Jason. Je crois qu'il vit chez son père, maintenant. C'est à quelques centaines de mètres de chez moi.

Voyant Jason ouvrir la bouche, Scarlett secoua son tabouret pour le faire taire.

— Ça va ? Tu as pu dormir ? lança Jim en la dévisageant d'un regard las.

Tout en parlant, il fourrageait dans ses cheveux ébouriffés.

— Apparemment, j'ai dormi plus que toi, répliqua-t-elle.

Elle aurait voulu lui demander s'il s'était fait mal en tombant du perron, mais il n'aurait pas apprécié, surtout devant Jason et Chloe.

— J'ai eu du mal à m'endormir, cadavre ou pas cadavre.

— Voici mon cousin, Jason Foster, dit Scarlett en inclinant la tête vers l'intéressé, et sa petite amie, Chloe Rayman.

Jim tendit la main à Chloe, qui parut sur le point de s'évanouir, puis serra la main de Jason, malgré son attitude à la limite de l'hostilité.

— Tu connais quelqu'un qui serait intéressé par des vieilles Harley ?

Le visage de Jason s'éclaira.

— Tu en vends ?

— J'ai quelques motos dont j'aimerais me débarrasser. Passe chez moi pour jeter un coup d'œil, si tu veux. Je te ferai un bon prix.

— Je n'y manquerai pas, vieux. Merci.

Jason embrassa Chloe sur la tempe.

— Et maintenant, il faut que je retourne bosser.

Ils se dirent au revoir, et Chloe retourna à ses tables abandonnées.

— Tu permets ? demanda Jim à Scarlett en tirant un tabouret vers lui.

— Je t'en prie.

Elle prit un menu, comme si elle avait prévu de déjeuner depuis le début.

— Le reste de la nuit a été tranquille ?

Les yeux noirs de Jim quittèrent son visage quelques secondes, et il s'éclaircit la voix.

— Oui. Et toi ? Les flics sont restés toute la nuit ?

— Je crois. Ils étaient là quand je suis allée me coucher, et il y en avait encore quelques-uns ce matin.

— Des nouvelles ? demanda-t-il avant de désigner le menu. Tu as fini ?

Elle lui fit passer le feuillet plastifié.

— L'autopsie est prévue pour ce matin, mais je n'en sais pas plus.

La barmaid laissa tomber un autre menu devant Scarlett.

— Vous voulez déjeuner tous les deux ?

— Moi oui, dit Jim. Une minute.

Il fit glisser son doigt le long du menu, puis lança un regard à Scarlett.

— Les hamburgers sont bons ici ?

— Je n'en sais rien, je suis végétarienne.

— Apparemment, les gens en commandent beaucoup, dit-il en jetant un coup d'œil aux plats des autres clients.

Quand la barmaid revint, Jim commanda un hamburger et des frites. Scarlett, quant à elle, se contenta de son habituel chili végétarien.

— Vous prendrez une boisson ?

Tous deux demandèrent de l'eau.

Quand la serveuse eut placé des verres devant eux, Scarlett suivit du doigt le trajet d'une gouttelette sur le sien.

— Je voulais te demander si ça allait, après… ta chute d'hier soir.

Jim serra les dents, et un muscle palpita au coin de sa bouche.

— C'est l'obscurité et la fatigue qui m'ont déséquilibré.

Je ne passe pas mon temps à trébucher, crois-moi. J'ai passé suffisamment de temps en rééducation pour l'éviter.

— Qu'est-il arrivé à ta jambe ?

Prenant une gorgée d'eau, elle évita son regard. Allait-il réagir avec agressivité ? Refuser de lui répondre ?

— Elle a été fracturée en plusieurs endroits et n'a pas guéri comme il fallait.

Donc, il préférait ne pas s'appesantir sur le sujet.

— Ouille. Ça a dû être douloureux. Je suppose que c'est arrivé quand tu étais… là-bas.

— Hum-hum, fit Jim en faisant signe à la barmaid. Vous pourriez m'apporter du ketchup quand vous aurez une minute ?

Le message était clair : zone interdite d'accès.

— J'espère vraiment que les hommes du shérif vont découvrir qui est ce type et ce qui lui est arrivé, reprit Scarlett.

— Je suis sûr qu'ils ne tarderont pas à l'identifier et qu'ils concluront que ce type n'a pas été tué là. Mais tu dois quand même renforcer la sécurité de ta maison. Même si tu penses être en sûreté, il vaut mieux veiller sur tes… œuvres.

— Ai-je détecté une note de sarcasme dans ta voix ? l'interrogea Scarlett en plissant les yeux.

— Quoi ? Non, pas du tout, nia-t-il en faisant tourner son verre entre ses mains. Je les aime bien.

— Les paysages…

— Oui, mais les autres peintures aussi… Il secoua la tête. C'est d'une intensité remarquable.

Scarlett sentit une vague de chaleur la parcourir. En temps normal, elle se fichait de savoir ce que les gens pensaient de sa peinture. Ses œuvres venaient tout droit de son imagination, et si elle ne leur avait pas donné forme, sa tête aurait explosé. Le fait que d'autres gens, notamment les critiques, apprécient ses peintures et soient prêts à les payer très cher, n'était qu'un avantage secondaire.

Mais qu'un homme comme Jim les aime et les comprenne lui donnait le sentiment qu'il la comprenait elle.

Elle aussi avait envie de le comprendre, et s'il l'y autorisait, elle s'y emploierait.

— Chili végétarien et hamburger à la Sutter.

Se penchant en avant, la serveuse leur remit à chacun des couverts enveloppés dans une serviette en tissu.

Jim se mit en devoir d'arroser son assiette de ketchup.

— Mange quelques frites avec ton ketchup, remarqua Scarlett en pointant sa cuiller vers lui.

Il eut un petit sourire en coin.

— Une de mes nombreuses manies, dit-il en mordant le bout d'une frite. Et à part ça, où vis-tu quand tu ne te terres pas à Timberline pour peindre ?

— À San Francisco. J'ai un petit appartement en ville, que je partage avec un autre artiste. En général, quand il est là, je ne suis pas là et vice versa.

— Ton petit ami ? questionna-t-il en prenant une grosse bouchée de son hamburger.

— Qui ? L'artiste ?

Elle enfourna une cuillerée de chili pour dissimuler son sourire, né du plaisir de constater qu'il s'intéressait assez à elle pour poser la question.

— Non, Marco n'est pas mon petit ami.

— J'allais dire que c'est dur d'avoir une relation avec quelqu'un qu'on ne voit presque jamais.

— C'est dur d'avoir une relation avec un autre artiste. Marco et moi avons fait un essai autrefois, mais c'était épuisant, et pas amusant du tout, dit-elle en clignant de l'œil.

Jim haussa un sourcil et prit une autre bouchée.

Scarlett dessina des zigzags à la surface du chili et regarda la vapeur s'en échapper. Comment Jim avait-il réussi à la faire parler d'elle, alors que lui-même gardait ses distances ?

— Et toi ? Tu vas t'installer à Timberline ou tu as une maison ailleurs ?

— Je n'ai pas de maison et je n'ai pas la moindre intention de rester à Timberline.

— Alors tu es venu vendre la maison de ton père ? Tu sais que depuis l'installation d'Evergreen Software, les prix ont grimpé en flèche ?

— Oui, je vais la vendre. Je n'y ai que des mauvais souvenirs.

Il ne donna pas d'autre détail. Où avait-il vécu depuis qu'il avait quitté l'armée ? Que faisait-il à Timberline ? Et pourquoi avait-il le même tatouage que le mort ?

Jim s'essuya les lèvres et lui tapota le bras.

— Un nouveau venu.

Scarlett tourna la tête.

— C'est le shérif Musgrove. J'imagine qu'il se sent mieux.

— Il est nouveau ?

— Nouveau et paresseux. Plus intéressé par les soirées de bienfaisance que par son travail. Mais comme il était proche de Jordan Young, il fait profil bas depuis quelque temps.

— Eh bien, il vient vers nous, alors il doit avoir des nouvelles.

Tandis que le shérif faisait halte pour saluer des clients, Scarlett se pencha vers Jim pour lui murmurer :

— Est-ce qu'ils ont l'air d'être rassurés par ce qu'il leur dit ? Parce que je suis certaine qu'ils l'interrogent sur le meurtre.

— Personne n'a l'air de s'évanouir ou de piquer une crise de nerfs.

Musgrove arriva finalement devant eux et se planta entre leurs tabourets.

— Apparemment, les ennuis ne vous lâchent pas, mademoiselle Easton…

— On pourrait en dire autant de vous, rétorqua Scarlett en repoussant son assiette. Je vous présente Jim Kennedy. Il était avec moi quand j'ai trouvé le cadavre.

Les deux hommes se serrèrent la main.

— Vous avez du nouveau ? l'interrogea Jim.

— Oui, et c'est pourquoi je suis venu. L'un de mes adjoints m'a dit que vous étiez ici. C'est plus pratique que d'aller jusque chez vous.

— Et quelles sont les nouvelles ?

Musgrove sourit et fit signe à la serveuse.

— Nous avons identifié la victime.

— Et qui est-ce ? demanda Scarlett en glissant un regard à Jim.

— Il s'appelle Jeff Kelly, surnommé Rusty. Cinquante et un ans, membre d'un gang de *bikers* surnommés les Seigneurs du Chaos.

— D'un club.

— Pardon ?

Musgrove pencha la tête, les sourcils froncés.

— Ils préfèrent qu'on les qualifie de club, le club des Seigneurs du Chaos.

— Et comment savez-vous ça, Kennedy ?

— Parce que j'en étais membre — et que je connaissais Rusty.

5

Ainsi, ces lettres signifiaient les Seigneurs du Chaos, *The Lords of Chaos*, songea Scarlett. Elle se rappelait vaguement une bande de motards qui traînait en ville, en général avec le père et le frère de Jim. Elle ne s'était cependant jamais rendu compte qu'ils formaient un gang, ni que Jim en faisait partie. Cela expliquait le tatouage. Et bien d'autres choses.

Au moins, il l'avait assumé, mais pourquoi si tard ? Pourquoi n'avait-il pas parlé du tatouage plus tôt, même s'il n'avait pas reconnu Rusty ?

Musgrove suivait apparemment le même raisonnement car, fourrant la main dans sa poche, il demanda :

— Vous ne l'avez pas reconnu hier soir ?

Jim haussa les épaules.

— Il faisait noir, et il y a plus de dix ans que je ne l'ai pas vu.

— Et vous avez vu d'autres membres du… club, depuis votre retour ?

— Écoutez, Musgrove, si vous voulez m'interroger, il vaudrait mieux le faire dans vos bureaux, vous ne croyez pas ? On attire l'attention ici, dit Jim en désignant la salle du pouce.

— Techniquement, ce n'est plus notre affaire, mais je donnerai votre nom à l'adjoint Collins. C'est lui qui dirige l'enquête pour la division des homicides du comté.

— Faites donc ça.

Jim prit une serviette en papier et y nota son numéro de téléphone.

— Dites-lui de m'appeler. Je ne pourrai pas lui apprendre grand-chose, de toute façon. Je ne savais même pas que Rusty était dans les parages. Autant que je sache, le club ne sévit plus dans la région.

Musgrove se pencha en avant.

— C'est vrai que les Seigneurs du Chaos faisaient du trafic de drogue ici, à Timberline ?

— Je n'étais pas au courant de leurs affaires et je n'avais pas envie de les connaître. Je n'étais qu'un adolescent à l'époque et j'ai quitté le club dès que j'ai pu.

— Et Gary Binder, il ne fréquentait pas le club ? interrogea Musgrove en tiraillant le lobe de son oreille.

— Gary ? dit Jim en se mordant la lèvre inférieure. Non, c'était un outsider. J'ai entendu dire qu'il a été renversé par une voiture il n'y a pas longtemps et qu'il est mort.

— Nous n'avons jamais retrouvé le conducteur, dit Musgrove en haussant les épaules. Pour moi, il s'agissait d'un accident. Mais vous avez eu des contacts avec lui depuis que vous êtes revenu ?

— Il était mort avant que j'arrive, répondit Jim en écartant les mains.

— D'accord, Kennedy, conclut le shérif en fourrant le numéro de Jim dans sa poche. Je pense que l'adjoint Unger a déjà donné votre numéro à Collins. Il voudra sans doute vous parler quand je lui aurai dit que vous connaissiez Kelly.

— Je n'ai pas l'intention d'aller où que ce soit.

Musgrove les salua et s'éloigna, serrant des mains à droite et à gauche. Quand il eut franchi la porte, Scarlett se tourna vers Jim.

— Alors c'est pour ça que tu as ce tatouage ?

Celui-ci faillit s'étouffer avec une gorgée d'eau.

— Comment sais-tu ça ?

— Quand tu es tombé, hier soir, ta chemise est remontée.

Je l'ai vu à ce moment-là et j'avais vu le même, ou du moins les mêmes lettres sur le mort.

— J'ai souvent pensé à le faire enlever, mais il me rappelle d'où je viens et contre quoi je dois me battre.

Scarlett fit tourner les glaçons dans son verre.

— C'est pour cette raison que tu t'es engagé dans l'armée ? Pour t'éloigner de ta famille ?

— C'est une des raisons.

— Alors pourquoi es-tu revenu ?

— Pour régler les affaires de mon père.

— Menteur. On a trouvé un cadavre ensemble, tu peux me dire la vérité, tu sais.

Jim frotta ses jointures sur sa barbe naissante.

— Je suis tombé sur un article à propos de ces kidnappings, il y a quelques mois. Ça m'a rappelé… des souvenirs.

Pas de très bons souvenirs, à en juger par son expression hantée.

— À te voir, on dirait que tu préférerais les oublier. Alors pourquoi te torturer en revenant ici ?

Il pinça les lèvres et frappa le bar du plat de la main, en émettant un bruit qui ressemblait un peu à un rire.

— Qu'est-ce qu'il y a de si drôle ?

— Je n'appellerais pas ça de la torture, revenir à Timberline et retrouver le souvenir de mon père et mon frère. C'est sordide, mais ce n'est pas de la torture.

— Juste une figure de style, je suppose.

Elle fit signe à la barmaid d'apporter l'addition, avant d'ajouter :

— Timberline recèle encore beaucoup de secrets.

— C'est parce que le mystère du trio n'a jamais été résolu, répliqua Jim. Ça n'a pas l'air d'affecter les employés d'Evergreen, avec leurs maisons luxueuses et leurs voitures rutilantes. Mais pour ceux qui étaient enfants à l'époque, je pense que ça a laissé une marque.

— Je suis d'accord avec toi.

La barmaid posa deux additions séparées devant eux. Jim s'empara de celle de Scarlett au moment même où elle mettait la main dessus.

— Je t'offre le déjeuner.

Le contact de sa main chaude lui fit un effet extraordinaire : une sensation de choc l'envahit, et une douleur aiguë lui poignarda la nuque. Elle ferma étroitement les yeux et repoussa les visions qui menaçaient de l'engloutir.

— Scarlett ? Ça va ?

Elle releva les paupières. Le visage de Jim était à quelques centimètres du sien. La veille au soir, son contact l'avait électrisée, mais ce malaise n'avait rien de commun avec l'attirance plaisante qu'elle avait éprouvée.

Elle venait de plonger dans les profondeurs de son esprit et d'affronter des ténèbres terrifiantes. Les siennes ? Que lui avait donc fait son père ?

Jim gonfla les narines en regardant dans ses yeux.

— Qu'est-ce qui s'est passé ?

— J'ai eu un petit vertige, c'est tout.

Elle retira sa main.

— Ça va, je t'assure. Et tu n'es pas forcé de m'offrir le déjeuner.

— Bien sûr que si. Surtout si le contact de ma main te donne la nausée.

Il tira quelques billets de son portefeuille et les déposa sous le flacon de ketchup avec les additions.

Scarlett émit un rire sans joie.

— Ce n'est pas ta main. Je crois que c'est juste un petit malaise.

— Tu as besoin de boire quelque chose ? Un soda ? Un jus d'orange ?

Ses yeux étrécis lui indiquèrent qu'il ne la croyait pas, mais qu'il acceptait de sauver l'honneur.

— Un jus d'orange, ça me fera du bien, je pense.

Quand la barmaid posa la petite bouteille devant elle, elle l'engloutit d'un trait.

— Ah, ça va mieux.

— Tu as eu le temps de te renseigner pour les mesures de sécurité que je t'ai suggérées ?

— Pas encore. J'ai vu les policiers ce matin, je suis allée voir ma grand-mère, puis je suis venue en ville pour faire quelques courses.

— J'avais l'intention de passer au magasin de bricolage du nouveau centre commercial, près d'Evergreen. Je peux te prendre des verrous et des tringles, si tu veux.

— Si ça ne te dérange pas.

Elle prit quelques billets de vingt dollars dans son portefeuille.

— Tiens, prends ça, tu me diras si je te dois davantage.

Il fourra l'argent dans sa poche.

— Je passerai plus tard te les installer.

— Je travaille tant qu'il y a de la lumière, alors passe plutôt au crépuscule.

Ils sortirent ensemble du restaurant, suivis par plusieurs paires d'yeux. La rumeur avait dû se répandre qu'ils avaient découvert le cadavre de Rusty. Scarlett préférait rester discrète quand elle séjournait à Timberline, mais sa dernière visite l'avait placée au centre de l'attention, et celle-ci menaçait de prendre la même tournure.

— Merci pour le déjeuner et pour les serrures.

— Pas de problème.

Il prit son casque sur le siège de sa Harley et enfourcha sa machine.

— Merci de ne pas avoir parlé de mon tatouage aux flics.

Elle entrouvrit les lèvres pour répliquer, mais se tut et recula d'un pas quand il démarra. Bien entendu, il avait compris qu'elle avait délibérément tenu sa langue, puisqu'elle lui avait avoué avoir vu les tatouages sur le cou de Rusty et sur son dos.

Il fit à nouveau rugir son moteur, puis s'éloigna sur les chapeaux de roues.

Avec un soupir, elle se passa la main dans les cheveux et coinça le sac de laine sous son bras. Il était temps d'oublier Rusty Kelly et Jim Kennedy et de se remettre au travail.

En ce qui concernait Rusty, c'était facile. Mais Jim ? Elle n'était pas sûre d'y parvenir.

Jim déposa son casque sur sa moto et l'attacha avec l'antivol, puis il entra dans le magasin en attrapant un panier au vol.

Pourquoi Scarlett s'était-elle tue à propos de son tatouage ? En le voyant, elle avait dû comprendre qu'il avait menti aux policiers en disant ne pas connaître le mort, du moins, en disant ne rien savoir de lui. L'avait-elle cru quand il avait dit qu'il n'avait pas vu son tatouage ? Musgrove l'avait-il cru quand il avait dit ne pas avoir reconnu Rusty ?

Il ne savait même pas pourquoi il avait menti. Par habitude ? Il avait proféré tant de mensonges au cours des dernières années, qu'il ne savait plus quelle était la vérité.

Posant son panier dans le rayon des alarmes, il examina des détecteurs de mouvement et des caméras. Il avait prévu de faire quelques améliorations chez Slick, mais jusqu'à la veille la sécurité n'en faisait pas partie.

Qui avait assassiné Rusty et pourquoi ? Était-ce une simple bagarre ou un trafic qui avait mal tourné ? Mais pourquoi à Timberline ? Autant qu'il sache, les Seigneurs du Chaos ne fréquentaient plus la région, et Rusty n'avait pas de famille à proximité.

Il laissa tomber quelques articles dans son panier, puis flâna le long des rayons pour chercher des serrures à pêne dormant. Alors qu'il lisait les instructions au dos d'un paquet, un homme lui heurta le bras.

— Désolé, vieux.

Soudain, l'homme jura et lui assena une claque dans le dos.

— Jim Kennedy ! JT !

Jim se tendit et s'écarta. Il n'aimait pas qu'on le touche. D'ailleurs, il n'aimait pas non plus les surprises, et encore moins qu'on l'appelle par son surnom.

L'homme devant lui souriait jusqu'aux oreilles, dévoilant des dents jaunies au milieu d'une barbe épaisse.

— Tu ne te rappelles pas de moi ? Chewy. Je fréquentais ton vieux, à l'époque.

Jim serra l'anse de son panier à s'en faire mal. De quoi s'agissait-il ? D'une réunion de tous les Seigneurs du Chaos ?

Il se souvenait de Chewy, un type colérique et méchant comme une fouine, qui battait sa femme.

— Chewy. Oui, je me rappelle.

— Alors l'armée t'a eu, hein ? s'exclama l'autre en agitant la main qu'il avait tendue en vain à Jim. Paraît que t'es devenu un virtuose de la gâchette, un tireur d'élite. T'avais ça dans le sang, fiston.

— Dis-moi Chewy : est-ce que les Seigneurs du Chaos sont de retour à Timberline ? Tu as entendu parler de Rusty, pas vrai ?

— Rusty ? répéta Chewy en clignant ses petits yeux enfoncés. Je n'ai pas vu cette espèce d'enfoiré depuis des mois. Qu'est-ce qui lui arrive ?

La nouvelle de la mort de Rusty n'ayant pas encore été diffusée, Jim avait cru pouvoir prendre Chewy en flagrant délit de mensonge, mais ce dernier, aussi stupide qu'il soit, ne l'était pas à ce point. Il haussa les épaules.

— Il est de retour à Timberline, marmonna Jim. Je l'ai croisé l'autre jour.

— Bon sang ! Ce vieux Rusty ! Faudra que je passe le voir.

— Tu loges en ville ?

— Pour quelque temps, dit Chewy. On s'est bien marrés ici, faut dire.

Il fit courir ses doigts sur sa barbe grisonnante.

— Désolé pour Slick. C'était un coup dur. Si un de nous avait été là, il aurait refroidi celui qui l'a descendu.

— Ouais. Faut que j'y aille.

Jim jeta deux serrures dans son panier et s'éloigna.

Devait-il parler de la réapparition de Chewy si Collins le questionnait sur Rusty ? Si la police le convoquait, Chewy ne soufflerait pas mot ou s'évanouirait dans la nature. Or Jim pouvait avoir besoin de ses informations.

Il termina les achats de Scarlett ainsi que les siens et, une fois dehors, les déposa dans les sacoches de sa moto. Il vérifia l'heure sur son portable. Scarlett travaillait encore.

Il rentra donc chez Slick, ou plutôt chez lui. Son frère Dax avait disparu après sa sortie de prison. Quand il aurait terminé de régler ce qui devait l'être, Jim avait l'intention de vendre la maison en même temps que les motos de son père. Il ne s'y était jamais senti chez lui.

Il roula jusqu'au pied du perron et se gara sur le côté. Debout près de son engin, il tria les articles qu'il avait achetés et remit ceux qu'il destinait à Scarlett dans les sacoches.

Les motos de Slick étaient restées dans le garage pendant des années, et personne n'y avait touché, mais personne ne savait qu'elles étaient là. Quand il aurait passé une annonce, le loup sortirait du bois, et il devrait renforcer la sécurité.

Il allait commencer par poser des détecteurs de mouvement. Il laissa tomber ses achats sur la table de cuisine et mit dans un sac en plastique les pièces dont il aurait besoin.

Le sac sous le bras, il parcourut le sentier gravillonné qui menait au garage. En atteignant les doubles portes, il sortit son trousseau de clés.

— Bon sang…

Il donna un coup de pied dans l'un des panneaux. Trop tard. Quelqu'un avait brisé le cadenas qui fermait les portes. Il le dégagea des poignées et le laissa tomber par terre. Puis, se servant de son T-shirt pour ne pas laisser d'empreintes, il souleva le loquet et entrouvrit la porte du pied.

Il tira sur la chaîne qui pendait pour allumer les néons et poussa un soupir de soulagement. Les cinq Harley de Slick étaient là où il les avait laissées.

Pénétrant à l'intérieur, il survola du regard les carabines dans leur râtelier, les cannes à pêche, les moulinets et le petit matériel.

Rien n'attira son attention. Slick rangeait des tas d'outils là-dedans, et il n'en avait pas encore fait l'inventaire. De toute façon, peu importait qu'on dévalise Slick, ça ne le dérangerait plus, là où il était.

Seules les motos comptaient.

Jim s'avança vers les carabines et fit courir sa main sur le canon de l'une d'elles. C'était une des rares choses qu'il devait à son père. Slick lui avait appris à tirer, et il s'était révélé, dès le départ, comme étant une fine gâchette.

Il passa les heures suivantes à fixer les détecteurs de mouvement à l'extérieur du garage et à réparer le cadenas. Il fallait penser à un meilleur moyen de verrouiller ces portes. Il allait devoir également signaler l'intrusion au bureau du shérif.

En retournant à la maison, il contempla le ciel. Un épais banc de nuages cachait le soleil couchant. C'était sans doute ce qu'on appelait le crépuscule, Scarlett avait sans doute fini de peindre. Devait-il apporter autre chose en dehors des serrures ? Le dîner ?

Au moins, sa chute maladroite n'avait pas refroidi les sentiments de Scarlett à son égard. Bien sûr, son tatouage l'avait effrayée. Avait-elle cru ses explications ? Lui-même ne s'y serait pas laissé prendre.

Il finit de se doucher et se sécha devant le miroir. En se retournant, il arrivait juste à distinguer le bord du tatouage sur son dos, les lettres L et C.

Il aurait peut-être dû se débarrasser de ce truc. Du moins avait-il eu le mérite d'effrayer quelque peu ses ravisseurs.

Il rejeta en arrière ses cheveux mouillés qui touchaient presque ses épaules. Il ne ressemblait plus vraiment à un ranger, mais il avait des blessures de guerre pour prouver ses états de service. Il passa son pouce sur la fine ligne blanche de son front.

Il se rasa, mit un jean, un T-shirt noir et une chemise à carreaux noirs et blancs, puis adressa une grimace à son reflet dans le miroir.

— Ce n'est pas un rencard, Kennedy, juste une livraison de quincaillerie…

Enfilant son blouson de cuir à la va-vite, il sortit et verrouilla la maison. Il aurait pu couper par les bois pour se rendre chez Scarlett, mais il était déjà las de la forêt.

Il enfourcha donc sa moto pour parcourir le kilomètre qui séparait leurs deux maisons, et la laissa sous les arbres à quelque distance du bungalow. Il prit soin de faire du bruit en gravissant les marches du perron, pour ne pas l'effrayer et risquer une attaque au tisonnier.

Il frappa à la porte avec le heurtoir en forme de tête de lion et appela :

— Scarlett, c'est Jim !

Voyant bouger le rideau à la fenêtre, il fit un pas de côté pour se montrer.

Elle lui ouvrit la porte.

— Je me disais que tu m'avais oubliée.

L'oublier ? Jamais.

— Tu m'as dit de venir au crépuscule. Je ne voulais pas interrompre ton travail.

— C'est la nuit, pas le crépuscule, répliqua-t-elle en pointant la tête au-dehors.

— Désolé de ne pas avoir saisi la nuance.

Il lui tendit le sac.

— Voilà pour toi, et j'ai ta monnaie.

Elle ouvrit la porte plus grand, laissant la lumière de l'intérieur l'éclairer. En la voyant le contempler des pieds à la tête, Jim sentit son ventre se contracter.

Elle battit des paupières et poussa un soupir qui fit monter et descendre son pull rose moulant.

— Entre donc.

— Tu peux installer ces trucs toi-même ou tu connais quelqu'un qui pourrait s'en charger ? questionna-t-il en balançant le sac au bout de ses doigts.

— Je sais me servir d'un marteau et d'un tournevis, mais c'est tout. Ça m'étonnerait que j'aie une perceuse à la maison.

Elle fourra les mains dans ses poches arrière, ce qui fit saillir ses seins sous son pull.

— À vrai dire, j'espérais un peu que tu pourrais m'aider. Je peux te payer… et te nourrir.

Jim sentit son cœur tambouriner dans sa poitrine. Tout ce qu'elle avait à faire, c'était le regarder ainsi, et il irait décrocher la lune pour la lui servir sur un plateau d'argent.

— Me nourrir ?

Il renifla et une odeur d'ail le fit saliver.

— Tout de suite ?

— J'ai pensé qu'il serait plus efficace de t'offrir à manger le jour même, dit-elle en battant des cils. S'il te plaît ?

Il ricana.

— Tous les moyens sont bons, à ce que je vois.

— Ce n'est pas bien, hein ? dit-elle en plissant le nez.

— Ce n'est pas bien, mais ça sent drôlement bon. C'est un dîner végétarien ?

— Salade, aubergines au parmesan et, pour toi, boulettes de viande et *penne*. Je les ai commandés au restaurant italien du centre commercial.

— Marché conclu.

— Parfait.

Elle se dirigea vers la cuisine, et il la suivit, admirant au passage ses courbes mises en valeur par son jean.

D'un placard, elle sortit des bols et des assiettes et les posa sur le comptoir.

— On va dîner ici, si ça ne te dérange pas. Je me sers rarement de la table.

— Bien sûr.

Il disposa les couverts sur les sets de table et tira les chaises hautes.

— Tu veux que je serve la salade dans les bols ?

— Hum-hum. Et…

Elle se retourna, tenant une bouteille devant elle.

— J'ai acheté du vin.

— Je prendrai seulement de l'eau.

— C'est une bonne année, dit-elle en montrant l'étiquette de la bouteille, un cabernet d'un domaine de Washington.

— Je ne bois pas d'alcool.

— Ah, dit Scarlett en serrant la bouteille contre elle. J'espère que ça ne te dérange pas si j'en bois.

— Je t'en prie.

Il déposa de la salade dans les deux bols, tandis qu'elle ouvrait le vin. L'alcool ne lui manquait pas, sauf les nuits comme celle qu'il venait de passer.

Après s'être servis à même les casseroles, ils s'assirent au comptoir, et Jim leva son verre d'eau.

— À une soirée sans drame.

Elle fit tinter son verre contre le sien. Le liquide rouge tournoya, attrapant la lumière et rosissant ses joues.

— Tu as beaucoup travaillé cet après-midi ? questionna Jim en prenant un morceau de pain à l'ail.

— Pas vraiment, dit-elle en agitant sa fourchette. J'ai travaillé sur une œuvre que j'espérais finir en quelques semaines, puis j'ai entamé autre chose, et cela m'a distraite tout l'après-midi. Je déteste ça.

— Tu as de la chance d'avoir un métier créatif.

— Et toi ? demanda-t-elle, quels sont tes plans, maintenant que tu as quitté l'armée ?

Jim piqua quelques pâtes imbibées de sauce tomate. Elle attendait une réponse. C'était ainsi qu'on alimentait une conversation, avec des questions et des réponses. Posant sa fourchette, il s'éclaircit la gorge.

— J'ai travaillé un peu pour une association qui s'occupe d'anciens combattants blessés.

— Tu veux dire qui propose de la rééducation ?

— Non, un autre genre de thérapie, répondit-il en se tapant la tête.

— Waouh, ça doit être difficile.

— Pour moi ou pour eux ?

— Pour tout le monde.

— Ce n'est pas facile tous les jours, c'est certain. C'est pour ça que j'aime ta peinture, dit-il en se penchant en avant. Elle a l'air… thérapeutique. Je veux dire que nous faisons appel à toutes sortes de choses pour aider ces types, les animaux domestiques, la musique, la peinture…

— Ça a l'air d'être un projet formidable. Est-ce cela que tu vas faire quand tu auras terminé ce que tu fais ici ?

— Il faut que je me forme. Il se pourrait que je retourne à l'université. Ou plutôt que j'y entre, puisque je me suis engagé tout de suite après le lycée.

— Je peux te donner un conseil ? dit-elle en prenant une gorgée de vin qui lui tacha les lèvres de rouge.

Il détourna son regard de sa bouche pour le poser sur ses yeux.

— Bien sûr.

— Tu devrais te montrer un peu plus ouvert.

— C'est eux que je suis censé amener à s'ouvrir.

Elle but encore un peu de vin, puis pencha la tête, répandant ses longs cheveux sur son épaule.

— Tu as raison. Et tu es très doué pour ça, puisque tu m'as fait dire beaucoup plus de choses que tu ne m'en as dites.

— Je n'essayais pas de te tirer les vers du nez, Scarlett.

— Je sais, mais je t'ai parlé parce que…

Baissant la tête, elle porta un morceau de pain à l'ail à sa bouche. Ail ou pas, il se promit de l'embrasser plus tard. Avec effort, il revint à ses yeux.

— Parce que ?

— Oh ! tu sais… Parce que je te connaissais au lycée.

— Oui, et nous étions de très bons amis…

— Tu n'avais pas d'amis, dit-elle en riant.

— Et toi, tes seuls amis étaient les gosses de la réserve.

— Des champions en matière de mondanités, crois-moi !

Elle rejeta ses cheveux en arrière et se mit à rire.

Un coup à la porte interrompit son rire. Jim laissa tomber son pain.

— Qu'est-ce que c'est encore ? J'ai dû nous porter malheur, avec mon toast, commenta-t-il.

Scarlett sauta de son tabouret et marcha vers la porte d'entrée. N'ayant aucune intention de la laisser ouvrir toute seule, Jim lui emboîta le pas et se pencha au-dessus de son épaule pour regarder comme elle par la fenêtre.

Elle poussa un bruyant soupir.

— C'est Collins, avec un policier que je ne connais pas.

Jim se tendit. Que faisaient-ils là à cette heure ? Avant qu'il puisse l'en empêcher, Scarlett ouvrit la porte.

— Vous avez des nouvelles, Collins ?

Collins écarquilla les yeux et croisa le regard de Jim.

— Je pensais bien que vous seriez là, Kennedy.

Jim se redressa, prenant appui sur sa bonne jambe.

— Eh bien, me voilà !

Collins posa une main sur son arme de service.

— James Kennedy, je vous arrête pour le meurtre de Jeff Kelly.

6

Pris d'un éblouissement, Jim serra les poings à ses côtés. Emprisonné, lui ? *Impossible !*

Il sentait le sang courir dans ses veines, et son cœur battre à coups redoublés dans sa poitrine. S'il bousculait le policier et s'enfuyait, c'en serait fini de lui. Il fallait qu'il se maîtrise. Les innocents ne prenaient pas la fuite.

La main de Scarlett se referma sur la sienne, apaisant en partie la rage qui montait en lui.

— De quoi parlez-vous, Collins ? Jim était avec moi, hier soir, dit-elle. Nous avons découvert ensemble le cadavre de Rusty.

— Madame, je vais vous demander de reculer, s'il vous plaît. Nous avons un mandat d'arrêt contre M. Kennedy, et je dois lui lire ses droits.

— Mais quelles preuves avez-vous ? s'exclama Scarlett en tapant du pied. C'est ridicule !

Jim reprit son souffle. Elle était de son côté, il allait y arriver.

— Laisse, Scarlett. Ils me diront ce qu'ils ont contre moi au commissariat. Si je te donne sa carte, tu pourras appeler un de mes amis ? Il te recommandera un avocat de la région.

— Jim, c'est absurde ! Tu n'as tué personne !

Mais elle rougit tout de suite, comme si elle venait de

se rendre compte de la fausseté d'une telle affirmation, s'agissant d'un sniper.

— Je veux dire, tu n'as pas tué Rusty. Dis-le-leur.

— Tout va bien. J'aurai l'occasion de le leur dire plus tard.

Collins lui lut ses droits, puis lui demanda s'il avait une arme sur lui.

— Pas sur moi, mais mon Glock est dans la poche de mon blouson, dit-il désignant le portemanteau de la tête.

Collins fit signe à l'autre adjoint puis tapa sur l'épaule de Jim.

— Tournez-vous.

Jim s'exécuta et serra les dents en entendant le tintement des menottes derrière lui. Il devait se contenir pour que les flics ne l'accusent pas de résistance, mais chaque fibre de son être lui hurlait de se battre.

Respire. Réfléchis. Raisonne.

— Vous pouvez sortir mon portefeuille et le donner à Scarlett ? demanda-t-il.

Collins palpa son blouson et trouva l'objet, qu'il tendit à la jeune femme. Jim tenta d'opposer un air de calme au regard paniqué de Scarlett.

— Dedans, il y a la carte de Ken Stucken. Appelle-le et raconte-lui ce qui s'est passé. Dis-lui que j'ai besoin d'un avocat.

Elle fouilla le portefeuille, les mains tremblantes.

— La voilà, dit-elle en la levant en l'air.

Il hocha la tête et lui adressa un demi-sourire, tandis que Collins et l'autre adjoint l'entraînaient vers leur voiture. Ils ne pouvaient pas avoir grand-chose contre lui, étant donné qu'il n'était pas coupable, mais ils ne diraient rien tant qu'ils ne seraient pas au commissariat. Jim connaissait la musique.

Durant le trajet, il garda les yeux braqués sur le paysage qui défilait par la vitre, s'efforçant d'inspirer à fond. Il doutait de pouvoir supporter une nuit en prison. Les policiers devraient sans doute le transférer à l'hôpital psychiatrique avant l'aube, ce qui leur donnerait une raison de plus de croire qu'il avait tué Rusty.

Cody Unger n'était pas là quand ils arrivèrent, mais ce n'était pas l'affaire du siècle.

— Le shérif Musgrove est là ? demanda Jim.

— Non, répondit Collins en se raclant la gorge, mais nous lui avons notifié le mandat.

Ils le poussèrent vers une salle d'interrogatoire vitrée, au fond.

— Nous allons vous interroger avant de vous mettre en garde à vue, Kennedy. Vous avez le droit de réclamer la présence d'un avocat durant cet interrogatoire.

— J'y renonce pour l'instant. Je suis trop curieux de savoir ce que vous croyez avoir contre moi.

Collins poussa la porte de la salle et lui indiqua une chaise.

— Café ?

— Non, merci. Allons-y, qu'on en finisse vite.

L'autre adjoint régla la caméra, tandis que Jim s'affalait maladroitement sur une chaise, les mains toujours menottées.

— Vous êtes obligé de me laisser les menottes ?

Collins lui jeta un coup d'œil suspicieux.

— Non.

Libéré de ses menottes, Jim sentit son rythme cardiaque revenir plus ou moins à la normale. Il se frotta les poignets.

— Pourquoi m'avez-vous arrêté ? Quelles preuves avez-vous contre moi ?

Le deuxième policier prit une boîte en carton et en sortit un sachet en plastique qu'il jeta sur la table devant Jim.

— Vous le reconnaissez ?

— C'est le couteau de chasse de mon père, dit-il d'une voix blanche.

— C'est celui qui a servi à poignarder Rusty Kelly.

— Laissez-moi deviner. Vous avez trouvé mes empreintes dessus.

— Vos empreintes et le sang de Rusty.

— Je reconnais que c'est une combinaison compromettante…, marmonna Jim

Il croisa les bras sur sa poitrine et étendit les jambes devant lui. Collins lissa les plis du sachet.

— Vous pouvez nous dire ce que ça signifie ?

— Mes empreintes sont sur le couteau parce qu'il était dans le hangar de mon père. C'est un appentis en bois qu'il utilisait pour parquer ses motos. J'étais là la semaine dernière et j'ai déplacé des trucs. Je me souviens d'avoir manipulé le couteau qui était sur l'établi.

— Ça explique les empreintes.

— De plus, j'ai découvert aujourd'hui que quelqu'un s'était introduit dans le garage. La porte est à double battant et se ferme avec un simple cadenas.

— Vous avez porté plainte ?

— Non, mais j'ai appelé le commissariat. Je n'avais pas l'impression qu'il manquait quelque chose, alors quand l'adjoint Stevens m'a demandé si je voulais déposer une plainte, j'ai dit que ce n'était pas la peine. Vous pouvez le lui demander.

Collins claqua dans ses doigts.

— Jenkins, trouve-nous Stevens pour qu'on vérifie ça.

— Il y a aussi mon alibi.

— Un alibi ?

— J'étais avec Scarlett Easton quand elle a découvert le corps.

— Kelly a été poignardé avant que vous n'arriviez chez elle.

— Combien de temps avant le moment où nous l'avons trouvé ? J'ai un alibi pour ça aussi.

— Racontez-nous ça dans l'ordre chronologique.

— J'ai dîné en ville au Miner's Inn et je suis parti autour de 20 heures. Je me suis servi de ma carte de crédit. J'ai eu du mal à faire démarrer ma moto et j'en ai parlé avec un homme nommé Terry. C'était juste devant le Miner's Inn, et plein de gens m'ont vu. Je ne suis pas parti avant 20 h 45 ou 50. Quand je suis arrivé chez moi, j'ai cru entendre du bruit, si bien que j'ai garé ma moto et je suis allé faire un tour dans les bois. Je suis arrivé chez Scarlett à 21 h 15 ou 20. Elle peut le certifier.

Collins n'avait cessé d'observer ses mains et son visage, sans jamais interrompre son récit. Il se contenta de hocher la tête.

Jim reprit sa respiration.

— Donc, si j'avais poignardé Rusty, j'aurais dû le faire dans un temps très court : prendre le couteau, trouver Rusty et le poignarder sans tacher mes vêtements, étant donné que je n'aurais pas eu le temps de me changer avant d'aller chez Scarlett.

— Et tout ça se révélera exact ? demanda Collins en croisant les mains sur la table.

— Tout ça se révélera exact.

Jim se redressa sur sa chaise et fit face à la caméra.

— Maintenant, si vous avez d'autres questions à me poser, il faudra attendre mon avocat.

Il savait qu'il avait en un alibi en béton. Cela ne le préoccupait pas. Ce qui l'inquiétait, c'était que quelqu'un essaie de lui faire porter le chapeau. Il avait le sentiment que cela avait tout à voir avec ce qui lui était arrivé vingt-cinq ans auparavant.

Quand son téléphone sonna, Scarlett bondit, attrapa son sac et sortit en hâte.

Au bout de son allée, elle répondit, hors d'haleine.

— Est-ce que Jim va devoir passer la nuit en prison ? Qu'est-ce qu'ils ont contre lui ? Qu'est-ce que je peux faire ?

Wade Lewiston, l'avocat qu'avait recommandé l'ami de Jim, fit claquer sa langue.

— Ils ne l'ont même pas encore mis en garde à vue,

Scarlett. Ils l'ont fourré dans une salle d'interrogatoire pour vérifier son alibi.

— S'ils me posent la question, je leur dirai qu'il est impossible qu'il ait poignardé quelqu'un et soit ensuite venu chez moi sans une trace de sang sur lui.

— D'après ce que j'ai compris, l'enchaînement des événements est très serré. Ils ne pourront pas le mettre en accusation. Il a même signalé l'intrusion dans son garage. Il est couvert.

— Vous allez vous déplacer ?

— Je ne pense pas. Jim ne répond plus à leurs questions. Il voulait que je vous demande si vous pouviez aller le chercher au commissariat quand ils le relâcheront.

— Bien sûr. Je suis déjà en route.

— Attendez un peu, Scarlett, les policiers étudient encore son alibi.

— Je ne veux pas attendre. Tout ça est ridicule.

— Comme vous voudrez. Si Jim a besoin d'autre chose, demandez-lui de m'appeler.

— Et des poursuites ? Il peut attaquer le bureau du shérif ?

— Je crains que non. Ses empreintes sont sur l'arme du crime, et cette arme lui appartient. La police avait un motif valable de l'arrêter.

— D'accord, d'accord.

Elle se passa une main dans les cheveux.

— Je vais là-bas, de toute façon.

— Alors bonne soirée et bonne chance. Appelez-moi s'il y a un problème.

Scarlett appuya sur la télécommande de sa voiture et les phares clignotèrent.

— Je n'y manquerai pas.

— Encore une chose, Scarlett.

— Quoi ?

— Soyez prudente.

— Prudente ?

Elle se glissa derrière le volant et jeta un coup d'œil au rétroviseur.

— Par rapport à quoi ? Ce n'est pas Jim le coupable.

— Ce n'est pas ce que je voulais dire.

— Alors de quoi voulez-vous parler ?

— Il y a un meurtrier en liberté à Timberline. Pour une raison inconnue, il s'est débarrassé de cet homme près de chez vous et essaie de faire porter le chapeau à Jim. Alors, faites attention.

Scarlett frissonna. Comme si elle avait besoin de cette mise en garde.

— Je ferai attention. Merci de m'avoir rappelée si vite.

— Toujours prêt à rendre service aux anciens combattants, surtout quand il s'agit d'un Jim Kennedy.

Avant qu'elle puisse lui demander ce que Jim avait de si spécial, il raccrocha.

Quand elle s'arrêta sur le parking du shérif, elle avait mal partout. Elle avait accompli le trajet cramponnée au volant, assise au bord de son siège.

Un sentiment d'urgence la poussait : quelque chose lui disait que si elle ne faisait pas sortir Jim ce soir, il ne sortirait jamais.

Elle sortit de la voiture et se hâta de gagner l'entrée du bureau. À l'accueil, Stevens leva les yeux.

— Je suis venue chercher Jim Kennedy. Vous avez fini de le harceler ?

Stevens ouvrit grand la bouche.

— On a trouvé ses empreintes sur l'arme du crime, qui appartenait à son père.

— Et il a un alibi inattaquable.

Stevens leva les mains dans un geste défensif.

— C'est le comté qui a procédé à l'arrestation. Pas la peine de vous en prendre à moi, ronchonna-t-il.

— Eh bien, avez-vous fini avec lui ? répéta-t-elle en posant une main sur la hanche.

— Je crois. Ils vont le ramener dès qu'ils seront prêts. Collins ne l'a pas mis en garde à vue, alors il n'y a pas de papiers à remplir.

Scarlett se mit à faire les cent pas à l'autre bout de la pièce. Au bout de quinze minutes, qu'elle passa à mitrailler Stevens de questions, elle entendit une porte s'ouvrir dans le couloir.

La voix grave de Jim se fit entendre. Scarlett se précipita à l'accueil et le vit arriver dans sa direction, en grande conversation avec Collins. En l'apercevant, Jim releva brusquement la tête et écarquilla les yeux.

— Qu'est-ce que tu fais ici ?

— Je t'attendais. J'ai eu Wade Lewiston au téléphone, il y a une demi-heure, et il m'a dit que tu voulais que je vienne te chercher.

— J'allais t'appeler. Je ne voulais pas te faire perdre ton temps ici.

— Et moi, je ne voulais pas te faire attendre une minute de plus que nécessaire.

Elle dévisagea Collins avec une moue ironique.

— Tout est arrangé ?

Jim se massa la nuque.

— Presque tout. J'aimerais savoir qui a volé le couteau de Slick, un couteau sur lequel il y a mes empreintes.

— Nous aimerions aussi le savoir, dit Collins en serrant la main de Jim. On vous tiendra au courant. Désolé pour cette méprise.

— Vous ne faisiez que votre travail.

— Vos affaires, dit Stevens en repoussant sa chaise pour prendre une boîte sur un classeur. Nous avons déchargé votre arme, mais elle est en règle. Vous pouvez la reprendre.

Jim posa la boîte sur un bureau et empocha son portefeuille et ses clés. Il fourra le revolver dans son blouson et rassembla les balles de la main pour les empocher.

— Quelqu'un va venir relever les empreintes dans mon garage ?

— Oui, mais nous vous appellerons d'abord.

Jim tint la porte à Scarlett, et elle sortit. L'air frais du dehors lui piqua les joues. Elle se tourna vers lui.

— Comment peux-tu être aussi poli ? Ils t'ont arrêté, menotté et emmené au commissariat comme un vulgaire criminel.

Il lui posa les deux mains sur les épaules.

— Ils avaient l'arme du crime avec mes empreintes. Qu'est-ce que tu voulais qu'ils fassent ? Qu'ils ignorent les indices matériels ?

Ses paroles semblaient raisonnables, mais ses mains tremblaient un peu. Il les laissa retomber rapidement.

— Tu es plus avisé que moi. J'aurais été furieuse. Tu étais avec moi quand j'ai trouvé le corps. Comment ne l'aurais-je pas vu si tu avais eu du sang sur toi ? Les flics sont arrivés tout de suite. Et eux non plus n'ont rien remarqué !

— C'est fini, Scarlett, du moins pour l'instant.

— Qu'est-ce que ça veut dire, et pourquoi est-ce que tout le monde parle par énigmes ce soir ?

— Je veux découvrir qui me fait porter le chapeau pour le meurtre de Rusty.

— Et pourquoi voudrait-on faire ça ?

— Montons en voiture, dit-il en lui effleurant le dos.

La voyant se préparer à ouvrir la portière côté conducteur, il lui demanda :

— Tu es sûre de pouvoir conduire avec le vin que tu as bu ?

— Tu plaisantes ? J'y ai à peine touché avant cette interruption brutale. Et, maintenant, j'ai bien l'intention de finir la bouteille, ajouta-t-elle en ouvrant sa portière.

Sur le trajet de retour, Jim lui raconta l'interrogatoire et les vérifications faites par les adjoints.

— J'ai de la chance de ne pas être resté chez moi au moment de l'assassinat de Rusty.

— Ce n'est peut-être pas pour rien que tu as eu l'idée de venir jusque chez moi.

— Quoi qu'il en soit, cela m'a épargné beaucoup d'ennuis.

Au moment de tourner sur la route qui menait chez eux, elle lui glissa un regard.

— Tu veux que je te dépose chez toi ou tu veux revenir finir le dîner ?

— Je croyais que nous l'avions fini.

— J'ai acheté un cheese-cake pour le dessert.

— Je t'avoue que j'ai un peu perdu l'appétit, mais je dois récupérer ma moto.

Après avoir cahoté un temps sur le chemin d'accès, Scarlett s'arrêta sur l'emplacement qu'elle avait débroussaillé après l'achat de la maison et coupa le moteur.

— Tu es sûr que tu ne veux pas entrer ? J'ai encore ton portefeuille et la carte que tu m'as donnée.

— Si ça ne te dérange pas… Il est assez tard.

— Je ne tiens pas en place, déclara-t-elle en ouvrant sa portière. Et puis il faut finir cette bouteille.

Il la suivit sur le sentier entre les arbres, chacun d'eux s'éclairant à la lumière de son téléphone.

— Tu devrais aussi installer des lampes le long de ce sentier. Il fait noir comme dans un four ici.

— Je crois que j'y suis habituée, maintenant.

Mais à peine avait-elle prononcé ces mots qu'elle trébucha. Jim la rattrapa par la taille.

— Tu y es habituée, hein ? Je te propose quelque chose : comme tu m'as rendu service en appelant l'avocat, je vais te rendre la pareille et installer quelques lampes sur ce chemin.

Scarlett aurait préféré autre chose en échange mais, après s'être éclairci la gorge, elle demanda :

— Tu crois qu'il risque d'y avoir encore des problèmes ?

— Je pense que c'était Rusty la cible, mais j'ai un drôle de pressentiment à propos de ce couteau. Pourquoi ont-ils utilisé celui-là ?

— Où l'ont-ils trouvé ? demanda Scarlett.

Elle ouvrit la maison et laissa la porte ouverte pour Jim.

— Sur la route, entre nos deux maisons. C'est un type qui faisait son jogging qui l'a trouvé. Il était sans doute là où le tueur a balancé Rusty.

— Je pense que je vais boire un peu de ce vin, maintenant.

Laissant tomber son sac sur une chaise, Scarlett alla droit à la cuisine, déboucha la bouteille qu'elle avait laissée sur le comptoir et s'en servit un verre.

— Tu es sûr que tu n'en veux pas ? dit-elle en levant son verre en guise de toast. J'ai aussi de la bière dans le frigo.

— Non, merci, dit Jim en se perchant sur un bras du canapé. J'ai rencontré un autre fantôme du passé, aujourd'hui, ajouta-t-il.

— Qui ça ?

— Il s'appelle Charles Swanson, mais on le surnommait Chewy. J'ai parlé de lui aux policiers, ajouta-t-il en se frottant la nuque.

— Tu penses qu'il a quelque chose à voir avec le meurtre de Rusty ?

Elle prit une longue gorgée, accueillant avec soulagement la sensation de chaleur qui se répandait dans sa poitrine.

— C'est un peu suspect qu'il se trouve à Timberline en même temps que Rusty, juste avant que ce dernier se fasse assassiner, dit Jim.

— Si les Seigneurs du Chaos veulent se trucider les uns les autres, ils sont libres, du moment qu'ils le font loin de chez moi.

Elle plaqua une main sur sa bouche et ajouta :

— Je ne parle pas de toi, bien sûr.

— Je ne fais pas partie de leur bande, remarqua Jim, les sourcils froncés.

— Je sais. Ce n'était pas ce que je voulais dire.

— Étais-tu là quand Gary Binder a été renversé par une voiture ? questionna-t-il en se pinçant l'arête du nez.

— Qu'est-ce que cela a à voir ?

— Tu étais là ?

— Oui. Les flics n'ont jamais retrouvé le chauffard, et sa mère ne s'en est pas remise. Elle l'avait soutenu dans toutes les épreuves qu'il avait traversées : la drogue, les arrestations, et juste au moment où il commençait à reprendre pied, il a été fauché par cette voiture.

— Binder coopérait avec la police sur l'affaire du trio Timberline, n'est-ce pas ?

— Vraiment ? Je ne sais pas s'il faut appeler ça une coopération. Il n'avait pas grand-chose à leur apprendre.

Soudain, Jim se frappa le front.

— Il était mêlé au trafic de drogue ici, à Timberline.

— Le trafic de drogue ? Est-ce ce que l'agent Harper étudiait quand il enquêtait sur l'affaire du trio ?

— Harper, c'était l'agent du FBI en charge de l'affaire ? questionna Jim, en se passant la main sur le menton.

— Oui. Il voulait interroger Gary, mais il n'en a pas eu l'occasion.

— Bien pratique. Je me demande si Rusty ou Chewy étaient en ville à ce moment-là.

Il fit quelques pas, puis s'appuya d'une main au manteau de la cheminée.

— Je pourrais avoir un verre d'eau, s'il te plaît ?

Se dirigeant vers la cuisine, Scarlett lui lança un regard inquiet.

— Ça va ?

— Je vais… Je vais…

Il laissa tomber sa tête en avant et inspira profondément.

— Jim ?

Le cœur battant, Scarlett plaça un verre sous le robinet pour le remplir.

Avant qu'elle ait fini, Jim s'effondra sur le plancher en poussant un gémissement.

7

— Jim !

Scarlett lâcha le verre dans l'évier et revint en courant dans le salon.

Elle s'agenouilla à côté de lui. Il était sur le flanc, les genoux remontés contre la poitrine. Posant une main sur son front moite, elle demanda :

— Jim, tu m'entends ?

Ses yeux roulèrent derrière ses paupières, et elle écarta ses cheveux sur son front. S'il n'ouvrait pas les yeux dans deux secondes, elle courrait dehors appeler le 911. Mais elle ne voulait pas le quitter.

Elle défit les boutons de sa chemise, effleurant par mégarde la chair brûlante de son cou. Il devait faire moins de 15° dans la maison, pourquoi était-il aussi chaud ?

Il battit des paupières, et elle distingua l'éclat de ses prunelles noires.

— Tu reviens à toi ? Je vais te chercher de l'eau.

Prenant un coussin sur le canapé, elle le glissa sous sa tête. Puis elle retourna à la cuisine remplir un autre verre, ignorant les éclats dans l'évier. Quand elle revint, Jim respirait mieux et avait repris quelques couleurs.

Elle fit gonfler le coussin derrière sa tête et approcha le verre de ses lèvres desséchées.

— Tu peux boire ? Dois-je appeler le 911 ?

Il détourna la tête, et elle posa le verre sur la pierre du foyer.

Le voyant lever une main, elle s'en saisit. Immédiatement, un courant d'énergie traversa son corps. Elle se rejeta en arrière, sans pour autant lâcher la main de Jim.

L'effroi s'insinua en elle, et elle eut l'impression que quelque chose la menaçait dans l'obscurité. Retenant son souffle, elle se raidit et pressa la main de Jim, le cœur battant.

Mais il lui arracha sa main et se redressa avec effort.

— Je vais bien.

Tandis qu'elle cillait, il prit le verre d'eau et l'engloutit.

— Ce n'est rien. Reviens.

Elle leva une main à sa gorge. Comment avait-il su ? L'avait-il vu sur son visage ?

— Je suis là, bien sûr. Que s'est-il passé ?

— À toi de me le dire.

Il s'assit, le dos contre la cheminée, la chemise ouverte sur un T-shirt noir qui moulait les muscles de sa poitrine.

— Tu es tombé. Tu ne réagissais pas, ta respiration était hachée et ta peau moite. Qu'est-ce que c'était, Jim ? Tu n'as même pas l'air de t'en faire.

— C'est parce que cela m'est déjà arrivé. Les crises ont cessé un bout de temps, mais elles ont repris depuis que je suis revenu à Timberline.

— Des crises ? Dues à quoi ? Je suppose que tu as vu un médecin ?

Scarlett croisa les jambes sous elle et noua ses mains sur ses genoux.

— C'est du stress post-traumatique, dit Jim. On m'a soigné pendant quelque temps, j'ai suivi un traitement mais ça ne m'a pas plu.

— Ça t'a aidé ?

— Cela a réduit les crises, mais je préfère éprouver mes sensations plutôt que les réprimer avec des produits chimiques.

— Tu disais que les crises avaient cessé ?

— Jusqu'à ce que je revienne à Timberline.

Il prit le verre entre ses mains et passa son pouce sur le bord.

— Pourquoi ? Qu'est-ce que te fait cet endroit ? C'est à cause de ce que tu as enduré avec ton père ?

— En partie.

Il se pencha en avant.

— Mais je préférerais que tu me dises ce que tu sens quand tu me touches.

— Qu'est-ce que tu veux dire ? objecta-t-elle en rougissant.

— Je ne parle pas d'attirance physique, même si elle est évidente — on ne va pas se mentir.

Il fourragea dans ses cheveux.

— Je veux dire l'autre truc, cette façon que tu as de réagir comme si je te donnais une décharge électrique. Je fais toutes sortes d'effets aux femmes, mais je n'ai jamais vu une réaction pareille. Qu'est-ce qui se passe, Scarlett ?

Elle poussa un soupir et se leva.

— J'ai besoin du reste du vin pour discuter de ça.

— Laisse-moi aller le chercher.

Il se mit debout et, vacillant, se cramponna au manteau de la cheminée. La voyant se pencher vers lui, il leva la main.

— Je vais bien. J'ai besoin de bouger.

Il ramassa le verre vide et marcha vers la cuisine, avec une boiterie plus accentuée que d'ordinaire.

— Il y a un verre cassé dans l'évier.

— Oui, je l'ai lâché quand tu t'es effondré dans le salon.

— Désolé de t'avoir fait peur.

Il revint avec le verre de vin et un peu d'eau pour lui.

— J'aurais dû me rendre compte que j'allais avoir une crise après cette arrestation.

Scarlett lui prit le verre des mains et lui effleura les doigts au passage. Cette fois, elle ne ressentit rien d'autre que du désir.

Elle se laissa tomber dans un fauteuil, tandis que Jim

s'asseyait face à elle, les bras sur les genoux, tenant son verre à deux mains. Fermant les yeux, elle prit une gorgée de vin.

— Tu connais mon héritage.

— Tu es quileute.

— Oui, et comme beaucoup d'autres, notre tribu a des chamanes. Je suis persuadée que ce don n'est pas plus fréquent chez nous que dans la population en général, mais nous, nous y prêtons attention et nous le développons. Je crois que certaines familles sont plus douées pour les perceptions extrasensorielles, et c'est le cas de la nôtre.

— Ta grand-mère était une chamane, je m'en souviens.

— Ah oui, tu t'en souviens ? s'exclama-t-elle, saisie d'une bouffée de joie.

— Je me rappelle beaucoup de choses sur toi, Scarlett.

Ce disant, il plongea son regard dans le sien, et elle eut l'impression d'être de nouveau une écolière, copiant son devoir de géométrie.

— En tout cas, reprit-elle en secouant la tête, je possède aussi cette capacité.

— Et quand tu me touches… Que se passe-t-il ? Tu vois mon avenir ?

— Plutôt ton passé.

— Tu vois dans mon passé ? s'écria-t-il en se redressant brusquement.

— Pas exactement. C'est difficile à expliquer. Je ne vois rien de concret, ce sont des visions, des sensations, des sentiments.

— Pas étonnant que tu te recroquevilles sur toi-même à chaque fois que tu me prends la main. Ça suffirait à donner des complexes à n'importe quel type, ajouta-t-il en haussant un sourcil.

Scarlett fixa la surface miroitante de son vin.

— Qu'est-ce que je sens, Jim ? Tout est obscur, terrifiant, et il y a quelque chose… quelque chose d'inconnu.

— Comment te dire ?

Il fit rouler son verre d'eau entre ses mains.

Se penchant en avant, Scarlett lui tapota la jambe.

— Et si tu commençais par ça ? Qu'est-il arrivé à ta jambe ? Pourquoi souffres-tu de stress post-traumatique ?

— J'ai été capturé, enfermé dans un espace minuscule, torturé et menacé quotidiennement de décapitation.

Bouche bée, Scarlett croisa les bras sur son ventre.

— Et… Qu'est-ce qu'on a fait à ta jambe ?

— Ils me l'ont cassée, et elle s'est mal ressoudée.

Il haussa les épaules.

— Mais ce n'était pas la douleur le plus difficile. Voir des gens que j'avais fini par aimer et respecter se faire torturer et, dans certains cas, décapiter, était bien pire que la torture physique, dit-il en serrant les mâchoires.

— Comment t'es-tu échappé ?

— Nous sommes trois à nous être évadés : un journaliste néerlandais, un entrepreneur allemand et moi. Nous avons creusé un tunnel, comme dans les films. Ensuite, nous avons été aidés par des gens du coin, qui nous ont fait passer la frontière.

— C'est incroyable, dit-elle en se rejetant en arrière dans son fauteuil. Et on en a parlé à la télévision ?

— De l'évasion de mes compagnons, oui. Mais l'armée n'avait pas divulgué ma capture, et ils se sont débrouillés pour qu'on ne parle pas de moi dans les médias. J'étais en Afghanistan pour une mission secrète. Je n'étais pas censé y être allé.

— Et tu avais surmonté ton stress post-traumatique jusqu'à ce que tu reviennes à Timberline ?

— Oui, plus ou moins.

— Alors pourquoi es-tu revenu ? Tes souvenirs d'enfance et d'adolescence ne pouvaient pas te faire du bien.

— Je voulais affronter mon passé pour qu'il ne revienne pas saboter ma vie plus tard.

Il allongea les jambes devant lui, touchant presque la pointe des bottes de Scarlett.

— Quand j'ai entendu parler des kidnappings de Wyatt Carson, puis appris que *Cold Case Chronicles* allait faire un épisode là-dessus, j'y ai vu un signe.

— J'ai donné un coup de main à l'animatrice de l'émission, Beth St. Regis. Elle croyait être l'un des enfants du trio Timberline. Il s'est avéré que ce n'était pas le cas. Je ne pense pas que ce soit la même chose pour toi, alors quel est ton lien avec cette affaire ?

— Je ne faisais pas partie du trio Timberline, mais j'aurais pu.

— Mais de quoi parles-tu ? On n'a enlevé que trois enfants : Kayla Rush, Heather Brice et Stevie Carson, le frère de Wyatt.

— À la même époque, un homme s'est introduit dans ma chambre et a essayé de me mettre un chiffon puant sur la bouche. Je me suis débattu et j'ai fait assez de bruit pour que ça réveille mon père qui cuvait son alcool dans le salon.

— Oh mon Dieu ! Je n'ai jamais entendu parler de ça. Est-ce qu'il s'est enfui après ça ?

— Non, c'est justement là la question, répondit Jim en se massant les tempes. Quand Slick est arrivé, ils sont passés dans l'autre pièce. Mon père m'a juste dit de retourner au lit. Bien sûr, je ne l'ai pas fait. J'ai écouté à la porte pendant qu'ils se disputaient. On aurait dit qu'ils se connaissaient et que Slick essayait de se soustraire à quelque chose.

— C'est dingue !

Elle reprit son verre et but une gorgée. Elle aurait bien pris un whisky, mais Jim lui avait déjà dit qu'il ne buvait pas, et elle ne voulait pas l'effrayer.

— Après le départ de l'homme, Slick est venu me voir dans ma chambre. J'ai fait semblant de dormir mais, le lendemain, il est revenu là-dessus. Il m'a dit que si je parlais à qui que ce soit de ce qui s'était passé, il me donnerait une raclée dont je me souviendrais toute ma vie. Je l'ai cru.

Le cœur rempli de pitié pour Jim enfant, elle posa une main sur son cœur.

— Et c'était tout ?

— Non. Kayla a été enlevée une semaine plus tard, puis ça a été le tour de Stevie et enfin de Heather.

Scarlett déglutit.

— Tu crois que ces enlèvements étaient liés à la tentative de kidnapping dont tu avais été victime ?

— Oui. Je ne sais pas pourquoi ni comment, mais je l'ai toujours senti, dit-il en se tapant la poitrine du poing. Ça veut dire que Slick était mêlé à l'affaire ou qu'il savait quelque chose là-dessus.

— Et ton frère ?

— Il avait quinze ans à l'époque. Je ne pense pas qu'il savait quoi que ce soit.

— Tu lui en as parlé ?

— Il était en prison jusqu'à il y a peu de temps. Il a été arrêté pour trafic de drogue, il faisait partie des Seigneurs du Chaos. Je sais qu'il est sorti parce qu'il m'a écrit quelques lignes aux bons soins de l'armée, mais nous ne nous sommes pas revus.

— Ça pourrait être un bon point de départ.

— J'espère que le bungalow de Slick pourra me fournir quelques indices.

— Ou…

— Non.

Se levant, il prit le verre de vin vide de Scarlett, sur la petite table.

— Il n'est pas question que tu essaies de lire mes souvenirs ou que tu m'entraînes dans une sorte de transe hypnotique. Je n'en ai pas besoin, parce que je me rappelle très bien ce qui s'est produit il y a vingt-cinq ans.

— Alors pourquoi ne pas faire appel à un thérapeute ?

Je ne parle pas de souvenirs refoulés, dit-elle en agitant la main, mais d'un traitement pour ton syndrome de stress post-traumatique.

— J'ai déjà été traité. Je pensais que j'avais vaincu pour de bon ces crises, ou quel que soit le nom qu'on leur donne, mais elles me sont retombées dessus depuis que je suis à Timberline.

— Je connais une bonne thérapeute. C'est le Dr Shipman, elle exerce à Port Angeles. Je peux te donner son numéro, si tu veux.

— Je ne dis pas non.

Jim bâilla et s'étira, ce qui donna l'occasion à Scarlett d'admirer sa musculature. Mais il était bien plus que sexy, songea-t-elle. Son histoire démontrait sa force et son courage. Il avait combattu assez de démons pour une vie entière, et pourtant, il était revenu à Timberline en affronter un autre.

— Je n'avais plus parlé autant depuis mon debriefing, au retour d'Afghanistan, dit-il en mettant une main devant sa bouche pour bâiller à nouveau. Mais je ne m'attendais pas à ce que tu t'intéresses à mon histoire ni à ce que tu t'y impliques.

— Je n'ai pas vraiment le choix, n'est-ce pas ? Pour une raison quelconque, Rusty a décidé de ramper jusqu'à ma maison après qu'on l'a poignardé.

— J'espère que ce n'est qu'une coïncidence. Personne n'a envie d'avoir affaire aux Seigneurs du Chaos, dit-il en passant un doigt en travers de sa gorge.

— Pourtant, tu y as survécu.

— Seulement en m'enrôlant dans l'armée. Autrement, je serais mort comme Slick, ou en prison comme Dax.

— À l'époque, je ne me rendais pas compte que tu faisais partie de ce gang de *bikers*. Tu les as fréquentés longtemps ?

— Plus longtemps que je ne le voulais. C'est comme un héritage, l'adhésion au club se transmet de génération en génération. Leur échapper signifie tourner le dos à sa famille et ses amis. J'ai dû faire les deux.

— Tu ne l'as jamais regretté ?

— Jamais. J'ai retrouvé une famille dans l'armée, avec les camarades de mon unité.

Il exhiba la carte de visite qu'il lui avait donnée avant que les policiers ne l'emmènent.

— Ce type-là est quelqu'un sur qui je peux compter dans toutes les situations.

— Tu as de la chance.

Il regarda soudain sa montre, à son poignet.

— Il est tard. Tu en as fait plus qu'assez aujourd'hui. À ce rythme, je vais te devoir une restauration totale de ta maison.

— Et je pourrais bien te prendre au mot.

Elle se leva aussi et fourra les mains dans ses poches pour ne pas être tentée de le toucher.

— Tu es sûr que ça va ? Cette crise était impressionnante.

— C'est comme une sorte d'évanouissement, mais les médecins m'ont dit que c'est dans la tête, et que je n'ai aucun problème physique, en dehors de ma jambe. Je vais bien. Mais je vais prendre le numéro du Dr Shipman, si tu l'as sous la main.

— Donne-moi ton numéro de portable, je vais te l'envoyer.

Il lui récita son numéro de téléphone, et elle lui écrivit les coordonnées du Dr Shipman dans un texto.

— Je ne suis pas sûr que le message soit passé, dit-elle en levant son appareil, mais il finira par arriver.

— Quand vas-tu faire installer une ligne fixe ?

— Je vais m'en occuper.

— Tu ne peux pas continuer à courir dehors pour appeler en cas d'urgence.

— Mais tu sais ce qui est drôle ?

Elle posa son téléphone sur le comptoir de la cuisine.

— Je n'ai jamais eu d'urgence avant qu'on commence

à remuer l'affaire du trio. Je suis heureuse que Beth ait trouvé les réponses qu'elle cherchait, mais tout ça continue à faire des vagues.

Ayant atteint la porte d'entrée, Jim posa la main sur la poignée.

— Peut-être que tu devrais retourner à San Francisco, Scarlett, dit-il sans se retourner.

— Peut-être que j'ai moi-même quelque chose en jeu.

Il s'adossa à la porte pour lui faire face.

— Et qu'est-ce que ça serait ?

— L'enlèvement du trio Timberline m'a affectée, moi aussi.

— Je pense que cela a affecté tous ceux qui ont grandi ici.

— C'est davantage que cela. Je suis sûre que tu as entendu parler des légendes quileutes et de cette créature qui, selon les anciens, enlevait les enfants.

— Je crois m'en souvenir, oui.

— Eh bien, moi je m'en souviens très bien. On nous interdisait de parler de l'affaire. C'était motus et bouche cousue.

— Les anciens ne voulaient peut-être pas effrayer les gosses de la réserve.

— Ils nous faisaient peur tout le temps avec de vieilles histoires, ricana Scarlett, pour nous faire tenir tranquilles. Mais ça, c'était différent. Chaque fois que les ados évoquaient les kidnappings, on les faisait taire. Les parents n'en parlaient même pas. C'était très étrange. Et ma grand-mère ne voulait rien avoir à faire avec cette histoire.

— Qu'est-ce que tu veux dire ?

— Grand-mère est, ou du moins était, une chamane bien plus puissante que moi. Il aurait été naturel qu'elle offre ses services aux adjoints du shérif, même s'ils se moquaient d'elle, mais elle a préféré se tenir à l'écart.

— Ce qui veut dire ?

— Je l'ignore, mais je serais heureuse qu'on résolve l'affaire et que tout le monde puisse dormir tranquille.

— Je ne sais pas si je vais élucider le mystère, Scarlett. Je voudrais juste comprendre mon rôle et celui de mon père dans cette histoire.

Tandis que Scarlett s'accrochait au battant de la porte, il sortit dans la lumière du porche.

— Sois prudente, de toute façon. Je passerai t'installer les nouvelles serrures demain.

— Après le déjeuner, c'est la bonne heure pour moi.

— Alors à demain, et merci pour... tout.

Elle le regarda disparaître entre les arbres et écouta le grondement de sa Harley. Puis elle referma la porte et posa le front dessus.

Qu'avait donc cette fichue affaire à la hanter, à s'insinuer comme ça dans sa vie ? À présent, elle avait une raison de plus de désirer qu'elle soit résolue : Jim Kennedy ne serait pas disponible tant qu'elle ne le serait pas.

Elle heurta la porte du front : non qu'elle ait besoin qu'il soit disponible. Elle n'avait pas besoin d'un homme compliqué dans sa vie. Elle n'avait pas envie de penser à lui, ni de se charger de lui. Ellc avait cessé de secourir les hommes. La plupart ne voulaient pas de son aide, et finissaient par l'entraîner avec eux dans leurs ennuis.

Elle retourna à la cuisine, reboucha la bouteille de vin et rinça son verre. Si Jim s'abstenait de boire de l'alcool, c'était peut-être parce qu'il était alcoolique. Même s'il était en convalescence, elle n'avait pas envie de ce type de relation.

Après s'être débarbouillée, elle s'allongea sur son lit, les yeux fixés sur le plafond. Malgré son deuxième verre de vin, elle ne parvenait pas à s'endormir. L'histoire de Jim la hantait. Comment pouvait-on survivre à ce genre de choses sans craquer ? La mort avait plané au-dessus de sa tête pendant des mois. Il ne fallait pas s'étonner que rouvrir les blessures de son enfance douloureuse ne l'effraie pas. Qu'est-ce qui aurait pu l'effrayer ?

Une relation amoureuse. Elle avait lu cela aussi, dans son regard. Inutile d'avoir des pouvoirs spéciaux pour le constater.

Une lueur jaunâtre s'infiltra entre les rideaux, et elle jeta un coup d'œil à son radioréveil, à côté de son lit. Depuis combien de temps essayait-elle de dormir ? Mais le soleil ne se levait pas à 3 heures du matin. Et, la plupart du temps, la couverture nuageuse ne lui permettait pas de rayonner ainsi.

Retenant son souffle, elle sortit de son lit et alla tirer les rideaux. Elle écarquilla les yeux devant le spectacle qu'elle découvrit : des flammes dansaient parmi les arbres, envoyant des panaches de fumée noire en l'air.

Le cœur battant, elle courut au salon, attrapa son sac et débrancha son téléphone du chargeur. Jim avait raison. Il fallait qu'elle appelle tout de suite le 911, mais pour cela, elle allait devoir courir jusqu'à la route.

Elle se précipita vers la porte et l'ouvrit en grand. Stoppée dans son élan, elle plaqua une main sur sa bouche.

Le brasier s'était étendu aux arbres entourant le bungalow. Elle sauta du porche et fit un tour sur elle-même. Le feu léchait toute la rangée d'arbres.

Elle était piégée, quelqu'un y avait veillé.

8

Une migraine poussa Jim à ressortir de chez lui. Il n'aurait pas dû raconter tout cela à Scarlett. Mieux valait garder ses traumatismes pour soi. Il avait lu l'horreur et la pitié dans ses yeux… Ainsi qu'un petit quelque chose qu'il n'arrivait pas à identifier. C'était peut-être ce quelque chose qui l'attirait chez elle.

En traversant la clairière, il renifla l'air. Une odeur âcre de fumée imprégnait le brouillard.

Il sonda du regard le ciel obscur. Une lueur orange apparaissait au sommet de la ligne des arbres, en direction de chez Scarlett.

Rentrant précipitamment, il prit son blouson et ses clés, puis ressortit et sauta sur sa moto.

En approchant de la propriété de Scarlett, il vit la fumée épaissir : de gros nuages tourbillonnaient dans le ciel. Dans un rugissement de moteur, il vira dans le chemin d'accès et stoppa à distance du rideau d'arbres entourant la maison. Les grands pins brûlaient comme des fétus de paille. Vu leur proximité, il comprit tout de suite que les flammes allaient sauter d'un instant à l'autre des arbres au bungalow.

Scarlett était-elle réveillée ? Il appela le 911 pour la deuxième fois. L'opératrice lui assura que les pompiers seraient là en quelques minutes.

Des minutes dont Scarlett ne disposait pas, comprit-il. Il longea l'incendie pour repérer une trouée éventuelle, qui lui permettrait d'accéder à la maison. Mais tout le terrain était cerné par un véritable mur de flammes.

Comment diable cela avait-il pu arriver ?

En désespoir de cause, il s'empara d'une longue branche qui traînait par terre et, se couvrant la tête de son blouson, traversa l'incendie aussi vite que possible en frappant les flammes devant lui. Au moment où il reprenait son souffle, de l'autre côté du brasier, la porte du bungalow s'ouvrit et, telle un fantôme, Scarlett sortit sous le porche, sa chemise blanche flottant autour d'elle.

— Scarlett, il faut partir, hurla-t-il.

— Mais ça brûle de tous les côtés ! Je ne pouvais plus respirer dehors. Comment as-tu fait pour passer ?

— Je me suis débrouillé, dit-il en la rejoignant. On va prendre des serviettes mouillées pour sortir d'ici. Les pompiers sont en route.

Scarlett lui désigna des serviettes-éponges détrempées sur le sol.

— J'y ai déjà pensé. J'allais les mettre contre les portes.

— Non, il faut retraverser l'incendie. Beaucoup de branches sont déjà parties en fumée, on va pouvoir passer.

Il ramassa les serviettes et lui en tendit deux.

— Mets celle-ci autour de ta tête. Et enroule l'autre autour de tes bras. Je passe le premier.

— Et toi ?

— Je prends la dernière, tout ira bien. La première fois, je suis passé sans serviette. Accroche-toi à moi, je vais te guider.

Scarlett cramponnée à lui, il se fraya un passage dans les broussailles ardentes à l'aide de son bâton.

En débouchant de l'autre côté des flammes, ils virent un camion de pompiers stopper à la hauteur du chemin d'accès, sirène en marche.

— Va sur la route, Scarlett. Je vais déplacer ma moto.

— Et ma voiture ?

— Laisse-la là. Tu ne pourras pas passer avec les véhicules.

Scarlett partit en courant. Le camion de pompiers recula, puis s'engagea sur le chemin, soulevant du gravier et cassant des branches au passage.

Poussant sa moto, Jim suivit Scarlett. Un deuxième engin de pompiers fit son apparition, suivi d'une voiture de police. Stevens sauta de son véhicule avant qu'il ne soit tout à fait arrêté.

— Tout le monde va bien ? Une ambulance arrive.

Jim posa la main sur la nuque de Scarlett.

— Tu arrives à respirer ?

— J'ai vu mieux, dit-elle, prise d'une quinte de toux. Tu as été brûlé, ajouta-t-elle en désignant le bras de Jim.

— Ce n'est rien. Juste le contact des braises. Et toi ?

— La même chose, dit-elle en passant la main sur son mollet. J'ai des brûlures ici et là, mais rien de sérieux.

— On va laisser les ambulanciers en décider, déclara Stevens en désignant du menton l'ambulance qui approchait.

— Musgrove va venir ? questionna Jim.

— Non, dit Stevens en secouant la tête. Il est en déplacement pour affaires. Allons-y.

Prenant la main de Scarlett, Jim la conduisit vers l'ambulance.

— Elle a besoin de soins, dit-il à l'ambulancier qui venait de descendre de son véhicule. Elle a inhalé de la fumée et a été brûlée.

— D'autres blessés ? questionna l'homme en ouvrant le hayon de l'ambulance.

— Non.

— Si, il faut l'examiner aussi, insista Scarlett en tirant sur la chemise de Jim.

— Asseyez-vous, madame.

Scarlett s'assit à l'intérieur du véhicule, où un deuxième ambulancier déballait déjà du matériel médical.

— Vous pouvez lui donner une couverture, s'il vous

plaît ? demanda Jim en contemplant la chemise trempée de Scarlett.

Quand elle fut drapée dans une couverture de survie, Jim lui toucha le genou.

— Ça va maintenant ? Je vais aller jeter un coup d'œil à l'incendie.

— Vas-y. Et viens me prévenir si le feu a atteint la maison. Toutes mes œuvres sont là.

En zigzaguant entre les véhicules, Jim entendit soudain un vrombissement. Un hélicoptère décrivait des cercles au-dessus de la zone, lâchant du retardateur de feu sur les arbres. Bien sûr, il fallait éviter à tout prix que l'incendie ne gagne le reste de la forêt. Il s'approcha du capitaine des pompiers, qui lançait des ordres.

— Comment ça se passe ? La maison est sauvée ?

L'homme repoussa son casque en arrière.

— Oui, nous avons réussi à contenir le feu avant qu'il n'attaque le bungalow, et l'hélico va s'occuper de l'arrière. Mais on est là pour plusieurs heures. Les enquêteurs viendront demain matin. C'est vous qui vivez là ?

— Non, c'est unc de mes amies.

— Elle n'est pas blessée ?

— On est en train de la soigner.

— Elle ne pourra pas rentrer chez elle. Il faut qu'elle aille dormir ailleurs.

— Elle peut loger chez moi, un peu plus loin, sur la route. Vous avez encore besoin de nous ?

— Non, vous pouvez partir, mais laissez votre nom et votre numéro de téléphone au policier là-bas, dit le capitaine en désignant Stevens, debout près de sa voiture. Les enquêteurs voudront vous parler demain.

Jim inclina la tête et attendit que Stevens ait terminé sa conversation téléphonique.

— Je vais ramener Scarlett chez moi. Elle n'a pas son

téléphone, alors dites au bureau des incendies criminels de me contacter.

— Incendies criminels ? répéta Stevens en rempochant son téléphone. Qui parle de ça ?

— Moi. Vous avez vu cet incendie ? Il n'a pas démarré près de la maison ni sauté par-dessus la forêt. Quelqu'un a mis le feu au rideau d'arbres entourant le bungalow. Je ne sais pas s'il voulait que ça ait l'air naturel, mais il a manqué son coup.

— Si c'est le cas, les enquêteurs le détermineront. Comment va Scarlett ? questionna Stevens.

— Je vais le savoir de ce pas.

En voyant Jim approcher, Scarlett sortit de l'ambulance, toujours enveloppée de sa couverture de survie.

— Ma maison brûle ?

— Non. Tu as vu l'hélicoptère ? Il tient les flammes en respect. Le chef des pompiers m'a dit qu'elle était sauvée.

— Dieu merci !

Elle se couvrit les yeux de la main.

— Je peux entrer au moins ? J'imagine que je ne peux pas y rester.

— Non, tu ne peux ni y entrer ni y dormir

— Mais j'ai laissé mon sac à l'intérieur, avec mon téléphone…

Elle tira sur sa chemise mouillée.

— … Et mes vêtements.

— C'est trop dangereux, Scarlett. Que t'ont dit les ambulanciers ?

— Je vais bien. Ils veulent t'examiner aussi. Ils ont mis de la pommade sur mes brûlures, mais elles ne sont pas graves, dit-elle en tendant les bras, ce qui fit tomber la couverture.

L'un des ambulanciers apparut à ce moment-là.

— Monsieur, nous voudrions tester votre capacité respiratoire et traiter vos brûlures.

Jim se débarrassa de son blouson.

— Tiens, Scarlett, mets-le et enroule la couverture autour de ta taille.

Même si le spectacle du corps de Scarlett vêtu uniquement d'une chemise trempée l'émouvait, il était conscient que l'incendie n'avait rien fait pour réchauffer l'air froid du petit matin.

Il se laissa examiner, mais refusa que l'ambulancier lui applique de la pommade.

— Je vais le faire moi-même, lui dit-il.

L'homme laissa tomber le tube dans sa paume.

— Vous avez de la chance de ne pas avoir des brûlures plus graves, tous les deux. Vous auriez pu attendre l'arrivée des pompiers dans la maison.

— Je n'aime pas remettre mon sort dans les mains d'autrui, répliqua Jim en sautant de l'ambulance. Vous nous recommandez quoi pour la suite ?

— Surveillez vos brûlures pour voir si elles ne s'infectent pas, prenez des antalgiques si nécessaire, et signalez immédiatement tout problème respiratoire.

— Ça ne sera pas difficile, remarqua Scarlett, qui venait de les rejoindre, serrant autour d'elle le blouson de Jim.

Il lui va mieux qu'à moi, songea Jim. Il lui montra le tube de pommade.

— On t'en a donné, aussi ?

Elle secoua la tête, et Jim lui lança le tube.

— Mets ça dans ta poche, et filons d'ici.

— Je ne peux aller nulle part dans cette tenue, s'exclama Scarlett en écartant les bras.

Jim garda les yeux braqués sur son visage, pour ne pas laisser son regard errer sur ses seins moulés par le tissu mouillé.

— On va chez moi, je ne te l'ai pas dit ? Du moment que tu ne t'attends pas à une galerie d'art, tu es la bienvenue.

— J'ai juste besoin d'une douche rapide et d'un lit bien

chaud, répliqua Scarlett en se débarrassant de la couverture pour la remettre aux ambulanciers.

Il ne put déterminer si le rouge de ses joues était dû à la gêne des implications éventuelles de ses paroles ou aux gyrophares.

— Eh bien, j'ai les deux.

Il prit la clé de sa moto dans la poche de son jean.

— Je suis venu sans casque, alors tiens-toi à moi.

Enfourchant sa moto, il la fit démarrer, puis l'inclina pour que Scarlett puisse grimper. Elle posa un pied nu sur le repose-pied et se hissa derrière lui sur l'engin.

De l'avant, Jim ne pouvait pas la voir, bien sûr. Mais l'idée qu'elle était assise à califourchon derrière lui, vêtue en tout et pour tout d'une longue chemise et d'un blouson de motard, le mit dans tous ses états.

Tournant la tête, il cria :

— Accroche-toi bien !

Le contact de ses bras autour de sa taille et de ses seins contre son dos l'excita encore plus. Ce bref trajet allait être le plus long de sa vie, se dit-il.

Il roula à petite vitesse, sous prétexte de ne pas prendre de risques, mais plus probablement pour prolonger la sensation du corps de Scarlett épousant le sien.

Arrivé devant chez lui, il se gara le long de la façade et inclina de nouveau l'engin.

— Tu peux descendre comme ça ?

— Oui.

Elle se sépara de lui dans un crissement de cuir et sauta de la moto. Dans le mouvement, sa chemise remonta, exposant un bout de cuisse fuselée.

Jim coupa le moteur et fit tinter ses clés en marchant vers le perron.

— Douche d'abord ?

— Oui, s'il te plaît, je sens la fumée, dit-elle en froissant ses cheveux.

— Désolé pour le désordre, déclara-t-il en ouvrant la porte. Je n'ai pas beaucoup rangé depuis mon arrivée.

Les bras croisés, Scarlett examina la pièce.

— Ce n'est pas si terrible.

— Ouais, dans le genre *biker*.

Il alla prendre une serviette propre dans le placard du couloir, puis ouvrit la porte de la salle de bains et la suspendit au porte-serviettes.

— Tu veux un gant de toilette ?

Scarlett apparut derrière lui.

— Non, du moment que tu as du shampoing.

— Du shampoing ordinaire.

— Je ne suis pas difficile, commenta-t-elle en tirant sur l'ourlet de sa chemise.

— Je peux te prêter un T-shirt ou un sweat-shirt, lui proposa Jim. Pour le reste, c'est plus compliqué, tu vas nager dedans.

— Un T-shirt, ce sera parfait.

— D'accord. Je te laisse te débrouiller.

Ils exécutèrent un petit pas de deux quand il voulut sortir de la salle de bains. Elle sentait effectivement la fumée, mais son parfum dominait encore.

Jim referma la porte et, tandis qu'elle entrait dans la douche, il alla dans sa chambre. Scarlett allait devoir dormir là, car l'autre servait encore de débarras, et le lit n'était pas fait. Au moins avait-il lavé ses draps deux jours auparavant.

Il camperait sur le canapé du salon. De toute façon, il ne dormait jamais beaucoup.

Il survola la pièce du regard, s'assurant qu'il n'avait rien laissé traîner d'embarrassant. Du plat de la main, il lissa le couvre-lit et fit gonfler l'oreiller, comme s'il préparait une chambre d'hôtel.

Enfin, il fouilla parmi les T-shirts pendus dans le placard et en choisit un noir, très long. Ainsi vêtue, elle ne le soupçonnerait pas de vouloir la reluquer — ce qui était exactement ce dont il avait envie.

Il secoua le vêtement et le déposa sur le lit. Puis, laissant la porte ouverte, il prit une couverture dans le placard du couloir et alla la déposer sur le canapé.

— Jim ?

— Oui ? répondit-il en jetant un coup d'œil dans le couloir.

Une tête enveloppée d'une serviette pointa hors de la salle de bains.

— Tu m'as trouvé un T-shirt ?

— Je te l'apporte tout de suite.

Il retourna dans sa chambre, prit le T-shirt et tapa à la porte de la salle de bains.

— Le voilà.

Scarlett tendit une main derrière la porte.

— Merci. Je peux me servir du sèche-cheveux ?

— Bien sûr. S'il marche toujours. Il était à mon père.

Il recula d'un pas dans le couloir.

— Tu peux dormir dans la chambre en face de la salle de bains. Le lit est prêt.

Le ronronnement du sèche-cheveux couvrit le son de sa voix ; il haussa les épaules et retourna dans le salon.

Assis sur le canapé, il retira ses bottes. Avait-il vraiment passé une partie de la soirée au commissariat, soupçonné du meurtre de Rusty ? Cela lui paraissait dater d'un siècle.

Pour quelle raison avait-on déclenché cet incendie ? Et s'il s'agissait de nuire à Scarlett, pourquoi ne pas avoir mis le feu au bungalow pendant qu'elle s'y trouvait ? Rétrospectivement, il en eut la chair de poule. Il fallait qu'il la persuade de partir à San Francisco, même si cela signifiait réemménager avec son ex.

Il retira sa chemise puis ôta son T-shirt. Lui aussi sentait la fumée. Il se débarrassa de son jean et laissa ses vêtements tomber en tas, près de la cheminée.

Au moment où il secouait la couverture pour l'étaler, il entendit Scarlett s'exclamer derrière lui :

— Oh ! désoiée !

Il se retourna, vêtu uniquement de son caleçon, et haussa les sourcils.

— Tu as besoin de quelque chose ?

— Je ne sais pas où je suis censée dormir, dit-elle en tirant sur le col du T-shirt, si large qu'il découvrait une de ses épaules et la naissance d'un de ses seins.

Et pourquoi ce vêtement trop grand la rendait-il encore plus sexy qu'un T-shirt moulant ? se demanda Jim. Le regard de Scarlett errait sur son corps, et il sentit des picotements le parcourir.

— J'ai laissé la porte de la chambre ouverte pour toi. L'autre pièce est inhabitable.

— Je peux dormir sur le canapé. Je ne veux pas te priver de ton lit.

— Ne t'inquiète pas. J'y dors souvent, répondit-il. Parfois, je m'endors devant la télévision.

— Tu m'as tout l'air d'être insomniaque.

— C'est le moindre de mes soucis, en ce moment.

Scarlett tendit si vite la main vers lui qu'il ne put éviter son contact. Elle suivit du doigt la cicatrice qu'il avait sur la poitrine et demanda :

— C'est un souvenir de tes ravisseurs ?

— L'un de mes nombreux souvenirs.

Elle plaqua la paume de sa main à cet endroit.

— Désolée. Je ne voulais pas…

Jim déglutit avec effort, incapable d'arracher ses yeux des lèvres de Scarlett.

— Tu n'as pas besoin d'être toujours désolée, Scarlett, dit-il d'une voix rauque.

— Je sais, murmura-t-elle en battant des cils. Je vais juste… Bonne nuit.

— Bonne nuit.

Pivotant sur ses talons, elle pressa le pas en direction de la chambre. En entendant la porte se refermer, Jim poussa un long soupir.

Comment avait-il fait pour la laisser s'éloigner ?

Scarlett se jeta sur le lit et serra un oreiller contre elle, enfouissant son visage dedans.

Mauvaise idée. La taie d'oreiller était imprégnée de l'odeur de Jim, propre, masculine, totalement irrésistible. Elle rejeta le coussin.

Après avoir touché sa cicatrice, elle avait eu envie d'aller beaucoup plus loin. *Laisser mes doigts sur tout son corps et mourir heureuse...*, avait-elle fugacement pensé.

Cet instant d'égarement était sûrement à mettre au compte de la fumée inhalée. Elle ne voulait pas d'un homme aussi compliqué que Jim dans sa vie. Il avait besoin qu'on le répare, qu'on l'aide à résoudre ses problèmes.

Elle aurait pu s'offrir une passade, un flirt d'automne. Jim lui avait fait comprendre qu'il ne la repousserait pas si elle faisait le premier pas. Mais pourquoi n'était-elle pas honnête avec elle-même ?

Les passades étaient réservées aux hommes superficiels, pas à des types comme Jim. Si elle cédait à son désir, ce serait comme sauter d'un avion sans parachute.

Elle roula sur le côté et remonta ses genoux contre sa poitrine, s'efforçant de ne pas penser à la chaleur dont elle aurait profité, blottie contre Jim. Fermant les yeux, elle se détendit et commença à somnoler.

Quelques minutes, ou peut-être, quelques heures plus tard, un craquement en provenance du salon la réveilla soudain. Elle se redressa brusquement. Jim avait-il une nouvelle crise ?

Mais les coups semblaient se multiplier. Elle sortit maladroitement du lit et regarda autour d'elle. Elle aperçut une carabine accrochée au mur. Sur la pointe des pieds, elle alla la prendre, tandis que les sons augmentaient dans la pièce voisine.

Mettant en joue, elle se dirigea vers le salon. Deux silhouettes luttaient sur le sol, oscillant d'un côté et de l'autre. Son cœur manqua un battement. Quelqu'un s'était introduit dans la maison et avait attaqué Jim.

Elle arma la carabine, pointa le canon vers le plafond et pressa la détente. La détonation fut assourdissante, et une pluie de plâtre tomba autour d'elle.

La bagarre cessa instantanément, et l'une des silhouettes se releva lourdement avant d'aller allumer la lumière.

Jim, toujours en caleçon, le nez en sang, la fixa une seconde, puis, tournant la tête vers l'homme qui gémissait par terre, laissa échapper une bordée de jurons.

Scarlett braqua son arme sur l'intrus, qui semblait maintenant se tordre de rire. Était-il fou ? Elle visa sa tête.

— Jim, ça va ? Comment a-t-il fait pour entrer ?

— Il n'a pas eu à chercher. Je parie qu'il a toujours la clé.

— Quoi ? Tu le connais ?

— C'est mon frère.

9

Riant toujours, l'homme se redressa et s'adossa au canapé.

— Tu m'as eu, frangin. T'as toujours été plus coriace que moi.

Bouche bée, Scarlett continuait de braquer la carabine sur lui.

— Qu'est-ce que tu fiches ici, Dax ? lança Jim

Dax Kennedy s'essuya la bouche en jetant un bref regard à Scarlett.

— Tu ne m'avais pas dit que tu avais une chérie, frangin.

Jim s'avança entre Scarlett et lui.

— Tu peux baisser le fusil, Scarlett.

— Désolée…

Elle s'exécuta et brossa les miettes de plâtre sur ses bras.

— Mais pourquoi vous battiez-vous sur le parquet ? demanda-t-elle. On aurait dit que vous alliez vous entre-tuer. J'ai cru que c'était un intrus.

— C'est comme ça que Dax conçoit la plaisanterie, marmonna Jim. Il est entré avec sa clé et m'a sauté dessus. Je ne savais pas qui c'était, et il n'a pas pris la peine de me le dire.

— Où serait le plaisir ? répliqua Dax en se relevant et en tirant sur son blouson de cuir, décoré des lettres L et C, d'un crâne et d'un guidon de moto. Je voulais que tu donnes le meilleur de toi-même, JT.

Il leva le menton pour contempler son frère, plus jeune mais plus grand que lui.

— Et le meilleur de toi-même, c'est quelque chose, conclut-il.

— Qu'est-ce que tu fais ici ? répéta Jim en croisant les bras. Scarlett, tu peux retourner te coucher, si tu veux, ajouta-t-il avec un signe de tête.

— Et manquer le spectacle ? Pour rien au monde.

Jim traversa la pièce en deux enjambées et s'empara de la couverture sur le canapé.

— Alors mieux vaut te couvrir.

Il lui posa la couverture sur les épaules et en croisa les pans sous son menton.

Scarlett se dirigea vers un fauteuil et s'assit, les jambes repliées sous elle. Mais son regard ne cessait d'aller de Jim à son frère. La beauté ténébreuse semblait faire partie de l'héritage génétique de la famille, songea-t-elle. Malgré tout, Dax était plus pâle et plus petit que Jim.

— Quand es-tu sorti de prison ? demanda ce dernier.

— Depuis plus d'un an. Et je me tiens à carreau, n'aie pas peur.

Jim tapota sa poitrine à l'endroit du cœur.

— Tu continues de fréquenter le club, je vois ?

— C'est dans mes veines, frangin. Mais je suis rangé des voitures, maintenant.

Jim se pencha pour ramasser son jean, exposant brièvement le tatouage du club dont il ne faisait plus partie. Il enfila son pantalon.

— Le club n'est plus ce qu'il était, JT.

— JT ? demanda Scarlett.

— Mes initiales, James Thomas, c'était mon surnom à l'époque.

Jim pointa un doigt vers son frère.

— Tu es là depuis longtemps ? Tu as entendu parler de la mort de Rusty ?

Dax releva brusquement la tête.

— Tu plaisantes ?

— On l'a supprimé il y a deux jours. Poignardé et balancé sur la route à moitié mort. Ensuite, on a essayé de me faire porter le chapeau.

Dax plissa ses yeux noirs et caressa son petit bouc.

— Sérieusement ?

— Sérieusement. Le tueur s'est servi d'un couteau de Slick. Il l'a volé dans le garage.

— Ce salopard n'a pas touché aux motos, si ?

— Non, déclara Jim en passant les pouces dans ses poches. Et j'ai vu Chewy en ville. C'est quoi tout ça, une réunion des Seigneurs ?

— Chewy, hein ?

Dax repoussa ses longs cheveux.

— Tu me présentes à ton amie ou tu préfères continuer à me passer au grill ?

— Voici Scarlett Easton. Scarlett, mon frère, Dax Kennedy.

Scarlett sortit une main de la couverture et l'agita.

— Scarlett ? Tu étais cette jolie petite Indienne dans la classe de JT ?

Jim leva les yeux au ciel. Scarlett agita deux doigts derrière sa tête.

— C'était moi… La petite Indienne.

Renversant la tête en arrière, Dax laissa échapper une sorte d'aboiement.

— Elle me plaît ! Elle est géniale, JT. C'est ta chérie ?

Si seulement…

— J'habite un peu plus bas sur la route, et quelqu'un a mis le feu à mon terrain, dit Scarlett. Tu saurais quelque chose là-dessus ?

— Moi ? Mais qu'est-ce que ce mec t'a raconté sur son grand frère ? Pourquoi est-ce que j'aurais mis le feu ? Et qu'est-ce qui se passe ici, bon sang ? Des meurtres, des incendies, des pièges…

Les bras croisés, Jim carra les épaules.

— Tu ne m'as pas répondu. Qu'est-ce qui te ramène à Timberline ?

— Toi. J'ai entendu dire que tu étais de retour.

— Qui t'a dit ça ?

— Qu'est-ce que ça peut faire ? Je me suis dit qu'on allait s'occuper des affaires du vieux. Tu peux garder la maison, dit-il en levant les mains. Mais j'aimerais bien avoir une ou deux motos.

— Pas de problème en ce qui me concerne. Tu as l'intention de loger ici ?

— J'ai roulé toute la nuit, frérot. J'ai besoin d'un endroit où me poser.

Scarlett sauta à bas de son fauteuil.

— Dax, tu peux prendre le canapé. Jim, tu peux dormir dans ton lit. Enfin, le partager avec moi.

Avec un clin d'œil, Dax envoya une claque dans le dos de Jim.

— Ça m'a tout l'air d'une bonne affaire, JT.

— Mais je ne veux pas… Si tu…, commença Jim en la dévisageant.

— Ça ne me pose pas de problème.

Elle se débarrassa de la couverture qu'elle laissa tomber sur le canapé.

— Et maintenant, j'ai vraiment besoin de quelques heures de sommeil.

Laissant les deux frères bavarder, elle retourna se glisser entre les draps, en prenant soin de rester d'un côté du lit. Quand la vie vous faisait des cadeaux, mieux valait ne pas les refuser.

Au bout d'un moment, Jim frappa à la porte.

— Scarlett ?

— Entre !

Il passa la porte et referma derrière lui.

— Tu es sûre que ça va ?

— Ton frère est un sacré numéro. Honnêtement, je préfère être ici avec toi.

— Dax ? Oui, il a ses problèmes, mais il n'est pas du genre à harceler les femmes.

Jim s'assit au bord du lit et se laissa tomber sur le côté, les pieds toujours posés sur le sol.

— Ah non, pas ça ! s'exclama-t-elle en le poussant dans le dos.

— Tu as déjà changé d'avis ?

— Tu n'entres pas dans le lit avec ce jean ! Il sent la fumée.

Se levant, Jim enleva son pantalon, le dos tourné. Puis il écarta les draps et se glissa près d'elle.

— Bonne nuit, Scarlett.

— Tu vas essayer de découvrir ce que Dax fait ici ? lui demanda-t-elle en lui tapotant l'épaule. Il ne t'a pas vraiment répondu.

— La franchise n'est pas sa principale qualité, mais je lui tirerai les vers du nez, d'une façon ou d'une autre. Bonne nuit.

Scarlett se tourna de l'autre côté, et ferma les yeux, le sourire aux lèvres. La chaleur corporelle de Jim réchauffait déjà le lit. Elle se serait réchauffée encore plus vite si Jim l'avait prise dans ses bras, mais la présence de Dax leur évitait de commettre une grosse erreur.

Ou la privait du meilleur moment de sa vie.

Le matin suivant, Scarlett ouvrit un œil et suivit du regard le rayon de soleil qui s'infiltrait entre les rideaux.

Puis elle roula vers la moitié vide du lit et inspira l'odeur légèrement boisée que Jim y avait laissée.

Un autre parfum se mit soudain à flotter dans l'air. Si le premier l'avait émoustillée, celui-ci lui fit venir l'eau à la bouche — même si elle ne mangeait pas de bacon.

Elle s'arracha du lit et vint se planter devant le placard de Jim, où une rangée de T-shirts se balançait sur des cintres. Elle en choisit un noir, et l'enfila à la place du T-shirt immense que Jim lui avait prêté la veille. Avait-il sélectionné celui-là justement pour qu'il lui glisse des épaules ?

On pouvait l'espérer.

— Hello ? lança-t-elle dans le couloir en pointant la tête. Tout le monde est décent ?

— Je ne suis jamais décent, chérie ! cria Dax en retour.

Elle entra sur la pointe des pieds dans le salon et haussa les sourcils en l'apercevant dans la cuisine, spatule et manique en main.

— Tu fais la cuisine ?

— Rien de compliqué. Je suis allé chercher des œufs, du bacon, des pommes de terre et du pain. Sers-toi, dit-il en désignant le comptoir.

— Où est Jim ? demanda-t-elle en se penchant pour prendre un toast.

— Sous la douche, je pense.

Scarlett mordit dans son toast, puis le laissa tomber sur une assiette, dans laquelle elle ajouta des œufs brouillés et des pommes de terre.

— Pas mauvais, dit-elle après plusieurs bouchées. Qui t'as appris à cuisiner ?

— Ma mère. Elle m'a enseigné quelques trucs avant de mettre les voiles, et j'ai continué à cuisiner pour mon père et mon frère après son départ. JT était un petit gosse quand Wendy nous a abandonnés. Il devait avoir quatre ans. Moi, j'en avais treize.

Scarlett plissa le nez en faisant le calcul dans sa tête.

La mère de Jim était partie juste avant les disparitions d'enfants. Quand il lui avait parlé de la tentative d'enlèvement manquée, Jim n'avait pas mentionné sa mère. Elle devait déjà être partie.

— C'est bon, commenta-t-elle en mordant dans son toast.

Son opinion de Dax Kennedy s'améliorait de minute en minute.

— Je croyais que tu étais végétarienne, remarqua Jim.

Sur le seuil de la cuisine, torse nu, il se séchait les cheveux avec une serviette.

— Je mange des œufs, répliqua Scarlett, sa fourchette en l'air.

— Oui, mais ces patates ? reprit-il en lui en volant une. Elles sont cuites dans la graisse du bacon.

— Oh ! dit-elle en les repoussant sur le côté de son assiette. Merci de m'avoir prévenue.

— Tu n'étais pas forcé de préparer le petit déjeuner, Dax, poursuivit Jim.

Il prit une assiette dans le placard et se servit de tout.

— Je me suis dit que je n'aurais rien à manger si je comptais sur toi, rétorqua Dax. À moins que tu n'aies appris à cuisiner dans l'armée. Ce type n'a jamais mis les pieds dans une cuisine, dit-il à Scarlett en aparté.

— Tu vas finir par me dire ce que tu fais à Timberline ? martela Jim.

Un morceau de bacon au bout de sa spatule, Dax fixa la poêle à frire d'un œil vague. Il le laissa tomber sur une assiette recouverte de papier absorbant.

— Je croyais te l'avoir dit, frangin. Je voulais jeter un œil sur la maison du vieux.

Jim grogna et s'attaqua à son assiette. Posant ses coudes sur le comptoir, Scarlett prit la parole :

— Ça t'ennuie si je te pose une question, Dax ?

— Vas-y.

— Pourquoi es-tu allé en prison ?

— Des trucs. Je me rappelle plus quoi.

— Essaie : « vol à main armé et possession de narcotiques dans un but de revente », lança Jim, la fourchette en l'air.

— J'ai jamais eu l'intention de me servir de ce flingue, s'exclama Dax.

— C'est sûr ! D'ailleurs, tu menais une existence paisible en dehors de tout ça.

Dax fourra la tête dans le réfrigérateur.

— Je m'occupais du club.

— Ce n'est pas une excuse.

— D'accord, je suis désolée d'avoir posé la question, dit Scarlett, en pointant sa fourchette vers Jim. Je ne voulais pas déclencher une dispute. Les pompiers sont déjà venus ?

— Non. Tu les as vus ? demanda Jim à son frère.

— Je ne me suis pas levé tellement plus tôt que vous et je n'ai rien entendu.

— Même si on ne me laisse pas dormir chez moi, j'aimerais passer prendre quelques vêtements, déclara Scarlett en pinçant son T-shirt d'un air dépité.

— Je pense qu'ils te laisseront entrer, dit Jim.

Il coupa en deux une tranche de bacon et en enfourna une moitié dans sa bouche.

— L'incendie n'a pas atteint le bungalow. Les pompiers ont dû arroser le toit, et il peut y avoir des fuites, mais, en dehors de ça, je n'ai constaté aucun dégât, continua-t-il.

— Il a beaucoup plu depuis mon retour, et je sais que je n'ai pas de fuite chez moi. Mais ce n'est pas parce que je n'apprécie pas l'hospitalité des frères Kennedy, conclut-elle en ouvrant les bras.

Dax gloussa puis se mit à siffloter en entassant de la nourriture sur son assiette. Cela fait, il alla s'asseoir à la petite table. À côté de lui, la porte-fenêtre donnait sur le patio où un barbecue rouillé côtoyait une plante morte.

— Si Scarlett retourne chez elle, je peux squatter ici, JT ?

— Qu'est-ce que tu trafiques, en ce moment ? Des armes ? De la drogue ? De la prostitution ?

Avalant son jus d'orange de travers, Scarlett se mit à tousser. L'image qu'elle avait de Dax venait d'être sérieusement écornée.

— Hé, oh ! protesta Dax. Je n'ai jamais fait dans la prostitution.

— Peu importe. Si tu trafiques, tu t'en vas. Tu ne peux pas rester ici.

— Parole de scout, dit Dax en levant deux doigts. Je suis *clean*. J'ai même cessé de boire et de sniffer.

— Tu plaisantes ?

— J'ai renoncé à la drogue et à l'alcool. De temps en temps, je bois une bière, c'est tout. J'ai une petite amie à Seattle maintenant, Belinda. Elle ne supporte pas ce genre de choses.

Un coup à la porte vint interrompre la conversation. Jim se leva et se dirigea vers l'entrée. Ayant jeté un coup d'œil par le judas, il annonça :

— Ce sont les enquêteurs du service des incendies.

Il ouvrit la porte à deux hommes en costume.

Scarlett tira son T-shirt sur ses genoux. Allait-elle devoir se cacher ainsi toute la journée ?

Jim serra la main des enquêteurs et les invita à entrer.

— Voici Scarlett Easton. C'est son terrain qui a été incendié. Scarlett, je te présente MM. Young et Elgin.

— Excusez-moi de ne pas me lever, mais je suis sortie en pyjama, hier soir, et tous mes vêtements sont chez moi.

— Nous n'avons que quelques questions à vous poser, mademoiselle Easton dit l'un des deux enquêteurs.

Jim fit un geste vers Dax, qui continuait à manger.

— Et voici mon frère qui s'apprêtait à partir.

Il prit un trousseau de clés suspendu au mur de la cuisine et le lança à Dax.

— Jette un coup d'œil aux motos dans le garage et

dis-moi lesquelles tu veux garder et combien on peut vendre les autres. Et fais attention aux flics. Ils vont venir relever les empreintes autour du garage, on a été cambriolé.

— Génial ! Les flics, maintenant…, commenta Dax en empilant leurs assiettes pour les porter dans l'évier. Ne t'inquiète pas, j'y vais.

Scarlett resta à sa place, tandis que Jim s'asseyait à la table avec les deux enquêteurs.

Ils la questionnèrent sur les bruits éventuels qu'elle avait entendus — aucun — et sur les signes d'activité inhabituels sur son terrain.

— Vous voulez sans doute parler du cadavre que j'ai découvert dans les bois ?

Aucun d'eux ne réagit. Ils devaient avoir entendu parler de Rusty Kelly.

— Vous confirmez que c'était un incendie criminel ? questionna Jim.

— Les indices préliminaires pointent dans ce sens. Nous avons trouvé des traces d'accélérateur de feu sur plusieurs arbres.

Scarlett se frotta les bras pour dissiper sa chair de poule, même si cette révélation ne la surprenait pas. Avait-on voulu la tuer ou seulement la chasser de chez elle ? Et pour quelle raison ?

Jim lui lança un bref regard, avant de poursuivre :

— Vous arriverez à trouver celui qui a fait ça ?

— Ça dépend de ce que nous découvrirons par ailleurs. S'il s'agit d'un pyromane en série, il recommencera certainement.

Scarlett échangea un regard avec Jim. Ils savaient tous deux qu'il ne s'agissait pas d'un pyromane. C'est elle qui était visée.

— Quand Scarlett pourra-t-elle rentrer chez elle ?

— Dès maintenant, mademoiselle Easton. Restez simplement à l'écart des zones balisées. Nous allons fouiller les vestiges de l'incendie. Une fois que nous aurons fini, vous pourrez nettoyer.

— Tant pis pour ma tranquillité, dit Scarlett en poussant un soupir.

— J'avoue que ça ne me déplaît pas, fit Jim s'approchant d'elle pour lui presser la main. Tu es trop isolée, là-bas. Je parie que ton portable passe mieux ici.

Les enquêteurs se levèrent.

— C'est tout ce que nous avons pour le moment. Si nous découvrons d'autres éléments ou si nous avons d'autres questions à vous poser, nous vous recontacterons.

Jim les raccompagna à la porte. Quand il eut fermé derrière eux, il se retourna et demanda à Scarlett :

— Ça te dit d'aller chez toi ?

— Oui, et ce serait bien de pouvoir le faire avec un pantalon et des chaussures.

— Tu veux que je te prête un pantalon de jogging pour le trajet de retour ?

— Absolument. La tenue d'Ève, c'est bien pour les petites heures du jour, mais à cette heure-ci, je vais me faire arrêter pour attentat à la pudeur.

Jim haussa un sourcil, et elle sentit une vague de chaleur lui monter aux joues. Jamais elle n'avait rougi aussi souvent que depuis ces derniers jours. Ce devait être un accès de sensiblerie… Ou Jim, si sexy dans ce jean.

— Il y en a un dans le tiroir du bas de la commode.

— Je vais le chercher.

Elle alla dans la chambre et s'accroupit pour ouvrir le tiroir du meuble indiqué. En écartant les vêtements, elle sentit soudain un objet métallique. Refermant la main dessus, elle le sortit du tiroir et le tint devant elle.

L'éclat de l'or scintilla dans la lumière. Du pouce, elle palpa l'inscription gravée. C'était une médaille de bravoure. Il y en avait d'autres dans le tiroir. Si Jim les avait portées toutes, leur poids aurait été accablant.

Mais donnait-on autant de médailles simplement pour avoir survécu et échappé à l'ennemi ? Non. Jim était un tireur d'élite : c'était en tuant des gens, beaucoup de gens, qu'il les avait obtenues, même si l'emprisonnement et la torture avaient dû alléger sa culpabilité.

Scarlett remit les médailles dans le tiroir. Sans savoir pourquoi, elle ne pensait pas que Jim se sentait coupable d'avoir tué des ennemis et sauvé ses frères d'armes.

— Tu es prête ?

— Une seconde.

Elle prit un bas de jogging bleu foncé et l'enfila. Puis elle tira les élastiques sur ses mollets et le remonta autant qu'elle put autour de sa taille.

— Prête, dit-elle en sortant dans le couloir, où Jim l'attendait avec un casque.

— J'ai ça pour toi.

Elle le lui prit des mains et le coinça sous son bras. En franchissant le seuil, ils virent Dax qui faisait démarrer une moto, près de celle de Jim.

— Celle-là est magnifique, s'exclama-t-il. Ça t'embête si je la garde pour moi ?

— Prends ce que tu veux, Dax, répondit Jim, mais laisses-en quelques-unes parce que j'en ai promis une au cousin de Scarlett.

Jim enfourcha son engin et faucha la béquille de la pointe du pied.

— Vas-y, monte, dit-il à Scarlett.

Avec davantage de confiance que la première fois, Scarlett passa une jambe par-dessus le siège et s'installa derrière lui. Se penchant en arrière, elle s'appuya au dossier et s'accrocha aux passants de la ceinture de Jim. Mais quand il démarra et se mit à rouler, elle reprit sa position antérieure et entoura sa taille de ses bras.

Quand ils tournèrent sur le chemin d'accès, Scarlett regarda autour d'elle. Un grand cercle d'arbres noircis entourait le bungalow, délimité par des bouts de rubalise détrempée, agités par la brise.

Jim avança en roue libre jusqu'au perron, puis coupa le moteur.

— On dirait une zone de guerre.

Scarlett retira son casque et secoua la tête.

— C'est raté pour la discrétion. Maintenant, on voit clairement ma maison depuis la route.

— Tu pourras replanter des arbres, mais fais en sorte de te ménager une vue dégagée.

— J'espère que ça ne sent pas trop la fumée à l'intérieur, dit-elle en se laissant glisser de la moto.

— Il faudra sans doute nettoyer et aérer.

Scarlett gravit le perron d'un pas vif et manœuvra la poignée de la porte.

— Génial, c'est resté ouvert !

Elle ouvrit tout grand et renifla sur le seuil.

— Ça ne sent pas trop mauvais. Et les pompiers n'ont pas l'air d'avoir fait trop de dégâts.

— Va voir ton atelier. Il va sans doute falloir laver les vitres.

Tandis que Jim s'attardait sur le seuil, Scarlett prit le couloir menant à son atelier. La porte était ouverte. Les pompiers étaient-ils entrés ? Elle fermait toujours cette porte.

Elle survola la pièce des yeux. Sa dernière toile était sur le chevalet, apparemment intacte, mais Jim avait raison : des traînées de retardateur de feu et des gouttes d'eau maculaient les parois vitrées de l'atelier, bloquant presque la vue sur l'extérieur.

— Je vais demander à un laveur de vitres de venir. À moins que ma cousine Annie puisse s'en charger.

— Il te faudrait aussi un jardinier, pour l'extérieur.

Scarlett déambula dans la pièce avec un sentiment de malaise. Elle vérifia quelques toiles appuyées contre le mur, puis fit un pas en arrière pour observer le mur où étaient accrochés ses paysages.

— Quelque chose ne va pas ?

— Je ne sais pas. J'ai l'impression qu'il y a un truc qui cloche.

— Il te manque des toiles ? Je suis sûr que tu as un inventaire, non ?

— Il est quelque part par là, répondit Scarlett, mais je ne sais plus où.

— Eh bien, trouve-le et vérifie. S'il manque quelque chose, tu devras le signaler à la police.

Scarlett s'arrêta devant un chevalet sur lequel reposait une toile en cours. L'odeur de la peinture lui chatouilla le nez. Baissant les yeux sur le plateau, elle remarqua un pot de peinture noire ouvert et un pinceau taché.

Le cœur battant, elle le saisit et passa le pouce sur les poils encore humides.

— C'est bizarre.

— Quoi ? dit Jim en s'approchant d'elle.

— Ce pot de peinture est ouvert, et le pinceau est sale. Je les nettoie toujours quand j'ai fini de peindre.

— Tu veux dire que quelqu'un est entré ici et a peint ? demanda Jim en se grattant la tête.

— Il voulait peut-être m'aider à finir ma toile, dit Scarlett avec un petit rire.

Elle se tourna de nouveau vers les peintures accrochées au mur et les survola du regard.

— Tu ne trouves pas que la deuxième rangée est de travers ?

Jim la contourna pour regarder les toiles.

— Oui, ce groupe, là, sur la droite, a l'air d'avoir été bougé.

Il alla redresser les cadres.

— Scarlett !

Son ton la fit sursauter.

— Quoi ? demanda-t-elle en s'avançant.

Avisant la toile qu'il regardait, elle lui saisit le bras et enfonça ses doigts dans son biceps.

Quelqu'un l'avait modifiée en peignant trois petits bonshommes à l'orée de la forêt, mains jointes.

10

Un frisson courut le long de sa colonne vertébrale et elle fit un pas en arrière, lâchant le bras de Jim.

Celui-ci se pencha en avant pour examiner la toile.

— Tu sais ce que ça signifie, n'est-ce pas ?

Scarlett jura et se rapprocha de son œuvre.

— C'est une représentation grossière du trio Timberline. C'est insensé ! Qui a pu faire ça ?

— Décroche la peinture et ne touche ni au pinceau ni au pot de peinture.

— Tu crois vraiment que les hommes du shérif vont venir prendre des empreintes là-dessus ? dit-elle après avoir fait ce qu'il lui disait.

— Quand on leur dira ce que c'est, oui. Ils enquêtent sur l'incendie, alors cela va aussi les intéresser.

— Mais qu'est-ce que ça veut dire, selon toi ?

— C'est peut-être un avertissement. Ces derniers mois, il y a eu beaucoup de vagues autour de l'affaire. Les kidnappeurs n'ont pas été arrêtés et les enfants jamais retrouvés. Toute cette attention rend peut-être quelqu'un nerveux.

— Je comprends, mais pourquoi moi ? Je n'ai pas ouvert d'enquête sur le trio Timberline. Et qu'est-ce que ça a à voir avec Rusty ?

— Ou avec mon frère…

— Tu ne le crois pas quand il dit qu'il est venu voir les motos de ton père ?

— Ça fait un peu trop de coïncidences : lui, Rusty, Chewy. Qu'est-ce qu'ils font tous ici ?

— Une rencontre de motards ?

— Bien sûr.

Il posa une main au creux de ses reins et la pilota hors de l'atelier.

— Allons appeler la police.

Ils virent bientôt arriver un adjoint du shérif, qui ne releva qu'une paire d'empreintes sur la peinture — des empreintes qui manifestement appartenaient à Scarlett.

Prenant visiblement l'affaire au sérieux, il prit ensuite des photos et des notes.

Quand il s'en fut, Scarlett se laissa tomber dans un fauteuil, les mains croisées derrière la tête.

— Je ne comprends pas. Qu'est-ce que j'ai à avoir avec le trio Timberline ? Je n'étais qu'une enfant quand c'est arrivé.

— Tu as déjà demandé à ta grand-mère ou aux anciens de la tribu pourquoi ils ne veulent pas en parler ?

— Ils deviennent muets comme des tombes chaque fois que j'essaie.

— Il faut peut-être faire une nouvelle tentative, maintenant que tu es mêlée à tout ça.

— C'est vrai que je n'ai pas encore apporté à grand-mère la laine que j'avais achetée pour elle.

Elle se leva de son fauteuil.

— Qu'est-ce que tu en penses ? Ça te dit de faire un petit tour à la réserve ?

— Je ne pense pas que je serai le bienvenu.

— C'est avec ton père et Dax que les Quileutes avaient un problème, pas avec toi.

— Mais je suis coupable par association.

— Eh bien, je serai avec toi.

Jim regarda sa montre.

— Et à quelle heure veux-tu y aller ?

— Pourquoi, ça t'ennuie à ce point de venir avec moi ?

— Non. Je veux en savoir davantage, comme toi, mais j'aimerais d'abord parler à Dax.

— Tu crois que tu réussiras à lui faire dire ce qu'il fait ici ?

— Personne ne peut forcer Dax à parler. Le seul qui y arrivait, c'était notre père, et c'était parce qu'il le menaçait de lui flanquer une raclée.

— D'accord, va parler à Dax. Je vais recharger mon téléphone et appeler un jardinier, dit Scarlett. Il faut aussi que je fasse installer une ligne de téléphone fixe.

— Bonne idée.

Jim se dirigea vers la porte, mais hésita sur le seuil.

— Ça va aller ? Tu penses que tu peux rester ici toute seule ?

— Ne t'inquiète pas, je ne risque rien. D'autant plus que maintenant, on voit la maison de la route.

— Ce n'est pas une mauvaise chose, Scarlett.

Il lui fit un petit geste d'adieu et s'éloigna.

Quand Jim arriva chez lui, Dax était en train de bricoler sur une moto, les mains pleines de cambouis.

Jim gara sa Harley et rejoignit son frère.

— Tu as besoin d'un coup de main ?

— Tu peux me passer cette clé, là, près de ton pied ?

S'accroupissant, Jim ramassa l'outil et le tendit à son frère.

— T'es parti un bout de temps, remarqua Dax. Vous avez fini par vous entendre, toi et cette petite pouliche ?

— Non. Et même si c'était le cas, je ne te le dirais pas. Quelqu'un est entré chez Scarlett et a vandalisé une de ses peintures.

— Ça craint. Tu penses que c'est le même qui a allumé l'incendie ?

Les yeux plissés, Dax fixait la bougie qu'il essayait de démonter.

— Sans doute. Tu sais ce qu'il a mis sur la peinture ?

— Un truc obscène ?

— Dans un sens, oui. Il a peint trois bonshommes qui se tiennent par la main.

Dax posa sa clé et lâcha un juron.

— Qu'est-ce que ça veut dire ?

— C'est évidemment le trio Timberline.

— Évidemment ? Comment tu as déduit ça ?

— Parce qu'ils se tiennent par la main.

— Tu ne crois pas que c'est plutôt un truc du genre plan à trois ? Obscène, quoi…

Jim donna un coup de pied dans le tibia de son frère.

— Ce n'est pas un plan à trois, Dax, c'est le trio Timberline.

— Tu es obsédé par cette histoire, frangin, répliqua Dax en rejetant son catogan dans son dos.

— Tu sais bien pourquoi.

Jim saisit la clé à molette et la fit sauter dans ses mains.

— Qu'est-ce que tu sais de cette nuit-là ? De la nuit où on a essayé de m'enlever ? reprit-il.

— Rien du tout, JT. Je dormais, tu te rappelles ?

— Qu'est-ce que tu fais à Timberline, Dax ?

Se relevant, il toisa son frère, les bras croisés.

— Tu commences à m'échauffer les oreilles, grogna celui-ci. Si tu ne veux pas que je prenne les motos de Slick, tu n'as qu'à le dire.

— Rien à voir avec les… Oh ! laisse tomber !

Jim laissa choir la clé à molette et s'en fut dans la maison.

Même s'il avait essayé de cacher sa réaction, Dax avait manifestement été secoué par les révélations de Jim. Pourquoi ?

Sa soudaine réapparition à Timberline, faisant suite à celle de Rusty et Chewy, avait forcément une signification. Jim avait le pressentiment que c'était lié à l'incendie.

Il lava la vaisselle du petit déjeuner, puis alla dans sa chambre prendre le linge sale. Saisissant le T-shirt que Scarlett avait plié sur le lit, il le pressa contre son visage.

Son odeur légère lui rappela les heures du petit jour qu'il avait passées auprès d'elle. Il laissa tomber le vêtement dans le panier à linge. Comment avait-il pu résister à la tentation ?

Non que s'endormir ait été facile. Le souffle qui s'échappait de ses lèvres entrouvertes, les petits mouvements de son corps doux et tiède, le contact fugace de sa main ou son pied l'avaient torturé.

Il fourra le linge dans la machine à laver, la mit en route, puis ressortit aider son frère, lequel lui jeta un regard plein de suspicion.

— D'accord, plus de questions, dit Jim en levant les mains. Je veux seulement te donner un coup de main.

Les deux frères travaillèrent côte à côte plus d'une heure, jusqu'à ce que le portable de Jim se mette à sonner. C'était Scarlett. Il s'essuya les mains et prit l'appel.

— Quoi de neuf, Scarlett ? demanda-t-il en ignorant le sourcil haussé de Dax.

— Je vais chercher mon téléphone aujourd'hui et j'aurai la ligne dès demain. J'ai aussi fait faire deux devis pour le jardin. Je vais choisir celui que m'a recommandé mon cousin Jason. Tu es prêt ?

— J'étais en train de réparer une moto avec Dax. Il faut que je prenne une douche et que je me change. Tu veux qu'on y aille avec ma moto ?

— Bien sûr. Ma voiture est pleine de suie.

— Ce sera plutôt voyant. Tu ne préfères pas plus de discrétion ?

— Difficile d'être discret pour un type de ton gabarit.

— Je préférerais ne pas attirer l'attention. Personne n'a besoin de savoir pourquoi nous sommes là.

— J'ai le droit de rendre visite à ma grand-mère et d'amener un vieil ami du lycée, tout de même. 13 h 30, ça te va ?

— D'accord. Conduis ta voiture jusqu'ici, je dirai à Dax de te la laver.

— Si tu penses que ça ne le dérange pas.

Jim jeta un regard à son frère.

— Ne t'en fais pas pour ça, il aime tout ce qui a un rapport avec les voitures.

Scarlett raccrocha, et Jim fourra son portable dans sa poche.

— Un autre rendez-vous amoureux ? lança Dax en repoussant une mèche sur son front et en y laissant une traînée de graisse.

— On va à la réserve.

— Pour quoi faire ? interrogea son frère, les yeux plissés.

— Scarlett doit apporter quelque chose à sa grand-mère.

— Et elle a besoin de ton aide ?

— Elle veut juste de la compagnie.

Si Dax gardait ses motivations pour lui, il pouvait bien faire de même. Il avait révélé des tas de choses à son frère et n'avait rien obtenu en retour.

— Ça t'embête de laver sa voiture si elle la laisse ?

— Pas de problème.

Le temps que Jim se douche et se change, Scarlett arriva. Il se précipita dehors avant qu'elle n'ait le temps d'engager la conversation avec Dax. Mieux valait éviter que son frère apprenne quel était le but de leur visite à la réserve.

Il s'efforça de croiser son regard tandis qu'elle saluait Dax, mais elle l'ignora.

— C'est une des motos que tu vas prendre ? demanda-t-elle.

Dax se leva en fourrant son chiffon dans sa poche arrière.

— Si j'arrive à la démarrer. Pourquoi tu emmènes mon frère à la réserve ?

— Ma grand-mère veut le rencontrer pour le remercier de m'avoir sauvée de l'incendie.

Jim poussa un soupir de soulagement. Il était inutile de s'inquiéter avec Scarlett.

— Eh ouais, il est comme ça, notre JT ! s'exclama Dax en tapant le dos de son frère. Du bois dont on fait les héros.

— J'espère que ce n'est pas un sarcasme, parce qu'il s'est montré vraiment héroïque en traversant l'incendie pour venir me chercher, intervint Scarlett.

— Pas du tout. Autant je suis un voyou, repartit Dax en agitant les sourcils d'un air comique, autant lui a toujours été un type bien.

— Tu n'avais pas besoin de devenir un voyou, Dax, intervint Jim. Tu as laissé Slick t'influencer.

Son frère abattit une main sur sa nuque et la lui pressa comme dans un étau.

— Le destin n'est pas tendre pour tout le monde.

— On ferait mieux d'y aller, dit Jim en se dégageant.

— Tu es sûr que ça ne te fait rien de nettoyer ma voiture ? demanda Scarlett à Dax.

— Tu verras, elle sera comme neuve quand j'aurai fini. Amusez-vous bien, ajouta Dax avec un clin d'œil.

Jim fit rouler sa moto jusqu'à la route. Puis il tendit le casque à Scarlett et enfourcha son engin.

— Tu as réussi à lui tirer les vers du nez ? demanda Scarlett avant de mettre le casque intégral.

— Non. Mais je suis content que tu ne lui aies pas révélé le motif de notre visite à ta grand-mère.

Il démarra le moteur de la Harley.

— S'il n'est pas franc avec moi, pas question que je le sois avec lui. Pas avant qu'il m'ait dit ce qu'il est venu faire ici.

— Tout à fait d'accord avec toi. Tu lui as parlé de la peinture ?

— Oui, et ça l'a ébranlé — dans la mesure où il se laisse émouvoir par quelque chose.

— Mais il n'a rien dit ?

— Il a plaisanté.

Scarlett souffla.

— Il a déjà vu l'autre type ? Chewy ?

— Je ne crois pas, mais il ne me le dirait pas, de toute façon.

Scarlett se mit en selle derrière lui et, comme la veille, la sensation de ses bras autour de sa taille électrisa Jim. Cela faisait longtemps qu'une femme ne lui avait pas fait cet effet.

Il aimait beaucoup Scarlett. Il l'avait toujours aimée, même du temps du lycée. Elle était différente des autres filles, avait toujours un projet en tête. Mais ce n'était pas parce que cette attirance semblait réciproque qu'il devait lui donner une réelle importance. Il n'était pas prêt pour une relation, et Scarlett n'était pas le genre de femme qu'on prenait et qu'on quittait.

Il prit la direction de la réserve, vers le nord. Bordée de bois épais, la route suivait les méandres de la rivière. Bientôt la réserve apparut, parsemée de petites maisons. Au bord de la route, des vendeurs ambulants proposaient leur marchandise.

Ils dépassèrent une vieille femme et une petite fille qui marchaient sur le bas-côté. La petite fille agita la main en sautillant d'excitation, et Jim la salua de la main.

Enfin, Jim ralentit pour pénétrer sur le territoire quileute. Au bout d'un moment, Scarlett lui désigna une maison brune et verte. Il coupa le moteur.

— Merci d'avoir dit bonjour à Prudence. Ça a dû éclairer sa journée.

— Prudence ? La petite fille avec la vieille femme ?

Scarlett enleva son casque et le lui tendit.

— Elle va à l'école de la réserve, mais elle voudrait fréquenter l'école publique l'année prochaine. J'essaie de convaincre sa grand-mère que ça lui fera du bien et qu'elle s'y épanouira.

— C'est ce qui s'est passé pour toi ?

Scarlett secoua la tête, ce qui fit tomber ses cheveux sur ses yeux.

— Je n'en sais rien. Bien sûr, cela m'a permis de rencontrer Mme Rooney, la prof de dessin. C'est elle qui m'a encouragée à aller aux beaux-arts.

— Où tu t'es épanouie, insista Jim en hochant la tête.

Un petit sourire aux lèvres, Scarlett désigna du doigt la maison basse, dont on aurait dit qu'elle avait poussé hors de la forêt.

— Grand-mère veut vraiment te rencontrer. Je n'ai pas menti à Dax.

— Tu lui as parlé de moi ?

— Bien sûr. Je lui ai raconté toute l'histoire de la découverte du corps et de l'incendie.

— Et tu lui as parlé des bonshommes ?

— Non. Je préfère observer sa réaction quand je lui en parlerai.

Jim descendit de moto et, se plantant sur ses deux pieds, pencha la tête de côté.

— Personne ne va me poursuivre avec une fourche, n'est-ce pas ?

— Au moins, tu n'as pas parlé de tomahawk, plaisanta Scarlett en lui donnant une pichenette sur l'épaule. Pourquoi tu t'inquiètes ? Personne ne se souvient des préjugés de ton père.

— Et de Dax. Ne l'oublie pas.

— Apparemment, il est devenu plus tolérant. En outre, grand-mère a toujours préféré se faire sa propre opinion des gens.

— Une femme selon mon goût.

Scarlett lui pressa le biceps.

— Tu es aussi son genre d'homme. Ne la laisse pas te draguer.

Jim se mit à rire, mais Scarlett se contenta de hausser les sourcils avant de se diriger vers la maison. Elle frappa à la porte d'entrée et cria :

— Grand-mère ?

— Je suis là, répondit une voix forte.

Jim suivit Scarlett à l'intérieur. Un feu de cheminée réchauffait la pièce.

— Entrez, entrez. Je ne mords pas, même si je suis capable de faire une exception dans votre cas, lança la grand-mère avec un grand rire qui secoua ses minces épaules.

— Grand-mère, tiens-toi bien. Tu vas effrayer Jim, la gronda Scarlett.

La vieille dame agrippa les bras de son fauteuil et jaugea l'intéressé de ses grands yeux noirs.

— Il n'a pas l'air de s'effrayer facilement.

— Mais il n'a jamais rencontré quelqu'un comme toi.

Scarlett traversa la pièce et déposa un baiser sur la joue de la vieille dame.

— Grand-mère, je te présente Jim Kennedy. Jim, ma grand-mère.

Jim la rejoignit et enveloppa la petite main de la vieille femme dans la sienne.

— Ravie de vous rencontrer, madame.

— Enchantée de faire votre connaissance, jeune homme. Vous pouvez m'appeler Evelyn. Grand-mère par-ci, grand-mère par-là, ça me donne l'impression d'être une antiquité.

— Je t'ai apporté la laine, dit Scarlett en sortant les pelotes de son sac.

— Mets-la dans le panier. Vous voulez boire quelque chose ? Du thé ? Du café ? Quelque chose de plus fort ? termina-t-elle avec un clin d'œil.

— Jim ne boit pas, grand-mère, et il est un peu tôt pour moi.

— Vous ne ressemblez pas à Slick, alors ?

— Non, madame. Un peu d'eau, ce sera parfait.

— Va nous faire du thé, Scarlett, et apporte un verre d'eau à Jim.

— D'accord.

Scarlett leva les yeux au ciel avant de se diriger vers la cuisine.

— Asseyez-vous, Jim, dit Evelyn en tapotant le coussin à côté d'elle.

Jim s'exécuta et s'assit légèrement de biais pour affronter son regard pénétrant.

— Un héros de guerre, hein ?

— Je me suis contenté de survivre.

— Vraiment ?

La vieille dame referma ses doigts frêles autour de son poignet avec une force surprenante et ferma les yeux. Elle eut une sorte de sursaut et ses paupières cillèrent.

— Vous avez fait davantage que survivre. Vous avez aidé les autres, mais…

Elle pressa ses doigts plus fort.

— Vous vous sentez coupable. Très coupable. Ils ont pris les trois autres et vous ont épargné.

— Les trois autres ?

Jim se lécha les lèvres. Elle ne pouvait pas être en train de parler de son emprisonnement en Afghanistan. Il y avait bien plus de trois personnes détenues.

— Vous voulez parler du trio Timberline ?

Les yeux d'Evelyn se rouvrirent.

— C'est pour ça que vous êtes ici ?

— Grand-mère, est-ce que tu es en train de lire dans son cerveau ?

Scarlett entra dans la pièce, portant un plateau. Evelyn lâcha le poignet de Jim.

— Pourquoi êtes-vous revenu à Timberline, Jim ?

— Pour régler les affaires de mon père.

La vieille dame plissa les yeux et prit la tasse que lui tendait Scarlett.

— N'essayez pas de tromper une vieille femme, Jim.

— Surtout une vieille femme qui a un don, commenta Scarlett.

Elle s'assit à côté de Jim et posa un verre d'eau et une tasse de thé sur la petite table devant eux.

— Pourquoi ne racontes-tu pas à grand-mère ce qui t'est arrivé enfant ?

— Je pensais que ce sujet était tabou ici, répondit-il en tapotant son verre d'eau du bout de l'ongle.

Par-dessus le rebord de la tasse, les yeux noirs d'Evelyn dévisagèrent Scarlett.

— C'est ce que tu lui as dit ?

— Allons, grand-mère. Combien de fois m'as-tu dit de cesser de t'interroger sur les kidnappings ? Combien de fois les anciens m'ont-ils fait taire ?

Evelyn haussa les épaules.

— La plupart des anciens sont morts, de toute façon.

— Tu veux dire que maintenant tu peux parler ?

Scarlett se pencha en avant, heurtant la cuisse de Jim.

— Je ne sais pas ce que tu t'imagines, Scarlett, répondit sa grand-mère, mais j'aimerais d'abord entendre l'histoire de Jim. Qu'est-ce qui vous est arrivé ? Vous en portez toujours la marque, même après tout ce que vous avez vécu pendant la guerre, y compris votre captivité.

— Ma cap… Comment êtes-vous au courant de cela ?

— Je l'ai senti, Jim. Racontez-moi ce qui s'est passé ici.

Jim se lança dans le récit de la tentative de kidnapping dont il avait fait l'objet et des menaces de son père.

Evelyn l'écouta les yeux fermés, en sirotant son thé et en hochant la tête, comme si rien de tout cela ne la surprenait.

Quand il eut fini, un lourd silence s'abattit sur la pièce. Evelyn semblait dormir. Jim lança un regard interrogateur à Scarlett qui mit un doigt sur ses lèvres.

Enfin, Evelyn poussa un gros soupir qui fit refluer la vapeur de son thé.

— Vous pensez sans doute que l'animosité régnait entre les Seigneurs du Chaos et les Quileutes ?

— Je sais très bien que mon père était raciste. Il avait d'affreux préjugés à l'égard des Quileutes et il n'hésitait pas à les exprimer à voix haute.

— Oui, c'était un de ses traits de caractère. Mais vous croyez que la tribu n'avait rien à se reprocher ?

— Je sais qu'il y a eu des bagarres.

— En effet. Nous avions aussi nos fauteurs de troubles. Vous le saviez ?

— Des jeunes gens qui n'avaient pas grand-chose à faire ? dit Jim en faisant tourner l'eau dans son verre. Je peux l'imaginer.

En son temps, il avait été l'un d'eux.

— Ils se débrouillaient pour avoir d'autres activités… Des activités illégales.

— Vous êtes en train de me dire que les Seigneurs du Chaos et les Quileutes travaillaient main dans la main ?

— Leurs chemins se croisaient.

— Grand-mère, qu'est-ce que cela a à voir avec le trio Timberline ?

— Le trafic de drogue, précisa Jim en posant son verre sur la table. Les Seigneurs du Chaos distribuaient la drogue sur toute la péninsule de Washington, et leurs fournisseurs étaient ici.

— C'étaient des membres de la tribu ? demanda Scarlett en regardant tour à tour Jim et Evelyn.

Ce dernier préféra laisser répondre la vieille dame.

— Il y avait des brebis galeuses, Scarlett, dit-elle en baissant la voix. Tu te souviens sûrement des querelles de ton père avec ton oncle Danny. Heureusement, l'influence de Danny ne s'est pas étendue à toute la tribu, bien qu'il n'ait pas ménagé ses efforts pour cela.

— Mais les anciens devaient le savoir, ils devaient être au courant pour Danny.

Se levant d'un bond, Scarlett se mit à déambuler dans la pièce, bras croisés.

— Pour quelle autre raison auraient-ils essayé de protéger les brebis galeuses ?

— On ne savait rien avec certitude. Nous n'avions aucune preuve.

— Attends…, reprit Scarlett en pressant ses doigts contre

ses tempes. Je ne comprends toujours pas quel rapport cela a avec l'enlèvement du trio.

— Je ne peux pas te le dire, répondit Evelyn en nouant les mains sur ses genoux. Je sais seulement que les Seigneurs du Chaos et ce gang de Quileutes faisaient du trafic ensemble, et que ces kidnappings étaient liés avec tout ça. Et maintenant que je connais l'histoire de Jim, j'en suis encore plus convaincue.

Jim se frotta la mâchoire du poing.

— Les anciens vous ont-ils ordonné de vous taire, Evelyn ?

— Oui, en effet.

Elle leva la main pour prévenir la réaction de Scarlett.

— Je n'avais aucune preuve à communiquer à la police, Scarlett, alors ne me regarde pas comme ça. On ne m'a jamais laissée en trouver une.

— Il n'y avait donc aucun élément matériel ?

Scarlett s'assit au bord de la petite table et prit la main de sa grand-mère.

— Il y avait le ruban rose.

— Le ruban rose ? s'exclamèrent Jim et Scarlett à l'unisson.

— C'est toi qui l'as trouvé, tu t'en souviens, Scarlett ? Tu l'as ramassé par terre. Tu me l'as apporté et tu t'es plainte qu'il te brûlait les mains. Tu ne comprenais pas encore que tu avais le don, alors tu ne savais pas ce que ça signifiait.

— Mais vous, vous le saviez, l'interrompit Jim.

— Je n'ai pas pu le lire, avoua Evelyn en se réchauffant les mains autour de sa tasse. On me l'a volé.

— C'est moi qui l'ai volé, avoua Scarlett.

De surprise, Evelyn renversa un peu de son thé.

— Tu as pris le ruban ?

— Je ne comprenais pas pourquoi tu ne voulais pas que je le garde, alors j'ai fouillé ta corbeille de tricot et je l'ai repris.

— Et comment saviez-vous que ce ruban rose avait un rapport avec l'affaire des enlèvements ? demanda Jim.

Les sourcils froncés, Evelyn parut se replonger dans le passé.

— Je ne le savais pas, au début. Je voulais seulement protéger Scarlett de visions dont elle n'aurait pas su quoi faire. Mais la rumeur des kidnappings a commencé à se propager. J'ai entendu dire qu'une des fillettes enlevées, Kayla Rush, portait un ruban rose. Je l'ai cherché, mais il avait disparu.

— Je suppose que ce serait trop espérer que tu l'aies encore, dit Jim à Scarlett avec un soupir.

— En effet. J'ai encore des bricoles de mon enfance, mais ça m'étonnerait que je l'aie gardé.

— Tu ne l'as jamais montré à personne, n'est-ce pas ?

Voyant Evelyn s'efforcer de se redresser dans son fauteuil, Jim tendit la main pour l'aider.

— Peut-être à quelques amies. Je ne me souviens pas.

Scarlett se pencha vers la table pour rassembler le verre de Jim et sa tasse.

— Tu penses que c'est pour ça qu'on m'en veut, maintenant ? Parce que je sais quelque chose ?

— Peut-être, marmonna Evelyn en tendant la main vers sa corbeille de tricot, à ses pieds. Certains membres du gang sont revenus à la réserve, y compris Danny.

— Voilà qui est intéressant, commenta Jim en rapprochant la corbeille d'Evelyn. Parce que certains Seigneurs du Chaos sont aussi revenus à Timberline. On pourrait croire que quelqu'un ou quelque chose les rappelle ici.

— J'espère bien que non, déclara Evelyn en prenant ses aiguilles à tricoter.

Jim et Scarlett virent tous deux que ses mains tremblaient légèrement.

— Nous allons te laisser tranquille, grand-mère, annonça

Scarlett en caressant les cheveux de son aïeule. Tiens-nous au courant, si tu te souviens d'autre chose.

— Merci, Evelyn, dit Jim.

La vieille dame pointa ses aiguilles dans sa direction.

— Vous n'avez rien à vous reprocher, jeune homme.

Il lui fit un clin d'œil et suivit Scarlett hors de la maison.

— C'était très intéressant, mais pas très utile, commenta-t-il.

— Qui sait ? Je pourrais chercher ce ruban rose et essayer d'en tirer quelque chose.

— Le jeu en vaudrait la chandelle, en effet.

En approchant de sa moto, garée près de la maison, il se crispa soudain et lâcha un juron.

— Qu'est-ce qui se passe ? l'interrogea Scarlett.

Jim se précipita vers la Harley et s'agenouilla.

— Quelqu'un a lacéré mes pneus !

11

Scarlett frissonna et tourna vivement la tête pour inspecter la route. Avait-on fait cela pour éloigner Jim ou parce qu'on ne voulait pas qu'ils parlent à sa grand-mère ?

— Je suis sûr qu'on a fait ça avec un couteau, dit Jim en passant la main sur un des pneus.

Scarlett s'accroupit à côté de lui, épaule contre épaule.

— Mais pourquoi faire ça ici ?

— C'est soit quelqu'un de la réserve qui en veut encore à Slick, soit quelqu'un qui m'en veut à moi.

À cet instant, un camion s'arrêta près d'eux, dans une bouffée de gaz d'échappement. Scarlett se releva, la main posée sur la bouche, et vit son cousin Jason lui faire signe à travers le pare-brise.

— Je croyais que c'était mon tour de venir voir grand-mère, dit-il en sortant du véhicule.

— Je devais lui apporter quelque chose, rétorqua Scarlett.

Jason écarquilla les yeux en apercevant les pneus de la moto.

— Qu'est-ce qui s'est passé ?

— Je crois que quelqu'un veut que je reste à la réserve, répondit Jim en tournant la tête vers lui.

— C'est quelqu'un d'ici qui a fait ça ? s'exclama Jason en se grattant la tête sous son bonnet noir.

— Tu viens d'arriver ? Tu n'as rien vu ? demanda Scarlett en observant son cousin.

— Moi ? s'exclama Jason en pressant son pouce sur sa poitrine. Tu crois que c'est moi qui ai fait ça ?

— Est-ce que c'est ce que j'ai dit ? Je te demande juste si tu as vu quelque chose… Ou quelqu'un.

Jason fit un pas en direction de son camion.

— Je viens d'arriver. Je n'ai vu personne, je t'assure.

Jim frotta ses deux mains l'une contre l'autre et se releva.

— La rancune contre les Seigneurs est toujours vivace par ici, non ?

— Pas que je sache. De l'eau est passée sous les ponts, mon vieux. Ça ne va pas entamer mes chances d'acheter une de tes merveilles, si ?

— Non, surtout si tu nous ramènes chez moi, ta cousine, ma moto et moi.

— Bien sûr. Pas de problème.

Jason désigna la maison d'Evelyn.

— Il faudrait peut-être que je lui dise bonjour, d'abord.

— Je suis sûre qu'elle a envie de te voir, mais ne lui dit pas ce qui s'est passé, dit Scarlett en lui prenant le bras. Je ne veux pas qu'elle s'inquiète.

— Comme tu veux, mais ça m'étonnerait qu'elle se prenne la tête pour des pneus lacérés.

— Garde ça pour toi, c'est tout.

— Je peux charger ma moto sur ton plateau ? demanda Jim.

— Vas-y, ou alors attends-moi, je te donnerai un coup de main.

Jason continua son chemin et disparut dans la maison.

— Tu crois qu'il sait quelque chose ? questionna Jim.

Il abaissa le hayon du camion de Jason et fourra une main dans sa poche, en parcourant les alentours d'un regard acéré.

— Non. Qu'est-ce que tu regardes ?

— Je cherche quelque chose qui pourrait me servir de rampe.

— Grand-mère a des vieux matériaux de construction

derrière la maison. Je n'arrête pas de lui dire de s'en débarrasser, mais elle n'aime pas jeter.

— Montre-moi.

Ils contournèrent la maison.

— Ces planches ? demanda Scarlett.

— Ça ira.

Ensemble, ils traînèrent une grande planche de bois jusqu'au camion de Jason. Jim était en train de la placer contre l'arrière du véhicule quand Jason ressortit.

— Laisse-moi te donner un coup de main.

Courant jusqu'à eux, il prit la place de Scarlett à l'autre bout de la planche.

— Je vais la tenir pendant que tu fais monter la moto.

Jim poussa son engin sur la rampe improvisée, puis la coucha sur le flanc.

— Merci.

— Tu n'en as pas parlé à grand-mère ? demanda Scarlett à son cousin.

— Je lui ai dit que la moto de Jim était en panne et que j'allais vous raccompagner.

— Merci.

Tous trois montèrent dans la cabine, Scarlett serrée entre Jason et Jim.

Sur le trajet, ils parlèrent de l'identité du vandale, mais Jim et Scarlett restèrent bouche cousue quant à leurs soupçons.

Une fois chez lui, Jim déchargea la moto avec l'aide de Jason, puis invita ce dernier à jeter un coup d'œil aux autres engins.

Tandis qu'ils étaient dans le garage, Scarlett s'assit sous le porche, à même le plancher, les jambes étendues devant elle. Tout en entrechoquant les pointes de ses bottes, elle songea que Dax était parti, mais qu'il allait sans doute revenir. Il avait à faire à Timberline, et Jim était convaincu qu'il ne s'agissait pas seulement de bricoler les motos de Slick.

Enfin Jason émergea du garage, un grand sourire aux lèvres.

— Il y en a une qui te plaît ? cria-t-elle.

— Oh oui ! Tu veux que je te ramène chez toi ? Je suis passé devant ton bungalow ce matin. C'est toujours le bazar !

— J'ai laissé ma voiture ici, répondit Scarlett en désignant d'un geste son véhicule, qui avait retrouvé sa couleur d'origine. Et quelqu'un doit venir demain nettoyer le jardin. C'est ton copain Tony.

— Il me l'a dit.

D'un geste de la main, Jason salua Jim qui verrouillait le garage.

— Merci, mon vieux. Je passerai plus tard avec le cash.

Tandis qu'il montait dans son camion et faisait demi-tour, Jim rejoignit Scarlett en faisant tinter ses clés.

— Tu lui as proposé un bon prix, non ? lança-t-elle.

— C'est un type sympa, vraiment reconnaissant.

— Ça ne va pas embêter ton frère que tu vendes une moto à bas prix ?

— Du moment que je lui en laisse quelques-unes, il s'en fiche. Il a beaucoup de défauts mais il n'est pas vénal.

— Alors pourquoi a-t-il commis autant de délits ?

— Tu m'en diras tant. Pour le frisson ? Pour défier les autorités ?

Scarlett suivit du doigt une fente dans la rambarde en bois.

— Je me demande si c'était la même chose pour le gang de Quileutes ?

— Peut-être, mais ça ne veut pas dire que l'appât du gain ne concerne pas la plupart des délinquants. C'est juste que cela n'a jamais intéressé Dax.

— Donc, le gang des Quileutes fabriquait ou achetait de la drogue et la vendait aux Seigneurs du Chaos qui la revendaient à leur tour dans la rue.

— Ou la distribuaient ailleurs.

— Et d'une façon ou d'une autre, la drogue et l'argent

sont liés aux enlèvements. Mais comment ? dit-elle pensivement, en arrachant un éclat de peinture.

— Un trafic d'enfants, peut-être.

— C'est horrible ! s'exclama Scarlett.

— Il se passe des choses terribles dans le monde.

Jim recouvrit la main de Scarlett de la sienne, et elle sentit sa chaleur s'insinuer dans sa chair.

— Tu n'as pas peur de rentrer chez toi toute seule ?

— Il fait jour. Tout ira bien, répondit-elle en étendant l'autre bras.

— Finalement, je n'ai pas encore installé les nouvelles serrures.

— De toute façon, elles ne m'auraient pas protégé contre l'incendie, ni contre les intrus d'ailleurs, puisque les pompiers ont laissé la maison ouverte.

— C'est vrai, mais ce n'est pas une raison pour négliger les mesures de sécurité. Hier soir, c'était un événement extraordinaire.

— Le plus drôle, avec ces événements extraordinaires, c'est qu'ils m'arrivent tout le temps.

— Depuis qu'on a déterré l'affaire du trio…

— À peu près, en effet.

Dégageant sa main, Scarlett se releva en agrippant la rambarde du porche.

— Ma cousine Annie va venir m'aider à nettoyer tout ça cet après-midi, alors je ne serai pas toute seule. Je vais fouiller dans mes vieilleries.

— Tu espères retrouver le ruban rose ? demanda Jim en se levant également.

Posté sur une marche au-dessus d'elle, il semblait encore plus grand que d'ordinaire.

— Exactement.

— Sois prudente, Scarlett, dit-il en lui caressant le bras. N'en parle à personne.

— Ne t'inquiète pas. Je ne vais pas le crier sur les toits.

Selon moi, personne n'est capable de garder un secret à Timberline.

— Pas même les hommes du shérif.

Elle se pencha en arrière pour le dévisager.

— Pourquoi dis-tu ça ?

— Comment cette histoire de ruban rose se serait-elle répandue, autrement ? On pourrait penser que la police et le FBI auraient préféré ne pas en parler.

— Les Quileutes sont comme ça. Ils entendent des choses. Je parie que cette information n'était pas connue des autres habitants de Timberline.

Se penchant en avant, Jim posa son front contre le sien.

— Fais attention, c'est tout. On ne sait pas qui s'intéresse à tout ça.

Scarlett leva la main et toucha la mâchoire de Jim. Son souffle chaud lui caressa la joue. D'un doigt, Jim lui releva le menton et lui effleura les lèvres.

À cet instant, le rugissement d'une moto se fit entendre. Ils se séparèrent et, en se retournant, Scarlett vit arriver Dax, ses longs cheveux blonds flottant derrière lui.

— Qu'est-ce que tu vas lui dire à propos des pneus ? demanda-t-elle.

— Je ne peux pas le lui cacher, mais il n'a pas besoin de savoir de quoi nous avons discuté avec ta grand-mère.

Dax arrêta sa moto à côté de celle de son frère et fit le tour de l'engin endommagé. Puis il retira son casque et remonta ses lunettes de soleil sur son front en s'avançant vers eux.

— Qu'est-ce qui s'est passé, bon sang ?

— Quelqu'un a lacéré mes pneus à la réserve.

Dax secoua la tête et siffla entre ses dents.

— Les vieilles rancunes ont la vie dure, pas vrai ?

— C'étaient peut-être des ados, remarqua Jim en haussant les épaules. C'est le genre de choses que tu faisais à cet âge.

— J'imagine. Comment êtes-vous revenus ?

— Mon cousin nous a raccompagnés, expliqua Scarlett en désignant la route.

Jim descendit les marches du perron et fourra les mains dans ses poches.

— Je lui ai vendu une des motos de Slick.

— Bien joué, frangin.

— Je te donnerai la moitié de la somme.

— Du moment que tu ne lui vends pas une de celles que je veux, ça me va, conclut Dax en frottant ses yeux injectés de sang.

Son visage fatigué le faisait ressembler davantage à son père qu'à son frère.

— Je vais aller roupiller un peu. Je suis crevé.

Jim haussa un sourcil.

— Qu'est-ce que tu as fait aujourd'hui ?

— J'ai roulé.

— Tu n'as pas encore picolé ?

— Je suis trop vieux pour ça, frangin, répondit Dax en riant. À plus, Scarlett.

— Merci d'avoir lavé ma voiture.

Dax se contenta d'un hochement de tête, et les contourna pour entrer dans la maison d'un pas lourd. Il claqua la porte derrière lui.

Jim fixa Scarlett en se mordillant le pouce.

— Il y a quelque chose qui cloche chez lui.

— On peut en dire autant de pas mal de gens ici, remarqua Scarlett en cherchant ses clés de voiture. Je rentre.

— Quand j'aurai changé mes pneus, je passerai t'installer les serrures.

— Je serai là. Désolée pour ta moto, et désolée que ça se soit passé dans la réserve.

— Ce n'est pas ta faute. Je me demande seulement si la même chose serait arrivée si nous avions pris ta voiture.

— Quelque chose me dit que oui.

Encore troublée par le baiser de Jim, elle se glissa dans

sa voiture. Elle se demandait certes ce qui serait arrivé à son véhicule s'ils l'avaient pris pour se rendre à la réserve, mais elle se demandait plus encore ce qui se serait passé si Dax n'avait pas interrompu ce baiser.

Dirigeant le tuyau d'arrosage contre la dernière fenêtre, Annie la trempa de haut en bas.

— Ce retardateur de feu a fait encore plus de dégâts que l'incendie, remarqua-t-elle.

— Pas tout à fait, répondit Scarlett.

Annie arrêta l'eau, et Scarlett frotta la vitre avec un chiffon avant de passer la raclette.

— Je te suis vraiment reconnaissante de ton aide, dit-elle à sa cousine.

— Et moi, je suis heureuse que tu n'aies pas été blessée. Qui a pu faire une chose aussi stupide ? L'année commence mal pour toi.

— Mais ça va s'améliorer, répliqua Scarlett en touchant machinalement sa lèvre inférieure.

Sa rencontre avec Jim avait réveillé sa joie de vivre.

Annie se mit en devoir d'enrouler le tuyau.

— Je pense qu'au final c'est une bonne chose que ces arbres aient disparu. Je n'ai jamais aimé me garer dessous, et ce sentier, au milieu… Sinistre.

— Mais très discret.

— Trop discret, si tu veux mon avis. Quand est-ce que Tony vient défricher ?

— Demain. Je lui ai demandé aussi de redessiner le jardin.

— Tu as encore besoin de moi ? J'ai rendez-vous avec des amis à Port Angeles, ce soir, alors il faut que j'y aille.

— Non, je ferai le reste. Merci encore.

Scarlett aida sa cousine à ranger les produits de nettoyage dans la camionnette qu'elle utilisait pour son travail. Puis, quand Annie se fut éloignée, elle retourna dans la maison.

Ayant sauté le déjeuner, elle alla prendre un yaourt dans la cuisine et l'emporta jusqu'au placard où elle rangeait ses vieilles affaires.

Le bungalow ne possédait pas de garage, seulement un appentis au fond du jardin, mais Scarlett n'y gardait que des fournitures de peinture. Elle gardait les photos, les coupures de journaux, les cartes, et autres souvenirs, dans des cartons sur les étagères de ce placard.

Elle traîna une chaise dans le couloir, puis prit deux boîtes sur l'étagère du haut. Avait-elle réellement gardé quelque chose d'aussi futile qu'un ruban ?

Quand sa grand-mère en avait parlé, elle s'était rappelé avoir subtilisé l'objet dans sa corbeille, à cause des sensations qu'il lui procurait. C'était un peu comme quand ses amies et elle tournaient sur elles-mêmes jusqu'à en avoir le vertige. Le simple fait de toucher le ruban lui donnait la même sensation.

Et quand sa grand-mère l'avait fait asseoir pour lui parler du don des chamanes, elle n'avait pas fait le lien avec le ruban.

Une boîte sous chaque bras, elle retourna au salon et s'assit en tailleur devant la cheminée. Tirant la première boîte à elle, elle fouilla dedans.

Les photos et les cartes de ses amies la firent sourire, et elle essaya même la petite bague de fiançailles que lui avait donnée Tommy Whitecotton. Mais aucun ruban rose ne gisait parmi ces souvenirs.

Elle ouvrit la deuxième boîte et remua son contenu. Dans celle-ci, les photos et les souvenirs dataient de ses années de lycée. Elle feuilleta un paquet de photos récupérées auprès de ses amis, et s'arrêta sur celle d'un garçon brun à l'expression sérieuse.

Elle suivit du bout de l'index le visage juvénile de Jim. Elle avait dû rassembler son courage pour la lui demander.

Retournant la photo, elle vit qu'il ne l'avait pas signée au dos. Peut-être la lui avait-elle volée.

Gloussant comme une collégienne, elle sortit le cliché du paquet et le laissa tomber sur la petite table de salon. À cet âge, Jim était déjà très mignon, et il n'avait fait qu'embellir avec les années.

Elle examina le reste des photos et des souvenirs, mais ne trouva pas de ruban rose, ni même de ruban d'une autre couleur. Refermant les boîtes, elle les empila toutes deux sur le comptoir de la cuisine.

Au moment où elle finissait son yaourt, elle entendit un klaxon à l'extérieur. Laissant tomber le pot dans l'évier, elle se précipita à la fenêtre et repoussa le rideau. Sa voiture était garée au-delà des troncs d'arbre carbonisés.

Ce devait être son klaxon, mais le son était inhabituel. Prenant ses clés dans son sac, elle sortit et pressa le bouton de déverrouillage des portières.

En ouvrant la portière côté conducteur, elle cilla devant un morceau de bois calé contre le klaxon, sur le siège.

Qu'est-ce que c'est que ça, bon sang ? se dit-elle.

Au moment où elle se penchait pour déplacer la bûche, elle sentit un mouvement derrière elle. Elle n'eut pas le temps de se retourner. Quelqu'un lui pressa le visage sur le siège.

Elle hurla et se débattit.

D'une main son agresseur lui agrippa la nuque en appuyant un doigt sur sa trachée-artère.

Elle tenta de donner des coups de pied derrière elle, mais celui ou celle qui la maintenait ainsi se pressa sur son dos et piqua la pointe d'un couteau sur sa gorge, juste sous la mâchoire.

Elle se figea, un hurlement bloqué dans la gorge.

Alors elle sentit une haleine chaude contre sa joue, tandis qu'une voix rauque murmurait à son oreille :

— On t'a avertie. Laisse tomber.

12

Après avoir monté de nouveaux pneus sur sa moto, Jim roula jusque chez Scarlett. Depuis la route, la vue dégagée que l'on avait sur la maison le ravit. *Quand les troncs seront ôtés, Scarlett sera beaucoup plus en sécurité,* se dit-il avec satisfaction.

Mais en avisant la portière ouverte de sa voiture, il fronça les sourcils. Et les battements de son cœur redoublèrent quand il aperçut le bout de ses bottes.

Il se gara derrière le véhicule et descendit de moto.

— Scarlett ?

Au moment où il atteignait la portière, elle roula sur le dos et se mit à tousser.

Un seul regard à son visage pâle de frayeur et strié de larmes lui suffit. Il la souleva dans ses bras et la fit sortir de la voiture. Elle tremblait contre lui.

— Que s'est-il passé, pour l'amour du ciel ? Tu es blessée ?

Elle renifla plusieurs fois en tremblant.

— Quelqu'un vient de me menacer. Il m'a mis un couteau sur la gorge.

Jim sentit son pouls bondir et il resserra les bras autour d'elle.

— Quand ça ? Pourquoi étais-tu étendue dans la voiture ? Il t'a fait du mal ?

— Non, mais il m'a plaquée sur le siège. C'était il y a

au moins cinq minutes. Je suis sûre qu'il est parti depuis longtemps, mais j'avais trop peur pour bouger.

— Tu as pu voir son visage ?

Jim parcourut du regard les bois entourant la maison.

— Dans quelle direction est-il parti ?

— Je n'ai pas entendu de voiture, alors il a dû arriver et repartir à pied, sans doute par la forêt. Il ne voulait pas être vu de la route, j'imagine.

— Tu ne l'as pas vu ?

— Il s'est approché par-derrière et m'a écrasé la figure sur le siège.

— Comment a-t-il pu faire tout ça sans se faire voir ?

— Il m'a piégé, expliqua Scarlett en donnant un coup de pied dans le morceau de bois. Il a coincé ce truc contre le klaxon. Quand je suis sortie pour voir ce qui se passait, il est arrivé derrière moi. Le bruit était assourdissant, alors je ne l'ai pas entendu.

Jim caressa ses longs cheveux.

— Qu'est-ce qu'il te voulait ? Il a dit quelque chose ?

— Il m'a dit que j'avais été avertie et qu'il fallait que je laisse tomber. Manifestement, il parlait de l'affaire du trio.

— Tu veux que je parte à sa recherche ? demanda Jim en la prenant par les épaules.

— Non, dit-elle en saisissant son blouson. Il a trop d'avance, et puis, il pourrait…

— Je n'ai pas peur de lui, Scarlett. C'est un lâche.

— Tu ne le trouveras pas, Jim. Ne me laisse pas toute seule.

Il lui caressa la joue.

— Je n'irai nulle part, mais il faut appeler le shérif.

— Il portait des gants. Les flics ne trouveront rien.

— Laisse-les s'occuper de ça. S'il a traversé le bois, il a peut-être laissé des traces derrière lui. Et je crois que je t'ai déjà dit à quel point c'est important de signaler tous ces incidents ?

— Les hommes du shérif vont estimer que je trouble l'ordre public.

— Laisse-les parler. De toute façon, ils n'ont pas l'air de faire leur boulot. Meurtre, incendie criminel, vandalisme… Quand est-ce que ça va s'arrêter ?

— Ça s'arrêtera quand on cessera d'enquêter sur le trio.

Jim souleva le morceau de bois du bout du pied, puis le laissa retomber.

— Mais comment savent-ils que tu t'intéresses à l'affaire ? Je me demande si ce n'est pas plutôt le fait qu'on se soit associé pour enquêter tous les deux.

— Mais comment savent-ils que nous ne sommes pas seulement de vieux amis ou…

— Un peu plus que ça ?

Jim sentit son sang courir plus vite dans ses veines à l'idée d'une liaison avec Scarlett.

— Sans doute parce que nous avons trouvé le cadavre ensemble et que nous sommes allés rendre visite à ta grand-mère.

— Peut-être devrions-nous faire croire que nous ne nous voyons pas seulement pour enquêter, dit-elle en entortillant une mèche de cheveux autour de son doigt.

— Alors il faut qu'on se montre en public ? Tu veux qu'on aille dîner dehors, ce soir ?

— Ça pourrait donner le change. Bien sûr, poursuivit-elle, il faudra que ça ait l'air d'autre chose que d'une réunion de travail.

— Eh bien, c'est possible, répondit Jim, mais il faut d'abord faire venir la police.

Stevens répondit une nouvelle fois à leur appel. Mais, après avoir quadrillé le bois, son collègue et lui revinrent bredouilles.

Ils parurent écarter tout lien avec l'affaire du trio et posèrent de nombreuses questions à Scarlett sur les chasseurs, car elle avait plusieurs fois saboté leurs pièges et protesté contre l'extension de leurs terrains de chasse.

Quand les policiers s'en furent, elle leva les yeux au ciel.

— La police de cette ville semble penser que je suis responsable de ces agressions à cause de ma position contre la chasse. Je n'aime pas les chasseurs, mais je ne peux pas dire que ce sont des types violents, pas contre les gens, en tout cas. Nous avons eu bon nombre d'altercations, mais aucun d'eux ne s'en est pris physiquement à moi.

— Il n'est jamais trop tard pour commencer.

— J'étais trop occupée ces derniers temps pour faire entendre ma voix à ce sujet. Pourquoi deviendraient-ils tout à coup agressifs ? Non, tout ça a commencé quand j'ai rencontré Beth qui voulait réaliser un épisode de *Cold Case Chronicles* sur l'affaire.

— Tu ne m'avais pas dit que c'était une couverture pour une enquête personnelle ?

— Si, c'est vrai, mais personne ne le savait, en dehors de l'agent du FBI chargé de rouvrir le dossier. Duke Harper, c'était son nom.

Croisant les bras, Jim s'appuya de la hanche au pilier du porche.

— Tu crois qu'il me parlerait de ce qu'il a découvert ? Tu as ce genre de relation avec lui ?

— J'ai développé des liens amicaux avec Beth et lui. Ils se voyaient avant et ils sont toujours ensemble, pour autant que je sache.

— Ça ne t'ennuie pas de l'appeler ou de me donner son numéro ?

— Pas de problème.

Scarlett frotta son cou, où une marque rouge vif témoignait de l'agression qu'elle avait subie.

— Tu veux poser les serrures maintenant ?

— Oui, mais je pense que tu devrais aussi t'équiper de

caméras de sécurité. Si tu en avais une, on saurait qui t'a attaquée à l'heure qu'il est.

Tandis que Jim se mettait au travail, Scarlett se retira dans son atelier. Quelques minutes plus tard, il passa la tête par la porte. Scarlett était penchée sur son ordinateur portable.

— Tu travailles ?

— Oui je fais l'inventaire des toiles que je vais présenter à ma prochaine exposition.

— Quand est-ce ?

Jim se fraya un chemin vers la porte du fond, entre les toiles, les pots de peinture et les matériaux de toute sorte.

— Dans quelques semaines, à West Hollywood.

Il feignit de se concentrer sur la porte-fenêtre. Scarlett exposait dans le monde entier, il l'avait lu sur Internet. Les critiques se répandaient en louanges, et les acheteurs fortunés s'arrachaient ses toiles.

— Qu'est-ce que tu fais du bungalow quand tu t'en vas ?

— Mes cousins viennent jeter un coup d'œil de temps en temps, et Jason y dort parfois.

Elle pianota sur le clavier puis referma son ordinateur.

— Tu veux repasser chez toi avant qu'on aille dîner ?

— Oui, il faut d'abord que je me change, dit-il en montrant son T-shirt noir. Je le portais pour changer les pneus de ma moto. Je ne serai pas long. Tu as faim ?

Les yeux de Scarlett le détaillaient avec un intérêt qui fit courir un frisson sur sa peau.

— Je suis affamée, dit-elle.

Il finit sa tâche en un temps record, tandis que Scarlett errait dans l'atelier, sélectionnant des toiles pour l'exposition. En remballant ses outils, Jim se sentit plus que prêt à profiter de la soirée avec Scarlett. Une soirée durant laquelle, ils ne regarderaient pas derrière eux toutes les deux minutes. Un moment précieux, avant le départ de Scarlett.

Sur le seuil de la maison, il demanda :

— Tu veux y aller à moto ou en voiture ?

— J'ai eu assez d'émotions pour la journée. Je passerai te prendre vers 19 heures.

Il hésita puis revint vers elle.

— N'ouvre à personne et ne sors pas, même si on klaxonne ou si tu entends un animal crier.

— Tu veux me faire peur ? dit-elle en jetant un coup d'œil par la fenêtre.

— La peur n'est pas mauvaise conseillère. Je te rappelle qu'on a incendié ton terrain et qu'on t'a menacée.

Il croisa les bras pour ne pas être tenté de la reprendre dans ses bras. Qui sait où cela aurait pu le mener ?

— En fait, reprit-il, tu devrais peut-être partir plus tôt en Californie.

— Tu essaies de te débarrasser de moi ?

— J'essaie de te protéger, Scarlett. Laisse les hommes du shérif se charger du meurtre de Rusty et laisse-moi m'occuper de mes souvenirs. Je ne découvrirai sans doute jamais ce qui s'est passé cette nuit-là, et cela vaut peut-être mieux.

— Je n'arrive pas à croire que tu t'en contentes. C'est pour cette raison que tu es revenu à Timberline. Tu dois affronter ton passé.

— Ça pourrait prendre des années, dit-il en secouant la tête.

— Oh ! attends ! s'exclama Scarlett en levant l'index. Je t'ai envoyé le numéro du Dr Shipman dans un texto. Tu l'as reçu ?

— Je ne sais pas. Tu me le redonneras ce soir, au dîner.

— Tu as de la chance, je l'ai aussi noté et collé sur le réfrigérateur.

Pivotant sur ses talons, elle alla dans la cuisine et en revint avec un Post-it au bout du doigt.

— Le voilà.

— Merci, répondit Jim en le fourrant dans sa poche. À tout à l'heure.

Quand il arriva chez lui, Dax était allongé sur le canapé, en train de regarder une émission sur la pêche.

En jetant ses clés sur la table de la cuisine, Jim lui décocha un bref regard.

— Tu es resté là tout l'après-midi ?

— Je suis fatigué.

— Dis-moi, tu ne serais pas tombé sur Chewy par hasard ce matin ?

— Si, effectivement, je l'ai croisé.

— Et c'est un alignement planétaire qui vous a ramenés tous les deux à Timberline ? En même temps que Rusty ?

— La mère de sa copine vit à Port Angeles. Elle y est en ce moment. Ce n'est pas un gros détour de venir jeter un coup d'œil à son ancien terrain de jeux. Et je t'ai dit que je ne savais rien de Rusty.

— Vous avez parlé de lui, avec Chewy ?

— Pas du tout.

Dax se redressa.

— Regarde ce poisson. Il faut que je me remette à la pêche pendant que je suis ici… Et à la chasse aussi, peut-être.

Jim fit halte au seuil du couloir.

— Ce n'était pas ton truc, la chasse.

Dax plongea la main dans un sac de pop-corn maison.

— C'était plutôt le vôtre, à Slick et à toi, non ? Il t'a appris à tirer à la carabine comme un pro. Et tu as mis ça à profit pour chasser un autre genre d'animal.

Jim tressaillit.

— J'ai sauvé plus de vies que je n'en ai prises.

— Je sais, JT, répliqua Dax en se fourrant une pleine poignée de pop-corn dans la bouche. Et Scarlett, elle en pense quoi ? Elle s'efforçait de sauver des dindons sauvages ici, pendant que toi, tu faisais…

Jim donna un coup de poing dans le mur et couvrit les derniers mots de Dax en claquant la porte de sa chambre.

Avait-il besoin qu'on lui rappelle que Scarlett ne voulait pas de lui ?

Même si elle avait conservé sa photo du temps du lycée.

Scarlett s'aventura sous le porche, en tournant la tête de tous côtés. Pourquoi Jim avait-il insisté sur le fait qu'elle était devenue la proie d'un inconnu malveillant ? Elle avait suffisamment peur sans cela.

Elle courut sur la pointe des pieds jusqu'à sa voiture, claqua la portière et poussa un long soupir. Même lorsqu'elle était chez elle, elle avait peur de son ombre ; cela l'exaspérait.

Quelques minutes plus tard, elle donna un bref coup de klaxon, devant la maison de Jim. Un rectangle de lumière apparut, sur lequel se détacha sa silhouette imposante.

Elle retint son souffle en le regardant descendre le perron. Pourquoi s'inquiétait-elle ainsi pour lui ? Sa démarche était hésitante, certes, mais il semblait parfaitement capable de se déplacer sans son aide.

Quand il fut près de la voiture, elle déverrouilla les portières et laissa tomber son sac à main sur la banquette arrière. Une odeur de savon et de cuir pénétra avec lui dans l'habitacle. Cette senteur qui lui était si particulière et qu'elle n'était pas près d'oublier.

Clignant les yeux, elle se força à sourire.

— On va chez Sutter ? C'est l'endroit où il faut être vu en ville.

— C'est la raison de cette invitation.

— Invitation ? Ça veut dire que c'est toi qui payes ?

Elle s'efforçait de garder un ton léger. Leur volonté de s'afficher en public était-elle le seul motif de ce dîner ?

— Bien sûr que c'est moi qui règle l'addition. De quoi aurais-je l'air, sinon ? s'indigna Jim en bouclant sa ceinture.

— D'un radin. Je suis contente que nous soyons d'accord sur ce point.

— Combien vaut de la nourriture de lapin, de toute façon ? Je parie que tu ne coûtes pas cher à nourrir !

— Visiblement, tu n'es jamais entré dans un magasin bio, remarqua Scarlett en riant.

Ils roulèrent en silence, Jim tripotant la radio pour trouver une musique d'ambiance. En ville, Scarlett se gara dans un parking public, de l'autre côté de la rue.

Jim descendit avant même qu'elle ait coupé le moteur et fit le tour du véhicule pour lui ouvrir la portière.

— Je m'exerce à tenir mon rôle, dit-il plaisamment.

Scarlett sortit de la voiture et lui prit le bras.

— Moi aussi, répliqua-t-elle.

Il lui ouvrit également la porte du restaurant. Bon nombre de têtes se tournèrent sur leur passage. C'était comme ça dans les petites villes, tout le monde se mêlait de vos affaires. Mais cette curiosité allait peut-être les aider à attirer l'attention sur leur relation plutôt que sur l'enquête qu'ils menaient ensemble.

— Il y a environ dix minutes d'attente, leur dit l'hôtesse en tapotant sa liste de son crayon. Vous voulez patienter au bar ou revenir plus tard ?

— Nous attendrons, dit Jim.

Faisant pivoter Scarlett, il lui désigna les œuvres suspendues au mur derrière eux.

— Tu as déjà exposé ici ? Ou cet endroit est trop ringard pour toi ?

— Pas du tout. Ça ne me dérangerait pas d'accrocher mes aquarelles ici. Les gens aiment la peinture locale.

— Mais tu n'y mettrais pas tes toiles modernes ?

— Pour leur faire peur ? Certainement pas.

Ils contemplèrent les toiles jusqu'à ce que l'hôtesse revienne vers eux.

— Votre table est prête. Elle est au centre de la salle, ça ne vous ennuie pas ? Si vous attendez dix minutes de plus, je pourrai vous placer dans un endroit plus intime.

— Non, c'est parfait, déclara Scarlett en se dirigeant vers la seule table libre de tout le restaurant.

Jim lui tira sa chaise, et ils remercièrent l'hôtesse.

— La petite amie de Jason travaille ce soir ? demanda Jim quand ils furent assis.

— Je n'en sais rien, mais apparemment pas, dit Scarlett en regardant autour d'elle.

— Nous devons donner le change sur notre relation, mais ça ne veut pas dire que nous ne pouvons pas parler de l'affaire, dit Jim en lui prenant la main.

— Ton frère a été plus bavard, aujourd'hui ?

— Non, mais il m'a dit avoir rencontré Chewy.

Les doigts de Scarlett jouaient avec ceux de Jim.

— Ton frère, Chewy et Rusty sont tous à Timberline. Rusty meurt. Puis ma grand-mère nous dit que certains membres de l'ancien gang quileute sont revenus, parmi lesquels mon oncle, résuma pensivement Scarlett.

— Ils sont forcément revenus pour la même raison. Une raison qui a à voir avec leur association à l'époque des kidnappings.

— C'est très probable, mais personne ne parle.

La serveuse s'approcha de leur table pour leur proposer des boissons.

— Ça ne t'ennuie pas si je prends une bière ? questionna Scarlett

— Non, mais si tu en bois plus d'une, je prendrai le volant au retour.

— Marché conclu. Il va m'en falloir au moins cinq, après une journée pareille.

Elle leva les mains.

— Je plaisante.

— Bois-en cinq si ça te fait plaisir, Scarlett. Je ne fais pas partie de la ligue anti-alcoolique.

— Quand as-tu arrêté de boire ? demanda-t-elle.

— Quand j'étais dans l'armée.

— Sacrée période pour devenir sobre.

— Comme tu dis.

— As-tu appelé le Dr Shipman, cet après-midi ?

— Le temps que je pense à le faire, elle était déjà partie. Je la rappellerai demain.

La serveuse revint avec la bière et le soda de Jim.

— Vous avez fait votre choix ?

Quand elle eut pris leur commande, Jim demanda :

— Ça ne t'ennuie pas que je mange des côtelettes de porc ?

— Je ne fais pas non plus partie d'une association végétarienne, dit Scarlett en faisant tinter son verre contre le sien.

Jim se pencha et, du doigt, essuya sa lèvre.

— Tu as de la mousse au coin de la bouche.

— Bien joué, Kennedy.

— Ce n'était pas pour la galerie, tu avais vraiment de la mousse sur les lèvres.

— Et si tu laissais tomber toute cette histoire ? lui lança soudain Scarlett. Quelque chose d'inexplicable t'est arrivé dans ton enfance, mais ça ne doit pas t'empêcher de vivre.

— Je n'en sais rien, dit-il en remuant les glaçons avec sa paille. Cela m'a hanté tout le temps de ma captivité. C'est drôle, mes ravisseurs m'ont fait subir des tas de tortures, mais mon cauchemar récurrent était cette tentative d'enlèvement.

— Tu en as gardé une terreur particulière parce que tu étais petit. Je ne crois pas qu'on puisse surmonter ses peurs d'enfant.

— Et quelles étaient les tiennes ? Je t'ai toujours vue comme une jolie fille qui savait ce qu'elle voulait.

— C'est parce que je faisais bonne figure.

Elle but une longue gorgée de sa bière, savourant la sensation de chaleur dans son ventre.

— Tu sais que j'ai perdu mes parents et mon petit frère dans un accident de voiture.

— Je ne savais pas que tu avais eu un frère. Je suis navré de l'apprendre.

— Il n'avait pas encore un an. J'aurais dû les empêcher de partir, ce jour-là.

— Quel âge avais-tu ?

— Six ans. Et avant que tu ne me dises que j'étais trop jeune, sache que c'était l'une des premières manifestations de mon don.

— Qu'est-ce que tu veux dire ?

— J'ai fait semblant d'avoir mal au ventre pour rester à la maison, parce que j'avais un pressentiment.

Jim lui caressa le bras.

— Dire que ta grand-mère me conseillait de ne pas me sentir coupable. J'espère qu'elle t'a persuadée de la même chose.

— J'ai travaillé là-dessus. Comment crois-tu que je connais le Dr Shipman ?

— C'était censé être un dîner intime. Nous sommes bien trop sérieux, Scarlett. Tout le monde va se dire que nous parlons de notre enquête.

Se penchant vers elle, il l'embrassa doucement.

— Tu penses que ça suffira à les convaincre du contraire ?

— Disons que c'est un début.

Jim aurait aimé pousser le jeu un peu plus loin, mais la serveuse revint à cet instant avec leurs plats.

Changeant de sujet de conversation, ils parlèrent de leurs vies respectives depuis le lycée. Les yeux de Jim s'illuminèrent quand il évoqua son travail avec les anciens combattants.

— L'idée que tu as eue est formidable, dit Scarlett en posant sa fourchette au bord de son assiette. Proposer des activités artistiques…

— Mais je me demande laquelle marcherait le mieux : la sculpture peut-être ?

— Peinture, sculpture, poterie, peu importe… Ce genre d'activités existait là où tu travaillais ?

— Non, mais je suis sûr que ça pourrait se faire.

— Je pourrais demander à mes amis artistes de proposer des cours sur leur temps libre.

— Ça serait fantastique si tu nous amenais des bénévoles.

Souriante, Scarlett reprit sa fourchette. L'approbation de Jim lui réchauffait le cœur. Elle découpa un morceau de ses lasagnes aux épinards. Son opinion comptait de plus en plus pour elle. Trop peut-être : il avait ses propres démons à terrasser, et elle avait une exposition à préparer.

— Tiens donc, Scarlett ! s'exclama quelqu'un non loin d'eux.

Scarlett se retourna et un petit frisson de peur la parcourut quand elle croisa le regard de son oncle. Comme toujours, il était apparu subitement, aussi furtif qu'un chat.

— Oncle Danny. Tu es de retour à Timberline ?

Après un bref regard à Jim, Danny écarta les bras.

— Je suis là, non ?

— Je… Je ne savais pas que tu allais revenir.

Scarlett serra les dents en entendant sa voix se briser. Il était hors de question d'avouer qu'Evelyn avait parlé de lui le jour même. Mais même quand elle n'essayait pas de lui cacher quelque chose, le regard glacial de son oncle suffisait à la réduire à l'état d'enfant balbutiante.

— Tu ne devrais pas te fier à la rumeur, dit-il en faisant mine de lui tirer dessus avec deux doigts. Les bruits qui courent dans la réserve sont presque toujours faux.

— Désolée. Je te présente Jim Kennedy, ajouta-t-elle en inclinant la tête dans la direction de l'intéressé. J'étais au lycée avec lui. Jim, voici Danny Easton, mon oncle.

— Je me souviens de la famille Kennedy, père et fils. Tu es raciste, toi aussi ?

Pétrifiée, Scarlett braqua son regard sur Jim. Celui-ci repoussa son assiette et croisa les bras.

— Apparemment, le fait d'être racistes ne les empêchait pas de faire du trafic avec vous et vos hommes.

Scarlett retint son souffle. Les lèvres pincées, Danny fusilla Jim du regard.

— On dirait que tu accordes foi aux rumeurs, toi aussi. Désolé, Scarlett, je me joindrais bien à vous, mais on m'attend au bar.

— Tu vas passer voir grand-mère pendant que tu es là ?

— Pourquoi ? Elle ne m'a jamais aimé. Notre famille n'était pas assez bonne pour ta mère.

Scarlett baissa les yeux vers son assiette.

— Elle n'avait rien contre papa.

Cela fit ricaner Danny qui pivota sur ses talons et s'éloigna en martelant le sol de ses bottes.

— On ne peut pas dire que l'ambiance est au beau fixe dans la famille, hein ? remarqua Jim.

— Oncle Danny n'est pas un ami des Quileutes, il ne leur apporte que des ennuis. Quand mes parents ont commencé à se fréquenter, ma grand-mère s'inquiétait à l'idée que sa fille entre dans la famille Easton. Mais, comme je te l'ai dit, elle se forge sa propre opinion sur les gens et elle a fini par comprendre que mon père était du bon côté. Quant à Danny…

— Je ne me souviens pas de lui et j'ignorais qu'il avait son propre gang.

— Ça m'a surprise aussi, mais je savais qu'il était *persona non grata* à la réserve.

— Une autre pièce du puzzle. Rusty, Chewy et mon frère qui convergent vers Timberline, et maintenant Danny Easton qui débarque dans le paysage. C'est comme un amoncellement de nuages noirs.

Jim agita les glaçons dans son verre.

— Je suppose que tu l'aurais reconnu si c'était lui qui t'avait mis un couteau sur la gorge ? l'interrogea-t-il.

— Sans doute, mais tu sais ce que je trouve le plus troublant ?

— Voyons voir, commença Jim en comptant sur ses doigts : un cadavre, un incendie criminel, une peinture vandalisée, une agression au couteau ?

— En dehors de tout ça, dit Scarlett en s'emparant du couteau à beurre et en passant la lame sur son pouce, il y a le fait que l'homme qui m'a attaquée portait des gants.

— C'est ça l'aspect le plus troublant pour toi ?

— Des gants pour éviter un contact direct avec moi.

— Ce ne serait pas la première fois que quelqu'un qui projette une agression se soit muni de gants. Si c'est le même qui a tué Rusty et qui s'est introduit chez toi, on sait déjà qu'il ne laisse pas d'empreintes.

— Je sais, mais il y a une autre raison qui aurait pu le pousser à en porter : éviter que cela éveille quelque chose en moi.

— Tu penses donc que c'est quelqu'un qui te connaît ou qui a entendu parler de ton don ?

— Oncle Danny est au courant. Il sait tout de notre don.

— Tu vois avec qui il est, au bar ? demanda Jim en pointant le pouce derrière lui.

— Non, il est caché par le mur.

— Tu n'irais pas faire un petit tour aux toilettes pour dames ? Je le ferais bien moi-même, mais les toilettes pour hommes sont de l'autre côté.

— Bonne idée, s'écria Scarlett.

Posant sa serviette à côté de son assiette, elle se leva. Danny ne soupçonnerait pas qu'elle l'épiait, car on pouvait se rendre aux toilettes sans passer par le bar. Sans un regard dans cette direction, elle emprunta le couloir qui y menait.

En se lavant les mains, elle se regarda dans le miroir. Elle se comportait toujours comme s'il s'agissait d'un rendez-vous amoureux, songea-t-elle, mais l'ambiance avait changé depuis l'apparition de Danny.

Jetant l'essuie-main dans la poubelle, elle poussa la porte et sortit. Elle avait l'intention de ne jeter qu'un bref regard pour identifier le ou les compagnons de Danny, mais ce qu'elle vit la figea sur place.

Virant vers le bar, elle alla enfoncer un doigt dans le dos de son cousin Jason.

— Qu'est-ce que tu fais avec lui ? demanda-t-elle d'un ton ferme.

Danny arbora un demi-sourire en voyant Jason sursauter.

— Scarlett ! Qu'est-ce que tu fais ici ? s'exclama Jason.

— Je dîne avec Jim. Mais c'est plutôt toi qui devrais m'expliquer ce que tu fais ici.

— Je… Je suis venu chercher le salaire de Chloe. Elle ne se sent pas bien. Et… je suis tombé sur ton oncle.

— Vraiment ? C'est bizarre parce qu'il vient juste de me dire qu'il avait rendez-vous avec quelqu'un.

Danny lui tapota l'épaule.

— Mais oui, Scarlett, et ce n'est pas Jason. Détends-toi. Je ne vais pas user de ma mauvaise influence sur ton cousin. Tu ne devrais pas plutôt t'inquiéter de celle de JT et Dax Kennedy ? Au moins, moi, je ne sors pas de prison.

— Ce qui ne veut pas dire que tu ne devrais pas y être, répliqua Scarlett. Quant à toi, Jason, poursuivit-elle en agitant l'index sous le nez de son cousin, quelle que soit son offre, sache que tu devras la payer très cher plus tard. Le jeu n'en vaut pas la chandelle. Passe ton chemin.

Cela dit, elle se détourna pour rejoindre Jim.

— Toujours sympa de te rencontrer, Scarlett ! lui cria Danny

Arrivée à sa table, elle se laissa tomber sur sa chaise.

— Que s'est-il passé ? Qui est avec Danny ?

— Mon cousin Jason.

— Danny est son oncle, à lui aussi ?

— Non. Jason et Annie sont les neveux de ma mère. Ce sont des Foster, pas des Easton.

— Et tu ne veux pas que Jason le fréquente ?

— Danny ne s'intéresse pas à la famille, à moins de pouvoir en tirer profit. J'ai peur qu'il ne donne à Jason toutes sortes de fausses idées sur les moyens de s'enrichir. Des moyens illégaux, évidemment.

Jim bougea les jambes sous la table, et ses genoux vinrent heurter les siens.

— Jason a l'air d'avoir la tête sur les épaules.

— Oui, mais l'activité ralentit dans le bâtiment, et Chloe essaie toujours de finir ses études. Elle a dû s'arrêter le semestre dernier par manque d'argent. Ils n'ont pas grand-chose, et je sais combien Danny peut être persuasif.

— Tu veux que je parle à Jason ? J'ai une certaine expérience quand il s'agit de résister aux forces du mal.

— Tu ferais ça ? s'exclama-t-elle en lui prenant la main. Ce serait formidable.

— Il passe demain pour chercher sa moto. Je lui en toucherai un mot à ce moment-là.

Jim prit la main de Scarlett et l'embrassa.

— Ce n'était pas une soirée très romantique, n'est-ce pas ?

— Honnêtement ? dit Scarlett en effleurant la barbe naissante de Jim. C'est la meilleure soirée que j'aie passée depuis longtemps.

— Alors, tes amis artistes ne doivent pas être bien rigolos. Et juste pour donner l'impression que je te fais la cour, j'ai payé l'addition pendant que tu jouais les limiers au bar.

— Cela me va droit au cœur.

— Imagine ce que ce serait, si je m'y mettais vraiment.

Scarlett sentit son cœur chavirer en croisant le regard de Jim, mais elle se reprit très vite et ramassa son sac.

— Je crois que je suis prête à quitter cet endroit.

— Moi aussi.

Ils se dirigèrent vers la sortie. Lorsqu'ils arrivèrent au milieu de la salle, Darcy Kiesling, une vieille amie de lycée, arrêta Scarlett.

— J'ai entendu dire que tu t'étais fait agresser. Ça va, tu n'as rien ?

— Non, je vais bien. C'étaient plutôt des menaces, pas vraiment une agression.

— Peu importe le nom que tu lui donnes, quelqu'un t'a mis un couteau sous la gorge, insista Darcy en plaquant une main sur la sienne. Et le type t'a vraiment interdit d'enquêter sur l'affaire du trio ?

— Peut-être, répondit Scarlett en haussant les épaules. Je ne sais pas pourquoi il m'a dit ça. Je n'enquête sur rien du tout.

— Hum, je voudrais bien que tout ça se termine.

Ce disant, Darcy avisa Jim et le dévisagea des pieds à la tête.

— Tu te souviens de Jim Kennedy ? demanda Scarlett

— Bien sûr, et vous vous souvenez de Renée Meyers ?

Darcy leur présenta les deux femmes assises avec elles. Elles regardèrent Jim avec intérêt.

— Qu'est-il arrivé à ta jambe ? interrogea Darcy en rejetant ses cheveux en arrière.

— C'est une longue histoire, Darcy, et je n'ai pas envie de gâcher votre dîner. Profitez bien de votre soirée.

Il s'éloigna en boitant, tandis que Scarlett adressait un sourire d'excuse aux femmes.

— Bonne soirée.

Elle rattrapa Jim et lui prit le bras sur le trottoir.

— Je crois que tu leur as vraiment gâché le dîner.

— J'ai été trop cassant ?

— Juste un peu, dit-elle. Ça t'ennuie quand on t'interroge sur ta jambe ?

— Je comprends leur curiosité, surtout quand il s'agit de gens qui m'ont connu avant. Mais ce n'est pas un sujet à aborder dans une conversation de ce genre. Tu crois vraiment que Darcy et ses amies ont envie d'entendre ce qui m'est arrivé dans ce trou ?

Scarlett cessa de marcher et agrippa la poche arrière de Jim pour le freiner.

— Sans doute pas, mais moi, je suis tout ouïe si tu as envie de parler.

Revenant vers elle, Jim posa ses mains sur ses épaules.

— Je ne te ferai jamais une chose pareille, Scarlett. C'est déjà assez que tu aies des flashs à chaque fois que je te touche.

Il laissa retomber ses mains, comme s'il craignait qu'elle ne lise ses pensées sur-le-champ.

— Ça n'arrive pas si souvent, dit-elle en mêlant ses doigts aux siens. Je t'assure que je ne pense pas à la torture et aux camps de prisonnier en ce moment.

— Alors à quoi penses-tu ? dit-il en attirant Scarlett si près qu'une mèche de ses cheveux vint caresser son visage.

— Parfois, je ne pense pas du tout, murmura-t-elle.

Son baiser la prit au dépourvu, et elle sentit ses jambes se dérober sous elle. Agrippant le blouson de Jim pour ne pas vaciller, elle lui rendit son baiser.

— Allons chez toi, chuchota-t-il.

Scarlett se contenta de hocher la tête, et ils hâtèrent le pas en direction de la voiture.

— Je vais conduire, annonça Jim quand ils furent devant le véhicule

— Mais je n'ai bu qu'une bière.

Jim claqua des doigts, et elle laissa tomber les clés dans sa paume. Il lui fit faire le tour de la voiture et lui ouvrit la portière.

Scarlett n'avait jamais rencontré un homme aussi enclin à prendre les choses en main. Quand elle l'avait rencontré, elle avait cru devoir le protéger, comme ses précédents petits amis. Mais il lui avait démontré qu'elle se trompait du tout au tout. Certes, il avait ses problèmes, mais il semblait tout à fait capable de les résoudre sans son aide.

Ce qui ne voulait pas dire qu'elle ne pouvait pas la lui proposer.

— Je vais d'abord passer chez moi, si ça ne t'ennuie pas, dit Jim en s'engageant sur la route principale. Je veux vérifier que Dax a bien fermé le garage.

— D'accord, mais inutile de prendre ta brosse à dents. J'en ai des neuves à la maison.

— Est-ce une façon de me reprocher de ne pas en avoir eu pour toi ?

— En fait, j'étais ravie de constater que tu n'as pas l'habitude de recevoir des invitées.

Jim lui pinça le menton.

— J'aurais aimé être mieux préparé à te recevoir. Dans tous les sens du terme.

— Mais si tu t'étais préparé, cela aurait gâché le suspense.

— Tu aimes le suspense ? Parce que je pense que nous en avons eu plus que notre part ces jours-ci.

— Ce n'est pas ce que tu voulais quand tu es revenu pour résoudre le mystère de ton enfance ?

— Je ne pensais pas qu'on me mettrait autant de bâtons dans les roues.

— Oui, on se demande bien ce que cherchent ceux qui nous en veulent tellement.

Ils étaient arrivés chez Jim. Celui-ci montra la maison du doigt.

— J'ai bien fait de faire un détour. Regarde, Dax a laissé la porte du garage ouverte… À moins qu'il soit toujours en train de bricoler.

— Allons voir, dit Scarlett.

Elle descendit de voiture, et Jim claqua sa portière.

— Dax ? appela-t-il en marchant vers le garage.

Des gouttes de pluie frappèrent le sol. Debout près de la voiture, Scarlett les sentit tomber sur sa tête et courut se mettre à l'abri sous le porche. Quand elle atteignit la dernière marche, le vent fit claquer la porte moustiquaire.

Tournant la tête, elle remarqua que la porte d'entrée était ouverte.

— Jim ! Je crois qu'il est dans la maison, cria-t-elle.

Mais celui-ci ne répondit pas et ne se montra pas à la porte du garage.

Pivotant sur elle-même, Scarlett mit la main sur la poignée, qui lui parut gluante. Elle retira vivement ses doigts et les leva devant ses yeux.

La vue du sang la fit hoqueter. Dans sa tête, une petite voix lui ordonna de faire demi-tour et de prendre la fuite, mais elle l'ignora.

Mue par une sorte d'automatisme, elle referma les doigts sur la porte moustiquaire, l'ouvrit en grand et fit un pas à l'intérieur. Ce faisant, elle faillit trébucher sur les jambes de Dax, allongé dans une mare de sang.

13

Pour la deuxième fois de la semaine, Scarlett poussa un hurlement à glacer le sang.

Fou d'inquiétude, Jim laissa tomber le pneu qu'il était en train d'examiner et fit demi-tour, prenant soin de ne pas s'appuyer sur sa mauvaise jambe.

Il courut vers la maison. Le dos de Scarlett était visible dans l'encadrement de la porte. Le cœur battant, il gravit d'un bond les marches du perron et l'attira contre lui.

La vue du corps de Dax lui souleva l'estomac. Il tendit précipitamment son téléphone à Scarlett.

— Appelle le 911.

S'agenouillant près de son frère, il lui tâta le pouls.

— Il est vivant.

Il fit rouler Dax sur le dos et déchira sa chemise, déjà lacérée par le coup de couteau qu'il avait reçu.

— Va me chercher une serviette, ordonna-t-il.

Toujours au téléphone, Scarlett enjamba le corps inerte de Dax et revint quelques secondes plus tard avec plusieurs serviettes. Elle en lança une à Jim.

— L'ambulance est en route, lui dit-elle.

Jim enroula la serviette et la pressa sur la blessure de Dax. Si le coup avait touché une artère, il n'avait pas une chance d'en réchapper.

Il exerça autant de pression que possible tout en murmurant :

— Tiens bon, frangin. Tu ne peux pas laisser tomber maintenant.

— Je peux faire autre chose ? demanda Scarlett. Il a des coupures aux mains. Tu crois qu'il faut arrêter les saignements, là aussi ?

Une sirène se fit entendre au loin.

— Va sur la route pour leur indiquer le chemin.

Scarlett sauta sur ses pieds et sortit en trébuchant.

Une minute plus tard, deux ambulanciers firent irruption et repoussèrent Jim.

— Vous avez bien réagi. On va s'occuper de lui, maintenant.

Jim recula, laissant la serviette où elle était. Il contempla ses mains, tachées du sang de son frère.

— Il a d'autres blessures ? Des allergies ? Il suit un traitement ? l'interrogea un des secouristes d'un ton pressant.

— Des coupures aux mains. Il n'a pas d'allergies à ma connaissance, ni aucune maladie, en dehors de l'alcoolisme et de la toxicomanie.

— En cours ?

— En convalescence. Il est sobre depuis un an.

D'autres sirènes retentirent, et Jim franchit le seuil de la maison, tenant ses mains ensanglantées devant lui.

Scarlett interrompit sa conversation avec l'adjoint du shérif pour le rejoindre.

— Il est toujours… ?

— Oui, mais il est inconscient.

Un secouriste les contourna d'un pas pressé pour sortir une civière de l'ambulance.

Comme pour Rusty, songea Jim. À la différence près que, cette fois, il priait pour que son frère s'en sorte.

L'adjoint lui parlait, mais il n'arrivait pas à comprendre ses paroles. En voyant les ambulanciers charger le corps de Dax dans leur véhicule, il fit un pas en avant.

— Je vais avec lui.

— Suivez-nous dans votre voiture, car nous devons lui administrer des soins.

Scarlett le rejoignit et lui mit une serviette propre dans les mains.

— Prends ma voiture. Je vais finir avec l'adjoint, et on te retrouve à l'hôpital.

S'essuyant machinalement les mains, il hocha la tête et retourna à la voiture dans laquelle Scarlett et lui venaient de partager un moment d'intimité.

Il inspira à fond en passant la marche arrière. Scarlett devait quitter Timberline. Il fallait montrer à l'auteur de tous ces crimes qu'elle ne s'intéressait pas à l'affaire du trio. Mais qu'en était-il le concernant ?

Les choses avaient pris un tour personnel, et il irait jusqu'en enfer pour retrouver celui qui avait tenté d'assassiner Dax. L'enfer, il connaissait déjà, alors que lui importait d'y retourner ?

Il suivit les feux arrière de l'ambulance en marmonnant des prières. C'étaient celles qu'il récitait durant sa captivité, chaque fois qu'on arrachait un prisonnier à sa cellule. Elles ne lui avaient guère servi à l'époque, mais il ne pouvait pas faire grand-chose pour Dax, à part se jurer de résoudre le mystère.

L'ambulance stoppa devant l'entrée des urgences, et Jim la dépassa pour trouver une place un peu plus loin.

Le temps qu'il se gare et revienne sur ses pas, les ambulanciers avaient déjà fait entrer la civière dans le bâtiment.

Il fit halte à la réception et se pencha vers l'infirmière.

— Une ambulance vient d'amener mon frère, Dax Kennedy. Vous pouvez prévenir le médecin que je suis ici et que j'attends des nouvelles ?

L'infirmière prit note de l'information et retourna à son ordinateur.

Jim se mit à errer dans la salle d'attente. Il contempla le distributeur de boissons, se servit un verre d'eau à la fontaine, puis remua les magazines de chasse et de golf sur la petite table avant de revenir à la réception.

— Des nouvelles ? demanda-t-il.

— Non, monsieur.

Cette fois, l'infirmière ne leva même pas les yeux.

Avec un long soupir, il se laissa tomber sur une chaise, près d'une femme qui feuilletait un magazine de pêche, le visage crispé, les jointures blanchies par la tension.

La porte d'entrée s'ouvrit à la volée, et Scarlett se précipita vers lui, Stevens sur les talons.

— Tu as des nouvelles ? Il va s'en sortir ?

— Non, je n'ai vu personne.

— Il aura peut-être plus de succès, dit-elle en désignant Stevens qui s'adressait à l'infirmière. Il veut voir le médecin.

— Dax a eu le temps de te parler ou il était déjà inconscient ? demanda Jim.

— Il était déjà évanoui.

— Tu as vu ou entendu quelque chose ?

— Non. Et toi ? Il n'y avait rien dans le garage ?

— Dax a laissé ses outils par terre, comme si on l'avait appelé du dehors. J'ai cru qu'il était allé chercher quelque chose à boire ou répondre au téléphone. Je pensais que tu allais le trouver dans la maison.

— Je l'ai trouvé, dit-elle en serrant les dents.

— Scarlett, il faut que…

— Monsieur Kennedy ?

Jim se leva et se dirigea vers le médecin qui venait de pénétrer dans la salle d'attente.

— Oui, c'est moi.

— Je suis le Dr Verona, dit le médecin en remontant ses lunettes pour se frotter les yeux. Je dois vous dire que c'est grave. Votre frère a perdu beaucoup de sang.

— Il va s'en sortir ?

— Je ne peux pas me prononcer pour l'instant. Il est dans le coma. Nous allons le transférer aux soins intensifs.

— Pouvez-vous me donner une idée de ses chances de survie ?

— Je dirais cinquante pour cent, peut-être moins. J'ai vu survivre des patients qui étaient plus mal en point que lui et d'autres succomber alors qu'ils étaient moins gravement atteints. En tout cas, aucun des organes vitaux n'est touché, ce qui est un atout.

Le médecin continua ses explications, mais tout ce que Jim retint c'est que son frère avait une chance sur deux de s'en sortir. Dax avait déjà déjoué des pronostics plus défavorables, il pouvait gagner ce pari.

Même s'il n'avait pas vu son frère depuis des années, il n'était pas préparé à sa perte.

— Sa petite amie ! lança-t-il soudain. Il a une petite amie à Seattle en ce moment. Je devrais l'appeler. Vous avez ses affaires personnelles ?

— L'infirmière va vous les donner. Je transférerai votre frère demain matin et je demanderai au médecin responsable de vous appeler.

— Merci, docteur. Puis-je aller le voir ?

— Bien sûr. L'infirmière va vous conduire.

Voyant le médecin tourner les talons, Stevens l'interpella.

— Je souhaiterais vous poser quelques questions, docteur. Il s'agit d'une tentative d'homicide.

— Je n'ai que quelques minutes, répondit le médecin, mais nous pouvons parler dans ce bureau si vous voulez.

Quand ils eurent disparu, Jim se pencha au-dessus du comptoir et s'adressa à l'infirmière.

— Le Dr Verona m'a dit que je pouvais voir mon frère.

Elle leva un doigt et s'empara du téléphone.

— Dis à Tiana que le 528 a de la visite. Son frère veut le voir.

Jim haussa les sourcils, choqué.

— Il s'appelle Dax, intervint Scarlett.

— Désolée, répliqua l'infirmière en étendant les bras. Ce

n'est qu'une façon de parler. Il est entre de bonnes mains. Le Dr Verona est le meilleur traumatologue des environs.

La porte du service s'ouvrit, et une infirmière en blouse rose pointa la tête.

— Vous êtes le frère de Dax ? Par ici, je vous prie.

Jim prit la main de Scarlett.

— C'est ma femme. Elle vient avec moi.

— Non, rétorqua l'infirmière en levant les yeux au ciel, ce n'est pas votre femme. C'est Scarlett Easton, et je sais très bien qu'elle n'est pas mariée. Mais elle peut venir quand même.

— Tiana… dit soudain Scarlett en claquant des doigts. Ta grand-mère et la mienne étaient amies !

— C'est ça. Tiana Gokey. Je n'ai pas grandi dans la réserve parce que mes parents en sont partis, mais je suis revenue quand ma grand-mère est tombée malade.

— Merci de me laisser voir Dax. C'est moi… qui l'ai trouvé.

— Heureusement que vous avez réagi vite, tous les deux. S'il survit, ce sera grâce à vous.

Tiana repoussa un rideau, et Jim cilla en voyant son frère branché de toutes parts à des machines.

— Le médecin dit qu'il a une chance sur deux de s'en sortir.

— S'il le dit, il faut le croire. C'est le meilleur médecin de l'hôpital.

Elle inséra une feuille dans le support accroché au pied du lit.

— Nous allons le transférer demain matin. Prenez votre temps.

— Merci, Tiana.

Jim tira une chaise près du lit de son frère et contempla les tubes et les câbles entrecroisés sur son corps.

— Il est dans un état terrible.

— Chut ! dit Scarlett en lui pressant l'épaule. Il peut peut-être t'entendre. Sois positif.

Jim se pencha vers le visage livide de son frère et lui murmura les mots d'encouragement qu'il adressait aux anciens combattants placés sous sa responsabilité.

— Seigneur, j'espère qu'il va s'en tirer.

— Il faut garder confiance.

En s'avançant pour remonter le drap, Scarlett effleura le bras de Dax au passage. Elle sursauta et eut un mouvement de recul.

— Que se passe-t-il ? interrogea Jim, les yeux plissés. Tu as senti quelque chose ?

Scarlett fixa ses doigts, qui tremblaient.

— J'ai eu un flash.

— J'espère que c'était l'assaillant de Dax.

— Pas vraiment. C'était… Je ne sais pas. Il faudrait que j'essaie encore, dit-elle en remuant les doigts.

— Pas si ça te doit te bouleverser.

Jim retint son souffle, partagé entre l'envie d'en savoir davantage et celle de protéger Scarlett.

Celle-ci repoussa un peu le drap et posa les doigts sur la main de Dax, au-dessus de l'aiguille de la perfusion. Fermant les yeux, elle poussa un long soupir. Sa tête tomba en avant, et son souffle s'accéléra, tandis que ses paupières frémissaient.

Soudain, le rideau barrant l'entrée fut repoussé. Scarlett retira vivement sa main.

— Désolée, dit Tiana avec un grand sourire, nous devons faire des analyses avant de transférer le blessé.

Jim recula sa chaise pour cacher Scarlett.

— Bien sûr. Merci de m'avoir laissé le voir.

Du coin de l'œil, il vit Scarlett ciller et repousser ses cheveux en arrière. Puis elle tapota la main de Dax et lissa le drap.

— Tiens bon, Dax, murmura-t-elle.

Ils retournèrent en silence à la réception, où Stevens les attendait.

— Vous avez besoin d'autre chose, Quentin ? demanda Scarlett.

— Kennedy, vous pourriez venir au commissariat demain ? Je voudrais vous poser quelques questions sur votre frère. Un autre Seigneur du Chaos a été vu en ville, Charles Swanson, dit Chewy. Vous le connaissez ?

— Oui.

— Votre frère et lui sont en bons termes ?

— Je n'en ai aucune idée, Stevens. On peut en reparler demain ?

— Naturellement. Ça va aller pour vous ? C'est une véritable vague de catastrophes qui a l'air de vous être tombée dessus.

— Ne m'en parlez pas. Je suppose que ma maison est considérée comme une scène de crime, maintenant ? demanda Jim

— Tout à fait.

Scarlett le tira par la manche.

— Tu peux dormir chez moi, ce soir.

C'était leur projet à l'origine, et cela paraissait une idée encore meilleure à présent. Si Stevens fut surpris, il n'en montra rien.

— C'est sans doute une bonne idée, commenta-t-il, puisque nous n'avons encore rien sur l'incendiaire, et que c'est peut-être le même qui vous a menacé et a poignardé Dax.

— Un type fort occupé… Et désespéré, si je ne me trompe, intervint Jim en se grattant le menton.

— Tout de même, j'ai du mal à croire qu'une affaire vieille de vingt-cinq ans fasse encore autant de dégâts, remarqua Stevens en vissant son chapeau sur sa tête.

— Si les ravisseurs craignent toujours d'être découverts, ils s'appliquent à faire taire tous ceux qui ont été mêlés de près ou de loin aux enlèvements.

— Vous êtes en train de me dire que votre frère était mouillé là-dedans ? Et Scarlett ? Elle n'était qu'une enfant à l'époque, comme vous.

— Oui, mais les enfants en savent parfois plus que les adultes ne le pensent.

— D'accord. Je vous laisse partir. J'ai informé le shérif, alors prenez contact avec nous demain matin, Kennedy.

— Je n'y manquerai pas.

Une main posée au creux de ses reins, Jim escorta Scarlett vers la sortie. Quand ils furent à l'abri dans la voiture, il se tourna vers elle.

— Tu as perçu quelque chose en touchant Dax ?

— Rien. Je venais juste de commencer quand Tiana est entrée. Mais ce qui m'étonne c'est qu'elle avait prétendu peu de temps auparavant que tu pouvais prendre ton temps.

— Tu sais comment c'est à l'hôpital.

Jim s'interrompit une seconde.

— Qu'est-ce que tu veux dire ? Tu penses qu'elle t'a interrompu exprès ?

— Elle est quileute. Elle sait qui je suis.

— Alors, elle essaie peut-être de protéger quelqu'un, dit Jim.

— Comme je te l'ai déjà dit, il y a quelque chose dans cette affaire qui rend la tribu nerveuse.

— Mais pas ton oncle Danny, apparemment.

— Je vais rendre visite à Jason, demain, pour savoir ce que Danny lui voulait, dit Scarlett d'un ton décidé.

— Tu crois qu'il te le dira ?

— Je sais comment l'interroger.

Scarlett fit craquer ses jointures, puis lui adressa un clin d'œil.

— Et maintenant, allons-y. Tu dois être épuisé.

— Je suis quand même en meilleur état que Dax.

Tandis que Jim démarrait et se dirigeait vers la sortie de l'hôpital, Scarlett se laissa aller en arrière sur son siège. L'ambiance de la soirée était passée de délicieuse à tragique ; que pouvait-elle faire pour la remettre sur les rails ?

Elle soupira, et Jim lui heurta l'épaule.

— Tu préfères que j'aille à l'hôtel pour te laisser en paix ? demanda-t-il.

— En paix ? De quoi est-ce que tu parles ?

— Ça ne me pose pas de problème, mais je pense que tu ne devrais pas rester seule, pas avec tout ce qui se passe en ce moment.

— Je ne veux pas rester seule, Jim.

Elle se tourna vers lui et posa une main sur sa cuisse.

— J'ai une idée, déclara-t-elle.

Elle avait baissé la voix, et il pencha la tête pour mieux l'entendre.

— Dis-moi.

— Il y a un joli petit hôtel dans le quartier d'Evergreen. Il possède un jacuzzi, un bar et de grands lits. Et le meilleur de tout, c'est qu'il n'y a ni cadavre ni incendie à proximité.

Jim fit halte au carrefour, clignotant en marche.

— Tu te sentirais en sécurité dans cet hôtel ?

— Avec toi, oui.

Du poing, il fit basculer le clignotant vers la gauche.

— Indique-moi le chemin.

Elle le pilota jusqu'au lieu indiqué.

— Ça a l'air joli, commenta Jim en contemplant la façade l'hôtel

— C'est un peu cher, mais c'est beaucoup mieux que les bouges du centre-ville.

Une fois Jim et elle enregistrés à la réception, Scarlett s'assura que le spa et le bar étaient encore ouverts, et ils montèrent à leur chambre, au troisième étage.

Jim se débarrassa de son blouson d'un coup d'épaule et passa ses pouces dans sa ceinture.

— Tu n'arrêtes pas de parler du jacuzzi, mais pour autant que je sache, aucun de nous n'a de maillot de bain.

— Chut, dit-elle en mettant un doigt sur les lèvres. Je pense qu'on pourra se baigner en sous-vêtements. Il n'y a personne à cette heure-là.

— J'ai toujours su que tu étais une rebelle.

S'asseyant au bord du lit, il se déchaussa en quelques secondes.

Scarlett alla prendre des serviettes dans la salle de bains, et en lança une à Jim.

— Au cas où il n'y en aurait pas en bas.

Pieds nus, en jean et T-shirt, ils descendirent dans le hall et s'engagèrent dans le couloir menant au gymnase et à la piscine. Pour la première fois depuis longtemps, Scarlett se sentait effectivement rebelle.

Mettant sa main en visière, elle pressa le nez contre la vitre de la piscine.

— Vide, exactement comme j'aime.

Jim fit glisser sa carte dans la fente de la serrure et poussa la porte quand la lumière verte se mit à clignoter.

Scarlett sentit l'air humide se déposer sur sa peau. Du bout de l'orteil, elle alla tâter la température de l'eau.

— Elle est chaude.

— Mais elle est encore plus chaude là-bas, remarqua Jim en pointant du doigt le jacuzzi bouillonnant dans un coin.

S'appuyant de la main sur le carrelage, Scarlett tendit le cou vers le petit bassin.

— Sympa et intime, dit-elle

— Laissons les serviettes à côté, au cas où.

Jim posa sa serviette au bord du jacuzzi et jeta un coup d'œil derrière lui avant d'enlever son T-shirt.

La vapeur de l'eau réchauffait les joues de Scarlett. À moins que ce ne soit la vue du torse musclé de Jim.

— Allez, que la fête commence !

Jim tourna un des robinets, et les jets firent bouillonner l'eau.

Il retira son jean et descendit la première marche d'un mouvement fluide, son caleçon flottant autour de ses cuisses.

— Tu es rapide, remarqua Scarlett.

Elle souleva son T-shirt et le fit passer par-dessus sa tête. Son soutien-gorge, qui n'avait rien de très sophistiqué, la couvrait mieux qu'un haut de bikini. Alors pourquoi se sentait-elle nue sous le regard affamé de Jim ?

— Et voilà le bas.

Elle retira son jean et entra dans le jacuzzi, l'eau léchant son corps. Elle se cogna les genoux contre ceux de Jim et il lui prit les mains.

— Viens de ce côté. Comme ça, on pourra surveiller la porte tous les deux.

Elle se laissa tirer à travers l'eau bouillonnante et s'assit près de lui, posant la tête contre la paroi.

Les jets d'eau lui martelaient les reins. Elle étendit les jambes et agita les orteils dans les bulles.

— C'est le paradis ici. De quoi oublier tout ce qui s'est passé ces derniers jours.

— Tout ? demanda-t-il en lui passant un bras autour des épaules. Même ce… courant qui circule entre nous ?

— Mais si on cède à ce courant, comme tu dis, comment cela va-t-il finir ? dit-elle en l'éclaboussant.

— Eh bien, je vais te faire l'amour avec une passion débridée, voilà comment ça va finir.

L'eau devint plus chaude, et Scarlett gigota pour se rapprocher de lui, cuisse contre cuisse.

— Ce n'est pas que je n'ai pas envie de faire l'amour, surtout avec une passion débridée, dit-elle, mais que se passera-t-il quand tu auras trouvé ce que tu cherches ? Quand tu vendras la maison de ton père ? Quand tu iras étudier ailleurs ?

— Et quand tu t'en iras pour ta prochaine exposition ? ajouta Jim.

Elle hocha la tête et posa son menton sur l'épaule de Jim, cillant à cause des gouttes d'eau qui coulaient sur son visage. C'était certainement l'eau, parce que ce ne pouvait pas être des larmes.

— Je ne sais pas, dit-elle. Je peux seulement t'offrir l'instant présent. J'ignore ce qui se passera dans un jour ou deux, mais je sais que je te veux.

Il grogna doucement dans son oreille.

— Et moi, je sais que je veux être en toi.

Scarlett frissonna et glissa un peu plus sous l'eau, s'agrippant à la cuisse de Jim.

— Mais je comprendrais que tu ne veuilles pas aller plus loin, reprit Jim. Je ne peux rien te promettre. Et peut-être préfères-tu qu'il en soit ainsi. Pourquoi t'engager sur le long terme avec un type aussi cabossé que moi ?

Scarlett jeta un bref coup d'œil à l'entrée de la piscine et, rassurée, se mit à califourchon sur les genoux de Jim. Elle lui posa un doigt sur les lèvres, puis le remplaça par un baiser mouillé.

— Tu ne peux te tromper davantage. Du coup, je me demande comment tu pourrais me faire l'amour avec une passion débridée, alors que tu n'as pas l'air de me comprendre, ni moi, ni ce que je désire.

Il lui ceignit la taille de ses bras.

— Alors tu cherches une relation à long terme ou une passade ?

— Pour un homme, tu passes bien trop de temps à analyser les choses.

Elle se pressa contre lui, et sentit son pénis durcir contre sa cuisse.

— Ou peut-être que non…

Glissant ses mains sous l'élastique de sa culotte, Jim lui caressa les fesses.

Elle inclina la tête pour faire courir le bout de sa langue sur la cicatrice qui barrait le torse de Jim. Puis elle plaqua ses hanches contre lui. En grognant, il lui baissa son slip. Scarlett se laissa tomber en avant pour loger sa tête entre son épaule et son cou. Fermant les yeux, elle retint son souffle. L'eau chaude courait sur sa peau nue, la faisant frissonner. Jim fit courir deux doigts sur sa peau, laissant une traînée de feu qu'elle sentit même sous l'eau.

Elle jeta un coup d'œil derrière elle.

— Tu crois qu'on va nous voir ?

— Je vais garder un œil sur la porte et les mains sur ton corps, ça te va ?

Il la caressa de nouveau, puis introduisit deux doigts en elle.

Scarlett s'effondra contre lui, en lui passant les bras autour du cou. Jim était vraiment un voyou : c'était exactement ce genre de comportement qui inquiétait les parents, et avec raison.

Tout en continuant de l'explorer, il fit passer son pouce d'avant en arrière sur sa chair palpitante, activant le brasier au fond de son ventre. Elle pressa les lèvres sur sa gorge, là où son pouls battait sauvagement.

Puis elle passa la main entre leurs corps, là où les doigts de Jim jouaient à la rendre folle. Il l'emprisonna entre ses doigts.

— Tu veux sentir à quel point tu es excitée ?

Avant qu'elle puisse trouver une réplique, il reprit ses mouvements et elle sentit le bourgeon de son désir. Guidée par sa main, elle se caressa elle-même. Puis il porta sa main à ses lèvres et en embrassa la paume.

Il continua à la caresser, tandis qu'elle effleurait des doigts son érection. Jim était peut-être cabossé, comme il disait, mais il ne faisait pas de doute que son corps était en parfait état de marche.

Soudain, elle se tendit, serra Jim entre ses cuisses et se

laissa emporter par le plaisir avant de retomber contre lui, jouissant des dernières vagues de son orgasme.

Prenant son visage entre ses mains, il cueillit ses soupirs sur ses lèvres. Quand le dernier spasme de plaisir la quitta pour glisser dans l'eau, elle laissa traîner ses ongles sur la chair ferme de son érection.

— Allons finir ça dans notre chambre, derrière une porte close, murmura Jim. Une fois que j'aurai commencé, je ne sais pas si je pourrai m'arrêter.

Du bout de la langue, elle attrapa une goutte d'eau qui glissait sur sa poitrine.

— C'était interdit, ce qu'on vient de faire ?

— S'il y avait eu quelqu'un dans la piscine, je suis sûr que oui, mais si tu n'en parles pas, je ne dirai rien non plus.

Il fit glisser ses mains sous son slip pour le remettre en place, puis remonta les bretelles de son soutien-gorge.

— Ce n'est pas la peine, dit-elle en lui immobilisant les mains. Je ne vais pas me rhabiller par-dessus ces sous-vêtements trempés.

Il haussa un sourcil.

— Tu as l'intention de te balader comme ça dans le hall ?

— On va enlever tout ça, se sécher et remettre nos vêtements.

Du pouce, elle caressa la lèvre inférieure de Jim.

— On roulera nos sous-vêtements dans les serviettes, et personne ne remarquera rien.

— Tu as déjà fait ça ? demanda-t-il en se soulevant pour retirer son caleçon.

Elle toussota en voyant sa nudité dans l'eau.

— Pas toi ?

— Tu as l'air d'une spécialiste…

— Ce n'est que du bon sens, dit-elle en se tapotant la tête.

— Alors mieux vaut le faire tout de suite.

Courbé en deux, il attrapa sa serviette et se releva dans le bassin, cerné par l'écume. L'eau dégoulina sur son tatouage et ses fesses.

Scarlett sentit un frisson de désir la parcourir. Quelle que soit l'issue de cette relation, elle ne regretterait pas cette nuit, se dit-elle.

Jim tamponna le haut de son corps avec sa serviette, puis sortit du bassin pour finir de se sécher. Enfin il enroula la serviette autour de ses hanches et enfila son jean.

— Tu as raison, dit-il en secouant son T-shirt. C'est beaucoup mieux qu'un caleçon mouillé.

— Et beaucoup plus agréable à regarder, répliqua-t-elle avec un clin d'œil.

— Tu vas passer toute la nuit à me reluquer ou tu te rhabilles ?

— Ça ne me déplairait pas, Jim Kennedy, mais je ne vais pas me contenter de te reluquer.

Se débarrassant de son slip et de son soutien-gorge, elle se leva dans l'eau. Jim se plaça entre elle et l'entrée de la piscine.

— Au cas où quelqu'un viendrait piquer une tête, expliqua-t-il.

— Oh ! tu crois que ça arrive ? dit-elle en riant.

Jim s'approcha d'elle et lui enfila son T-shirt. Elle drapa la serviette autour de sa taille et mit son jean. Enfin, elle essora ses sous-vêtements et les enroula dans la serviette.

— Et voilà. Comme ça, on ne dégoulinera pas partout, s'exclama-t-elle

— Le trajet n'est pas long jusqu'à la chambre, de toute façon.

— Si ça ne t'ennuie pas, je vais m'arrêter au bar pour demander un verre de vin.

— Du moment que tu l'emportes avec toi. Parce que je n'ai pas l'intention de t'attendre une minute de plus, Scarlett Easton, dit-il en lui arrangeant les cheveux dans le dos.

Dressée sur la pointe des pieds, elle lui mit son ballot mouillé dans les bras et l'embrassa sur les lèvres.

— Tu peux prendre mes vêtements ? demanda-t-elle, je détesterais les laisser tomber au milieu du bar.

— Pas de doute, ça serait embarrassant.

Dans le couloir, Scarlett frissonna. Elle s'était sentie en sécurité dans le jacuzzi, et l'air frais du corridor lui faisait l'effet d'une douche glacée. Elle frotta ses mains l'une contre l'autre. Bientôt Jim la prendrait dans ses bras pour faire l'amour… Et elle se sentirait de nouveau à l'abri.

Ils s'arrêtèrent devant les ascenseurs, et Jim pressa le bouton d'appel.

— Tu as de l'argent ? demanda-t-il.

— Je vais le mettre sur notre compte — chambre 382, n'est-ce pas ?

— Oui. Tu es sûre que tu ne veux pas que je vienne avec toi ? Je peux séjourner quelques minutes dans un bar sans devenir fou, tu sais.

— Je sais bien. Étends nos sous-vêtements pour les faire sécher. Et fais couler la douche pour qu'elle soit bien chaude.

L'ascenseur fit entendre une note aiguë en arrivant au rez-de-chaussée.

— J'arrive tout de suite.

Scarlett agita la main tandis que les portes se refermaient sur Jim. Puis elle tourna les talons pour traverser le hall en ligne droite. En approchant du bar, elle perçut les accents folks d'une musique *live*.

Qui aurait cru que la vie nocturne s'était développée à ce point à Timberline ? L'arrivée d'Evergreen Software avait vraiment changé l'ambiance.

Pieds nus sur la moquette épaisse, elle pénétra dans le bar aux lumières tamisées. Elle aperçut un homme et une femme assis dans le fond mais, absorbés par leur conversation, ils ne levèrent même pas les yeux à son entrée. Le barman lui jeta un bref coup d'œil avant de reporter son attention sur un écran TV silencieux. Assise devant la scène, une femme lança un regard noir à Scarlett et mit un doigt sur ses lèvres. Ce devait être la petite amie du musicien.

Scarlett commanda un verre de vin et fourra un bretzel dans sa bouche, tout en marquant du pied le rythme de la musique.

Le barman lui servit sa boisson.

— Vous voulez que je vous ouvre un compte ?

— Non, je vais l'emporter dans ma chambre. Donnez-moi l'addition.

Elle la signa, puis leva son verre à la santé du barman.

— Merci.

Un groupe de gens massé devant les ascenseurs éclata de rire au moment où elle sortait du bar. Soudain consciente du fait qu'elle se baladait pieds nus, un verre à la main, elle décida de prendre l'escalier. Trois étages, ce n'était rien.

Poussant la porte coupe-feu, elle commença à gravir les marches. Mais alors qu'elle venait juste de dépasser le premier palier, une porte s'ouvrit au-dessus d'elle. Apparemment, il n'était pas possible d'éviter de croiser quelqu'un.

Un murmure flotta dans la cage d'escalier, et elle ralentit le pas. S'agissait-il aussi d'un couple en quête de tranquillité ?

Le murmure laissa la place à la voix grave d'un homme.

— On ne peut pas recommencer, dit-il, pas avec ces deux-là qui mettent leur nez partout.

— Je me débrouillerai pour que ça en vaille le coup, comme la dernière fois, répliqua une autre voix masculine.

Le premier homme laissa échapper un ricanement.

— Ça n'a pas marché si bien que ça, il y a vingt-cinq ans…

Scarlett se figea, retenant son souffle.

— Ce n'était pas de ma faute. Je peux m'occuper d'elle, mais il faut que tu te débarrasses de lui — et que ça ait l'air d'un accident.

— Ça ne devrait pas être trop difficile, avec sa patte folle. En plus, j'ai entendu dire qu'il était un peu fêlé.

Scarlett monta une marche, tenant son verre d'une main tremblante.

Soudain, la porte du rez-de-chaussée s'ouvrit et elle entendit Jim appeler :

— Hello ?

Terrifiée à l'idée qu'il prononce son prénom, elle pivota sur elle-même pour redescendre. Mais à ce moment, son orteil heurta le bord de la marche, et elle laissa tomber son verre.

Celui-ci se brisa en mille morceaux, trahissant sa présence avec autant de discrétion qu'un coup de canon.

14

Jim sursauta en entendant le verre se briser. Il reprit son souffle pour appeler Scarlett mais, une fraction de seconde plus tard, elle apparut devant lui, le visage pâle, un doigt sur les lèvres.

C'est alors qu'il les entendit. Des pas lourds à l'étage supérieur.

Ouvrant la porte plus grand, il attrapa Scarlett par le bras et l'attira dans le couloir.

Elle n'articula qu'un mot :

— Cours !

Mais comment fuir les gens qui descendaient ? Prenant la main de Scarlett, il l'entraîna à sa suite, cherchant une issue.

Avisant un placard à balais dont la porte était ouverte, il s'y précipita avec elle et referma derrière eux. Puis il tira son arme de sa poche et pressa Scarlett contre sa poitrine.

En entendant la porte du palier s'ouvrir, il se tendit et sentit Scarlett se raidir contre lui. Approchant les lèvres de son oreille, il lui souffla :

— Chut !

La moquette du couloir étouffait les pas qui venaient dans leur direction, mais pour ses oreilles entraînées, c'était comme l'arrivée d'une horde d'éléphants.

Il ignorait ce que Scarlett fuyait, mais la panique qu'il avait lue sur son visage lui disait tout ce qu'il avait besoin de savoir.

Il passa sa langue sur ses lèvres en entendant les pas approcher, et crispa le doigt sur la détente. La poignée de la porte s'abaissa puis stoppa avec un déclic.

Une goutte de sueur glissa sur le front de Jim et le long de sa tempe. Il sentait l'haleine de Scarlett à travers son T-shirt, mais elle ne bougeait pas.

Les pas s'éloignèrent.

Jim posa un doigt sous le menton de Scarlett et secoua la tête. Les hommes les attendaient-ils dans le couloir ? Savaient-ils que Scarlett et lui s'étaient réfugiés dans ce placard ? Il posa l'oreille contre la porte, mais ne distingua rien d'autre qu'un murmure. S'il le fallait, ils camperaient toute la nuit dans ce réduit — bien que ce ne soit pas la soirée qu'ils avaient envisagée.

Dos à la porte, il se laissa glisser au sol, entraînant Scarlett avec lui. Le chariot de ménage et les étagères de serviettes leur laissaient juste assez de place pour s'asseoir, genoux pliés.

Scarlett se nicha entre ses jambes et appuya sa tête contre sa poitrine.

— Ça va ? lui chuchota-t-il en lui embrassant la tempe.

Elle hocha la tête.

Il resserra les bras autour d'elle. Il était curieux de savoir ce qui s'était passé, mais la sécurité primait. Ils avaient du temps, et il était patient. N'avait-il pas attendu la mort neuf mois durant, dans sa prison misérable ?

Environ une heure plus tard, il effleura l'épaule de Scarlett.

— Tu dors ?

— Je somnole. On peut parler maintenant ?

— Je pense qu'on peut sortir sans risque.

Se tournant pour lui faire face, Scarlett lui posa les mains de chaque côté du visage.

— Comment te sens-tu ? Tu n'as pas eu de flash-back ? De crise ?

— Pas la moindre.

Il se releva en s'appuyant à la porte et s'étira autant qu'il le put. Puis il aida Scarlett à se mettre debout et lui frotta le dos.

— Tu penses qu'ils sont toujours là à nous attendre ? demanda-t-elle.

Empoignant son arme, il la tint devant lui.

— Je crois qu'ils sont sortis par la porte qui donne sur l'extérieur. Ils pensent sans doute que nous avons pris la fuite. Je n'ai pas entendu de bruit de ce côté du couloir, mais reste derrière moi.

Jim abaissa la poignée de la porte en retenant son souffle, puis l'entrouvrit à peine pour jeter un coup d'œil dans le couloir.

— Je crois que ça va.

Son arme braquée devant lui, il sortit.

— On va prendre l'ascenseur. Ne t'arrête pas de marcher et cours si je te le dis.

Il pressa le bouton d'appel de la cabine et poussa un soupir de soulagement quand les portes s'ouvrirent presque immédiatement. Poussant Scarlett à l'intérieur, il se plaça devant elle jusqu'à la fermeture.

Leur ascension jusqu'au troisième étage prit plusieurs minutes, durant lesquelles ils gardèrent un silence tendu. Jim retint son souffle jusqu'à ce qu'il claque la porte de leur chambre derrière eux.

Scarlett se jeta sur le lit, un bras en travers du visage. Il s'assit au bord du lit et lui massa un pied.

— Que s'est-il passé dans l'escalier ?

Inspirant à fond, Scarlett se redressa sur ses coudes.

— Ces types projettent de se débarrasser de nous.

Jim serra les dents, sans cesser de masser le pied glacé de Scarlett.

— Quels hommes ? Tu les as reconnus ?

— Je n'ai pas pu les voir, et ils parlaient tout bas. C'est

l'acoustique de la cage d'escalier qui m'a permis d'entendre ce qu'ils disaient.

— Pourquoi veulent-ils se débarrasser de nous ?

— Parce que nous nous mêlons de leurs affaires. Et ils projettent d'autres enlèvements, dit-elle en s'asseyant.

— Quoi ?

— Ils ont parlé de recommencer ce qu'ils ont fait il y a vingt-cinq ans. Il faut le dire au shérif Musgrove. Il faut avertir tout le monde.

Jim lui caressa le mollet.

— S'ils te visent, il faut d'abord que tu quittes Timberline. J'aurais peut-être dû les laisser nous rattraper, pour qu'on puisse les identifier.

— Ils savent qui je suis, de toute façon.

Retombant sur le matelas, elle pressa un oreiller contre sa poitrine.

— J'ai laissé tomber mon verre. Ce ne sera pas sorcier de questionner le barman.

— Tu le connaissais ?

— Non.

— Donc il pourra seulement leur dire qu'il a servi un verre de vin à une femme aux cheveux noirs. Ce n'est pas grand-chose.

— Nous non plus, nous n'avons pas grand-chose. Tu as eu des nouvelles de Dax ?

— J'ai appelé l'hôpital pendant que tu étais en bas, et son état est stationnaire.

— Pourquoi es-tu redescendu me chercher ?

— J'ai eu le pressentiment que quelque chose clochait. Ou peut-être est-ce l'idée de te laisser errer toute seule qui ne me plaisait pas, après tout ce qui s'est passé.

— Je commence peut-être à déteindre sur toi. Normalement, c'est moi qui ai des pressentiments.

Elle sembla hésiter un instant et finalement murmura :

— Je… Je crois que l'un des hommes était mon oncle.

— Mais comment le prouver ? Comment prouver quoi que ce soit ?

Jim s'allongea à côté de Scarlett.

— Il est peut-être temps d'appeler l'agent du FBI dont tu m'as parlé et de lui raconter tout ce que nous savons.

— Ce qui se résume à pas grand-chose.

— Il pourra peut-être donner du sens à ce que nous avons récolté. Après tout, c'est lui qui a fait le rapprochement entre les Seigneurs du Chaos et le trafic de drogue.

— Je l'appellerai demain, dit Scarlett en bâillant. Et dire que nous étions censés nous détendre. Je n'ai même pas bu mon vin.

Jim laissa traîner sa main sur son corps, puis la passa sous son T-shirt. Enveloppant l'un de ses seins, il taquina du pouce le mamelon dressé.

— J'ai les moyens de te détendre, sans jacuzzi et sans alcool.

Elle soupira en battant des paupières.

— C'est vrai que nous n'avons pas terminé ce que nous avons commencé…

— Cette pensée est la seule chose qui m'a aidé à ne pas devenir fou dans ce réduit.

Il roula le T-shirt de Scarlett vers le haut et glissa sa langue dans son nombril.

Elle lui peigna les cheveux de ses doigts.

— Tu sais ce qui me détendrait vraiment, maintenant ?

Relevant la tête, il la contempla, les yeux plissés.

— Ne me dis pas que ce serait regarder la télévision.

Sans répondre, Scarlett se dégagea et le poussa jusqu'à ce qu'il se retrouve sur le dos. Puis elle l'enfourcha, remonta son T-shirt et fit courir ses ongles sur sa poitrine.

Se berçant sur lui, elle murmura :

— Oublie la télévision. J'ai tout ce qu'il faut pour nous distraire au bout de mes doigts.

Il ferma les yeux et la laissa faire.

Scarlett repoussa les draps d'un coup de pied et se frotta les yeux. À travers la porte de la salle de bains, le bruit de l'eau courante lui parvenait.

Elle sauta du lit. Si Jim avait l'intention de lui faire quitter Timberline, elle entendait profiter de lui au maximum avant.

Elle se faufila dans la salle de bains remplie d'une vapeur aux senteurs d'agrume, et tira d'un grand geste le rideau de douche.

Jim l'empoigna et l'attira sous le jet d'eau chaude. Elle poussa un cri, ce qui le fit rire.

— Si tu crois pouvoir surprendre un ancien sniper, il faut y réfléchir à deux fois, chérie.

Elle lécha les gouttes d'eau glissant sur sa poitrine.

— Pourquoi t'es-tu sauvé ?

— Sauvé ?

Il fit courir ses mains savonneuses dans son dos.

— J'ai eu un appel de l'hôpital et je me suis dit que je ferais mieux d'y aller.

— Ce sont de mauvaises nouvelles ? demanda-t-elle en plantant ses doigts dans les flancs de Jim.

— Non. Mais elles ne sont pas bonnes non plus. Il est toujours dans le coma. Ils m'ont appelé pour me dire qu'ils allaient le transférer.

— Tu vas lui rendre visite ce matin ?

— Oui. Comme tu me l'as dit hier soir, il est peut-être conscient de ce qui se passe autour de lui.

Il l'embrassa.

— Je t'abandonne.

Scarlett finit de se laver, mais c'était devenu beaucoup moins intéressant sans Jim.

Quand elle sortit de la salle de bains, elle le vit habillé, fixant son téléphone les sourcils froncés.

— C'est Dax ?

Il leva les yeux.

— Non, je viens de recevoir un texto bizarre, d'un numéro inconnu.

— Vraiment ?

S'enveloppant de sa serviette, Scarlett s'approcha sur la pointe des pieds et jeta un coup d'œil par-dessus son épaule.

— Qu'est-ce qu'il dit ?

Retrouve la drogue. Stoppe les enlèvements. Commence par le début.

— Quoi ? dit-elle en retombant sur ses talons. Qui a envoyé ça ? Qu'est-ce que ça veut dire ?

Jim tira une chaise et s'assit au bord, tapotant son téléphone contre son menton.

— Réfléchissons une minute. Les Seigneurs du Chaos vendaient de la drogue à l'époque. Même Gary Binder était mouillé là-dedans et il a été éliminé.

— Et ce trafic avait un lien avec les enlèvements.

— Les Seigneurs devaient se procurer la drogue quelque part, parce qu'ils ne la fabriquaient pas, et ils devaient se procurer de l'argent pour l'acheter.

— Tu veux dire en ayant d'autres activités criminelles ? demanda Scarlett en se massant les tempes. Mais quel rapport avec les enlèvements ?

— Peut-être qu'ils faisaient un échange, dit Jim d'un ton dubitatif.

— Qu'est-ce que tu veux dire ?

— Ils rendaient service à leurs fournisseurs.

— Quel genre de services ? Ils réparaient leurs motos ?

— Ils leur fournissaient des enfants…

Scarlett écarquilla les yeux.

— Tu penses que les Seigneurs du Chaos kidnappaient des enfants pour les échanger contre de la drogue ?

— Oui, c'est ce que je pense.

— Et qui fournissait cette drogue ?

— Réfléchis.

— Mon oncle.

— Bingo, s'exclama Jim.

— Mais pourquoi aurait-il ordonné qu'on enlève ces trois enfants-là ?

— Je ne sais pas, mais la conversation que tu as entendue semble indiquer qu'il veut recommencer.

— Oh non, s'exclama Scarlett en secouant la tête, projetant des gouttes d'eau en tous sens. Cette ville ne peut pas revivre ça. Quand Wyatt Carson a enlevé les gosses, les habitants ont été dévastés.

— Revenons au texto, déclara Jim en pianotant sur la commode. Apparemment, la drogue a disparu.

— Et une fois qu'ils l'auront trouvée, elle servira de monnaie d'échange pour une nouvelle série d'enlèvements. Mais quel est le but de ces kidnappings ? Où sont Kayla, Stevie et Heather ?

— Je comprends que tu n'aies pas envie d'y penser, mais je suis presque sûr qu'il s'agit d'un trafic d'enfants.

— Mon oncle aurait fait ça ? s'exclama Scarlett en tortillant le coin de sa serviette entre ses doigts. Je sais que ce n'est pas un type bien, mais ça…

— Quoi d'autre ? S'il s'agissait d'un malade qui assassine les enfants, il aurait agi seul. Pourquoi monter une combine aussi élaborée et payer une bande de motards pour qu'ils enlèvent des gosses ?

— Et pourquoi ces motards-là ? dit Scarlett en frissonnant.

Jim resserra la serviette autour d'elle.

— Va t'habiller et te sécher les cheveux. Tu trembles de froid.

— Cette conversation ne risque pas de me réchauffer.

Pivotant sur elle-même, elle se dirigea vers la salle de bains.

— Et je viens avec toi voir Dax ! cria-t-elle de l'intérieur.

Une heure plus tard, après avoir réglé leur note en ligne, ils se glissèrent hors de l'hôtel.

En sortant du parking au volant de sa voiture, Scarlett jeta un coup d'œil à l'entrée de l'hôtel dans son rétroviseur.

— Si c'était Danny, dans l'escalier, il ne peut pas savoir que je l'ai entendu. Je suis heureuse que tu n'aies pas prononcé mon nom.

— Moi aussi, mais il faut quand même surveiller tes arrières.

— Toi aussi, lui dit-elle en tirant sur la manche de sa chemise. Tu penses qu'on va remarquer que nous portons les mêmes vêtements qu'hier ?

— Ça n'a pas d'importance. Mais si tu veux passer chez toi pour te changer…

— Ça ne fait rien. Au moins, j'ai pris une douche.

— Je m'en souviens, dit-il en lui effleurant la cuisse du poing.

— Jim, à propos d'hier soir…

Elle se mordit la lèvre inférieure.

— C'était une nuit inoubliable, dit-il d'un ton grave.

— Je ne l'oublierai jamais, approuva-t-elle, les yeux pleins de larmes.

Et peut-être ses souvenirs seraient-ils tout ce qui lui resterait de Jim Kennedy. Lui suffiraient-ils ?

Scarlett se gara dans le parking du bâtiment central de l'hôpital, situé à la perpendiculaire des urgences. Ils montèrent aux soins intensifs. Jim s'adressa à l'infirmière affectée à l'accueil, qui lui donna le numéro de chambre de Dax et l'autorisation d'aller le voir.

En ouvrant la porte de la chambre, cependant, il se figea.

Scarlett, qui le suivait de près, se cogna dans son dos.

— Qui êtes-vous ? demanda Jim.

Regardant par-dessus son épaule, Scarlett croisa le regard furibond d'une rouquine, assise au chevet de Dax.

— Et qui êtes-vous, vous ? Si vous faites un pas de plus, je hurle au meurtre, s'écria la rouquine.

— Du calme, dit Jim. Je suis le frère de Dax, Jim Kennedy.

La rouquine le dévisagea des pieds à la tête, et les plis de sa bouche s'adoucirent.

— Vous êtes JT, je vous reconnais, maintenant. Vous ressemblez à mon homme, en plus doux peut-être.

— Vous êtes Belinda ?

— Je suis venue dès que j'ai eu l'appel de Stevens. Et vous qui êtes-vous ? demanda-t-elle en désignant Scarlett d'un geste du menton.

— Je m'appelle Scarlett Easton. Je suis une amie de Jim.

— C'est vous qui l'avez trouvé, affirma Belinda en rejetant sa crinière par-dessus son épaule. Je vous en suis reconnaissante.

Scarlett contourna Jim pour s'approcher du lit.

— Comment va-t-il ?

— Pas bien, mais c'est un battant. Il s'en sortira, même s'il a d'autres problèmes.

Jim s'avança dans la petite pièce et posa une fesse au pied du lit de Dax.

— Quels problèmes ?

— Vous n'avez pas eu mon texto ? Si vous ne retrouvez pas la drogue et si vous n'arrêtez pas les ravisseurs, ils vont revenir s'occuper de Dax. Et cette fois, ils le tueront.

15

Stupéfait, Jim agrippa la barre en métal du lit de Dax.

— C'est vous qui m'avez envoyé ce texto ?

— Dax m'a dit de le faire s'il lui arrivait quelque chose.

Elle agita la main en direction de la forme immobile sur le lit.

— Je pense que c'est le cas.

Jim se pencha en avant.

— Que savez-vous, Belinda ? Que vous a-t-il dit ?

La jeune femme haussa un sourcil.

— Je ne vous dirai rien ici.

— Vous avez déjà pris le petit déjeuner ?

— Une tasse de café et une barre de céréales.

— Scarlett et moi, nous vous invitons.

Se mettant debout, Belinda jeta son blouson de cuir sur son épaule.

— Dax dit que vous êtes un tireur d'élite. Vous êtes armé ?

Jim tapota sa poche.

— Bon, parce que sans protection je ne vais nulle part dans cette ville pourrie.

— On pourrait aller dans un des restaurants du nouveau centre commercial, dit Scarlett en posant la main sur le bras de Jim. Mieux vaut ne pas nous montrer avec Belinda chez Sutter.

— J'aime la façon de penser de cette femme, déclara Belinda.

Elle enfila son blouson d'un coup d'épaule, faisant disparaître les tatouages qui couvraient son bras gauche.

Levant un doigt, Jim alla d'abord se pencher sur son frère.

— Tiens bon, Dax. On va résoudre tout ça.

Tandis qu'ils se dirigeaient vers l'ascenseur, Belinda fit halte à la réception pour s'adresser à l'infirmière.

— Vous m'appellerez s'il y a du nouveau, hein ?

L'interpellée recula sa chaise de quelques centimètres.

— Oui, madame.

Ils pénétrèrent dans l'ascenseur, et Jim se pencha vers Belinda, agressé au passage par une capiteuse bouffée de parfum.

— Ils ont peur de vous ?

— Ils vaudraient mieux pour eux.

Belinda voulut laisser sa voiture à l'hôpital, si bien que Scarlett les conduisit au centre commercial, non loin de l'hôtel où ils avaient passé la nuit.

La vue de cet hôtel lui tirerait toujours un sourire, songea Jim, même si Scarlett disparaissait de sa vie. Mais elle voulait davantage qu'une aventure, c'était ce qu'elle avait dit. Elle était toujours la fille intelligente qu'il avait connue au lycée et elle avait rempli les promesses de sa jeunesse.

Mais il avait encore un long chemin à parcourir, et rien n'obligeait Scarlett à l'accompagner tout du long.

— C'est ouvert à l'heure du petit déjeuner, annonça celle-ci en se garant. Avec un peu de chance, nous ne croiserons personne de connu.

— Et si c'est quand même le cas ? demanda Belinda en retirant un chewing-gum de sa bouche pour le coller dans son emballage.

— Pourquoi mentir ? intervint Jim. Vous êtes la petite amie de Dax, et vous êtes ici parce qu'il est blessé. Nous prenons simplement le petit déjeuner ensemble.

Néanmoins, il survola des yeux la salle de restaurant

presque vide, et poussa un soupir de soulagement en ne reconnaissant personne.

Ils s'installèrent dans un box sur la droite, et une serveuse vint leur verser du café.

Jim posa les coudes sur la table.

— Dites-nous ce que vous savez, Belinda. Si Dax s'était confié à moi au lieu de vous charger de m'envoyer un message crypté, il ne serait peut-être pas couché dans un lit d'hôpital maintenant.

— Je ne sais pas grand-chose, déclara Belinda en arrosant son café de crème. Dax est sorti de prison et il est venu me voir à Seattle. Notre relation se passait bien. Il avait décroché des cachets et de l'alcool. Mais il a reçu un appel qui l'a complètement déstabilisé.

— Dax ? Rien ne le déstabilise.

— Je sais, d'accord ? Mais celui-là l'a bouleversé.

— Il vous a dit de quoi il s'agissait ? demanda Scarlett.

— Pas en détail. Ça avait un rapport avec son passé. Il a pris la décision de l'ignorer mais, à ce moment-là, il a découvert que vous étiez à Timberline, JT.

— Moi ? Il est revenu à Timberline à cause de moi ?

Belinda suivit du doigt le bord de sa tasse.

— Il était fier comme un paon de vous, de votre engagement dans l'armée. Il n'arrêtait pas de se vanter de son petit frère médaillé.

Un nœud se forma dans la gorge de Jim.

— Je ne… Nous n'avons pas été souvent en contact.

Belinda haussa ses épaules minces.

— Il sortait de prison. Il avait peur que vous n'ayez pas envie de le voir.

Jim ouvrit la bouche pour poser une question, mais la referma en voyant approcher la serveuse. Ils passèrent commande.

— De quoi voulait-il me protéger en venant à Timberline ? reprit Jim, après son départ.

— Il ne me l'a pas dit et il ne voulait pas que je vienne avec lui. Tout ce que je sais, c'est que ce coup de fil avait quelque chose à voir avec ce que votre père et lui faisaient. J'ai eu l'impression que son interlocuteur voulait qu'il reprenne ce que les Seigneurs du Chaos avaient laissé en plan.

Scarlett tapota son verre d'eau.

— Rusty et Chewy ont aussi été rappelés, dit-elle. Et en ce qui concerne Chewy, on dirait qu'il est venu de son plein gré. À moins qu'on ne retrouve son cadavre, comme pour Rusty.

— Mais qu'est-ce qui se passe dans cette ville ? s'exclama Belinda en enveloppant sa tasse de ses mains comme pour se réchauffer. Qui a rappelé les Seigneurs et dans quel but ?

Scarlett lança un regard à Jim.

— Nous n'en sommes pas sûrs, et il vaut mieux que vous n'en sachiez pas plus. Nous pensons que quelqu'un a engagé les Seigneurs pour kidnapper des enfants, il y a vingt-cinq ans, et les utiliser comme monnaie d'échange dans le trafic de drogue qui sévissait alors dans la péninsule de Washington.

Belinda écarquilla les yeux.

— Dax aurait kidnappé des enfants ? Je n'y crois pas !

— Ce n'est pas pour l'excuser, Belinda, mais il n'était qu'un adolescent à l'époque, et il était sous l'influence de notre père, intervint Jim. C'était difficile de défier son autorité, je peux vous l'assurer. Et puis Dax était déjà dépendant de la drogue. Qui sait quel genre de pression les Seigneurs ont exercé sur lui…

— Vous savez ce qui est le plus important ? reprit Scarlett en touchant le poignet tatoué de Belinda. C'est que cette fois, il a dit non. C'est pour ça qu'il est à l'hôpital, en train de lutter pour sa vie.

La serveuse apporta leurs assiettes, mais personne n'y toucha, même après son départ.

Belinda poussait une pomme de terre autour de son assiette avec sa fourchette.

— Je pense qu'il a fait semblant d'accepter pour gagner du temps et vous protéger. Je crois qu'il a pris en charge un colis de drogue.

— Et moi, je pense que vous avez raison, dit Jim en hochant la tête. Il a pris la drogue, l'a cachée et a ensuite dénoncé le marché.

— C'est pour ça que vous avez envoyé ce texto à Jim, Belinda. Mais qu'est-ce qu'il veut dire ?

— Il ne me l'a pas expliqué. Il me l'a envoyé hier, et m'a dit de le transmettre à son frère s'il lui arrivait quelque chose. Quand je l'ai appelé pour lui demander ce qui se passait, il a refusé de me répondre.

Elle se tamponna le nez avec une serviette en papier.

— Le début, ça veut forcément dire quelque chose pour lui et moi, remarqua Jim en se grattant le menton. Mais je préférerais qu'il n'ait pas été aussi vague. Quel début ? L'affaire du trio Timberline ?

— Qu'est-ce qui est arrivé à ces gosses ? questionna Belinda.

Elle finit par entamer son omelette et découpa une petite bande qu'elle porta à sa bouche.

— Personne ne le sait. Ils ont disparu comme ça, pouf ! dit Scarlett en claquant des doigts. Pas de corps, aucune trace.

La fourchette de Belinda claqua contre l'assiette quand elle la laissa tomber.

— C'est horrible. Moi-même, j'ai un petit garçon, et je ne peux pas imaginer ce que je ferais s'il lui arrivait quelque chose. Dax est comme un père pour lui. Je n'arrive toujours pas à accepter l'idée qu'il ait pu tremper dans des kidnappings d'enfants.

— Et celui qui les a orchestrés il y a vingt-cinq ans, veut recommencer. C'est ce que je ne comprends pas. Pourquoi ?

Scarlett repoussa son assiette encore pleine.

— Aussi longtemps qu'on ne retrouve pas la drogue, ils ne pourront pas le faire. Ceux que Danny a engagés pour enlever les enfants ne le feront pas sans toucher leur part de la drogue, déclara Jim.

— Danny ?

Belinda quitta sa tasse des yeux.

— Vous savez ?

Scarlett donna un coup pied à Jim sous la table.

— Nous… avons des soupçons, mais pas de preuve, dit-elle.

— C'est peut-être par là qu'il faut commencer, ajouta Jim. Si c'est lui qui a organisé le trafic à l'origine, peut-être est-ce ce que Dax veut dire. Il faut commencer par lui. Il faut commencer par la réserve.

— La réserve ? répéta Belinda en les regardant tour à tour. Ce Danny, c'est un Amérindien, comme vous ?

— Malheureusement nous sommes parents, mais oubliez ce que nous vous avons dit au sujet de son implication. Vous avez joué votre rôle en transmettant ce texto à Jim. Maintenant, il faut que vous vous occupiez de Dax. Et vous ne pourrez pas le faire avec un estomac vide, conclut Scarlett en pointant sa fourchette vers l'assiette de Belinda.

— Tout comme tu ne peux pas enquêter sans rien manger, rétorqua Jim en poussant l'assiette de Scarlett devant elle.

— Tu ne veux plus me faire partir ?

— Comment pourrais-je aller à la réserve sans toi ?

— Grand-mère t'a adopté. Je suis sûre qu'elle sera ravie de s'entretenir avec toi.

Voulait-elle repartir à San Francisco ? Il aurait dû insister au lieu de l'entraîner encore plus loin dans cette affaire.

Jim coinça une mèche des cheveux de Scarlett derrière son oreille.

— Alors j'irai tout seul.

— Oh non !

Elle piqua une pomme de terre avec sa fourchette.

— Grand-mère est peut-être prête à t'adopter, mais les autres continuent de te haïr. Je ne te quitterai pas d'un pouce.

Tous trois se débrouillèrent pour finir leur petit déjeuner, et ils quittèrent le restaurant sans avoir croisé personne de connaissance. Plus vite Belinda pourrait faire quitter la ville à Dax, mieux ce serait.

Quand ils l'eurent déposée à l'hôpital, Jim se tourna vers Scarlett.

— On peut aller chez le shérif d'abord ? Stevens voulait que je passe quand Musgrove serait là.

Leur visite au commissariat fut une perte de temps. Les policiers ne savaient pas grand-chose sur l'affaire de Dax, et Musgrove n'était même pas là.

En sortant, Jim marmonna :

— Combien de temps peut-on passer à jouer au golf ?

— Surtout à la fin de l'automne dans la péninsule de Washington, remarqua Scarlett en renversant la tête pour contempler le ciel gris.

Ils montèrent tous deux en voiture, et Jim posa sa main sur la sienne.

— Encore un arrêt ? J'aimerais passer chez moi pour me changer.

— Bien sûr. Même si je te trouve parfait comme ça, dit-elle en le regardant de haut en bas.

— Au moins, mon caleçon est sec.

Elle sourit, et ses épaules se détendirent.

Jim n'était pas un grand humoriste, mais il fallait bien alléger l'atmosphère. En la regardant mettre le contact, il songea qu'elle était si tendue qu'il craignait de la voir craquer.

Se penchant en avant, il frappa soudain le tableau de bord.

— Je pense que nous allons finir par comprendre toute cette histoire, Scarlett. Petit à petit, les morceaux du puzzle s'assemblent.

Elle s'engagea sur la voie rapide, en direction du centre-ville.

— « Commence par le début. » Alors tu penses que tout a commencé par Danny et la réserve ?

— C'est lui qui a organisé les kidnappings, ou bien il faisait partie du complot qui les a organisés il y a vingt-cinq ans. À moins que…

Jim se massa la nuque, où une douleur commençait à pointer.

— À moins que quoi ? demanda Scarlett en tournant la tête vers lui.

— À moins que ce ne soit moi, le début. Les enlèvements ont débuté après qu'on a essayé de me kidnapper, et au lieu de faire arrêter le type, mon père a eu une longue conversation avec lui. C'est peut-être là que tout a commencé.

— Tu crois que ton père a passé une sorte de marché avec les ravisseurs cette nuit-là ? reprit Scarlett, les yeux écarquillés.

— Peut-être.

— Tu as des raisons de penser que c'était Danny qui était dans ta chambre ?

— Je ne me souviens pas assez de l'homme pour faire le rapprochement.

— Je pourrais peut-être le voir pour toi.

— Non.

— Si c'est un Quileute, je suis sûre que je pourrai le sentir. Si mes visions étaient si claires pour Beth, c'est qu'elle était en partie quileute elle-même. Ça pourrait nous révéler ce que nous voulons savoir, Jim.

— Je pense que je le sais déjà. Je n'ai pas besoin de confirmation supplémentaire, surtout si cela risque de te faire du mal.

— Ça ne me fait pas du mal, s'exclama-t-elle avec un geste de la main.

— Mais ce n'est pas non plus un lit de roses.

— Les lits de roses sont très surévalués. Regarde-toi…

— Moi ? s'étonna Jim.

— Ta vie n'a pas été facile.

— C'est un euphémisme. Tu ne penses pas que j'aurais aimé que ça se passe autrement ?

— On n'a pas le choix, parfois. Mais toutes les épreuves que tu as traversées ont fait de toi l'homme que tu es.

— Une épave ? dit-il en pinçant les lèvres.

— Jim Kennedy, tu es le type le plus solide que j'aie jamais rencontré. Bien sûr, tu es tout cabossé, mais tu n'es pas défait.

— Donc, tu es en train de me dire que tu es contente que j'aie traversé l'enfer ?

Elle lui assena une claque sur le bras.

— Bien sûr que non. Tu sais ce que je veux dire. Si tu peux le supporter, moi aussi. Ce n'est pas si grave que ça.

— Voyons d'abord ce que ta grand-mère a à dire. Si nous lui expliquons nos soupçons, elle pourra peut-être compléter le puzzle.

— Mais on ne trouvera pas de drogue à la réserve. Ton frère n'aurait jamais pu la dissimuler là, et il ne l'aurait pas voulu, de toute façon.

— Tu as raison, reconnut Jim en lui tapotant le genou. Si le début de l'affaire est ma tentative d'enlèvement, il l'a peut-être cachée sur le terrain de notre père.

— Et peut-être est-ce pour cela qu'il a été poignardé. Un des hommes de Danny est venu la chercher, et Dax n'a pas voulu parler.

Quand Scarlett s'arrêta devant le bungalow, les rubans jaunes barrant l'entrée du porche rappelèrent à Jim l'état de son frère et la gravité de leur quête. Qui aurait cru que Dax Kennedy allait se révéler comme étant un type bien ?

Jim ouvrit sa portière et se tourna vers Scarlett.

— Attends-moi ici. Je vais passer par-derrière. Il ne me faudra que deux minutes pour me changer.

— J'espère que ça ne te dérange pas si je laisse le moteur en marche.

— Tu veux dire que tu partirais sans moi ?

— Je veux dire que si quelqu'un approche de la maison, je lui roulerai dessus.

— Ah, d'accord, répliqua Jim.

Il lui adressa un bref sourire, mais il eut le sentiment qu'elle parlait sérieusement.

Il ne lui fallut en effet que quelques minutes pour enfiler des vêtements propres et contempler le sol taché de sang dans l'entrée. Si seulement Dax s'était fié à lui, ils auraient pu faire face ensemble. Mais son frère continuait de le protéger comme il l'avait fait dans leur enfance contre leur père — quand ce dernier exigeait que son fils suive ses traces. Dax s'était sacrifié pour épargner son petit frère.

Sentant ses yeux s'embuer, Jim les essuya du dos de la main. Puis il sortit par-derrière et rejoignit la voiture dont le moteur tournait à l'arrêt.

— Tu n'as rien vu de bizarre ? demanda-t-il à Scarlett.

— Non, répondit-elle en faisant marche arrière. À moins que le silence ne compte pour bizarre. On dirait que la forêt se tait, aujourd'hui, qu'elle retient son souffle.

— C'est ton hypersensibilité qui te joue des tours. Espérons que tu te trompes, cette fois, et qu'aucune autre tragédie ne nous attend.

— Si malgré tout c'est le cas, nous allons l'empêcher de ce pas.

Scarlett prit la route de la réserve, comme si la réponse les attendait là-bas. Jim, lui, ne pensait pas que ce serait si facile.

— N'appuie pas autant sur le champignon, lui dit-il.

— En fait, j'ai le pied sur le frein. C'est parce que la route descend.

Elle fit signe à Prudence et à sa grand-mère sur le bas-côté, puis s'arrêta devant la maison de son aïeule.

Jim et elle descendirent de voiture. Sur le perron, Scarlett poussa la porte et appela.

Assise dans le même fauteuil que la fois précédente, Evelyn détacha les yeux de son tricot et leur adressa un regard vif.

Scarlett traversa la pièce et s'agenouilla près d'elle.

— Ça va, grand-mère ? Tu as l'air fatiguée.

La vieille femme posa la main sur la tête de sa petite-fille, tout en regardant Jim.

— Votre frère a été attaqué.

— Oui. La nouvelle s'est déjà répandue ?

— Il va s'en sortir ?

— Les médecins l'ignorent pour l'instant. Selon eux, il a une chance sur deux de s'en sortir.

— Faites-lui quitter Timberline dès que vous le pourrez.

— Tu sais quelque chose, grand-mère ? questionna Scarlett en touchant le genou d'Evelyn. Nous pensons que les kidnappings vont recommencer, et puis il y a la drogue — celle qui a disparu. Dès qu'elle aura été retrouvée par ceux qui la veulent, les enlèvements reprendront.

Les aiguilles à tricoter s'immobilisèrent, et Evelyn ferma les yeux.

— Je ne sais pas pourquoi il a enlevé ces enfants.

— Mais tu sais qui c'était ? C'était oncle Danny ?

— Non, pas à cette époque.

Evelyn démêla d'une main tremblante l'écheveau de laine qui était posé sur ses genoux.

— Ce n'était pas Danny le chef, mais il a joué un rôle, en tant que chef du gang des Quileutes.

— Mais qui était-ce, Evelyn ? demanda Jim. Qui a décidé des enlèvements et pourquoi ?

— Tu te souviens de Rocky Whitecotton, Scarlett ? demanda sa grand-mère.

Scarlett fronça les sourcils.

— Whitecotton ? De la famille de Tommy ?

— Oui, un de leurs cousins, un grand type costaud qui avait beaucoup d'influence dans la tribu. Il se servait de ce pouvoir pour répandre la dissension et la haine dans la réserve. Il a essayé de recruter ton père, mais il a eu plus de chance avec Danny.

— Tu es en train de nous dire que c'est Rocky Whitecotton qui est à l'origine des kidnappings, grand-mère ?

— C'est ce que tout le monde pensait.

— Mais personne n'en a parlé au shérif ou au FBI ? l'interrogea Jim en serrant les dents.

Les Quileutes ne valaient pas mieux que les Seigneurs du Chaos, se dit-il, ils protégeaient les leurs aux dépens des autres.

— Nous n'étions pas certains, Jim. Et ses menaces nous terrifiaient. Personne n'avait de preuve, juste des soupçons.

Scarlett sauta sur ses pieds.

— Rocky est parti depuis des années.

— En effet, depuis vingt-cinq ans, répondit Evelyn en hochant la tête.

— Mais pourquoi ? s'écria Scarlett en ouvrant les bras. Pourquoi Rocky a-t-il kidnappé trois enfants de Timberline ?

— Ça, je ne peux pas te le dire, Scarlett. Je peux seulement te faire part des soupçons que j'ai depuis des années. Je sais que Rocky avait une sorte d'organisation criminelle à sa botte et qu'il a recruté Danny et a essayé de faire de même avec ton père.

Traversée d'une sourde douleur, Scarlett reprit son souffle.

— L'accident qui a emporté mes parents est arrivé avant les enlèvements…

— Oui, dit sa grand-mère en baissant les yeux sur son tricot.

— Tu penses que…

Sans achever sa phrase, Scarlett fit le tour de la pièce, taraudée par une peine indicible.

— Est-ce que mon père a été puni parce qu'il avait refusé d'obéir à Rocky ? reprit-elle au bout d'un instant.

Evelyn posa la main sur son front.

— Tu ne crois pas que j'y ai souvent pensé pendant toutes ces années ?

Jim passa un bras autour de la taille de Scarlett et l'attira contre lui.

— Et maintenant Danny est de retour pour se mettre aux ordres de Rocky. Je pense qu'il est temps que nous appelions l'agent Harper et que nous lui disions tout ce que nous savons.

— Mais si Chewy ou un autre membre des Seigneurs met la main sur la drogue, ils n'attendront pas pour mettre les plans de Danny à exécution.

— On ne va pas cesser de la chercher, mais il nous faut les moyens de la police pour stopper Danny. Et on ne peut pas compter sur Musgrove.

Evelyn secoua la tête.

— Danny a dû le mettre dans sa poche. Ne lui faites pas confiance.

Scarlett chuchota à l'oreille de Jim :

— Tu crois qu'on devrait lui parler de l'indice ?

— Elle pourra peut-être nous aider.

— Grand-mère, le frère de Jim nous a laissé un indice sur l'endroit où se trouve la drogue. Il lui a fait parvenir ce message : « Retrouve la drogue. Stoppe les enlèvements. Commence par le début ». Ça te dit quelque chose ?

— Si votre frère connaît l'existence de Rocky, ça pourrait être ici, à la réserve, puisqu'il semble être à l'origine de toute cette histoire. Mais Danny le saurait aussi.

— Mais oui, dit Jim en claquant des doigts. Dax m'a forcément laissé un indice que seuls lui et moi pouvons comprendre.

— Ce qui nous ramène au bungalow de ton père. C'est là qu'on a essayé de te kidnapper, conclut Scarlett.

— Peut-être qu'il ne faisait pas allusion au début de l'affaire du trio, ni à la participation des Seigneurs. Il n'avait aucun moyen de savoir ce que nous avions découvert, toi et moi.

Scarlett frotta le dos de Jim.

— C'est le début de quelque chose entre vous.

— Nous n'avons jamais été proches, Dax et moi. Il était beaucoup plus âgé que moi et a suivi très tôt les traces de notre père.

— Alors c'est le début des Seigneurs du Chaos, puisque ça ne te dit rien.

Evelyn entrechoqua ses aiguilles.

— Le commencement… La naissance est un commencement.

— Nous ne sommes même pas nés dans le même hôpital.

— Avant ça. Le commencement de vos vies. Le commencement de la famille Kennedy. Quelque chose que seuls des frères peuvent savoir.

Jim se raidit soudain.

— Vous savez ? insista Evelyn. Vous vous souvenez de quelque chose ?

— Dax était plus vieux que moi quand notre mère est partie. Et il a toujours eu un faible pour elle. Il ne lui a jamais reproché d'être partie. Il m'a raconté qu'elle disait toujours que son seul souvenir heureux était le jour où notre père l'avait demandée en mariage.

— Le commencement, répéta Scarlett en lui pressant la main. C'était dans un endroit particulier ?

— Sous l'arbre de Noël.

— Dans le bungalow ?

— Non, dans la forêt, près de la vieille mine, là où Carson a caché les enfants. Mes parents avaient l'habitude de se balader par là, d'aller y fumer, le genre de choses que font les adolescents. Il y a un grand pin là-bas, et c'est là que mon père l'a demandée en mariage. Dax adorait cette histoire, peut-être parce que c'était la seule chose tendre de sa vie, et que ça lui rappelait notre mère.

— Tu penses qu'il a enterré la drogue là-bas ?

— C'est un endroit que seuls lui et moi connaissons.

— Alors allons-y. Si nous trouvons une preuve, le FBI sera obligé de nous écouter.

— On va passer chez moi prendre des pelles. Et je vais appeler Duke Harper en chemin.

Scarlett se détacha de Jim pour embrasser sa grand-mère sur la joue.

— Merci de nous avoir raconté tout ça, grand-mère. Ne te fais pas de souci, tout ira bien.

À son tour, Jim pressa les mains de la vieille dame.

— Je prendrai soin d'elle, Evelyn.

Quand ils furent dehors, Jim leva la main.

— Tu veux que je conduise ?

— Non, je prends le volant. Je suis douée pour appuyer sur le champignon, tu te souviens ?

Ils s'éloignèrent de la maison et tournèrent à droite à la sortie de la réserve. À cet instant, les cieux s'entrouvrirent pour laisser tomber un véritable déluge.

La voiture arriva au sommet de la colline et entama sa descente. Scarlett était penchée en avant pour distinguer la route. Le véhicule prit de la vitesse.

— Je ne plaisantais pas, Scarlett. Ralentis, s'il te plaît.

— Je… Je ne peux pas.

Pompant sur la pédale de frein, Scarlett entendit le bruit inquiétant du métal heurtant le métal. La voiture fit une embardée sur la droite.

Toute sa famille avait disparu dans un accident sur cette route, et peut-être allait-elle connaître le même destin.

16

Jim agrippa le bord de son siège quand la voiture frôla le bas-côté, giflée par les feuilles et les branches mouillées. Le cœur battant, il vit défiler les arbres à toute allure.

Les deux mains sur le volant, Scarlett luttait pour redresser la voiture.

— Le frein à main, hurla-t-il. Tire le frein à main.

Scarlett s'exécuta, et la voiture se mit à zigzaguer. Les roues arrière patinèrent sur la chaussée glissante, et ils dérapèrent vers le bas-côté.

Le véhicule ralentit mais, quoi que fasse Scarlett, ses roues semblaient animées d'une volonté propre. À travers le pare-brise, la forêt parut foncer sur eux. Un gros tronc d'arbre se dressa soudain du côté de Jim.

— Accélère, cria-t-il à Scarlett.

Elle n'hésita pas. La voiture bondit en avant une dernière fois, avant que l'arrière ne heurte l'arbre dans un fracas épouvantable.

Après une seconde de silence, Jim ordonna à Scarlett :

— Ouvre ta portière. Il faut qu'on sorte.

L'arbre bloquait la portière de son côté. Il passa de l'autre côté et se retrouva presque sur les genoux de Scarlett. Heureusement l'airbag ne s'était pas déployé, si bien qu'ils purent sortir du véhicule.

Jim entraîna Scarlett aussitôt sur la route, et tous deux

virent des nuages de fumée noire s'élever de la voiture accidentée.

Jim poussa Scarlett sous un arbre et se mit devant elle pour la protéger. Le souffle court, il attendit l'explosion.

Heureusement, grâce à la pluie, le feu s'éteignit de lui-même, et seul un filet de fumée s'éleva à travers les arbres.

— Ça va ? Ton dos ? Ta nuque ? demanda Jim à Scarlett en repoussant ses cheveux mouillés sur ses joues.

— Je crois, dit-elle en cillant. Et toi ?

— J'ai été secoué, mais je n'ai rien de cassé.

— Oh mon Dieu, s'exclama-t-elle en se couvrant le visage de ses mains. Danny a essayé de nous faire la même chose qu'à mes parents.

— Il a dû trafiquer ta voiture quand nous étions à l'hôpital ou à la réserve.

— Ça prouve qu'il ne plaisante pas, Jim. Il veut se débarrasser de nous.

— Quand nous aurons trouvé la drogue et que nous aurons appelé Harper, nous pourrons mettre un terme à cette folie. Aucun risque que Chewy ou un autre Seigneur du Chaos fasse le sale boulot de Danny sans être payé. Dax l'a bien compris.

Un gros camion chargé de troncs d'arbre apparut au sommet de la colline. Quand il fut à mi-pente, le chauffeur klaxonna et ralentit.

— Ça va ? cria-t-il par la vitre.

— Nous, ça va, mais la voiture est inutilisable.

— Vous voulez appeler quelqu'un ?

Jim leva son portable.

— J'ai mon téléphone, merci !

Tandis que le poids lourd repartait, Jim appela le 911 pour signaler l'accident. Puis il drapa son blouson sur la tête de Scarlett pour la protéger de la pluie, tout en songeant qu'elle aurait dû être à San Francisco.

Le bruit familier des sirènes s'éleva alors qu'il la prenait dans ses bras pour la réchauffer. Une voiture de patrouille et un camion de pompiers apparurent sur la route, puis s'arrêtèrent à quelque distance d'eux.

Voyant Unger descendre de voiture, Scarlett fonça vers lui.

— Quelqu'un a saboté mes freins. J'en suis presque sûre, Cody.

— Y a pas à dire, commenta l'adjoint en se grattant le menton, vous n'avez pas de chance en ce moment.

Scarlett manqua s'étouffer d'indignation.

— Pas de chance ? C'est comme ça que vous appelez ça ?

— Est-ce que vous accusez quelqu'un, Scarlett ? Vous savez qui est à l'origine de ces agressions ? Parce que si c'est le cas, nous aimerions lui parler du meurtre de Rusty et de la tentative de meurtre sur Dax Kennedy.

Jim s'avança vers eux, effleurant au passage l'épaule de Scarlett. Même si Unger n'avait aucun respect pour son patron, Musgrove était quand même son supérieur, et Evelyn venait juste de les prévenir contre lui. Selon Jim, mieux valait se confier à un tiers, comme l'agent Harper.

— Je ne sais pas ce que vous en pensez, mais ceci n'a rien d'accidentel, dit Scarlett en agitant le bras en direction du véhicule.

Les pompiers avaient rapidement étouffé les flammèches qui menaçaient la végétation, et Jim les regardait à présent éteindre le reste des étincelles dans le véhicule.

— Vous avez de la chance qu'elle n'ait pas explosé, remarqua Unger.

— Jim nous a fait sortir rapidement, expliqua Scarlett en posant la main sur le bras de ce dernier.

Finalement, le chef des pompiers s'approcha d'eux, leur posa quelques questions et leur confirma que la voiture était hors d'état.

— Est-ce que l'intérieur a brûlé aussi ? demanda Scarlett, mon sac est dedans, ainsi que mon téléphone. Je peux les récupérer ?

— Soyez patiente. Le métal est encore brûlant, il ne faudrait pas que vous vous brûliez.

Déjà les pompiers s'apprêtaient à repartir, appelés sur une autre scène d'accident.

— Et maintenant ? reprit Scarlett en frappant le sol du bout de sa botte.

— La dépanneuse est en route, et quelqu'un du comté va venir enquêter. Si c'est un acte de malveillance, il s'en rendra compte.

Unger rempocha son calepin.

— Vous voulez que j'attende le dépanneur avec vous ?

— Dans combien de temps sera-t-il là ? demanda Jim en évaluant la hauteur du soleil.

Il n'oubliait pas qu'ils allaient devoir creuser.

— La pluie a provoqué pas mal d'accidents cet après-midi. Quand j'ai appelé, l'opératrice m'a dit qu'il serait là dans une heure. Je peux vous raccompagner, si vous voulez.

Scarlett regarda sa montre.

— On va attendre ici. Je veux récupérer mon sac et mon téléphone. Le dépanneur m'aidera à les reprendre.

— Comme vous voudrez.

Une fois le policier parti, Jim prit son téléphone dans sa poche de blouson.

— Je vais appeler Harper.

— Laisse-moi lui parler, je te le passerai après, dit Scarlett.

Il laissa tomber l'appareil dans sa paume tendue.

Elle composa le numéro, attendit, puis secoua la tête.

— Bonjour, agent Harper, ici Scarlett Easton. Nous avons découvert un lien entre l'affaire du trio, les Seigneurs du Chaos et certains membres de la tribu des Quileutes. Pourriez-vous me rappeler quand vous aurez mon message ?

— Tu penses qu'il va mordre à l'hameçon ? demanda Jim.

— Le FBI l'a retiré des affaires classées juste au moment où il allait trouver quelque chose. Je pense qu'il saisira cette chance de creuser cette affaire un peu plus loin.

Elle lui rendit le téléphone, et il lui prit le poignet pour l'attirer à lui.

— Tu es sûre que ça va ? On peut aller aux urgences, si tu veux.

— J'aurai sûrement mal au dos et à la nuque demain matin, mais je ne suis pas blessée. En plus, on a une tâche à accomplir.

— Maintenant que ta voiture est hors-service, tu penses que tu pourras tenir des pelles sur ma moto ?

— Je suis devenue une motarde experte, dit-elle en redressant les épaules et en rejetant la tête en arrière.

— Si tu le dis… Pendant qu'on attend la dépanneuse, je vais prendre des nouvelles de Dax.

Il appela d'abord l'hôpital et laissa un message au médecin. Puis il téléphona à Belinda.

— Comment va Dax ?

— Il est toujours dans le même état, pas mieux, pas pire. J'ai dû remettre les pendules à l'heure avec quelques personnes, ici.

— Qu'est-ce que vous voulez dire, Belinda ?

— Une espèce d'infirmière a essayé de me chasser de sa chambre, tout à l'heure, mais je n'ai pas bougé. Et j'ai fini par découvrir que cette sorcière ne travaillait même pas ici.

— Quoi ?

Jim tira la manche de Scarlett et mit le téléphone sur haut-parleur.

— Quelle infirmière ?

— Une petite garce qui a déboulé comme une furie pour me dire que Dax ne pouvait pas avoir de visites.

— C'était une infirmière des soins intensifs ?

— Pas du tout.

— Comment l'avez-vous découvert ?

— Comme je ne voulais pas sortir, elle est partie en coup de vent, et je suis allée au poste des infirmières pour me plaindre. Elles m'ont dit que les visites étaient encore autorisées et m'ont demandé qui m'avait dit ça. Je ne savais pas son nom, mais je la leur ai décrite, et elles m'ont dit qu'aucune infirmière des soins intensifs ne ressemblait à cela.

Scarlett saisit le bras de Jim.

— Belinda, c'est Scarlett. De quoi avait l'air cette femme ?

— Grande, cheveux noirs, de grands yeux noirs, aussi froids que le pôle Nord.

— Belinda, ne quittez pas le chevet de Dax, vous m'entendez ?

— Je vous entends parfaitement, et vous n'avez pas besoin de me le dire deux fois. Je le surveille, faites-moi confiance.

Quand Jim eut raccroché, Scarlett donna un coup de pied dans le gravier du bas-côté.

— C'est Tiana Gokey. C'est forcément elle. Danny lui a dit de garder un œil sur Dax. Qui sait ce qu'il lui a dit d'autre ?

— Mon Dieu. Tu crois qu'elle irait jusqu'à le tuer ?

— Je ne sais pas. J'ignore ce qu'elle doit à Danny ou croit lui devoir. Il faut que tout ça finisse, Jim.

— Dès que nous aurons une preuve pour Harper, ça s'arrêtera.

À cet instant, Jim aperçut le dépanneur qui venait vers eux et le héla.

Quarante minutes plus tard, l'épave était sur le plateau du camion, et Scarlett avait récupéré ses affaires.

— Vous pouvez nous déposer chez moi ? demanda Jim, c'est sur votre route.

Ils se glissèrent sur le siège près du chauffeur, et celui-ci les reconduisit.

Quand ils eurent rassemblé des pelles, un rouleau de corde et une pioche dans le garage, Jim posa une main sur l'épaule de Scarlett.

— Tu n'es pas obligée de venir, tu sais. J'y arriverai tout seul.

— Je sais que tu peux le faire seul, Jim, mais je veux venir. C'est un membre de ma famille qui a causé toute cette pagaille.

— Danny ne compte pas plus pour ton peuple que Slick pour moi. Nous ne sommes pas responsables des actes des autres. Il est inutile que tu te mettes en danger pour racheter les Quileutes.

— Quel danger ? En dehors de Dax et nous, personne ne sait où se trouve la drogue, et nous pouvons encore nous tromper.

— Ne minimise pas les faits. Tu es visée depuis le début.

— Et c'est bien pourquoi je veux mettre fin à tout ça.

Il lui tendit une pelle.

— Alors, allons-y.

Il fourra deux lampes-torches et la corde dans l'une des sacoches de la moto, et mit la tête de la pioche dans l'autre.

Une fois sur son engin, il posa les deux pelles en travers de ses cuisses, et Scarlett tint le manche de la pioche, pour l'empêcher de tomber.

— Tiens-toi à moi d'une main. Je vais rouler doucement. Je voulais partir quand il faisait encore jour, mais l'obscurité va peut-être nous servir.

Il démarra, et Scarlett lui entoura la taille d'un bras. Ils ne croisèrent que deux voitures en route.

Quand ils arrivèrent dans le coin de forêt où Wyatt Carson avait dissimulé les enfants, Jim coupa le moteur et roula silencieusement. Au bout d'un moment, les branches basses devinrent si nombreuses qu'il décida de s'arrêter et de dissimuler sa moto dans le sous-bois. Inutile qu'on repère leur présence en ces lieux.

Il se chargea d'une pelle et de la pioche et tendit l'autre pelle ainsi qu'une des torches à Scarlett. Cela fait, il enroula la corde autour de son bras.

— Prête ? demanda-t-il à Scarlett

Celle-ci hocha la tête, l'air résolu.

Ils se faufilèrent dans les bois, Jim en tête. Quelques minutes plus tard, ils atteignirent la clairière, dominée par le grand pin sous lequel Slick avait demandé Wendy en mariage, une éternité auparavant. Jim ralentit le pas et leva la main.

Il avait prévu d'inspecter d'abord les alentours, mais Scarlett le dépassa d'un pas vif. Il tenta en vain de la rattraper.

— Si Dax a enterré la drogue, il devrait y avoir des traces de terre fraîches, déclara-t-elle. Et puis, l'averse a dû ramollir le sol, c'est une chance. En tout cas, Dax a dû laisser des traces.

Elle se dirigea vers le pin, balayant les environs de sa torche.

— Scarlett, attends, chuchota Jim en la suivant d'un pas prudent.

Puis il entendit le déclic d'un revolver qu'on arme. Tout de suite après, Scarlett hurla. En braquant sa torche vers elle, Jim découvrit Danny, un bras passé autour de sa gorge et un revolver posé contre sa tempe.

— Laisse tomber tes outils, Kennedy, grogna Danny, et pose ton arme.

— Nous avons appelé les hommes du shérif, Danny, dit Scarlett en tentant d'échapper à son ravisseur. Ils sont en route.

— Jolie tentative, Scarlett, mais je sais que ta grand-mère t'a mise en garde contre Musgrove. Tu ne risques pas de l'avoir appelée.

À cet instant, Chewy sortit de l'ombre, agitant une arme en direction de Jim.

— Jette tes outils, Kennedy, et avance vers la mine.

Jim hésita une seconde mais, voyant Danny poser son doigt sur la gâchette de son arme, il jeta sa pelle et sa pioche devant lui, sortit son revolver de sa poche et le jeta avec le reste.

— Comment sais-tu ce que grand-mère nous a dit ? Comment savais-tu que nous serions ici ? demanda Scarlett.

Si elle continuait à faire parler son oncle, songea Jim, il pourrait peut-être le désarmer. Quant à Chewy il était loin d'avoir inventé la poudre.

— J'ai demandé à Jason de la mettre sur écoute.

Scarlett s'étrangla.

— Ne t'inquiète pas pour ton cousin. Il ne savait pas ce qu'il faisait. Il a cru lui apporter un cadeau de ma part, un souvenir de mon frère chéri.

— Tu as tué mon père, n'est-ce pas ? Ou c'est Rocky qui l'a fait ?

— Chewy, emmène Kennedy près de la mine.

— Avance, Kennedy.

Chewy fit un pas en avant, son revolver brillant dans la lumière des torches, une pelle dans la main gauche.

Jim fit ce qu'on lui disait et baissa les yeux vers la mine. On avait enlevé les planches qui en barraient l'entrée, laissant un trou béant.

En voyant Chewy approcher, il se tint prêt à l'attaque.

— Désolé de faire ça à un Seigneur, mais tu n'étais pas vraiment des nôtres, pas vrai ? lança Chewy avec un ricanement.

Il lui balança la pelle en pleine poitrine, le faisant tomber à la renverse dans l'obscurité.

17

Scarlett hurla et chercha à s'échapper, mais Danny la rattrapa par le bras et la tira en arrière.

— Laisse-le, Scarlett. Avec un peu de chance, il perdra son autre jambe. Tu ne peux plus rien pour lui. En ce qui te concerne, tu dois retrouver la drogue.

Chewy se releva. Il s'était agenouillé pour sonder les profondeurs de la mine avec sa lampe-torche.

— JT est au fond. Il est probablement mort.

Scarlett laissa échapper un sanglot, puis elle sentit une vague de fureur l'envahir et se jeta sur Danny.

Il la gifla avec une telle force qu'elle faillit tomber à la renverse et se rattrapa de justesse à une branche basse.

— Commence à creuser, ordonna-t-il. Quand j'aurai la came en main, je la donnerai à Chewy et à son pote, et on s'en ira. On partira dans une autre région, enlever d'autres gosses.

Chewy repoussa ses cheveux pour dégager ses petits yeux stupides.

— Mais Rocky… ?

— Rocky n'a pas besoin de savoir d'où viennent les gamins. Il n'est pas venu depuis des années à Timberline.

Scarlett toucha sa joue.

— Qu'est-ce que Rocky veut faire de ces enfants ? Qu'a-t-il fait d'eux, il y a vingt-cinq ans ?

— Tu n'as pas besoin de le savoir, petite. Contente-toi de creuser. Il se peut même que je te laisse en vie.

Scarlett ricana. Elle n'y croyait pas une minute, mais il fallait s'accrocher à cet espoir. Si Danny et Chewy prenaient la drogue et la laissaient sur place, elle pourrait peut-être sauver Jim. Elle refusait de croire qu'il était mort.

Elle prit la pelle tandis que Danny braquait son arme sur elle.

— Pas de geste stupide. Creuse.

Chewy les rejoignit et balaya le sol près du pin avec sa torche.

Quelques cailloux émergeaient du sol, près de l'arbre. Danny les vit en même temps qu'elle.

— Là. C'est Dax qui a dû les aligner comme ça. Tu aurais dû me dire que la loyauté de Dax allait à son frère, Chewy. Je ne lui aurais jamais remis la came.

— C'est la prison qui a dû le changer. Au début, on pouvait compter sur lui.

Scarlett renifla. Selon elle, Dax avait obéi aux Seigneurs dans le seul but de protéger son petit frère. Jim l'avait-il compris ? Elle ferma les paupières. Il ne pouvait pas être mort. Elle le saurait, elle le sentirait.

Danny lui enfonça son arme dans le dos.

— Commence à creuser, ma petite, ou je vais t'obliger à accélérer le mouvement.

Scarlett prit la pelle et l'enfonça dans le sol humide. Puis elle la ressortit et rejeta une pleine pelletée de côté.

— Ce n'est pas si dur que ça, hein ? ironisa Danny.

Au bout de cinq minutes d'efforts, elle essuya une goutte de pluie — ou de sueur — sur son front.

— C'est toi qui as tué Gary Binder ?

— Ce looser ne savait pas grand-chose, mais il en savait assez pour donner des idées au flic du FBI. Harper commençait déjà à s'intéresser aux Seigneurs du Chaos. Gary aurait pu lui révéler le lien entre eux et les Quileutes.

— Mais pourquoi ? Pourquoi Rocky a-t-il enlevé ces enfants ?

Danny la frappa à l'arrière du crâne.

— Je t'ai dit de ne pas t'occuper de ça. Il donnait les ordres, et je les exécutais. Si ton père avait fait la même chose, il serait encore en vie aujourd'hui, et il n'aurait pas à s'en plaindre.

Les larmes montèrent aux yeux de Scarlett, et sa vue se brouilla.

— Et Rusty ?

— Il ne jouait pas le jeu, répondit Chewy en se raclant la gorge pour cracher. Comme Dax. Si Slick était encore vivant, il n'aurait pas hésité.

— Qui a essayé de kidnapper Jim ? demanda Scarlett en poussant la pelle avec le pied pour la faire entrer dans le sol.

— C'est moi, répondit Danny en toussant. Je ne me suis pas bien débrouillé, mais c'est ce soir-là que j'ai passé un marché avec Slick. L'aide des Seigneurs contre la nôtre.

— Un marché conclu en enfer, commenta Scarlett en jetant une nouvelle pelletée de terre aux pieds de Danny, recouvrant ainsi en partie les bouts ferrés de ses bottes.

— Pourquoi n'as-tu pas essayé de lire dans la mémoire de Kennedy, Scarlett ? C'est ce qui m'inquiétait le plus. La vérité était enterrée dans son esprit, et toi tu étais capable de la découvrir.

— Nous n'en avons pas eu besoin. Grand-mère te connaissait. Elle savait que tu étais impliqué, et puis j'ai entendu ta voix dans l'escalier, à l'hôtel.

— Alors, c'était toi.

Danny donna un coup de pied dans le tas de terre.

— Mais tu n'avais aucune preuve avant de savoir que Dax avait caché la drogue que je lui avais donnée. D'une façon ou d'une autre, on s'occupera de lui comme on l'a fait de son frère.

Scarlett serra les dents. Si Jim était mort, elle veillerait à ce que Danny ne s'approche jamais de Dax. S'il ne la tuait pas entre-temps.

Sa pelle heurta un objet.

— Il y a quelque chose, là-dessous.

— Continue à creuser.

Chewy orienta le faisceau de sa lampe dans le trou, éclairant le coin d'un sac en toile de jute.

Scarlett le racla du bout de la pelle, mais Danny la repoussa.

— Sors-le, Chewy, ordonna-t-il.

Le gros homme se pencha au-dessus du trou, saisit le sac par un coin et tira pour le dégager. Puis il le jeta par terre.

— La came est pour moi, Danny. Et en échange je vais m'occuper de te fournir les gosses que Rocky aura récoltés.

Avant même qu'il ait terminé sa phrase, Danny leva son arme et lui tira une balle dans la tête.

Le sang aspergea la joue de Scarlett qui eut un haut-le-cœur en voyant le gros homme s'écrouler à côté d'elle.

Danny se mit à rire.

— Comme si j'allais me fier à ce balourd pour enlever des gamins. On est revenu à la case départ, j'imagine, mais au moins j'ai une monnaie d'échange.

La folie qui animait son regard fit reculer Scarlett. Il allait la tuer, elle aussi, et personne ne pourrait retrouver Jim à temps.

Avec l'énergie du désespoir, elle pivota et fit face à son oncle, les poings levés.

C'est alors qu'un coup de feu retentit.

Durant une fraction de seconde, Scarlett crut que Danny lui avait tiré dessus mais, presque aussitôt, elle remarqua son expression de surprise.

Danny était bouche bée, le menton affaissé sur la poitrine. Une autre balle se ficha dans son torse et sa tête partit en arrière. Puis il s'écroula d'un coup.

Le regard de Scarlett passa de son corps à l'entrée de la mine, où pointait la tête de Jim.

Pleurant et riant à la fois, elle courut vers lui. Il s'accrochait à une corde, son arme à la main.

Se laissant tomber à genoux, elle s'allongea à plat ventre et hissa Jim hors du trou à l'aide de la corde passée sous ses bras. Enfin, avec force grognements, il s'écroula sur elle.

— Tu y es arrivé, soupira-t-elle en caressant sa joue couverte de boue

Souriant, il la serra contre lui et lui donna un baiser plein de terre.

— J'ai déjà vu pire, et la récompense n'a jamais été aussi délicieuse.

— On peut vous emmener chez un spécialiste à Seattle, Jim, dit le Dr Harrison. Je pense qu'il est possible de remettre votre jambe en état en la recassant.

Jim haussa les épaules et prit la main de Scarlett.

— Ce n'est qu'une petite boiterie. Si cela ne la dérange pas, moi elle ne me gêne pas.

— Je m'en moque, dit-elle en se penchant pour l'embrasser.

Il ne se lasserait jamais de ses baisers…

— Si vous le débarrassez de sa boiterie, il va devenir paresseux, plaisanta-t-elle.

— Paresseux ? Ça m'étonnerait de JT, lança Dax depuis son fauteuil roulant.

— Ce n'est qu'une option. Faites-moi savoir si ça vous intéresse, et je vous recommanderai à un confrère.

Le médecin désigna Dax de son stylo.

— Quant à vous, pas question de rester ici trop longtemps. Vous avez besoin de repos.

Belinda posa la main sur le bras du fauteuil roulant.

— Ne vous inquiétez pas, Doc. Je veillerai à ce qu'il soit sage.

Dax haussa les épaules, et elle le fit rouler hors de la chambre.

— Je te verrai plus tard, JT, dit-il avant de se reprendre : je veux dire, Jim.

L'intéressé leva le poing.

— Je suis fier de toi, frangin.

Quand le Dr Harrison fut également sorti de la chambre, Scarlett posa sa tête sur la poitrine de Jim.

De cela non plus, il ne se lasserait jamais…

— Dax va avoir du mal à quitter les Seigneurs ? demanda-t-elle. Ça a été dur pour toi.

— Mais c'était une autre époque. Les Seigneurs ont pratiquement disparu de la région. Personne ne se lancera à sa poursuite.

— Je n'arrive toujours pas à croire que tu aies pu sortir de la mine et tirer avec le revolver que tu avais à la cheville.

— Chewy ne m'a pas fouillé. Mais les snipers ont toujours une arme de rechange. Et j'avais enroulé la corde autour de mon corps, tu te souviens ? J'imagine qu'il ne l'a pas vue non plus.

— Il croyait sans doute que la chute te tuerait ou te paralyserait.

— Il avait tort.

Il caressa la joue de Scarlett.

— L'agent Harper est passé. Tu l'as vu ?

— Non. Quand ça ?

— Ils ont pu remonter la piste de la drogue jusqu'à Danny, mais ils n'ont encore aucune idée de l'endroit où se trouve Rocky Whitecotton. C'est comme s'il avait disparu de la surface de la Terre.

— Alors ils ne savent pas pourquoi il a enlevé ces enfants ni ce qu'il a fait d'eux ?

— L'affaire du trio Timberline reste un mystère. S'ils n'arrivent pas à retrouver Whitecotton, on ne saura peut-être jamais ce qui est arrivé à ces enfants.

— J'ai de la peine pour leurs familles, mais d'un autre

côté, Timberline, pour moi, c'est fini. En dehors de grand-mère, bien sûr.

— Tu as parlé à Jason de ce qu'il avait fait ?

— Il se sent coupable. Il se doutait que Danny n'avait pas de bonnes intentions, mais il avait besoin de l'argent.

— Je suis sûr qu'il n'aurait pas agi ainsi s'il avait su que ça te mettrait en danger.

— C'est son problème, dit-elle en se tapotant la tempe, il ne réfléchit pas.

— Et toi ? Tu as réfléchi ?

— À propos de quoi ? demanda-t-elle en se blottissant contre lui.

— À propos de Seattle.

— J'ai toujours aimé Seattle.

— J'ai trouvé une formation de conseiller qui n'a pas l'air mal. Je pourrai même commencer à travailler tout de suite avec les anciens combattants.

— Ce serait formidable pour toi, Jim

— Et pour toi aussi. J'ai parlé d'art-thérapie au centre. Ça les intéresse… Si ça t'intéresse, toi aussi, bien sûr.

— On travaillerait ensemble, tous les deux ?

— Je pense que nous formerions une bonne équipe, c'est-à-dire si tu es prête à t'acoquiner avec un ancien combattant tout cabossé.

— Cabossé peut-être, mais pas brisé.

Elle pressa ses lèvres sur les siennes, et il sourit. *Non, pas brisé — pas du tout.*

CAROL ERICSON

Dans les bras de son ennemi

Traduction française de
CHARLOTTE DEMANIE

BLACK ROSE

HARLEQUIN

Titre original :
IN THE ARMS OF THE ENEMY

Ce roman a déjà été publié en 2017.

1

Sa tête la faisait atrocement souffrir. Elle jeta un nouveau regard à l'homme inanimé qui se trouvait devant elle. Il semblait mort…

Sa poitrine était immobile, et le filet de salive qui avait coulé entre ses lèvres avait laissé des traces dans sa barbe. Un peu comme des toiles d'araignée argentées. Ses yeux, ouverts et injectés de sang, paraissaient sur le point de sortir de leurs orbites.

Elle regarda autour du corps, mais il n'y avait aucune trace de sang, aucune arme. Juste une bouteille d'eau en plastique, à moitié remplie.

Elle s'assit sur ses talons et massa un instant ses tempes douloureuses, qui la faisaient maintenant autant souffrir que l'arrière de son crâne.

Que s'était-il passé dans cette chambre miteuse ?

Qui était ce type ?

Qui était-elle ?

Un sanglot déchira sa gorge.

En reprenant connaissance, allongée en diagonale, sur le lit, encore tout habillée, elle s'était immédiatement sentie terrorisée. Et, en découvrant le corps de l'homme qui gisait au pied du lit, elle avait vite compris qu'elle ne pourrait pas prendre à la légère cette inquiétante perte de mémoire.

Il devait bien y avoir quelque part dans cette pièce un indice quelconque qui pourrait la renseigner sur son identité.

Elle se redressa et parcourut la chambre des yeux. Mais, sous la lumière blafarde de la lampe renversée, il n'y avait que le lit double aux draps froissés et, accroché au mur, un vilain cadre cassé.

Visiblement l'homme ne s'était pas laissé faire. Mais contre qui s'était-il défendu ? Contre elle ? Avait-elle tué cet homme de ses propres mains ?

Elle regarda à nouveau le corps étendu sur le tapis usé et secoua la tête. Difficile à croire… Enfin, pensa-t-elle en regardant ses orteils, vernis d'un impeccable rose pâle, peut-être était-elle une ninja surentraînée ?

Prise d'un fou rire presque hystérique, elle plaqua une main sur sa bouche. Elle n'aimait pas le son de ce rire.

Croisant les bras sur sa poitrine, elle marcha sur la pointe des pieds jusqu'à la porte de la salle de bains qui était entrouverte, prit une profonde inspiration et appuya sur l'interrupteur d'une main tremblante.

Elle soupira de soulagement en constatant qu'il n'y avait pas d'autre cadavre dans cette pièce. Puis elle se dirigea vers le lavabo ébréché et leva lentement les yeux vers le miroir.

Le souffle coupé, elle se pencha en avant et caressa du bout des doigts la tache rouge au-dessus de sa pommette, sous son œil droit. Puis elle frotta la partie douloureuse derrière son crâne… S'était-elle battue avec cet homme ?

Elle fit un pas en arrière pour étudier son visage aux traits délicats, son cou fin et ses frêles épaules qui semblaient perdues dans son grand T-shirt.

La créature fragile dont elle observait le reflet ne semblait pas capable de faire de mal à une mouche… Qu'elle ait pu tuer cet homme à mains nues semblait totalement improbable.

Elle se mordit la lèvre et grimaça de douleur. En se rapprochant du miroir à nouveau, elle constata que sa bouche était enflée. L'homme ne l'avait pas épargnée avant de succomber… Mais quelles pouvaient bien être les causes de sa mort ?

Peut-être qu'une tierce personne les avait attaqués et pensait qu'ils étaient morts tous les deux. Peut-être même que cette personne allait revenir… Elle s'éloigna du miroir et sortit de la petite salle de bains.

Elle avait tout à coup l'impression que les murs de cette chambre minable se refermaient sur elle, et elle tituba comme un marin soûl sur le pont d'un navire. D'une main, elle s'agrippa au couvre-lit défraîchi et s'écroula sur le lit.

Elle devait appeler la police.

Mais, en jetant un nouveau regard au cadavre, elle frissonna. Et si c'était bien elle qui avait tué cet homme ?

Elle vacilla jusqu'à la fenêtre et écarta les lattes du store pour regarder à l'extérieur.

La lumière grise de l'aube lui fit plisser les yeux. Elle jeta un œil au réveil qui était posé sur la table de chevet : il était 6 h 30 du matin.

Une petite voiture noire était garée dans la rue, juste en face de la chambre. À qui appartenait-elle ? À elle ? À lui ?

D'une main, elle tapota les poches de son jean, mais il n'y avait rien, ni clés, ni papiers d'identité, ni argent. Elle essaya de contrôler l'élan de panique qu'elle sentait monter en elle et se dirigea vers le seul placard de la pièce.

Elle en ouvrit la porte et sursauta quand une petite valise noire tomba à quelques centimètres seulement de ses pieds nus.

Elle s'agenouilla pour l'ouvrir et découvrit tout un tas de vêtements froissés, qui semblaient être les siens. De toute évidence, elle avait fait ses bagages précipitamment.

Elle repoussa la valise et se mit à quatre pattes pour regarder sous le lit, mais il n'y avait rien, hormis une bonne couche de poussière qui la fit éternuer.

Quel genre de femme pouvait bien ne pas avoir de sac à main ? se demanda-t-elle en fouillant le reste de la chambre.

Puis, debout au milieu de la pièce, les deux mains sur ses hanches, elle se rendit soudain compte qu'elle avait oublié de regarder quelque part… Elle alla chercher une serviette dans la salle de bains et revint s'agenouiller à côté du corps de l'homme.

La main enveloppée dans la serviette, elle écarta les pans de sa veste et découvrit qu'il avait un étrange tatouage qui partait de sa nuque et descendait jusque sur son torse. Des vignes, des barbelés, une tête de mort et les lettres L et C entrelacées. LC… Larry ?

En fouillant dans la veste de « Larry », elle entendit le son d'un trousseau de clés et réussit à le tirer hors de sa poche.

Elle fronça les sourcils en découvrant un porte-clés qui représentait une marguerite jaune et verte. L'objet ne collait pas du tout à l'idée qu'elle se faisait de Larry. Mais peut-être ces clés étaient-elles celles de la voiture qui était garée dehors ?

Elle enfila la paire de bottes qui était posée à côté de l'entrée et remarqua que celles-ci lui allaient parfaitement. Elle se sentit soudain comme une sorte de Cendrillon perdue dans un univers parallèle.

Elle entrouvrit prudemment la porte et jeta un œil dehors. Heureusement pour elle, le motel ne semblait pas être un haut lieu touristique, et tout avait l'air calme et normal à cette heure matinale. Elle ouvrit donc en grand et inspira une bouffée d'air frais et humide.

Puis, elle se dirigea discrètement vers la petite voiture noire et appuya sur le boîtier qui était accroché au porte-clés.

Les phares de la voiture clignotèrent, et elle soupira.

Sans perdre une minute, elle se glissa sur le siège avant, ouvrit la boîte à gants et fouilla le compartiment, examinant les papiers un à un avant de les jeter au sol.

Quand elle tomba enfin sur les papiers d'immatriculation du véhicule, elle parcourut du bout du doigt les mots imprimés sur la carte puis elle les lut à voix haute.

— Hazel McTavish.

L'homme qui gisait dans la chambre du motel ne

ressemblait pas à un Hazel. Mais elle ? Hazel était-il son propre prénom ? Apparemment, Hazel vivait à Seattle, Washington. Était-ce là qu'elle se trouvait à cet instant précis ? Rien de tout cela ne lui rappelait quoi que ce soit, à cet instant Seattle lui semblait même aussi familier que Tombouctou.

En se retournant pour inspecter l'arrière de la voiture, elle découvrit au sol une veste en cuir noir. Cela devait être la sienne…

Le cœur battant, elle fouilla dans les poches et en sortit, les doigts tremblants, une feuille de papier sur laquelle était écrit :

« Timberline, WA. »

Au moins, il y avait un dénominateur commun : l'État de Washington. Timberline était-il le nom de la ville où elle se trouvait ?

Elle sortit de la voiture, la verrouilla, puis retourna dans la chambre du motel en prenant soin d'accrocher le panneau « Ne pas déranger » sur la poignée de la porte. Une fois à l'intérieur, elle constata avec soulagement que Larry n'avait pas bougé d'un pouce.

Elle se demanda en l'observant s'il avait un portefeuille ? Un téléphone ? Il était étendu sur le dos, de telle sorte qu'elle allait devoir retourner son corps pour vérifier ses papiers s'il les gardait dans la poche arrière de son jean. Mais il était si grand qu'elle se demanda si elle en serait capable.

Elle sentit son estomac se nouer à l'idée de le toucher une nouvelle fois…

Mais elle devait tenter quelque chose, elle ne pouvait pas rester là à attendre que quelqu'un vienne les chercher, Larry ou elle.

Elle se précipita vers la table de chevet où était posé le téléphone, s'empara du bloc de papier où étaient inscrits les mots :

« Stardust Motel, Seattle, Washington. »

Elle se trouvait donc dans l'État de Washington…

Alors qu'elle saisissait la petite valise, dans le placard, en pensant qu'elle ne commettait pas de vol puisque les vêtements semblaient lui appartenir, elle remarqua soudain, au fond, deux sacs empilés l'un sur l'autre.

Elle ouvrit la fermeture Éclair du premier sac et laissa échapper un cri de surprise. Des liasses de billets étaient soigneusement rangées ensemble. Attrapant quelques liasses et les serrant contre sa poitrine, elle fit quelques pas en arrière jusqu'à sentir ses mollets cogner contre le lit, alors elle s'assit.

Qu'est-ce que tout cela pouvait bien signifier ? Elle et Larry étaient-ils des braqueurs de banque qui avaient eu un désaccord ? Ou des gagnants du loto qui n'étaient pas arrivés à partager leurs gains ?

Elle déposa les billets sur le sol et retourna vers le placard. Des deux mains, elle réussit à pousser le premier sac et ouvrit celui qui était en dessous. Elle s'accrocha aux portes du placard pour maintenir son équilibre.

Puis elle passa le doigt sur les sacs en plastique qui y étaient entassés et qui semblaient être remplis de glaçons. Mais elle savait bien que ce n'était pas le cas et elle retira vite sa main loin de toute cette drogue qui avait été soigneusement emballée.

Son cœur martelant sa poitrine, elle attrapa la serviette de bain dont elle s'était servie pour fouiller Larry et commença à nettoyer toutes les traces qu'elle avait pu laisser dans la chambre. Elle essuya soigneusement toutes les surfaces, de la table de nuit à la télécommande de la télévision en passant par les sacs et les poignées de porte.

L'homme était peut-être mort d'une crise cardiaque ou d'une rupture d'anévrisme, quoi qu'il en soit, elle n'avait pas l'intention de se trouver ici quand les flics découvriraient son corps.

Elle referma le sac qui contenait la drogue et le rangea là où elle l'avait pris. Mais, tandis qu'elle rassemblait les liasses de billets qui étaient éparpillées au sol, elle s'immobilisa soudain.

Elle n'avait pas de portefeuille, pas de carte d'identité et pas le moindre souvenir. Comment allait-elle pouvoir s'en sortir sans argent ?

Les billets dans ses mains lui semblaient concrets et bien réels, comme une béquille sur laquelle elle pourrait s'appuyer. Elle avait besoin de cet argent. Et s'il s'avérait qu'elle était une trafiquante de drogue alors elle le rendrait à… la personne à qui il appartenait. Elle le rembourserait sans faute dès qu'elle aurait découvert qui elle était.

Elle fourra plusieurs liasses de billets dans sa valise en se répétant qu'elle ne prenait que ce dont elle allait avoir besoin. Mais toutes ces justifications ne pouvaient calmer la sensation de malaise qu'elle sentait grandir au fond d'elle.

Elle se rattraperait, elle le savait, mais elle ne pouvait pas laisser son destin aux mains d'étrangers alors même qu'elle ignorait sa propre histoire.

Le corps de Larry se mit soudain à sonner et, surprise, elle laissa tomber l'argent sur le sol. Puis elle avança sur la pointe des pieds et s'accroupit à côté du corps, la serviette à la main.

Une lueur brillait dans la poche avant de la chemise de Larry et, en se servant de la serviette, elle en sortit un téléphone qui lui glissa des mains et tomba juste à côté du corps.

Sur l'écran de son téléphone portable, elle lut un numéro qu'elle ne connaissait pas. Enfin, la sonnerie cessa et le téléphone redevint sombre.

Les dealers et les braqueurs de banque ne devaient pas

enregistrer les noms et numéros de leurs associés dans leurs téléphones, se dit-elle avec regret.

Profitant de sa position, elle décida de vérifier que l'homme n'avait rien d'autre sur lui. Après cela, elle irait nettoyer ses empreintes dans la voiture, puis filerait droit vers Timberline, cette ville dont le nom avait été griffonné sur le bout de papier qu'elle avait trouvé dans la veste en cuir.

Un bref son la fit soudain sursauter.

Le téléphone s'illumina une nouvelle fois mais, cette fois, il s'agissait d'un SMS. Elle se pencha vers l'écran et lut le message à haute voix.

Est-ce que tu as eu la fille ? Rocky est…

Au lieu d'utiliser un adjectif pour qualifier Rocky, la personne qui avait tapé le message avait inséré une émoticône qui représentait une petite tête de diable avec de la fumée qui sortait de ses oreilles. Le dénommé Rocky semblait donc très, très en colère.

Et cette fille dont il parlait ? Était-ce elle ? Elle soupira en regrettant que la personne qui avait écrit ce message ne l'ait pas nommée… Cela lui aurait fait un bon point de départ pour rechercher son identité.

En même temps, elle savait que les téléphones portables pouvaient être surveillés.

Elle se releva et finit d'essuyer tout ce qu'elle avait pu toucher dans la chambre puis, quand elle eut fini, elle jeta un coup d'œil à l'extérieur par la porte.

Elle laisserait la voiture ici. Elle aussi pouvait être surveillée.

Si elle était bien Hazel McTavish de Seattle, elle avait besoin de faire encore quelques recherches avant de se glisser dans cette vie inconnue.

Mais avant de partir elle voulait vérifier le contenu du coffre de la voiture. Elle avait découvert un sac rempli de billets et un autre de drogue, quelle serait sa prochaine découverte ? Un stock d'armes ?

En regardant dans la rue, elle constata que les résidents du motel ne semblaient pas être des lève-tôt car il n'y avait toujours pas âme qui vive aux alentours. Tête baissée, elle fonça droit vers la voiture, déverrouilla le coffre et l'ouvrit, la main encore enveloppée dans la serviette.

Une série de frissons lui parcourut l'échine, et elle ouvrit grand la bouche comme pour lâcher un long cri silencieux en découvrant avec effroi un deuxième corps sans vie.

2

L'agent de la DEA, Cole Pierson, détourna les yeux du corps de la femme en soupirant. Argent, drogue, cadavres… Et dire qu'il n'était même pas censé travailler officiellement.

Il retourna dans la chambre du motel où l'odeur de l'autre cadavre commençait à devenir insoutenable et se pinça l'arête du nez. Quelqu'un avait oublié d'éteindre le chauffage dans la pièce et cela n'avait pas manqué d'accélérer le processus naturel de décomposition du corps.

Cole n'avait eu aucun mal à identifier l'homme, il s'agissait de Johnny Diamond. Et, quoi qu'il ait bien pu se passer dans cette chambre miteuse, il ne pouvait s'empêcher de penser que cette ordure l'avait bien mérité.

Les policiers du bureau du shérif de la région de King s'étaient rués sur la scène de crime comme des mouches sur un pot de confiture.

— Belle prise pour vous, hein, les gars ? lança l'adjoint Brookhurst à Cole en lui adressant un grand sourire. Des tonnes de métamphétamine, un gros paquet de cash et Johnny Diamond en prime !

— Ouais, il ne nous reste plus qu'à trouver les pièces manquantes du puzzle. Comment Diamond s'est-il procuré tout cela, à qui devait-il le livrer et surtout qui étaient ses contacts ? Ah, et j'allais oublier, évidemment, qui l'a tué ?

Du bout de sa botte, Cole fit bouger le sac de sport noir qui était au sol et qui contenait pour des centaines de milliers de dollars de métamphétamine, déjà empaquetée et prête à être vendue dans la rue. Puis il releva les yeux et inspecta une nouvelle fois la pièce du regard. Comment Diamond s'était-il retrouvé pris au piège ici ?

Et pourquoi avait-il pris le risque de voler une voiture, d'assassiner le conducteur et de cacher son corps dans le coffre alors qu'il avait tant d'argent et de drogue avec lui ? Depuis quatre ans qu'il était entré dans le business de la drogue, Diamond avait été un redoutable adversaire. Et, s'il avait réussi à toujours rester hors des griffes de la DEA, c'était justement parce qu'il évitait ce genre de faux pas.

Mais peut-être, cette fois, Diamond avait-il prévu de prendre sa retraite et de s'envoler pour une lointaine île tropicale avec tout l'argent.

Cole enfila ses gants et attrapa une liasse de billets sur le dessus de la pile dans le deuxième sac de sport.

— Brookhurst, vous êtes bien sûr que personne de votre équipe n'a touché à cet argent ? lança-t-il à l'adjoint en fronçant les sourcils.

— Attendez une minute, lui répliqua l'adjoint en accrochant ses deux pouces à sa ceinture comme s'il était un cow-boy. Est-ce que vous êtes en train d'accuser mes gars ?

— De quoi ? D'avoir volé de l'argent ? Non, non, je veux seulement savoir s'ils ont déplacé ou touché quelque chose, lui expliqua Cole en levant ses deux mains en l'air.

— Je ne crois pas, non, lui répondit Brookhurst en se détendant. Pourquoi me demandez-vous cela ?

Cole laissa courir le bout de ses doigts sur les tas de billets.

— Les liasses ont été soigneusement rangées dans ce sac, mais certaines piles semblent irrégulières sur le dessus, comme si quelqu'un avait fouillé dans le sac. Vous avez vérifié les poches de Diamond ?

— Je vous ai dit qu'on avait retrouvé un trousseau de clés avec un porte-clés en forme de fleur dans sa poche avant et son portefeuille dans sa poche arrière. Il y avait peut-être une centaine de dollars à l'intérieur.

— Nous sommes prêts à l'emmener si vous avez fini avec lui, intervint le médecin légiste après avoir indiqué aux ambulanciers où ils pouvaient déposer la civière.

— OK, mais faites-moi parvenir les rapports d'autopsie et de toxicologie le plus vite possible. Vous pensez toujours qu'il pourrait avoir été empoisonné ?

— Il traîne une étrange odeur d'amande amère, lui répondit l'homme en lui montrant la bouteille à moitié remplie qui avait été emballée dans un sac transparent.

Cole émit un sifflement.

— Vous pensez à du cyanure ?

— Oui, d'autant plus que notre client a de la salive séchée autour de la bouche et le teint rougeaud. Mais ce n'est qu'une supposition, nous devrons attendre les résultats des tests pour en avoir le cœur net.

— Du poison…, répéta Cole en se frottant le menton. C'est l'arme de prédilection des femmes, mais le réceptionniste du motel prétend que Diamond était seul quand il a pris sa chambre.

— Peut-être qu'après avoir découvert qu'il la trompait sa femme lui a préparé une petite surprise… Ou peut-être que c'était elle qui le trompait et qu'elle voulait éviter le divorce…, intervint Brookhurst en gloussant. Je devrais peut-être commencer à me méfier des verres que ma femme me propose.

Cole acquiesça mais ne put s'empêcher de serrer les dents. Les blagues sur les époux infidèles ne le faisaient plus beaucoup rire.

Soudain, le son d'une altercation se fit entendre à l'extérieur, et Cole sortit de la chambre.

Dehors, le shérif adjoint essayait de maintenir deux personnes qui s'agitaient derrière le ruban jaune. Cole reconnut la femme de ménage du motel que la police avait déjà interrogée un peu plus tôt, mais l'autre lui était inconnue. Elle parlait espagnol et ne cessait de montrer du doigt la voiture dans laquelle était caché le corps.

— Que se passe-t-il ? demanda Cole en rejoignant le groupe.

— Cette personne prétend avoir vu une femme traîner autour de la voiture ce matin, lui répondit l'officier.

— *Espera*, dit Cole en levant une main en l'air. Attendez, *¿ habla inglés, señora ?*

— *Si*, oui, je parle anglais.

— Que faisiez-vous au motel ce matin ?

— *Trabajo*, je travaille là-bas comme femme de ménage. J'assurais le service de nuit hier.

— À quelle heure avez-vous vu cette femme ?

— Un peu après 7 heures, *señor*. J'avais presque fini mon travail.

— Et où l'avez-vous vue ? À quoi ressemblait-elle ?

— Elle était près de la voiture. J'ai pensé qu'elle était peut-être sortie de la chambre. Elle avait une valise à la main. Une valise avec des roulettes.

— Vous pouvez me décrire cette femme ?

— *Flaca*, lui indiqua la femme en écartant les mains d'une quinzaine de centimètres. Elle était maigre, ni très grande ni très petite, et elle portait un pantalon sombre, peut-être un jean et une veste noire.

— Comment était-elle coiffée ? lui demanda Cole en pensant que le sens de l'observation de cette femme était une véritable aubaine.

— Non, *señor*, lui répondit-elle en secouant la tête.

— Comment ça, non ? répéta Cole en haussant les sourcils. Elle n'avait pas de cheveux ?

— Si, mais elle portait un chapeau… Comme… *una gorra*.

— Comme un bonnet en laine, intervint la seconde femme. Bien enfoncé sur la tête.

Cole sentit son pouls s'accélérer. Un bonnet enfoncé sur la tête… Comme si cette femme cherchait à se déguiser.

— Est-ce que vous avez pu voir son visage ?

— Non, désolée. Je l'ai remarquée car il n'y avait personne dehors à ce moment-là. Je ne pense pas qu'elle m'ait vue. Elle est passée devant la voiture, rapidement, puis elle a tourné au coin, là-bas, dit la femme en montrant à Cole l'angle du motel.

— Vers la rue.

Ils avaient déjà interrogé le réceptionniste du motel, et celui-ci leur avait dit n'avoir rien vu ni entendu. Se pouvait-il que ce soit cette mystérieuse femme qui ait empoisonné Johnny Diamond et volé une partie de son argent avant de rejoindre la route en espérant peut-être faire de l'auto-stop ?

Après avoir pris les coordonnées des deux femmes et les avoir remerciées, Cole retourna dans la chambre du motel, où les ambulanciers avaient déjà installé le corps de Diamond sur la civière.

La DEA — et surtout Cole — cherchait à coincer Diamond depuis plus de quatre ans. Sa mort promettait maintenant de soulever plus de questions qu'elle n'allait apporter de réponses. Cole soupira. De toute façon, rien n'avait jamais été simple avec ce type.

Que faisait-il sur son ancien territoire alors que l'essentiel de son business se trouvait maintenant en Arizona ? Était-ce cette femme qui l'avait attiré jusqu'ici ?

— Avez-vous relevé d'autres empreintes que celle de Diamond dans la chambre ? demanda soudain Cole à Brookhurst.

— Non, figurez-vous que nous avons déjà eu du mal à trouver celles de Diamond.

— Vous voulez dire que l'endroit a été nettoyé ? s'exclama Cole en plissant les yeux.

— On dirait bien, en effet.

— Et son téléphone ? Est-ce que vos gars ont fouillé

dans les poubelles et les buissons environnants pour tenter de le retrouver ? Diamond n'est pas le genre d'homme à pouvoir se passer d'un téléphone, surtout en exerçant un métier pareil.

— Oui, nous l'avons fait. Nous sommes en train de chercher son numéro via son opérateur téléphonique pour tenter de le localiser, lui expliqua l'adjoint en lui tapant dans le dos. Ne vous en faites pas, agent Pierson. Nous vous tiendrons au courant, regardez, nous vous avons appelé dès que nous avons découvert qu'il s'agissait de Johnny Diamond, n'est-ce pas ?

— C'est vrai et je vous en suis reconnaissant. Je bosse sur ce cas depuis très longtemps, lui répondit Cole avant de claquer des doigts brusquement. Mais attendez une seconde, est-ce que l'un d'entre vous a fait une recherche sur le GPS de la voiture ?

— Merde, non je crois que nous ne l'avons pas encore fait, nous avons été, comment dire, un peu distraits par ce que nous avons découvert dans le coffre.

— Oui, pauvre Hazel McTavish. Elle n'a pas eu de chance… Je me demande bien comment elle s'est retrouvée sur le chemin de Diamond.

Cole remonta le col de sa veste en constatant que si les journées étaient froides à Seattle, les nuits étaient bien pires, l'humidité semblait pénétrer votre corps jusqu'aux os.

— Je vais y jeter un œil, déclara-t-il à l'adjoint.

Cole se fraya un chemin parmi les policiers et les ambulanciers qui étaient réunis autour du véhicule de Hazel et se glissa sur le siège du conducteur. Il prit une profonde inspiration et sentit comme une vague odeur de parfum fleuri. Ce devait probablement être celui de Hazel, mais, dans le doute, il demanderait aux policiers de faire des relevés d'empreintes ici aussi.

— Je vais allumer le moteur pour jeter un œil au GPS,

OK ? dit-il par la fenêtre aux agents qui s'affairaient tout autour.

Cole appuya sur le bouton « marche » puis de sa main gantée, il tapota l'écran et appuya sur l'onglet « destinations récentes ».

En découvrant les mots « Timberline, Washington », il retint son souffle.

En entendant tinter la cloche accrochée à la porte d'entrée, elle sentit son cœur chavirer. Elle se détourna de la corbeille qu'elle était en train de remplir de petites grenouilles en peluche et soupira de soulagement en découvrant la famille qui venait d'entrer dans la boutique.

— Bienvenue à Timberline Treasures, lança-t-elle au couple et aux deux enfants qui venaient d'entrer. N'hésitez pas à me demander si vous avez besoin de renseignements ou si vous cherchez quelque chose en particulier.

La mère lui répondit par un sourire puis commença à examiner les porte-clés et les aimants.

Elle essuya ses mains moites sur son jean en se disant que si elle continuait d'être aussi terrifiée chaque fois qu'un client entrait dans la boutique, elle allait rapidement devoir chercher un autre travail.

Il était impossible que quelqu'un ait pu la suivre de cette chambre de motel jusqu'ici, à Timberline. Elle avait effacé toutes ses empreintes et avait même emporté avec elle le téléphone de Larry. Peut-être contenait-il des informations sur elle, des photos ou même quelque chose en lien avec Timberline…

Enfin, maintenant elle savait que le vrai nom de cet homme n'était pas Larry mais Johnny. Johnny Diamond.

Quand elle était arrivée à Timberline, quatre jours auparavant, une de ses premières destinations avait été la librairie publique car elle savait que dans ce genre d'endroit des ordinateurs étaient souvent mis à disposition des visiteurs. Et il ne lui avait pas fallu longtemps pour découvrir que l'homme mort au Stardust Motel s'appelait en vérité Johnny Diamond et que c'était un dealer et un voleur réputé, en bref un vrai sale type.

Que faisait-elle en sa compagnie et comment celui-ci avait-il trouvé la mort, elle n'en avait absolument aucune idée… L'article en ligne ne révélait pas la cause de son décès mais apparemment, même sans suspect ni témoin, les autorités pensaient qu'il s'agissait d'un homicide.

Elle se félicita une nouvelle fois d'avoir décidé, après avoir constaté que le téléphone de Diamond ne contenait aucune information intéressante, de le détruire et de s'en débarrasser.

Linda, sa nouvelle meilleure amie, patronne et également propriétaire du magasin, sortit soudain de l'arrière-boutique et vint poser une boîte sur le comptoir.

— Est-ce que tu peux m'aider à trier ça, Caroline ?

Elle avait choisi de prendre ce prénom en référence au camion qui l'avait prise en stop à la sortie de Seattle et qui était immatriculé en Caroline du Nord. Le choix d'un nom de famille s'était révélé nettement plus délicat.

— Bien sûr, lui assura-t-elle avant de se retourner vers les clients qui étaient toujours dans la boutique. Avez-vous besoin d'aide ?

— Nous allons en prendre un comme ça, lui répondit la mère en agitant un porte-clés, et nous aimerions aussi une petite bricole avec le nom de la ville dessus…

Caroline plongea la main dans la corbeille contenant les grenouilles en peluche et en sortit une qu'elle tendit vers eux.

— Que dites-vous de ça ? C'est une grenouille rainette pacifique, c'est un jouet typique de Timberline.

Les yeux de la petite fille s'agrandirent, et elle commença à tirer sur la manche de sa mère.

— Maman, est-ce que je peux en avoir une ?

— OK, acquiesça celle-ci en lançant un regard exaspéré à son mari qui haussa les épaules.

Caroline posa la grenouille en peluche sur le comptoir et fit un clin d'œil à Linda. Celle-ci encaissa les achats de la famille puis, lorsqu'ils furent tous sortis de la boutique, tapota le dos de Caroline affectueusement.

— Tu es une vendeuse-née, ma parole !

Tout en commençant à trier les bibelots dans la boîte, Caroline lui répondit :

— J'essaye surtout de faire tout mon possible pour te remercier de ta gentillesse, Linda.

— Quand cette lueur de terreur aura quitté tes yeux, je serai comblée. Il a fallu des années à ma sœur, Louise, pour se remettre des abus que lui avait fait subir son petit ami. Alors quand tu m'as raconté ton histoire et que j'ai vu ce bleu sous tes yeux, eh bien… j'ai tout de suite voulu t'aider.

Caroline refoula ses larmes tandis qu'une pointe de culpabilité l'assaillait. Elle avait menti à Linda Gunderson pour justifier le fait qu'elle n'avait pas de papiers d'identité et qu'elle devait utiliser un faux nom, Caroline Johnson, pour éviter que son ex-compagnon violent ne puisse la retrouver.

Linda l'avait immédiatement recueillie et l'avait présentée à tous comme étant la fille de son cousin. Elle avait également expliqué qu'elle venait d'emménager dans la région pour y prendre un nouveau départ. Elle avait même proposé à Caroline de vivre dans le duplex voisin du sien, qu'elle et sa sœur possédaient, et lui avait offert un emploi dans sa boutique de souvenirs afin qu'elle puisse rapidement gagner de quoi vivre.

Mais la lueur de peur qui hantait le regard de Caroline ne risquait pas de disparaître tant qu'elle n'aurait pas découvert qui elle était vraiment et ce qui s'était passé au Stardust Motel.

— Linda, j'apprécie vraiment tout ce que tu fais pour moi.

— Oh ! tu sais, comme Louise est partie en croisière

pendant un mois, j'avais de toute façon besoin d'aide au magasin, lui répondit Linda avant de se moucher.

Puis elle tendit à Caroline une poignée de petits aimants.

— Pourras-tu t'occuper de ça ainsi que des stylos avant de partir ?

— Bien sûr, lui dit Caroline en rangeant avec soin les articles.

Une fois qu'elle eut fini sa tâche, elle s'empara de la boîte vide posée sur le comptoir et alla la déposer dans l'arrière-boutique.

Puis elle attrapa sa veste en cuir noir et le nouveau sac à main qu'elle s'était acheté et retourna dans la boutique où Linda était en train d'aider un client à choisir un sweat-shirt.

Carolina la salua d'un geste puis sortit à l'extérieur.

Si elle se dépêchait un peu, elle pourrait arriver à la bibliothèque avant la fermeture. Elle avait commencé à faire des recherches sur ce fameux Johnny Diamond et, si elle avait découvert ses nombreux talents de criminel, elle n'avait encore rien déniché sur sa vie personnelle. Fréquentait-il des femmes ? Était-elle l'une d'entre elles ?

Une fois dehors, elle leva les yeux vers le ciel maussade et menaçant et se dépêcha de courir vers le centre-ville, dépassant le commissariat, la mairie jusqu'à arriver à la bibliothèque.

Elle poussa les portes vitrées et se rendit directement au département de la recherche. Deux des trois ordinateurs en libre accès étaient occupés, et elle se dirigea avec détermination vers le troisième poste.

Mais alors qu'elle allait tirer la chaise pour prendre place devant l'écran, un homme se glissa devant elle et prit sa place.

— Excusez-moi, lui dit-elle en posant ses mains sur ses hanches. J'allais justement m'installer ici.

L'homme tourna la tête pour la regarder par-dessus son épaule et leva les sourcils.

— Je suis désolé, j'étais déjà installé à ce poste, mais comme je n'arrivais pas à me connecter je suis allé voir le bibliothécaire pour avoir un nouveau code.

— Oh ! laissa échapper Caroline en remarquant le cahier qui était posé à côté du clavier. Bon, eh bien dans ce cas, je vais attendre.

— Je suis vraiment désolé, ajouta l'homme. Mais je ne vais pas en avoir pour longtemps. Il n'y a plus de wi-fi à mon hôtel, sinon j'utiliserais mon ordinateur portable.

— Pas de problème, lui assura-t-elle en haussant les épaules. Si ça se trouve, un des autres postes ne va pas tarder à se libérer.

L'homme tourna la tête pour regarder les deux autres utilisateurs et esquissa un sourire.

— On dirait surtout qu'ils vont y passer la nuit. Laissez-moi quelques minutes et je vous donne ma place.

— Merci, je vais aller feuilleter quelques revues en attendant, lui répondit Caroline avant de se diriger vers le coin réservé aux magazines.

L'homme avait dû la prendre pour une emmerdeuse, ou pire peut-être avait-il cru qu'elle essayait de le séduire. Les femmes semblaient trouver toutes sortes d'excuses et de prétextes pour aborder ce genre d'homme séduisant et échanger avec eux quelques mots.

Elle attrapa un journal people et s'assit sur le rebord d'un des fauteuils en face des postes d'ordinateurs.

Respectant sa parole, l'homme se leva cinq minutes plus tard et s'étira. Il tapa quelques lettres sur le clavier puis attrapa son cahier qu'il glissa sous son bras.

Caroline bondit et alla ranger son magazine avant de revenir vers l'ordinateur.

— Ça a été rapide.

— Eh oui, maintenant il est tout à vous, déclara l'homme en lui faisant un signe d'adieu. Passez une bonne soirée !

— Merci, vous aussi, lui lança-t-elle en prenant place sur la chaise qui était encore chaude.

Comme elle avait gardé le mot de passe qu'on lui avait donné lors de ses précédentes visites, elle tenta de l'entrer plusieurs fois puis jura intérieurement. L'ordinateur semblait maintenant verrouillé et exigeait un nouveau mot de passe. Visiblement, l'homme ne s'était pas déconnecté de sa session.

Elle retira sa veste et la suspendit à son dossier puis partit à la recherche du bibliothécaire.

— En quoi puis-je vous aider ? lui demanda celui-ci en levant les yeux de son propre écran.

— J'essaie de me servir de l'ordinateur numéro un, mais la personne avant moi ne s'est pas déconnectée et je dois maintenant entrer son mot de passe que je ne connais évidemment pas.

— Ah oui, ça arrive souvent. Il s'est probablement déconnecté mais nous avons des problèmes avec ce poste. Si cela ne vous dérange pas, vous pouvez peut-être utiliser son identifiant, comme ça, nous ne serons pas obligés de le redémarrer, ce qui risquerait de prendre un certain temps. Le mot de passe est *timberline4*. Sans espace.

— Merci, lui répondit Caroline en acquiesçant.

Une fois de retour devant l'ordinateur, elle entra le mot de passe et se rapprocha de l'écran pendant que celui-ci se mettait en route.

Elle reviendrait une autre fois pour continuer ses recherches sur Johnny Diamond et pour fouiller les articles qu'elle avait découverts sur lui.

Le moniteur s'alluma, et Caroline n'eut même pas besoin de lancer le moteur de recherche car l'homme avant elle n'avait pas fermé sa fenêtre de navigation. Mais, quand le contenu de celle-ci s'afficha, Caroline sentit la peur l'envahir.

Elle n'aurait pas besoin de revenir pour continuer ses recherches, l'homme qui était assis là quelques minutes plus tôt semblait lui aussi très intéressé par Johnny Diamond…

3

Les mains tremblantes et l'estomac noué, Caroline fit défiler les pages les unes après les autres. L'homme qui était là avant elle semblait avoir fait une recherche approfondie sur la présence de Diamond sur les réseaux sociaux.

Mais elle comprit rapidement pourquoi l'homme n'avait pas rechigné à lui laisser sa place : Diamond ne paraissait pas avoir beaucoup d'activité sur ce genre de sites. En même temps les dealers étaient-ils du genre à poster sur Internet des photos de leur vie quotidienne et des vidéos rigolotes de chats ?

Quel pouvait bien être le lien de ce type avec Diamond ?

Caroline se laissa aller en arrière dans son fauteuil et ferma les yeux. L'homme ne ressemblait ni à un malfrat ni même à un trafiquant de drogue. Il était bien trop propre sur lui… Mais, à la fois, y connaissait-elle vraiment quelque chose ?

Cette allure, ce look… Caroline agrippa les bras du fauteuil. Était-ce un flic ?

Elle prit une profonde inspiration. Il était impossible que la police ait retrouvé sa trace. Elle avait emprunté de nombreux moyens de transport pour venir jusqu'à Timberline et avait pris soin d'éviter les gares routières et les caméras de surveillance.

Elle enfonça ses ongles dans le tissu du fauteuil. À moins que les autorités n'aient trouvé quelque chose sur Timberline… Pourtant rien dans ses recherches sur le passé de Diamond n'en faisait mention, alors quel lien Johnny Diamond pouvait-il avoir avec cette ville ?

Et en supposant que la veste noire qu'elle avait trouvée dans la voiture soit bien la sienne, pourquoi avait-elle gribouillé le nom de Timberline sur un morceau de papier avant de le fourrer dans sa poche ?

Elle sentit les larmes lui monter aux yeux et se leva. Elle avait été stupide de venir ici. Personne ne l'avait reconnue et elle n'avait pas trouvé le moindre indice concernant son identité. Peut-être s'était-elle tout simplement jetée dans le piège que lui avaient tendu Johnny Diamond et ses acolytes ? L'homme qui s'était servi de cet ordinateur avant elle était même certainement l'un d'entre eux. Après tout, il devait bien exister des dealers séduisants. Elle prit une profonde inspiration et se rendit à l'évidence : elle devait partir d'ici au plus vite.

Mais et après ? Elle n'avait pas nulle part où aller. Et si la meilleure solution était de se rendre à la police et de tout leur expliquer ? Pouvait-elle véritablement être accusée d'un meurtre si elle ne se souvenait pas de l'avoir commis ? Si elle n'avait aucun souvenir de qui elle était ni de ce qu'était sa vie ?

Elle n'avait pas découvert grand-chose sur elle-même, hormis le fait qu'elle parlait espagnol. En tombant sur une émission dans cette langue à la télévision, elle s'était rendu compte qu'elle comprenait tout ce que les protagonistes se disaient. Même si elle avait le teint pâle et les cheveux châtain clair et qu'elle ne semblait pas du tout de type latino, elle pouvait tout à fait être à moitié espagnole ou même avoir passé du temps dans un pays étranger. Les possibilités semblaient infinies…

Elle lâcha un profond soupir et prit soin de fermer toutes les fenêtres de navigation avant d'éteindre complètement l'ordinateur. Elle n'avait certainement pas besoin que quelqu'un vienne fouiller dans son historique de navigation, et

M. Propre-sur-lui ne serait sans aucun doute pas spécialement ravi de découvrir que quelqu'un avait fouillé dans le sien.

Après tout, peut-être n'était-il intéressé que par le meurtre de Diamond ? Il n'avait pas semblé la reconnaître, ni même lui porter une attention particulière.

Elle mit son sac en bandoulière et redressa les épaules. Elle n'allait pas s'enfuir. Elle avait d'abord sa petite enquête à mener.

Dix minutes plus tard, elle s'assit au comptoir du restaurant local, le Sutter's, et ouvrit le menu. Elle s'était servi de l'argent qu'elle avait pris dans le sac de Diamond — l'argent de la drogue — pour s'acheter quelques vêtements, un sac à main et pour payer le premier mois de loyer à Linda. Mais dès qu'elle aurait récupéré sa vie elle prévoyait de rembourser tout cet argent à la police… Anonymement bien sûr.

— Vous voulez dîner ? lui lança le barman en posant devant elle une serviette en papier.

— Oui, je voudrais le burger Sutter et une limonade s'il vous plaît, lui répondit-elle en lui tendant le menu.

— Vous vous appelez Caroline, c'est ça ? l'interrogea-t-il en plissant les yeux.

— Vous avez bonne mémoire, dis donc.

— Ça fait partie de mon boulot, je m'appelle Bud.

— Oui, eh bien, pouvez-vous me passer le menu, Bud ? intervint soudain un homme derrière eux.

Caroline sursauta puis manqua de tomber de son tabouret de bar en reconnaissant l'homme de la bibliothèque.

— Vous avez pu faire vos recherches sur l'ordinateur ? demanda-t-il à Caroline en avançant vers le bar pour attraper le menu. Je pense que les librairies devraient investir dans du matériel un peu plus performant.

— Je… Euh, je faisais seulement quelques recherches sur des… restaurants, commença Caroline en regardant ses pieds.

— Et c'est comme ça que vous avez trouvé celui-ci ?

lui rétorqua l'homme dont les yeux verts brillaient d'une lueur de malice.

Caroline se demanda soudain s'il avait entendu Bud l'appeler par son prénom.

— Oh non, je suis déjà venue ici, je cherchais d'autres lieux, lui affirma-t-elle en dépliant nerveusement sa serviette.

— Vous êtes nouvelle venue à Timberline ?

— En quelque sorte, oui. La cousine de ma mère habite ici et m'a invitée à venir lui rendre visite.

Caroline remercia une nouvelle fois intérieurement Linda Gunderson.

— J'imagine que vous travaillez pour Evergreen Software comme tout le monde ici ?

Bud déposa sa limonade devant elle en lui faisant un clin d'œil, et Caroline plongea sa paille dans les bulles pendant que l'homme passait sa commande.

Si elle refusait de répondre à ses questions, il risquait de devenir suspicieux, mais elle n'avait pas la moindre envie de lui raconter sa vie — d'autant plus qu'elle n'avait pas grand-chose à lui dire, hormis le fait qu'elle s'était réveillée amnésique, aux côtés d'un dealer mort, dans une chambre de motel miteuse.

Et elle ne tenait pas du tout à ce quiconque soit au courant de *cette* histoire.

— Evergreen ? répéta l'homme en reposant ses yeux verts sur Caroline après avoir rendu le menu à Bud.

— Non, je travaille dans la boutique de ma tante pour le moment, lui répondit-elle en continuant de jouer avec sa paille. J'imagine que vous n'êtes pas d'ici non plus, puisque vous avez parlé tout à l'heure de la mauvaise connexion Internet à votre hôtel.

— Tout à fait, acquiesça l'homme après avoir remercié Bud pour la bière qu'il lui tendait. Je suis ici pour faire des recherches pour un livre.

— Quelle sorte de livre ? lui demanda Caroline qui ne put s'empêcher de se sentir soulagée par sa réponse.

— C'est un livre de tourisme qui traite aussi de l'histoire de la région ainsi que des légendes et des coutumes locales, lui dit-il avant de tendre la main vers elle. Je m'appelle Cole Pierson, au fait.

— Et moi Caroline Johnson.

Caroline essuya ses doigts sur sa serviette et lui serra la main rapidement.

Si Johnny Diamond était natif du coin, le livre pouvait peut-être expliquer pourquoi Cole fouillait sur les réseaux sociaux à la recherche d'informations le concernant. Peut-être pourrait-elle obtenir quelques informations sur lui sans éveiller ses soupçons…

Le barman posa son plat devant elle, et Caroline regarda son plat en hésitant.

— Allez-y, lui lança Cole. Pas besoin de m'attendre.

Tout en découpant son hamburger, Caroline sentit le regard de Cole posé sur elle.

— Et qui est votre cousine ?

Caroline se mordit les lèvres et reposa son couteau sur le bord de son assiette. Cet homme était-il naturellement curieux ou sentait-il que Caroline avait des choses à cacher ?

— Linda Gunderson. Elle est propriétaire de la boutique…

— Timberline Treasures, la coupa l'homme avant d'être interrompu par son téléphone.

Ignorant la sonnerie qui provenait de sa poche, il poursuivit.

— J'ai entendu parler de cette boutique tenue par Linda et sa sœur. D'ailleurs peut-être pourriez-vous leur demander si elles seraient d'accord pour que je les interviewe ?

— Louise n'est pas en ville en ce moment mais, vous n'avez pas besoin de moi, je sais que Linda sera ravie de vous raconter l'histoire de Timberline.

— Est-ce que cela signifie que vous ne voulez pas me la présenter ?

Bud déposa une assiette avec du rôti de bœuf et une purée de pommes de terre devant Cole.

— Hum, fit celui-ci, ça a l'air bon.

Attendait-il une réponse ? se demanda Caroline en mordant à pleines dents dans la moitié de son hamburger. Il n'avait pas besoin qu'elle lui présente Linda, celle-ci adorait parler de Timberline… Mais peut-être essayait-il seulement de prolonger leur rencontre ?

Ce qui ne la dérangerait pas le moins du monde, en fait. Cet homme était vraiment séduisant, cela dit pour le moment elle avait d'autres priorités.

— Donc, vous voudrez bien dire à votre cousine que je suis digne de confiance ? lui dit-il soudain après s'être essuyé la bouche avec sa serviette.

Caroline sentit son cœur manquer un battement. Comment un simple bavardage avait-il pu évoluer ainsi ?

— Que vous êtes digne de confiance ? répéta-t-elle en ne pouvant s'empêcher de rire nerveusement. Mais je vous connais à peine. Comme je vous l'ai dit, vous n'avez pas besoin de moi, Linda vous dira tout sur cette ville sans aucun problème.

Cole prit une nouvelle gorgée de bière puis posa ses couverts sur le bord de son assiette.

— Et vous ? Vous connaissez bien Timberline ? Vous êtes souvent venue rendre visite à vos tantes ?

— Ce sont mes cousines, et non je ne suis pas beaucoup venue. C'est même la première fois que je viens ici.

— Et quelle est la raison de votre visite, si je peux me permettre ? lui demanda-t-il en haussant les sourcils.

— J'essaie de prendre un nouveau départ.

Elle sentit le regard de Cole sur son visage et pensa au bleu sur sa joue droite qu'elle avait caché sous une épaisse couche de fond de teint.

Cet homme la rendait nerveuse. Il posait beaucoup trop

de questions. Jusqu'ici tout le monde avait cru à son histoire sans sourciller.

Il était temps de détourner la conversation.

— C'est ça que vous faisiez, à la bibliothèque ? demanda-t-elle. Des recherches ?

— J'examinais les histoires du coin, les biographies des personnalités locales…

Tandis qu'elle repoussait le reste de son hamburger, Caroline se demanda si Johnny Diamond était une personnalité locale… Peut-être étaient-ils venus ensemble ici tous les deux ? Mais dans ce cas comment se faisait-il que personne ne l'avait encore reconnue ?

— Pourquoi cette ville ? Qu'est-ce que Timberline a de si particulier ?

— Eh bien, il y a l'affaire du trio de Timberline pour commencer, et puis les nouvelles découvertes concernant cette vieille affaire, lui répondit Cole en redressant la tête.

Caroline acquiesça en silence. Si elle avait plusieurs fois entendu parler de cette histoire depuis qu'elle était arrivée en ville, elle n'en savait pas grand-chose en réalité. Elle avait seulement cru comprendre qu'il s'agissait d'une série d'enlèvements qui s'étaient produits il y a une vingtaine d'années.

— Vous n'avez pas beaucoup traîné dans les environs, n'est-ce pas ? reprit-il d'un ton insistant.

— On dirait que je ne suis pas la bonne personne à interviewer, en effet…, lui répliqua-t-elle en s'emparant de l'addition posée sur le comptoir.

Elle chercha un billet dans son portefeuille, le glissa sous son assiette, puis sauta de son tabouret et prit son sac à main.

— Bon, eh bien, bonne chance dans vos recherches alors.

— Ce fut un plaisir de vous rencontrer, Caroline Johnson, l'entendit-elle lui déclarer tandis qu'elle se dirigeait déjà vers la sortie.

Elle continua son chemin sans se retourner. Rien ne

l'obligeait à se plier à l'interrogatoire de ce parfait inconnu, même si celui-ci était très séduisant.

Une fois à l'extérieur, elle respira profondément l'air glacé de la nuit.

Le duplex de Linda se trouvait au bout de la rue principale, Caroline pouvait donc aller à pied à peu près partout dans la ville, ce qui était très pratique surtout pour se rendre sur son lieu de travail. Elle avait pris assez d'argent dans le sac de Johnny Diamond pour pouvoir acheter comptant une voiture d'occasion, mais elle n'avait pas de permis de conduire, ni de papiers d'identité. Elle n'avait donc pas d'autre solution que de se déplacer à pied pour le moment.

Elle frissonna et chercha son bonnet dans la poche de son manteau mais ne le trouva pas. Elle s'arrêta, regarda derrière elle pour voir s'il était tombé par terre, mais il n'y avait rien sur le trottoir. Profondément agacée, elle jura intérieurement.

Elle avait dû l'oublier au restaurant, ainsi que son parapluie… Retourner là-bas et se retrouver à nouveau confrontée à cet écrivain curieux et bavard était vraiment la dernière chose qu'elle voulait faire. Elle décida de les laisser au Sutter's et de venir les récupérer le lendemain. Personne n'allait voler un bonnet ou un parapluie. Bud les avait même probablement déjà rangés derrière le bar.

Resserrant son manteau sur elle, elle se remit à marcher et sentit une goutte de pluie tomber sur sa joue. Elle leva les yeux vers le ciel sombre et soupira. Cette petite promenade sous la pluie glaciale sans parapluie ni chapeau risquait de se transformer en véritable cauchemar.

Elle n'avait pas d'autre choix que de faire demi-tour et de revenir au Sutter's pour récupérer son parapluie. Elle retourna jusqu'au restaurant et, en jetant un regard par la vitre, vit que Cole discutait à présent avec Bud.

Songeant qu'elle pouvait peut-être emprunter la porte de derrière et demander à une des serveuses de lui donner ses affaires, elle se dirigea vers la ruelle qui séparait le Sutter's du bâtiment voisin.

Elle aperçut rapidement la lumière rouge suspendue à l'arrière du restaurant, ouvrit la porte et entra se mettre au chaud. Puis elle avança vers la salle du restaurant et constata en observant le bar que Cole semblait parti.

Mais soudain la porte des toilettes pour hommes s'ouvrit brusquement, et elle fit un bond en arrière pour l'éviter.

— Rien pour le moment.

Surprise en reconnaissant la voix grave de Cole, Caroline se plaqua contre le mur puis se glissa derrière le distributeur de cigarettes.

La porte des toilettes se referma, mais Cole resta dans le couloir, continuant sa conversation téléphonique, dos à elle.

— Ce soir, j'ai rencontré une femme qui pourrait avoir le profil, mince, nouvelle en ville, propriétaire d'un bonnet noir.

Alors qu'il marquait une pause, probablement pour écouter la réponse de son interlocuteur, elle eut soudain peur qu'il n'entende les battements de son cœur.

— Non, apparemment elle a de la famille ici et elle n'est pas du tout le genre de Diamond, elle est beaucoup trop mignonne, beaucoup trop normale.

Caroline ferma les yeux et serra les dents en sentant la nausée la gagner. Si Cole se retournait et la surprenait, il comprendrait vite qu'elle n'avait pas grand-chose de normal.

— Je vais continuer à chercher dans le coin, mais je compte sur toi, Craig, ne dis rien au boss.

Cole raccrocha puis retourna vers le bar.

Caroline se glissa jusqu'à la porte et quitta le restaurant par la porte arrière.

Peut-être n'était-elle pas la personne qu'elle prétendait être mais… Mais Cole Pierson ne semblait pas l'être non plus.

4

Cole rangea son téléphone dans sa poche puis se rassit à sa place au bar.

— Combien je vous dois, Bud ?

— Vous voulez une autre bière ?

— Non merci, juste l'addition.

Cole remarqua soudain le bonnet noir en laine soyeuse qui était posé sur le comptoir, juste à côté de lui. Dans son empressement, Caroline l'avait oublié ainsi que son parapluie qui reposait contre le pied du tabouret.

Son étrange comportement avait intrigué Cole. Elle était nerveuse, mal à l'aise quand il lui avait posé des questions. Elle ne semblait pas en savoir beaucoup sur cette ville où vivaient pourtant des membres de sa famille. Pour quelles raisons une femme comme elle, jeune et séduisante pouvait bien vouloir venir s'installer dans une bourgade aussi petite que Timberline, surtout si elle n'y avait jamais vécu ?

Cependant, elle n'avait pas paru inquiète à l'idée qu'il puisse rencontrer Linda Gunderson. Il se promit malgré tout d'enquêter de manière un peu plus approfondie sur elle.

Quand Bud lui apporta l'addition, Cole lui montra le bonnet.

— On dirait que Caroline a oublié ses affaires, dit-il en se penchant pour attraper du bout du doigt la poignée du parapluie.

— Je vais les mettre de côté, dit Bud, elle repassera sûrement demain pour les récupérer.

— Vous savez quoi ? continua Cole en fourrant le bonnet dans la poche de son manteau. Je dois passer à la boutique de sa cousine, je les lui rapporterai moi-même.

— OK, répondit Bud en prenant le billet qu'il lui tendait.

— Gardez la monnaie, reprit Cole en rangeant son portefeuille dans sa poche. Mais dites-moi une chose, que savez-vous de Caroline ?

— À part que c'est un joli petit lot ? dit Bud en lui faisant un clin d'œil.

— Elle a un mari ou un petit ami dans les parages ?

— Non, elle est célibataire. Elle vit chez sa cousine, Linda Gunderson, mais je ne vous apprends rien, vous le savez déjà, puisque vous m'avez dit que vous deviez vous y rendre demain.

— Vous ne l'aviez jamais vue auparavant ?

— Non, mais je ne connais pas vraiment Linda. Elle vient rarement au Sutter's et quand elle le fait elle ne s'assied jamais au bar, même si elle ne semble pas contre un petit verre de vin de temps en temps.

Bud se pencha vers Cole, l'air complice.

— Cependant j'ai entendu dire que Caroline avait eu des problèmes et que c'était pour cette raison qu'elle était venue ici.

— Ah oui ? lui demanda Cole en sentant sa curiosité s'éveiller. Quel genre de problèmes ?

— Des problèmes avec un homme, poursuivit Bud en tapotant sa tempe du doigt. Quand elle est arrivée ici, elle avait un œil au beurre noir. Et le bruit court qu'elle a fui un mari violent, alors peut-être devriez-vous y penser à deux fois avant de vous engager sur cette voie avec elle. S'il est jaloux, son ex pourrait bien vouloir vous tuer.

— Vous avez bien raison, lui répondit Cole en frappant le comptoir de la main. Merci pour le conseil !

En sortant du restaurant, Cole remonta la fermeture Éclair de sa veste et regarda le ciel nocturne un instant en se demandant si le petit ami violent de Caroline n'était pas Johnny Diamond…

Et si c'était le cas, s'était-elle occupée elle-même de lui régler son compte ?

Le lendemain matin, après avoir pris son petit déjeuner à l'hôtel, Cole retourna dans le centre-ville avec sa voiture de location. La veille, la connexion Internet avait été rétablie et il avait pu faire quelques recherches sur Caroline Johnson. Son nom était absolument parfait pour qu'il trouve à peu près tout et n'importe quoi sur Internet. Il avait également exploré la base de données de la DEA, mais sans aucun résultat.

Il gara sa voiture dans l'un des deux parkings publics de la rue principale. La mairie de Timberline avait fait du bon boulot en se préparant à l'augmentation de la population et au trafic automobile provenant d'Evergreen Software, l'entreprise qui avait revitalisé la ville, ancienne exploitation minière et forestière.

Cole prit le bonnet et le parapluie de Caroline sous son bras, et se dirigea vers la boutique de Linda Gunderson, Timberline Treasures. Une fois devant la vitrine, il prit une profonde inspiration puis ouvrit la porte et pénétra à l'intérieur, accompagné par le tintement d'une clochette.

Il ne savait pas si Caroline travaillait aujourd'hui. Si ce n'était pas le cas, il tenterait d'interroger Linda sur sa cousine. Mais il ne pouvait s'empêcher d'espérer qu'elle serait là car… il avait envie de la revoir.

Une femme d'un certain âge se leva derrière la caisse du magasin.

— Bonjour, n'hésitez pas à m'appeler si vous avez besoin d'aide.

— En effet, j'ai besoin d'aide car je ne suis pas venu acheter une grenouille de Timberline.

— Ah bon ? Et qu'êtes-vous donc venu chercher alors ? s'enquit la femme.

— Des informations, intervint Caroline en surgissant du fond de la boutique.

— Ah, je suis bien content de vous trouver ici, dit Cole en lui tendant ses affaires. Vous avez oublié ça au Sutter's, hier soir.

— Et vous les avez pris ? demanda Caroline d'un ton surpris.

— J'avais prévu de venir ici aujourd'hui pour discuter avec Mme Gunderson, alors j'ai dit à Bud que je me chargerais de vous les rapporter.

— Merci, dit-elle.

Cole se fraya un chemin parmi les étagères et les présentoirs dans le magasin, et déposa le bonnet et le parapluie sur le comptoir.

— Madame Gunderson ? dit-il en tendant la main vers la cousine de Caroline. Je suis Cole Pierson, j'écris un livre sur la ville de Timberline.

— Oh mon Dieu, j'espère que vous n'écrivez pas encore sur l'affaire du trio de Timberline, s'écria Linda qui avait rougi en lui serrant la main.

— Pas du tout. C'est un livre de tourisme qui parlera de l'histoire de la ville et, même si je fais probablement une brève allusion à cette affaire, ce ne sera pas du tout le sujet principal.

— C'est une bonne chose, car nous avons eu quelques problèmes quand la télévision est venue ici pour tourner un sujet. En fait, cette affaire ne nous a apporté que des problèmes, ajouta-t-elle en pinçant les lèvres.

— J'ai rencontré votre cousine Caroline hier soir au Sutter's, et elle m'a dit que vous seriez d'accord pour me parler un peu du passé de Timberline.

— Oh je peux tout à fait vous en parler, affirma Linda en passant sa main dans ses cheveux gris permanentés. Est-ce que vous allez filmer ?

— Non, non, répondit Cole en lui montrant son téléphone portable, je vais seulement enregistrer notre conversation, avec votre accord bien entendu.

— Pas de problème, je serai ravie de discuter avec vous. Est-ce que vous allez également interviewer les personnes âgées de Timberline et les Quileutes de la réserve ?

Cole sourit et pencha la tête. À cette allure, sa couverture allait bientôt se transformer en un véritable boulot.

— C'est prévu, en effet.

La sonnette de la porte retentit derrière lui et, en jetant un rapide coup d'œil par-dessus son épaule, il vit qu'un couple de personnes âgées avec une poussette était en train d'essayer d'entrer tant bien que mal dans la boutique. Il se dépêcha d'aller leur tenir la porte.

— Merci beaucoup, lui dit la vieille dame. Notre fille nous a fait emporter tant de choses pour le bébé qu'on dirait que ce n'est pas une poussette mais un camion que nous devons pousser.

— C'est votre petit-fils ? s'enquit Cole en se penchant pour regarder le bébé.

— Oui, c'est même le premier ! répondit le grand-père avec fierté.

Le bébé attrapa le doigt que lui tendait Cole et se mit à gazouiller.

— Tu m'as l'air d'être un vrai petit costaud, toi, dis donc.

En se redressant, Cole croisa le regard de Caroline. Elle avait les sourcils levés et la bouche entrouverte. Il se sentit rougir et se racla la gorge.

— Adorable gamin, dit-il.

— Alors, vous voilà de retour, lança Linda au couple en allant vers eux, tout sourire.

Tandis qu'elle discutait avec les grands-parents, Cole retourna vers la caisse.

— J'espérais pouvoir parler un peu avec Linda aujourd'hui, mais si elle est trop occupée je peux peut-être l'inviter à déjeuner, dit-il à Caroline.

— Nous n'allons pas avoir grand monde aujourd'hui avec toute cette pluie qui tombe, répondit-elle en faisant tambouriner ses doigts sur le comptoir en verre. Vous avez des enfants ?

— Moi ? Non. Pourquoi me demandez-vous ça ? À cause de lui ? fit-il en désignant le bébé que Linda tenait maintenant dans ses bras. Vous savez, je m'efforçais juste d'être poli.

En fait, cela avait été une des très nombreuses déceptions de son mariage raté. Wendy et lui n'avaient pas eu d'enfants, enfin, vu comme leur relation s'était terminée ce n'était probablement pas plus mal.

— Et vous ? interrogea-t-il Caroline.

— Et moi, quoi ? lui dit-elle en plissant ses yeux bleus comme si elle se méfiait de lui.

— Est-ce que vous avez des enfants ?

— Oh ! non.

— Est-ce que votre mari vous a accompagné pour ce nouveau départ ici, à Timberline ?

— Je ne suis pas… mariée, bredouilla-t-elle, mal à l'aise.

— Ah, désolé, dit-il en levant les mains, l'air innocent. C'est vous qui avez commencé… Les questions personnelles, je veux dire.

— C'est vrai, je suis désolée. Mais vous vous comportiez de manière si naturelle avec ce bébé.

Le couple s'apprêtait à partir et leur lança, sur le pas de la porte :

— Au revoir, passez une bonne journée !

Cole les salua d'un geste de la main.

— Ce sont des amis à vous ? demanda-t-il à Linda tandis qu'elle reprenait sa place derrière la caisse.

— Leur fille a été embauchée par Evergreen, et elle et son mari ont emménagé à Timberline. Comme les grands-parents sont tous les deux à la retraire, ils viennent dès qu'ils le peuvent pour voir le petit Aaron, répondit-elle avant de se frotter les mains l'une contre l'autre. Mais où en étions-nous ? Vous me disiez avoir des questions concernant la ville ?

— Cela vous va si nous faisons cela maintenant ? Je ne voudrais pas vous déranger dans votre travail.

— Vous ne me dérangez pas du tout, dit Linda en regardant Caroline. Il ne devrait pas y avoir foule aujourd'hui, et puis je ne suis plus seule à tenir la boutique maintenant que Caroline est là.

— Est-ce que je peux vous offrir un café en face, chez Uncommon Grounds ?

— Je lui ai dit que vous pourriez parler tranquillement dans l'arrière-salle, Linda, intervint Caroline.

Celle-ci fronça les sourcils et les observa tour à tour.

— Est-ce que cela t'ennuie de rester seule dans la boutique, Caroline ? Tu l'as déjà fait, pourtant. Je suis persuadée que tu vas très bien t'en sortir.

Cole se demanda soudain si Caroline n'avait pas peur qu'il discute avec Linda en tête à tête.

— Comme vous voudrez, leur dit-il en souriant. Mais j'aurais bien aimé vous offrir un café pour vous remercier.

— L'idée me plaît bien, d'autant que je n'ai pas encore pris le mien ce matin, lui répondit Linda en tapotant affectueusement le bras de Caroline. Nous serons juste de l'autre côté de la rue, si tu as le moindre problème, appelle-moi.

— Bien sûr, affirma Caroline en baissant les épaules. Je sais combien tu aimes raconter les vieilles histoires de Timberline.

Cole sentit que quelque chose passait entre les deux

femmes, quelque chose qu'il ne comprenait pas et qui l'excluait. Il serra la mâchoire.

Linda donna une dernière tape affectueuse à Caroline puis fit claquer sa main sur le comptoir.

— Eh bien voilà, c'est réglé, allons prendre un café.

— Amuse-toi bien, lui lança Caroline. Et ne t'en fais pas, je garde la boutique.

— Voulez-vous qu'on vous rapporte quelque chose ? lui proposa Cole sur le pas de la porte.

— Non, merci, je n'ai besoin de rien.

La porte se referma derrière eux, et Caroline attendit que la clochette cesse de sonner pour se prendre la tête entre les mains.

Elle soupira en pensant qu'elle se sentirait bien mieux si ce Cole Pierson, ou qui que ce soit, pouvait quitter Timberline. Toutefois la petite tape affectueuse de Linda l'avait rassurée, sa prétendue cousine ne vendrait pas la mèche à Cole.

D'ailleurs peut-être que ce petit entretien en tête à tête serait bénéfique. Peut-être qu'après avoir eu la confirmation que Caroline était bien une cousine éloignée venue se réfugier ici pour fuir un mariage difficile, Cole passerait à autre chose et disparaîtrait du paysage.

Alors, Caroline pourrait reprendre le cours de sa propre enquête et tenter de découvrir qui elle était réellement et quel genre de relation elle pouvait bien avoir eu avec un criminel comme Johhny Diamond.

Elle avait découvert que le corps qu'elle avait trouvé dans le coffre de la voiture garée devant le motel était celui de Hazel McTavish et pensait que c'était probablement Diamond qui l'avait tuée quand il avait volé sa voiture. Il n'était peut-être donc pas totalement improbable que Caroline, elle aussi, puisse être une de ses victimes…

Sauf qu'elle avait sa valise avec elle dans la chambre

du motel. Peut-être était-elle avec Diamond quand il avait volé la voiture de Hazel ?

Elle massa sa nuque tendue. Il fallait qu'elle recouvre la mémoire. Mais comment faire sans se rendre à l'hôpital ou consulter un psychiatre ?

La porte du magasin s'ouvrit brusquement, et Caroline sursauta. Elle agrippa fermement le bord du comptoir puis contempla l'homme seul qui était en train de secouer son parapluie sur le paillasson.

Elle avait une idée de ce à quoi devaient ressembler les acolytes de Johnny Diamond, et ce type, avec son imperméable bien coupé, ne faisait de toute évidence pas partie de sa bande. Mais c'est ce qu'elle avait également pensé de Cole Pierson en le voyant la première fois, et il était de toute évidence lié au criminel puisqu'il la recherchait.

— En quoi puis-je vous être utile ? dit-elle au visiteur en se forçant à lui sourire. Sachez que toutes les sculptures en bois à l'entrée sont soldées à moitié prix.

L'homme la regarda en penchant la tête sur le côté avec un air manifestement déconcerté.

— Merci, je vais jeter un œil. Cela fait bien longtemps que je n'étais pas revenu à Timberline.

Caroline se demanda si elle était paranoïaque ou si cet homme était venu pour la rencontrer, elle. Probablement un peu des deux.

— N'hésitez pas à fouiller.

Elle s'affaira derrière la caisse tout en gardant un œil sur cet étrange client qui ne cessait de prendre des articles et de les remettre en place après les avoir observés.

Enfin, il sembla arrêter son choix sur une des grenouilles en peluche et la secoua.

— C'est une spécialité de Timberline, lui dit Caroline. C'est un artiste du coin qui les fabrique.

— Je crois que j'en avais une dans le temps, lui raconta-t-il en la faisant tourner dans l'air. Je vais la prendre.

— Vous avez des enfants ?

— Une petite fille, lui répondit l'homme en déposant la grenouille sur le comptoir.

— Eh bien, je suis certaine qu'elle va lui plaire, dit Caroline.

L'homme la regardait avec une insistance qui la mettait mal à l'aise.

— Est-ce qu'elle est avec vous ? Votre fille ?

— Non, je suis en… voyage d'affaires.

Caroline lui rendit sa monnaie puis lui tendit le sac qui contenait la grenouille.

— J'espère qu'elle lui plaira.

L'homme acquiesça puis se dirigea vers la sortie. Mais alors qu'il allait ouvrir la porte il s'immobilisa, la main sur la poignée.

— Vous êtes d'ici ? s'enquit-il d'un ton brusque.

Caroline se demanda si elle avait la tête de quelqu'un qui aimait parler de sa vie privée ou si c'était quelque chose qui se faisait dans les petites villes de poser des questions personnelles à tout le monde.

— Non, je suis venue rendre visite à ma cousine qui est la propriétaire de cette boutique.

— Ah, très bien, déclara-t-il en baissant les épaules. Merci.

— Passez un bon séjour à Timberline, lui lança-t-elle avant qu'il sorte de la boutique.

Quand la porte se referma sur lui, Caroline soupira. Allait-elle vraiment suspecter chaque client d'avoir des arrière-pensées ? En même temps, elle avait eu raison de se méfier de Cole. Il lui avait menti en prétendant être un écrivain alors qu'il était à la recherche de la compagne de Johnny Diamond.

Les bras croisés sur la poitrine, elle marcha jusqu'à la porte d'entrée et posa son front contre la vitre glacée. D'où elle se trouvait, elle ne pouvait pas voir l'intérieur du café où Cole avait emmené Linda. Caroline ne pouvait que s'en remettre à Linda et lui faire confiance pour ne pas lui dévoiler ses secrets. Et si Linda disait à Cole qu'elle n'avait pas de cousine germaine prénommée Caroline et qu'elle n'avait jamais vu cette dernière avant de la découvrir un soir en larmes dans la ruelle derrière son magasin, alors Cole aurait toutes les raisons de croire qu'elle pouvait bien être la femme qu'il recherchait. La mystérieuse inconnue qui était avec Johnny Diamond au Stardust Motel.

Mais qui était-il, lui ? S'il était un associé de Diamond, il devait chercher l'argent manquant. La police avait-elle mentionné le montant de la somme d'argent qui avait été retrouvé dans la chambre du motel ? Cela semblait peu probable. Alors dans ce cas comment les acolytes de Diamond pouvaient-ils savoir qu'il en manquait ?

Cependant, ils avaient peut-être d'autres raisons de vouloir la retrouver. Pour se venger ? Pour avoir des informations ? À moins que Cole ne soit un policier…

Caroline sursauta quand la porte du café Uncommon Grounds s'ouvrit soudain. Linda apparut sur le trottoir, suivie par Cole. Ils riaient tous les deux.

Cela ne voulait rien dire. Caroline avait remarqué que Cole Pierson était un charmeur et qu'il semblait savoir comment séduire toutes les femmes.

N'était-elle d'ailleurs pas elle aussi tombée sous son charme ? Caroline savait qu'elle aurait dû prendre son hamburger « à emporter » la veille et déguerpir le plus vite possible loin du Sutter's. Mais, si elle l'avait fait, elle n'aurait pas surpris la conversation téléphonique de Cole et elle se fit la réflexion qu'il valait mieux connaître la vraie nature de ses ennemis.

Et ne pas les lâcher des yeux.

Les questions de Cole sur les enfants l'avaient troublée. Elle n'avait jamais pensé qu'elle pouvait avoir un mari et des enfants quelque part. Si elle avait une famille, ne devrait-elle pas se rendre à la police ? Si elle avait disparu, les siens devaient la chercher. Et, si elle n'était pas du coin, sa famille ne devait pas l'être non plus…

Peut-être devrait-elle commencer à regarder les avis de recherche diffusés dans les autres États ?

Tandis que Linda et Cole approchaient de la boutique, Caroline retourna derrière le comptoir et commença à épousseter les étagères.

Quand ils entrèrent, ils riaient toujours.

— Il a l'air de faire froid dehors, leur dit-elle en levant les yeux.

— Oui, il fait un froid de canard, répliqua Linda en avançant vers elle pour lui donner une tasse de café à emporter. Voilà pourquoi nous t'avons rapporté un *latte*.

— Merci, Linda, lui répondit Caroline en prenant la tasse.

— Remercie plutôt Cole, c'est son idée.

— Eh bien, merci Cole alors, lui lança-t-elle en levant sa tasse comme pour trinquer à sa santé. Vous avez trouvé ce que vous cherchiez ?

— Je crois bien, oui. En tout cas, j'en ai assez pour répondre à certaines questions et pour en soulever d'autres, ce qui est toujours un bon début pour… commencer des recherches.

Commencer des recherches ? Caroline prit une gorgée de son café, en regardant Cole par-dessus le bord de sa tasse. Cet homme allait la rendre folle. Jouait-il avec elle ?

Elle sentit la main de Linda sur son dos et se décala pour la laisser passer derrière le comptoir.

— J'ai raconté à Cole la longue et ennuyeuse histoire de cette boutique et lui ai fait un récit plus intéressant concernant tous les artistes locaux, y compris Scarlett Easton, qui est très célèbre pour son art moderne, même si très personnellement je préfère ses paysages.

Caroline se sentit immédiatement soulagée. Linda n'avait rien dit de sa soudaine apparition à Timberline.

— J'ai vendu une grenouille Libby Love pendant que tu étais sortie.

— Super, je me demandais si nous vendrions quelque chose aujourd'hui avec cette météo.

— On pourrait peut-être en profiter pour poursuivre l'inventaire, proposa Caroline.

— Je vais vous laisser travailler, intervint Cole en attrapant une grenouille en peluche. Et, pour vous remercier de m'avoir accordé un peu de votre temps, je vais aussi en prendre une.

— Je croyais que vous n'aviez pas d'enfants.

— Je ne suis pas père, mais cela ne veut pas dire que je n'ai pas d'enfants autour de moi.

Linda encaissa son argent et fourra la peluche dans un sac en plastique.

— Faites-moi signe si vous avez besoin de quoi que ce soit, Cole, et allez voir Evelyn Foster de ma part à la réserve. Elle pourra vous raconter les mythes et légendes des Quileutes.

— Je n'y manquerai pas, lui répondit Cole en attrapant le sac par-dessus le comptoir. Et vous, restez bien au sec !

Quand il fut sorti de la boutique, Linda marcha jusqu'à la vitrine et le regarda s'éloigner sur le trottoir.

— Quel homme charmant. Et joli garçon en plus, tu ne trouves pas ?

— Trêve de blabla, Linda. Est-ce qu'il t'a parlé de moi ?

— Tu n'as rien à craindre, Caroline. Il ne m'a posé que les questions qu'un homme pose quand il est attiré par une femme.

— Attiré ? répéta Caroline en sentant les battements de son cœur s'accélérer. Qu'est-ce que tu veux dire ?

— Ne t'inquiète pas, je ne lui ai dit que très peu de choses sur ton passé. Juste assez pour qu'il comprenne que tu n'es probablement pas prête à t'engager dans une relation pour le moment.

— Mais que lui as-tu dit exactement ? demanda Caroline en se massant les tempes pour garder son calme. Tu ne lui as pas dit que je n'étais pas ta cousine et que je venais juste d'arriver en ville, si ? Je ne sais pas si on peut lui faire confiance. Mon… Mon ex pourrait l'avoir envoyé à mes trousses. Il est peut-être à ma recherche.

Linda attrapa les poignets de Caroline et les serra fermement.

— Caroline, je t'ai promis de garder tes secrets pour moi, et je ne suis certainement pas du genre à tout révéler à un inconnu sous prétexte qu'il a de beaux yeux verts et un corps de rêve.

— Dis-moi ce que tu lui as dit, Linda, s'il te plaît…

— Je m'en suis tenue à ta version. Je lui ai dit que tu étais la fille de ma cousine et que tu m'avais contactée il y a quelques semaines car tu étais dans une mauvaise passe. Que tu voulais prendre un nouveau départ et que tu m'avais demandé si je pouvais t'héberger pendant un moment. Mais, Caroline, si ton ex avait envoyé Cole pour te chercher, ne crois-tu pas qu'il saurait à quoi tu ressembles ? Non, je crois que tu n'as rien à craindre de cet homme, si ce n'est son charme dévastateur.

Caroline se mordit la lèvre et serra sa tasse de café entre ses mains. Se pouvait-il que la conversation que Cole avait eue avec Linda suffise pour le convaincre qu'elle n'était pas la femme qu'il recherchait ? Malgré son bonnet noir ?

Si cela n'était pas le cas, alors elle allait avoir de nombreux motifs pour se méfier de lui, et son charme ne serait certainement pas le pire.

Puisque Linda avait un bridge prévu ce soir avec ses amies et qu'elle devait préparer un dessert pour l'occasion, Caroline réussit à la convaincre de partir plus tôt et de la laisser fermer la boutique.

La journée avait été plutôt calme. Cole Pierson avait été le seul client suspicieux, et Caroline doutait fort d'en croiser d'autres.

À présent, elle n'avait plus que deux possibilités, elle pouvait quitter Timberline et, ce faisant, abandonner tout espoir de découvrir qui elle était véritablement et ce qui la liait à cette ville, ou rester et convaincre Cole qu'elle était réellement la cousine de Linda Gunderson et qu'elle n'avait absolument rien à voir avec Johnny Diamond et ses affaires criminelles.

Du bout des doigts, elle caressa dans sa poche la feuille de papier sur laquelle elle avait écrit le nom et le numéro de téléphone d'un psychologue à Port Angeles. Elle avait demandé à Linda si celle-ci connaissait quelqu'un, en prétextant qu'elle voulait parler des violences domestiques qu'elle avait subies. Linda avait été ravie de l'aider.

Caroline savait que les psychologues étaient tenus au secret professionnel. Et de toute façon, si elle se doutait qu'un psy ne pourrait garder secret la confidence d'un meurtre, elle sentait au plus profond d'elle-même que ce n'était pas elle qui avait tué Johnny Diamond. Peut-être l'avait-elle fait en cherchant à se défendre, mais elle était certaine que cela n'avait pas été un acte prémédité.

Elle sortit la feuille de sa poche et lut à haute voix :

— Dr Julie Shipman.

Puis après avoir verrouillé la porte et retourné le panneau accroché sur la vitrine pour indiquer que la boutique était fermée, elle prit le téléphone prépayé qu'elle avait acheté et composa le numéro de la psychologue.

Elle laissa un message sur le répondeur en donnant le minimum d'informations. Elle attendrait d'être allongée sur le divan du Dr Shipman pour raconter les détails croustillants de sa vie.

Après cela, elle transféra l'argent de la caisse dans le coffre, remplit le bordereau comptable et le rangea sur le dessus des factures. Puis elle éteignit les lumières, et attrapa son bonnet et son parapluie.

En touchant la douce laine de son bonnet, elle pensa qu'elle avait été idiote de le garder avec elle. Mais comment Cole savait-il que la femme qui était avec Diamond portait un bonnet de ce type ? Est-ce que c'était Johnny qui le lui avait dit ? Est-ce que quelqu'un l'avait aperçue au Stardust ?

Elle le mit sur sa tête et sortit du magasin. Elle ne pourrait pas jouer longtemps au jeu du chat et de la souris avec Cole. Elle ferait mieux de lui poser les questions directement.

En verrouillant la porte, elle frissonna.

Mais que se passerait-il alors ? Cole chercherait-il à l'interroger, à l'arrêter ou… à la tuer ? Elle ne savait pas ce qui serait le pire.

Tandis qu'elle remontait la ruelle parallèle à la rue principale, un bruit retint soudain son attention. Elle jeta un œil derrière elle et remarqua un homme qui déployait son parapluie.

De là où elle se trouvait, elle pouvait distinguer la forme de son visage mais rien de plus. Quand il se redressa, il lui sembla le reconnaître et elle retint son souffle.

N'était-ce pas l'homme qui était venu acheter la grenouille en peluche un peu plus tôt dans la journée ? La surveillait-il ? Avait-il attendu qu'elle sorte de la boutique pour la suivre ?

Elle tourna au coin de la rue et s'empressa de rejoindre la rue principale, plus fréquentée. Cependant, avec toute cette pluie, il n'y avait que peu de gens dehors, Caroline décida donc de se diriger droit vers le Sutter's. Elle prendrait son dîner à emporter et réfléchirait tranquillement chez elle à ce qu'elle allait dire au Dr Shipman.

En entrant dans le restaurant, elle s'adressa à la serveuse.

— Je vais prendre quelque chose à emporter.

Puis elle avança vers le comptoir et soudain son estomac se noua en découvrant Cole, assis, un grand sourire aux lèvres.

— Nous devons arrêter de nous croiser sans cesse, lui dit-il.

— Encore du rôti de bœuf ? lui rétorqua-t-elle en montrant son assiette d'un geste du menton.

— Que voulez-vous, j'ai un faible pour les petits plats faits maison.

Caroline fit un signe à Bud qui s'agitait derrière le bar.

— Est-ce que je pourrais avoir un sandwich au poulet à emporter avec quelques frites de patate douce ?

— Pas de problème, répondit Bud avant de lui montrer Cole du doigt. Est-ce que cet homme vous a bien rendu votre bonnet et votre parapluie ?

— Tout à fait.

— Je comptais les garder au restaurant pour vous, mais il m'a dit qu'il devait vous voir aujourd'hui.

— Avez-vous cru que j'allais les voler ? lui demanda Cole en déposant sa serviette froissée dans son assiette. Je ne pense pas que le bonnet soit à ma taille.

— Je vous aide juste à rester dans le droit chemin, repartit Bud en faisant un clin d'œil à Caroline.

Tout le monde semblait croire ici que Cole Pierson était un homme adorable, songea-t-elle en leur adressant un faible sourire. Mais que penseraient-ils s'ils découvraient ce qu'elle savait ? Qu'il était un menteur, probablement même un trafiquant de drogue… ou un policier infiltré.

La pluie redoubla d'intensité, et le son de l'averse sur les fenêtres résonna dans tout le restaurant.

— Eh bien, on dirait que ce n'est pas près de s'arranger, remarqua Cole en sifflant.

— En effet, répondit Caroline en cherchant son portefeuille dans son sac pour payer sa commande.

— Linda m'a dit que vous n'aviez pas encore trouvé de voiture et que vous vous déplaciez à pied dans la ville…

— Ce n'est pas un problème.

— Sauf avec ce temps. Je peux vous ramener chez vous,

si vous voulez. Même si ce n'est pas loin d'ici, vous allez être trempée si vous rentrez à pied.

— Linda vous a dit où j'habitais ? s'enquit-elle en serrant les dents.

— Elle m'a dit que c'était une chance que le duplex qu'elle possède avec sa sœur ait été vide quand vous êtes arrivée en ville, lui rapporta-t-il en se penchant vers elle. Mais ne vous en faites pas, je vous propose cela en tout bien tout honneur, je sais que vous sortez d'une période difficile.

Elle cligna des yeux pour faire disparaître les larmes qu'elle sentait monter. Faisait-il référence à l'altercation qu'elle semblait avoir eue avec Johnny Diamond dans la chambre du motel ou à son passé inventé avec un ex violent ? Sa voix rassurante lui donna soudain envie de se confier à lui. Enfin presque.

— Linda aime trop les potins, dit-elle en haussant les épaules. J'ai quitté un homme stupide, rien d'insurmontable.

— Bien joué, s'exclama Cole en lui adressant un grand sourire. Il ne faut jamais laisser les crétins nous pourrir la vie.

— Voici votre monnaie, intervint soudain Bud en tendant quelques pièces à Cole. Votre commande est presque prête, Caroline.

— Alors, qu'en dites-vous ? demanda Cole à Caroline en rangeant l'argent dans sa poche. Je suis garé juste devant.

Caroline avait envie de lui répondre de la laisser tranquille, de garder ses questions pour lui et de se mêler de ses affaires. Mais elle savait que cela ne ferait qu'augmenter ses soupçons, ce qui serait bien dommage surtout si Linda avait réussi à le persuader qu'elle était bien sa cousine.

— Ce serait gentil, merci. Si cela ne vous embête pas, bien sûr.

— Cela ne me pose aucun problème.

Bud revint vers eux avec la commande de Caroline et tourna la tête vers la télé accrochée au-dessus du bar.

— Denny, tu veux bien monter le son, s'il te plaît,

lança-t-il à l'autre serveur. Ils ont du nouveau sur le meurtre de Johnny Diamond.

Caroline sentit un frisson glacé lui parcourir l'échine, mais elle resta impassible.

— J'ai entendu parler de cette histoire, commenta Cole en reculant pour regarder l'écran. Apparemment, les flics ont trouvé ce type mort dans une chambre de motel avec des montagnes de drogue et de billets, et un autre corps dans le coffre d'une voiture garée juste devant.

Caroline regarda le sac qui contenait son repas et se retint de l'arracher des mains de Bud.

— Ce type était du coin ? demanda Cole à Bud.

— Qui, Diamond ? Non, mais il traînait avec un gang de motards de la région : les Lords of Chaos.

Soudain tous les sons autour de Caroline lui semblèrent s'amplifier, et elle eut l'impression qu'elle tombait dans le vide.

Larry. LC, le tatouage sur la nuque de Johnny Diamond, c'est ce qu'il signifiait : Lords of Chaos. C'était lui qui devait se rendre à Timberline, pas elle. Ou peut-être qu'elle devait s'y rendre aussi, mais personne n'avait l'air de la connaître ici. Personne sauf Cole Pierson qui semblait avoir senti quelque chose de pas clair dans son histoire.

— Vous pensez qu'il était en route pour Timberline quand il s'est fait tuer ?

— Aucune idée, lui répondit Bud en haussant les épaules. Je n'espère pas. La ville a déjà bien assez de problèmes avec les Lords.

Fin du reportage. Denny baissa le son, et Caroline reprit son souffle.

— Je peux avoir mon repas ?

— Ah oui, désolé, fit Bud en posant le sac sur le comptoir. La serviette et les couverts sont à l'intérieur.

— Merci, gardez la monnaie, lui dit-elle en lui tendant un billet de vingt.

— Prête ? lui demanda alors Cole qui était déjà debout.

— Oui, oui, lui dit-elle en remarquant le regard étonné de Bud. Comme il pleut, Cole va me ramener chez moi.

— Bonne idée, déclara Bud en les saluant de la main. Bonne soirée !

Caroline se retourna et serra le sac contre sa poitrine.

Maintenant, si Cole la tuait et jetait son corps dans les bois, quelqu'un pourrait faire le lien avec sa disparation, pensa-t-elle en ne plaisantant qu'à moitié.

Cole était-il au courant du lien de Johnny Diamond avec les Lords of Chaos ? Peut-être était-il lui aussi un membre de ce gang ? Elle se demanda s'il était tatoué…

Tandis qu'il lui tenait la porte du restaurant, elle regarda sa main et son poignet mais n'y découvrit nulle trace de tatouages.

— Venez, lui dit-il en ouvrant son parapluie. Je ne suis garé qu'à quelques mètres.

Les phares d'une petite berline clignotèrent, et Cole lui ouvrit la portière pour qu'elle se glisse à l'intérieur. Quand il referma la portière, elle jeta un rapide coup d'œil au tableau de bord et sur les sièges arrière.

Pas d'armes, pas de cadavres. Tout allait bien se passer, se dit-elle pour se rassurer.

Cole entra dans le véhicule et se glissa sur son siège après avoir jeté son parapluie trempé à l'arrière.

— Waouh, quel déluge. Même avec un parapluie, vous auriez été trempée jusqu'aux os.

— Oui, encore merci.

Il fit démarrer la voiture puis se tourna vers elle et l'observa un instant.

— C'est un plaisir.

— C'est tout droit, lui indiqua-t-elle en coinçant ses mains entre ses genoux.

— Jusqu'au bout de la rue, là où il n'y a plus de commerces ?

— C'est ça.

Cole s'engagea sur la route inondée et se rapprocha du pare-brise.

— Incroyable qu'une ville de la région de Washington n'ait pas un meilleur système d'écoulement des eaux.

— Timberline est une vieille ville.

— Un peu de tout l'argent que génère Evergreen Software pourrait quand même être investi dans l'infrastructure de la ville, vous ne croyez pas ?

— Linda dit que ça a changé beaucoup de choses, lui répondit Caroline avant de tapoter la vitre du doigt. Voilà, c'est un peu plus haut à droite, là où il y a deux lumières jaunes.

— Attendez, je vais vous aider, lui dit Cole après s'être garé dans l'allée du parking.

Il attrapa son parapluie sur le siège arrière puis poussa sa portière et le déploya avant de sortir. Deux secondes plus tard, il ouvrait la portière de Caroline en tenant le parapluie au-dessus de sa tête, oubliant son propre confort.

Il resta à ses côtés sur le chemin jusqu'au porche qui était couvert.

— Vous êtes trempé, lui dit-elle en cherchant ses clés dans son sac.

— Oui, mais pas vous.

Elle se demanda tout à coup quelle était sa stratégie. Cherchait-il à se rapprocher d'elle afin qu'elle lui confie ses secrets ?

— Eh bien, maintenant, le parapluie est tout à vous, lui dit-elle en insérant sa clé dans la serrure. Merci encore et bonne chance pour votre livre.

— Bonne chance à vous, Caroline Johnson.

Le son de sa voix traîna dans l'air tandis qu'il regagnait sa voiture sous le parapluie.

Caroline laissa échapper un soupir, sa dernière phrase ressemblait à un adieu. Linda avait dû être convaincante.

Elle entra chez elle mais, en découvrant son petit salon,

elle eut tout à coup la chair de poule. Elle parcourut des yeux les étagères, les coussins sur le canapé et la pile de magazines sur la table basse.

Quelqu'un était venu chez elle.

Une peur primaire l'envahit, elle fit demi-tour et s'enfuit sous la pluie battante.

5

Cole jeta son parapluie sur le siège arrière de la voiture et passa sa main dans ses cheveux mouillés en soupirant. Il allait devoir élargir ses recherches concernant le meurtrier de Johnny Diamond. Un des agents immobiliers de la ville venait justement de lui signaler qu'une femme seule avait loué une des maisons vacantes de Timberline.

Il jeta un dernier regard à la porte de Caroline et constata que, même s'il était soulagé qu'elle ne soit pas liée à Diamond, il regrettait déjà de ne pas pouvoir passer un peu plus de temps en sa compagnie.

Toutefois Caroline ne semblait pas du tout partager cette même envie. Enfin, après ce qu'elle avait vécu avec son mari, elle devait probablement détester tous les hommes en général. Ce que Cole pouvait comprendre…

En même temps, lui-même ne s'était pas mis à haïr toute la gent féminine après son propre échec amoureux. Mais leurs histoires étaient différentes : sa femme ne l'avait pas tabassé, elle l'avait seulement trompé.

Une lueur orangée illumina soudain le porche de Caroline, et il fallut quelques minutes à Cole pour se rendre compte que c'était parce qu'elle avait rouvert sa porte. Avait-elle changé d'avis à son propos et voulait-elle l'inviter à boire un verre ? On pouvait toujours rêver.

Mais, alors qu'il plissait les yeux pour tenter de discerner quelque chose dans l'obscurité, il la vit soudain sortir de chez elle en courant puis disparaître dans la nuit. Était-elle tombée sur le sol ?

Il sortit de sa voiture et l'aperçut au pied des marches du porche. Couverte de boue, elle semblait avoir manqué une marche.

— Caroline ! cria-t-il en courant vers elle sous la pluie.

Quand elle leva les yeux vers lui, il remarqua que son visage était blême et ses yeux agrandis par ce qui ressemblait à de la peur.

— Que s'est-il passé ? lui demanda-t-il en se baissant près d'elle pour l'aider à se relever. Quelque chose ne va pas ?

— Quelqu'un…, bégaya-t-elle en claquant des dents. Quelqu'un… est entré chez moi.

Cole sentit l'adrénaline monter en lui.

— Vous pensez que cette personne est encore à l'intérieur ?

— Je… Je ne sais pas.

— Restez ici, lui dit-il en l'attirant sous l'auvent du porche.

Posant sa main sur son arme dissimulée dans la poche intérieure de sa veste, il se dirigea vers la maison. Une fois à l'intérieur, il inspecta tout avec la plus grande attention, mais rien ne semblait en désordre.

Il se déplaça silencieusement sur le parquet, passa la tête dans la cuisine pour vérifier qu'il n'y avait personne derrière le bar qui séparait la cuisine de la salle à manger, mais tout était normal.

Puis il remonta le couloir et inspecta chacune des chambres, regarda sous les lits, dans les placards et même derrière le rideau de douche.

Qu'est-ce qui avait bien pu donner à Caroline l'impression que quelqu'un s'était introduit chez elle par effraction ? Les portes et les fenêtres étaient toutes intactes.

Il rangea son arme dans sa poche et retourna sous le porche où se tenait Caroline, appuyée contre le mur.

— C'est bon, il n'y a personne.

Il passa son bras autour de ses épaules et sentit que son

corps était parcouru de tremblements. Doucement, il la guida jusqu'à l'intérieur et referma la porte derrière eux.

— Vous voulez boire quelque chose ? Un thé chaud ? Un verre de whisky ? Les deux, peut-être ? Vous êtes trempée et couverte de boue.

Caroline le regardait fixement, les bras croisés sur sa poitrine.

— C'était vous ? lui demanda-t-elle d'un ton agressif.

— Moi ? Je ne comprends pas, qu'est-ce que vous voulez dire ?

— Vous vous êtes introduit chez moi pour fouiller dans mes affaires ? Ou pour me faire peur ? continua-t-elle en agitant les bras.

— Attendez, je ne comprends pas, lui répondit-il en faisant un pas en arrière. Vous pensez que je travaille pour votre mari ou quelque chose dans le genre ?

— Je ne sais pas.

— Non, non ce n'est pas du tout le cas.

Cole ne pouvait rien lui dire des réelles raisons de sa présence à Timberline. Il faisait d'ailleurs cavalier seul sur cette enquête. Mais il voulait malgré tout la rassurer. Il voulait dissoudre cette peur qui assombrissait son regard.

— Je vous jure que je ne connais pas votre mari, mais à en croire Linda ça a l'air d'être un sacré salopard. Écoutez…, commença-t-il avant de passer sa main dans ses cheveux humides. Vous savez, mon beau-père avait l'habitude de tabasser ma mère, alors vous pouvez me croire, jamais je n'ai levé la main sur une femme ou un enfant, jamais.

— Je suis désolée pour vous, dit doucement Caroline.

— Vous n'y êtes pour rien. Comprenez seulement que je ne suis pas du côté de votre mari, je ne le connais même pas et d'ailleurs je n'ai aucune envie de le rencontrer, sauf peut-être pour lui en coller une.

— OK, j'ai compris, ce n'était pas vous, déclara Caroline en se redressant.

— Bien sûr que non, certifia Cole en regardant autour de lui. Mais, dites-moi, qu'est-ce qui vous fait penser que quelqu'un s'est introduit chez vous ? Tout m'a l'air en ordre, ici.

— Je le sais. Je suis très observatrice.

— Peut-être que Linda est passée chez vous ? Elle habite l'appartement voisin, n'est-ce pas ? Peut-être qu'elle est venue chercher quelque chose ?

Caroline secoua la tête énergiquement.

— Non, Linda ne ferait pas ce genre de choses sans me prévenir. Quelqu'un est venu ici, vous pouvez me croire.

— Et vous pensez que c'est votre ex ou qu'il a envoyé quelqu'un ?

— Peut-être, répondit-elle en se tordant les mains. Ou alors c'était un cambrioleur.

— Un cambrioleur très méticuleux dans ce cas.

— Quelqu'un qui ne veut pas être découvert.

— Mais qui ignore vos incroyables compétences de détection, ajouta Cole en souriant pour tenter de détendre l'atmosphère. Vous devriez aller vous changer, vous allez attraper froid.

— Je crois que je vais aller prendre une douche puis me réconforter en mangeant mes frites de patate douce.

— Vous voulez prévenir la police ?

— Oh non ! lâcha-t-elle en rougissant. Je n'ai aucune preuve, ils vont me prendre pour une folle.

— Vous êtes certaine que vous pouvez rester toute seule ?

— Oui, oui, ça va aller. Linda ne devrait pas tarder à rentrer de toute façon.

— Je peux rester pendant que vous prenez votre douche. Je veux dire, ici, dans le salon.

— Non, merci, vraiment, ça va. Je suis sur les nerfs, mais ça va passer.

Caroline passa devant Cole et ramassa le sac qui contenait son dîner puis ouvrit la porte d'entrée.

— Merci d'être revenu pour m'aider. Pour tout vous dire, je me sens un peu stupide maintenant.

— Je n'allais pas vous laisser allongée dans la boue.

— Ça devait être pathétique…, dit-elle en levant les yeux au ciel.

— Écoutez, vous avez eu peur et vous êtes tombée, ça peut arriver à tout le monde, conclut-il avant de poser son doigt sur ses lèvres. Mais, promis, je garderai ça pour moi.

— Bonne nuit, Cole.

— Bonne nuit, Caroline.

Il attendit qu'elle referme la porte pour se diriger vers sa voiture, tête baissée, les mains dans les poches.

Il mit le contact puis attendit que la buée disparaisse du pare-brise en regardant la porte du duplex.

Et s'il s'était trompé sur elle ? Était-il vraiment possible qu'un homme traverse tout le pays pour traquer sa femme ou — c'était encore moins probable — qu'il envoie quelqu'un pour le faire à sa place ?

Et comment Caroline pouvait-elle être à ce point certaine que quelqu'un s'était introduit chez elle en son absence ? Était-elle paranoïaque ou avait-elle de réelles raisons d'avoir peur ? Redoutait-elle la venue de son ex ou de quelqu'un de plus dangereux encore ? Comme un trafiquant de drogue qui chercherait son argent dérobé, par exemple…

En revenant à ses premiers soupçons, Cole sentit la culpabilité l'envahir. Il avait écarté la piste de Caroline après avoir parlé avec Linda Gunderson. Pour quelle raison celle-ci mentirait-elle à un inconnu inoffensif ? Pourquoi s'inventer une autre vie ?

Pour de l'argent ? Le magasin Timberline Treasures n'avait pas l'air d'être une affaire des plus prospères…

Il démarra et s'engagea sur la chaussée. Peut-être que Caroline avait demandé à Linda de la faire passer pour sa cousine en échange d'un peu d'argent. La version de Linda était on ne peut plus convaincante.

En regardant la lumière du porche de Caroline s'évanouir petit à petit dans son rétroviseur, Cole serra les dents. Il y avait trop d'incohérences dans cette histoire. Il ne pouvait être certain à cent pour cent que Caroline Johnson n'était pas la femme qu'il cherchait, celle qui était avec Johnny Diamond.

Ce qui signifiait… qu'il n'en avait pas fini avec elle.

Le lendemain matin, Caroline se servit une deuxième tasse de café pour essayer de se réveiller. La veille, elle avait attendu que Linda rentre de sa soirée de bridge, et quand elle lui avait raconté ce qu'il s'était passé celle-ci n'avait pas voulu la laisser seule dans l'appartement.

Tout cela n'était-il que le fruit de son imagination ? Elle parcourut des yeux les magazines entassés sur la table basse et les trois coussins soigneusement disposés sur le canapé.

Elle avait pris soin de disposer les éléments de cette pièce de manière à remarquer le moindre changement, et il y en avait eu de nombreux. Les bords des magazines n'étaient plus alignés et un des coussins avait été déplacé, le motif qui l'ornait était à présent de face alors qu'elle l'avait orienté sur le côté.

Cependant, si quelqu'un était bien entré chez elle, il n'avait heureusement pas découvert l'argent qu'elle avait caché sous une des lattes du parquet dans le placard dans sa chambre. Était-ce cela que l'intrus était venu chercher ?

Elle prit une nouvelle gorgée de café et soupira. Comment avait-elle pu être aussi stupide ? Jamais elle n'aurait dû montrer à Cole qu'elle était aussi terrifiée.

Il avait d'abord été compatissant, inquiet, lui avait même révélé des choses sur son passé mais, quand elle lui avait expliqué qu'elle pensait que quelqu'un était entré chez elle par effraction, elle avait immédiatement vu la lueur de doute s'allumer dans son regard.

Elle ne pouvait pas lui dire qu'elle avait tout organisé pour remarquer la moindre intrusion chez elle. Et, même si elle était sûre qu'il devait bien exister quelques maris violents qui poursuivaient leurs épouses dans tout le pays, il semblait peu probable qu'un amant agressif se faufile chez son ex uniquement pour fouiner. Il serait plus probable qu'il l'attende patiemment pour la surprendre, pas qu'il réarrange sa pile de magazines et ses coussins avant de disparaître.

Cole avait dû la prendre pour une folle ou pour une menteuse et, à bien y réfléchir, elle penchait plutôt pour la deuxième option. Lui qui la suspectait déjà d'être la femme qui se trouvait avec Johnny Diamond au motel, voilà qu'il avait maintenant de bonnes raisons de vouloir approfondir ses recherches sur elle.

D'ailleurs qui était-il vraiment ? Caroline n'avait pas le temps de faire des recherches sur Cole Pierson, mais elle se doutait qu'elle trouverait plus de choses sur lui sur Internet qu'il n'avait dû en trouver sur elle.

Son téléphone se mit soudain à vibrer, et elle reconnut sur son écran le numéro de téléphone du Dr Shipman. Peut-être cette femme était-elle la solution à tous ses problèmes… Ou le début.

— Allô !

— Caroline Johnson ?

— C'est moi-même, oui.

— Bonjour, Caroline, je suis le Dr Shipman, vous m'avez laissé un message hier.

— Oui, bonjour, merci de me rappeler, lui répondit Caroline en allant s'asseoir sur le canapé. Je me demandais si vous pouviez prendre une nouvelle patiente. J'aimerais assez commencer cette semaine si vous avez un créneau dans votre emploi du temps.

— Oui, j'ai de la place en ce moment, vous habitez Timberline ?

— Oui.

— J'ai eu une annulation cet après-midi, seriez-vous disponible pour venir à 14 heures ?

Caroline ne devait travailler à la boutique que jusqu'à midi aujourd'hui, et Linda lui avait déjà dit qu'elle pouvait emprunter sa voiture si elle en avait besoin.

— Oui, je peux être là.

— Avez-vous une assurance maladie ?

— Je… Je vous paierai en liquide si cela ne vous pose pas de problème. Combien facturez-vous la séance ?

— Soixante-quinze dollars pour une heure, mais nous pourrons en parler si c'est trop pour vous.

— Je pense que ça ira, merci. Bon, eh bien, à tout à l'heure alors, dit-elle avant de raccrocher.

Caroline se laissa aller sur le canapé, contre ces trois coussins qui avaient déclenché sa crise de panique la veille. Peut-être que Dr Shipman pourrait lui faire de l'hypnose ou quelque chose dans le même genre… Elle était prête à tout pour récupérer sa vie, quelle qu'elle soit.

Alors elle pourrait affronter Cole et lui dire la vérité. Ou prendre la fuite et se cacher jusqu'à la fin de ses jours.

Quand elle entendit les trois petits coups familiers contre sa porte, Caroline se releva et enfila ses bottines. Elle ouvrit le rideau et fit un signe de la main à Linda qui attendait sous le porche puis lui ouvrit la porte.

— Il ne pleut plus, on va peut-être avoir une accalmie aujourd'hui, dit-elle en tendant la paume de sa main vers le ciel pour attraper une dernière goutte de pluie.

— Ça serait bien d'être un peu au sec, au moins pour une journée… Comment te sens-tu ce matin ?

— Ça va, je crois que j'ai réagi de manière un peu excessive hier soir… Larry n'a aucun moyen de savoir que je suis à Timberline, lui répondit Caroline en choisissant de donner à son prétendu mari le premier prénom qui lui était passé par la tête.

— C'est parfaitement compréhensible. Ma sœur sursautait

dès qu'elle croisait un type chauve en pensant à chaque fois qu'il pouvait s'agir de son ex, lui dit Linda avant d'agiter son trousseau de clés. Allez, il est l'heure d'aller ouvrir la boutique.

Caroline se sentit soudain légèrement inquiète en suivant Linda jusqu'à sa voiture.

— En parlant de type chauve, l'homme qui est venu hier pendant que tu étais partie au café avec Cole, tu sais celui qui a acheté la grenouille en peluche ? Il avait la tête rasée et il m'a dit qu'il avait vécu ici dans le passé et qu'il revenait pour les affaires, ça te dit quelque chose ?

— Je n'ai pas entendu parler de gens qui soient revenus ici dernièrement... Pourquoi tu me demandes ça ?

— Je ne sais pas. Cet homme semblait..., dit-elle en secouant la tête. Non, rien du tout, en fait je crois que mon imagination me joue des tours en ce moment.

— Tu sais, Caroline, reprit Linda en s'installant au volant, je crois que tu n'as aucune raison de t'inquiéter. Ce charmant Cole Pierson n'est venu à Timberline que pour écrire son livre, et je pense que l'intérêt qu'il te porte est purement et simplement romantique.

Linda n'avait aucune idée de qui était véritablement Cole... Caroline l'ignorait également, mais elle savait que ce n'était pas de la romance qu'elle voyait briller dans ses yeux quand il la regardait... Surtout pas depuis qu'elle s'était livrée à lui.

— Oui, mais je ne suis pas prête pour ce genre de choses. Et puis, même si c'était le cas, j'apprécierais que tu continues à garder tout ça secret. S'il découvre que je ne suis pas celle qu'il croit, la nouvelle fera vite le tour de Timberline et j'ai toujours peur que Larry soit à ma recherche.

— Je ne lui dirai rien, lui répondit Linda en posant un doigt sur ses lèvres.

Mais, tandis que Linda engageait la voiture sur la route,

Caroline eut soudain le sentiment que Cole n'aurait pas grand-chose à faire pour que Linda lui révèle tout.

Quand elles entrèrent dans la boutique, Caroline se souvint tout à coup de son rendez-vous chez le Dr Shipman et décida d'en faire part à Linda.

— Tu es toujours d'accord pour que je t'emprunte ta voiture ? Je devrais être de retour vers 17 heures.

— Bien sûr. Je crois que tu fais bien d'aller parler à quelqu'un, et on m'a dit le plus grand bien de ce psychologue.

Le téléphone retentit soudain, et Linda s'empressa de décrocher. Pendant qu'elle parlait à son interlocuteur, la sonnette de la porte d'entrée retentit et Cole fit son apparition dans le magasin.

Caroline déglutit avec peine. Elle devait faire quelque chose pour tenter de regagner sa confiance.

— J'ai pensé que vous ne sécheriez jamais après votre douche d'hier soir, lui lança-t-elle en lui adressant un immense sourire.

Mais celui-ci n'eut pas l'effet escompté, et Cole haussa les sourcils avec un air étonné. Peut-être avait-elle sauté des étapes…

— J'ai pris une douche chaude suivie d'un bon whisky au bar de mon hôtel, ce qui m'a réchauffé rapidement. Et vous ? Vous vous sentez mieux aujourd'hui ?

— Oui, merci, lui répondit-elle en se couvrant le visage des mains. Je suis désolée d'avoir réagi de la sorte, vous avez dû me prendre pour une hystérique. Je crois que j'étais à bout de nerfs.

— Donc vous ne pensez plus que quelqu'un est entré chez vous par effraction pour fouiller dans vos affaires ? Ni que cela aurait pu être moi ?

— Est-ce que je vous ai accusé ? lui demanda-t-elle en ouvrant ses doigts pour le regarder. Je suis idiote, personne n'est venu. Si mon ex voulait vraiment me voir, il viendrait me voir directement et en personne. C'est nettement plus son genre, d'ailleurs. Enfin, cela ne risque pas d'arriver puisque je ne lui ai jamais parlé de la famille de ma mère et qu'il n'a probablement jamais entendu parler de Timberline.

— Je suis content d'entendre ça et de savoir que vous vous sentez mieux, affirma Cole en hochant la tête. Je venais justement pour prendre de vos nouvelles.

— Bonjour, Cole, lui lança soudain Linda qui venait de raccrocher.

Elle se tourna vers Caroline.

— Je suis désolée, ajouta-t-elle, mais en fait je ne peux plus te prêter ma voiture pour aller à Port Angeles.

— Oh…

Caroline serra les poings. Pourquoi Linda parlait-elle de ses affaires personnelles devant Cole ? Bien sûr elle pensait que cet homme n'était qu'un inoffensif écrivain et ignorait qu'il était en réalité à la recherche de la dernière personne qui s'était trouvée en compagnie de Johnny Diamond, mais tout de même… En quoi cela le regardait-il ?

— C'était mon mécanicien, Louie. La pièce qu'il a commandée pour ma voiture il y a plus d'une semaine est enfin arrivée et il voudrait s'en occuper cet après-midi.

— Port Angeles ? répéta Cole en fourrant sa main dans son jean. J'ai prévu de m'y rendre ce matin.

Comme c'est étonnant…, pensa Caroline.

— C'est très gentil, mais je ne dois y aller que cet après-midi, lui répondit-elle en passant sa main dans ses cheveux. Ne t'en fais pas, Linda, je vais déplacer mon rendez-vous.

— Je peux attendre jusqu'à cet après-midi, l'interrompit Cole. Je dois seulement me rendre à la bibliothèque qui est plus grande que celle de Timberline et qui possède des articles sur des microfilms qui n'ont pas encore été mis en ligne. Cela ne me dérange pas du tout de partir plus tard.

— Parfait, conclut Linda en tapant des mains. C'est mieux que tu n'annules pas ton rendez-vous, Caroline.

Peut-être même que vous pourrez déjeuner en chemin, tu peux partir avant midi, si tu veux.

Linda semblait adorer jouer les entremetteuses, se dit Caroline. Cole avait vraiment dû lui faire bonne impression.

Mais Caroline n'avait pas du tout envie de se retrouver coincée en voiture avec lui. Cependant, si elle refusait, elle risquait à nouveau d'éveiller ses soupçons.

— Je… Je n'ai pas besoin de déjeuner. J'ai apporté les restes de mon dîner d'hier soir.

— Pas de problème pour sauter la pause déjeuner, je serai ravi de vous conduire jusqu'à Port Angeles, savez-vous combien de temps va durer votre rendez-vous ?

— Environ une heure.

— Marché conclu, alors. Sauf si vous pensez encore que je me suis introduit chez vous hier soir…

— Caroline ! intervint Linda en écarquillant les yeux. Tu as vraiment imaginé une chose pareille ?

Génial, pensa Caroline. Maintenant elle avait véritablement l'air d'une pauvre fille perturbée, et si elle refusait l'offre d'un homme aussi respectable que Cole, elle passerait pour une folle. Comment pouvait-elle justifier son comportement ?

— J'étais juste paniqué, répliqua-t-elle. Cole, si cela ne vous dérange vraiment pas, je serai ravie d'accepter votre offre.

— C'est réglé, alors. Je passerai vous chercher à midi.

Caroline attendit que Cole sorte de la boutique pour se retourner vers Linda.

— Est-ce que tu essayes de nous rapprocher ?

— C'est si évident ?

— Linda, je suis sérieuse. Je ne veux pas m'engager dans une histoire pour le moment. J'ai besoin de comprendre comment j'ai pu supporter un mari violent comme Larry avant de pouvoir me lancer dans une nouvelle relation.

— Je sais, ma chérie, lui répondit Linda en posant sa main sur son épaule. Mais ce serait une bonne chose de te voir en compagnie d'un homme bon et, tu peux me croire, Cole Pierson en est un.

Un bon menteur, oui, pensa Caroline en la prenant dans ses bras.

— J'apprécie que tu te soucies de mon bien-être, mais je suis certaine que Cole doit avoir un million de femmes qui l'attendent chez lui, où que ce soit. À ce propos, t'a-t-il dit d'où il venait ?

— Il vit à San Diego avec son chien qui s'appelle Thor, et c'est sa sœur qui le garde quand il part en voyage.

Cole semblait avoir bien mieux travaillé sa couverture qu'elle ne l'avait fait, songea Caroline en soupirant.

Le reste de la matinée passa rapidement, et midi arriva bien plus vite qu'elle ne l'aurait souhaité.

— Vous êtes prête ? lui lança Cole en entrouvrant la porte de la boutique.

— Dans un instant. Vous êtes vraiment sûr que cela ne vous dérange pas ?

— Pas du tout, comme je vous l'ai dit, j'avais prévu de me rendre à Port Angeles aujourd'hui, lui rappela-t-il avant de faire un clin d'œil à Linda. Qu'en dites-vous, madame la patronne ? Pouvez-vous libérer votre employée ?

— Bien sûr, amusez-vous bien !

Caroline regarda Cole et leva les yeux au ciel afin qu'il comprenne qu'elle n'avait pas arrangé ce plan avec Linda. Cependant, elle se demandait si cela ne serait pas mieux qu'il pense qu'elle avait le béguin pour lui. Cela le distrairait peut-être de ses soupçons.

— Elle croit bien faire, lui dit Cole en lui ouvrant la portière de sa voiture.

Puis, sans attendre sa réponse, il claqua la porte derrière elle et vint s'asseoir au volant.

— Pouvez-vous me donner l'adresse de votre rendez-vous à Port Angeles pour que je la rentre dans mon GPS ?

Caroline plongea la main dans son sac, en sortit le

morceau de papier sur lequel elle avait écrit les coordonnées du Dr Shipman et lut son adresse à Cole.

— Linda m'a dit que vous habitiez San Diego ? Depuis combien de temps ?

— Depuis ma naissance. Vous y avez déjà été ?

— Je…, commença-t-elle en se rendant soudain compte qu'elle n'en avait aucune idée. J'y suis allée une fois quand j'étais enfant. Et ça fait longtemps que vous écrivez des guides de voyage ?

— C'est mon premier essai.

Bon, pensa Caroline, au moins là-dessus il ne mentait pas. Le reste de la conversation ne serait probablement que de la pure fiction, mais elle comptait bien le bombarder de questions pendant tout le trajet pour éviter qu'il ne lui en pose.

Quand ils atteignirent Port Angeles, elle était épuisée. Elle avait réussi à préserver son intimité, et Cole avait semblé si heureux de lui parler de son grand chien baveux qu'elle pensait maintenant que celui-ci devait réellement exister.

La voix du GPS leur indiqua le chemin jusqu'à la rue du Dr Shipman.

— Je vous dépose devant et je reviens vous chercher dans une heure, OK ? lui demanda-t-il en stationnant un instant devant un immeuble à deux étages. Vous voulez prendre mon numéro de téléphone au cas où vous auriez du retard ?

— Écrivez-le là-dessus, lui répondit-elle en lui tendant un morceau de papier pour éviter de lui montrer son téléphone prépayé.

— Je dois avoir un stylo là-dedans, dit-il en se penchant vers la boîte à gants.

Quand Caroline sentit sa chevelure épaisse frôler ses mains, elle dut se concentrer pour réprimer une soudaine envie de les caresser.

— Je vous attendrai ici, dans une heure, lui dit-il en lui tendant le papier sur lequel il avait griffonné son numéro de téléphone.

— OK, merci.

Elle attendit qu'il disparaisse pour entrer dans l'immeuble. Cole ne lui avait pas demandé quelle était la nature de son rendez-vous, et elle ne lui avait rien révélé non plus.

En effet, chaque fois qu'elle lui disait quelque chose, elle devait en mesurer les effets et les conséquences. Elle savait qu'elle serait soulagée quand il quitterait Timberline. Enfin, son visage maintenant familier lui manquerait probablement un peu, mais elle avait d'autres chats à fouetter et devait au plus vite tenter de retrouver la mémoire.

En montant les escaliers qui conduisaient au bureau du Dr Shipman, elle prit une profonde inspiration puis ouvrit la porte et passa la tête dans la salle d'attente.

Une plante en pot était posée dans un coin de la pièce, et deux chaises étaient disposées autour d'une petite table recouverte de magazines.

Caroline entra et, suivant les instructions qui étaient placardées au mur, alla appuyer sur le bouton rouge pour signaler sa présence.

Puis elle s'assit sur le bord d'une des chaises et croisa les bras. Qu'allait-elle bien pouvoir découvrir sur elle-même ? Peut-être faisait-elle une terrible erreur et serait-il préférable de rester dans une ignorance bienheureuse ?

La porte s'ouvrit soudain, et Caroline sursauta.

Une femme entra dans la pièce, un léger sourire aux lèvres.

— Vous êtes Caroline ?

— C'est moi-même, lui répondit-elle en se levant pour lui tendre la main. Merci de me recevoir si rapidement, docteur.

— Appelez-moi Julie, et ne vous en faites pas, c'est vous qui m'avez rendu service en remplaçant mon annulation, dit-elle en lui tenant la porte ouverte. Entrez donc.

Caroline entra presque sur la pointe des pieds dans le bureau qui baignait dans une lumière douce et qui était décoré de meubles chaleureux.

— Où dois-je m'asseoir ? lança-t-elle en promenant son regard du fauteuil à la banquette.

— Où vous voulez.

Caroline s'installa sur le canapé juste au cas où elle devrait s'allonger, et Julie prit place dans le fauteuil en face d'elle.

— Voulez-vous un verre d'eau ? Un café, un thé ?

— Non, merci.

Julie croisa ses mains sur ses genoux sans se départir de son sourire.

— Eh bien vous pouvez commencer. Dites-moi ce que vous avez en tête ou pourquoi vous êtes venue me voir aujourd'hui.

— Puis-je d'abord vous poser une question ?

— Bien sûr.

— Ce que je vais vous dire ici..., dit Caroline en dessinant un cercle du bout du doigt. C'est confidentiel, n'est-ce pas ? Vous ne pourrez en parler à personne, pas même à la police ?

— Tout à fait, lui répondit la femme sans changer d'expression. Sauf si vous représentez un danger pour vous-même ou pour les autres.

— Ce n'est pas le cas, lui assura Caroline en se laissant aller contre le dossier du canapé.

Julie prit une gorgée de sa tasse de thé en attendant patiemment que Caroline poursuive.

— Je ne sais pas qui je suis, lui dit enfin Caroline en se frottant les yeux. Je suis amnésique.

— Depuis combien de temps êtes-vous dans cet état ? lui demanda Julie en fronçant les sourcils.

— Presque une semaine.

— Pourquoi ne voulez-vous pas aller voir la police ?

Caroline se mordit la lèvre inférieure. Si elle lui révélait la vérité, le Dr Shipman allait-elle croire qu'elle avait tué Johnny Diamond ? Si c'était le cas, elle ne serait plus protégée par le secret professionnel. Elle devait être vigilante.

En se penchant en avant, elle attrapa un mouchoir dans la boîte qui était posée sur la petite table basse à côté du canapé et essuya sa pommette droite pour révéler le bleu qu'elle avait maquillé.

— J'ai des raisons de croire que je suis une victime de violences conjugales.

— Avez-vous aussi reçu un coup à la tête ? Une blessure qui pourrait expliquer votre perte de mémoire ?

— Oui, affirma Caroline en se frottant l'arrière du crâne. J'ai peur que mon mari ou mon compagnon ne soit à ma recherche. Je crois que je suis en fuite.

— Est-ce que c'est pour ça que vous m'avez demandé des informations sur l'hypnose dans votre message ? s'enquit Julie en croisant ses mains l'une contre l'autre.

— Oui, j'espère, par l'hypnose, pouvoir retrouver mes souvenirs.

— Vous n'avez pas de sac à main, pas de papiers d'identité ?

— Rien. J'ai regardé sur Internet les listes des avis de recherche de personnes disparues, mais je n'ai rien trouvé. Je voudrais juste connaître mon identité, et alors j'imagine que je comprendrai où je dois aller et ce que je dois faire.

— Pourquoi êtes-vous à Timberline ? Est-ce que c'est là que vous vous êtes… réveillée ?

— J'ai repris connaissance dans un parc à Seattle. J'ai trouvé dans la poche de ma veste un peu d'argent et un morceau de papier sur lequel était écrit le nom de cette ville. Alors je me suis débrouillée pour venir jusqu'ici en pensant que ma famille y vivait peut-être ou que j'y découvrirais quelque chose qui pourrait m'aider.

— Mais vous n'avez rien trouvé ?

— J'ai rencontré une femme adorable qui m'a aidée, mais j'ai pensé qu'il fallait que je fasse quelque chose puisque ma mémoire ne semblait pas vouloir revenir toute seule. Alors je me suis dit que venir vous voir pourrait être une bonne idée.

— Il se pourrait bien que votre mémoire ait été endommagée par un traumatisme, mais espérons que vous n'aurez pas à en subir un nouveau pour la retrouver, lui répondit le Dr Shipman en se levant de son fauteuil pour se rendre à son bureau. Seriez-vous d'accord pour essayer quelque chose tout de suite ? Je voudrais juste tester votre sensibilité.

— Bien sûr, approuva Caroline en sentant les battements de son cœur s'accélérer.

— Vous devez d'abord remplir un formulaire, poursuivit le Dr Shipman en ouvrant un tiroir avant de lever les yeux vers Caroline. Est-ce que Caroline Johnson est un nom inventé ?

— Oui.

— Bon, c'est le seul nom que vous avez pour le moment donc vous allez signer en tant que telle, continua-t-elle en revenant vers elle pour lui tendre une feuille de papier.

Caroline prit le formulaire, le parcourut rapidement des yeux et le signa. Aucun des avertissements énumérés sur ce bout de papier ne pouvait être pire pour elle que l'enfer des limbes dans lequel elle errait.

— Et maintenant ? demanda-t-elle à la thérapeute en relevant les yeux vers elle.

— Je me sers d'un pendentif, lui répondit le Dr Shipman en lui montrant une chaîne à laquelle était accrochée une médaille argentée. Cela pourrait être n'importe quel objet, mais j'aime travailler avec celui-ci. Gardez bien les yeux sur la médaille. Détendez-vous, clarifiez votre esprit, respirez profondément et ne vous concentrez sur rien en particulier.

— Si j'arrive à me détendre, ce sera la première fois depuis que ce cauchemar a commencé.

— Ce qui explique peut-être pourquoi les souvenirs ne reviennent pas. Quand je claquerai des doigts, et que je vous demanderai de vous réveiller, la séance sera terminée.

Le Dr Shipman se rapprocha de Caroline et laissa la médaille se balancer devant ses yeux.

— Ouvrez votre esprit, Caroline. Lâchez prise. Laissez tomber toutes les barrières.

En écoutant la voix de Julie, égale et relaxante, Caroline se concentra sur le disque brillant et essaya de détendre chaque partie de son corps, de sa tête jusqu'à ses orteils. Elle sentit sa respiration devenir plus profonde et, bientôt, elle battit des cils et commença à lutter pour continuer à regarder la médaille brillante qui pour elle représentait maintenant une sorte de bouée de sauvetage.

Soudain le pendentif disparut. La pièce s'évanouit. Son corps flottait dans les airs.

Un paysage désertique, austère et rocailleux, avait envahi son esprit. Des gens se pressaient contre elle, l'étouffaient, la retenaient prisonnière.

Elle s'emportait contre eux — sa famille. Elle devait s'enfuir au loin.

Une voix de femme, douce et bienveillante, lui posait des questions, et elle répondait, parce que cette femme ne faisait pas partie de sa famille. Elle pouvait lui parler même si elle n'entendait pas ses questions et n'entendait pas non plus les réponses qu'elle lui donnait.

Cette femme pourrait-elle l'aider à s'enfuir ? Elle devait s'échapper. Elle devait survivre et rentrer chez elle. Dans le désert ? C'était sa maison et pourtant… Ça ne l'était pas.

Le sommeil l'enveloppait, et elle sentait sa langue devenir si lourde qu'elle ne pouvait plus prononcer aucun mot. Cette gentille dame allait-elle l'abandonner ? Allait-elle devoir s'en sortir toute seule ?

— Caroline ?

Ce nom étrange semblait flotter dans sa conscience. Elle ne connaissait pas de Caroline.

— Caroline ? Réveillez-vous.

La voix était réconfortante, mais était destinée à Caroline, pas à elle.

— Caroline, réveillez-vous.

Un claquement la fit soudain sortir de sa léthargie, et elle reprit ses esprits. « Quand je claquerai des doigts… la séance sera terminée. »

Elle passa une main sur son visage, sa langue sur ses dents. Caroline. Elle était Caroline. Elle ouvrit les yeux, croisa le regard clair du Dr Shipman et remonta à la surface.

— Comment vous sentez-vous ?

— Ça dépend. Que s'est-il passé ? lança Caroline en réunissant ses cheveux en une queue-de-cheval. Je me souviens avoir vu un désert, très différent des paysages de l'État de Washington, et je suis maintenant certaine que mon prénom n'est pas Caroline.

— Quand je vous ai demandé où vous vous trouviez, vous m'avez répondu que vous étiez chez vous, mais vous ne m'avez pas dit où cela se trouvait. Vous aviez de la famille là-bas, mais apparemment vous essayiez de vous enfuir loin d'eux.

— Peut-être, commença Caroline en se touchant la joue du bout des doigts. Peut-être que c'est arrivé chez moi, dans ma famille. Peut-être que mon mari vit avec ma famille et que tout le monde là-bas veut que je reste à ses côtés. J'ai eu l'impression que je faisais partie d'une famille nombreuse.

— Est-ce que ce scénario vous semble probable ? s'enquit le Dr Shipman en posant sa main sur son cœur. Est-ce que ça résonne en vous ?

— Je connaissais le groupe de gens dans le désert. Ils doivent faire partie des miens. Peut-être que c'est pour ça que personne ne me recherche.

Johnny Diamond pouvait-il être un membre de sa famille ?

— Voulez-vous qu'on continue la semaine prochaine ?

— Absolument, lui répondit Caroline en faisant glisser ses mains sur ses cuisses. Alors je suis assez sensible pour faire de l'hypnose, et vous pensez que je vais pouvoir retrouver la mémoire ?

— Je crois que c'est possible, en effet. Mais dites-moi,

en attendant, vous sentez-vous en sécurité ? lui demanda la psychologue en rangeant son pendentif. Cette page blanche que vous affrontez chaque jour doit être terrifiante.

Caroline se remémora soudain l'homme qui devait venir la chercher. Elle se sentait en sécurité avec Cole, enfin tant qu'il ignorait ses secrets. Il émanait de lui une assurance qui la sécurisait. Mais était-il possible de se sentir rassurée par quelqu'un qui vous rendait également aussi nerveuse ?

— Caroline ? Vous êtes en sécurité, n'est-ce pas ?

— Oui, pour le moment en tout cas, affirma-t-elle en se levant du canapé.

Après avoir payé le Dr Shipman en liquide et fixé la date et l'horaire de leur prochain rendez-vous, Caroline quitta le bureau et redescendit dans le hall de l'immeuble. Mais alors qu'elle allait sortir, la porte d'entrée s'ouvrit et elle s'immobilisa.

Un homme à la peau sombre, avec des cheveux bruns et crépus entra et prit la direction du bureau en gardant la tête baissée.

Caroline détourna le regard, le laissa passer puis sortit. Tout le monde avait droit à son intimité.

Une fois dehors, elle regarda la rue des deux côtés. Elle ne voulait pas que Cole voie qu'elle sortait du cabinet d'un psychothérapeute, même si cela était tout à fait cohérent avec son histoire. Pour quelles raisons la complice de Johnny Diamond ou même son assassin voudrait-elle consulter un psy ?

En fait, à bien y réfléchir, son rendez-vous avec le Dr Shipman pourrait même être l'élément qui la disculperait définitivement aux yeux de Cole.

Caroline lâcha un profond soupir et avança sur le trottoir en apercevant la voiture de Cole. Elle lui fit un signe de la main puis vint ouvrir la portière côté passager.

— Est-ce que vos recherches ont été bonnes ? lui demanda-t-elle en déposant son sac sur le siège arrière.

— Oui, acquiesça-t-il en opinant du chef. Et vous, tout s'est bien passé pour votre… rendez-vous ?

— Oh vous savez, ce n'est pas un secret, lui répondit-elle en se lissant les cheveux de la main. Je suis allée voir un psychologue.

— Vraiment ? s'exclama-t-il d'un ton surpris.

— Linda pensait que ce serait une bonne idée, et après avoir discuté avec ce médecin je dois reconnaître qu'elle avait raison.

Caroline décida qu'elle en avait assez dit. Elle n'allait sûrement pas lui parler de l'hypnose ni de ce qu'elle avait découvert pendant la séance.

— C'est une bonne chose. Est-ce que c'est le Dr Shipman ? J'ai vu son nom sur la plaque en bas de l'immeuble quand je vous ai déposée tout à l'heure.

— Oui, elle m'a bien plu.

— Bien. Vous aviez déjà vécu une relation violente avant ?

Il leva une main en l'air et ajouta :

— Vous pouvez me dire de me mêler de mes oignons si vous voulez.

Caroline en avait déjà eu maintes fois l'envie, mais pour une fois ce n'était pas le cas.

— Non, c'était la première et la dernière fois.

— C'est bon à entendre, ma mère n'est pas restée longtemps avec mon beau-père, non plus.

Encore une fois, Caroline le laissa parler pour ne pas entrer dans les détails de sa relation imaginaire avec ce Larry.

— Allez, allons célébrer cette belle nouvelle, lança-t-il soudain en posant ses mains sur le volant.

— Célébrer ?

— Je sais que vous avez déjeuné avant que nous partions, mais moi je n'ai rien mangé. Est-ce que vous voulez prendre quelque chose d'autre ou juste un café, avant que nous ne rentrions à Timberline ?

— Avec plaisir.

Pour une fois, elle était sincère, elle se sentait bien. La thérapie semblait avoir dissipé la méfiance de Cole à son égard, et avec l'aide du Dr Shipman elle allait réussir à retrouver la mémoire. Pour la première fois depuis qu'elle avait repris connaissance au Stardust Motel, Caroline avait de l'espoir.

Tout en conduisant, Cole tourna la tête pour la regarder.

— Restaurant ou café ?

— C'est vous qui voulez manger, alors choisissez. Moi, je peux prendre un café n'importe où.

Cole gara la voiture sur un parking devant un café à la devanture bleue et blanche.

— Je pense que je pourrai trouver un sandwich ici.

Il descendit de la voiture et claqua la porte. Mais, tandis qu'il faisait le tour de la voiture pour venir lui ouvrir, Caroline déverrouilla sa porte elle-même.

— J'ai laissé ma veste sur le siège, lui dit-il en lui montrant du doigt l'arrière de la voiture. Pourriez-vous la prendre avec votre sac à main ?

— Bien sûr, lui répondit-elle.

En attrapant la veste de Cole, elle fit tomber son portefeuille sur le sol. Du bout des doigts, elle le prit et le glissa discrètement dans son sac à main.

Puis elle sortit de la voiture.

— Voilà, lui dit-elle en lui tendant sa veste.

— Merci.

Caroline retint son souffle. Allait-il remarquer tout de suite la disparition de son portefeuille ?

Mais Cole ne prit même pas la peine d'enfiler son manteau et, posant la main sur son bras, il la conduisit sans attendre à l'intérieur du restaurant.

À leur entrée, la serveuse leur dit qu'ils pouvaient s'installer où bon leur semblait, et ils prirent place autour d'une petite table dans un coin de la pièce.

— Merci, mais je vais d'abord aller me rafraîchir, dit-elle

à Cole qui lui tendait un des deux menus. Si la serveuse vient, pouvez-vous me commander un cappuccino ?

Le cœur battant, elle fonça vers les toilettes. Après être entrée dans l'une des cabines, elle verrouilla la porte derrière elle et s'appuya contre la paroi pour prendre une profonde respiration.

Même si cela n'avait pas été prémédité, c'était la deuxième fois cette semaine qu'elle volait quelque chose à quelqu'un. Cependant, même si Cole semblait lui faire confiance, elle ne pouvait pas baisser sa garde. Comme lui, elle devait coûte que coûte découvrir sa véritable identité.

Les mains tremblantes, elle ouvrit la fermeture Éclair de son sac, s'empara du portefeuille et l'ouvrit.

Elle découvrit d'abord une photo de lui sur son permis de conduire californien. Il n'avait donc pas menti sur ses origines. Ignorant l'argent liquide qui était dans le porte-monnaie, elle attrapa du bout des doigts les papiers qui étaient rangés derrière son permis.

En découvrant les lettres dorées sur la première carte, elle sentit soudain sa vision se troubler et se laissa glisser le long de la porte jusqu'à s'accroupir.

Cole Pierson était un agent de la DEA. Il était donc bien à la recherche de la femme soupçonnée d'avoir tué Johnny Diamond et d'avoir volé l'argent de la drogue.

Cole la recherchait.

Elle.

6

Cole commanda un cappuccino pour Caroline ainsi qu'un sandwich et un soda pour lui. Quand son téléphone se mit à sonner, il se sentit immédiatement soulagé en découvrant que c'était sa sœur qui l'appelait et non pas l'agence. La dernière chose dont il avait besoin pour le moment était d'avoir son boss sur le dos. Seul son coéquipier, Craig Delgado, savait qu'il avait prétexté des vacances pour enquêter sur le meurtre de Diamond. Cole avait travaillé bien trop longtemps sur le cas de Diamond pour le laisser tomber, même si sa carrière de criminel était maintenant bel et bien finie.

— Salut, Kristi, je ne peux pas trop te parler, que se passe-t-il ?

Sa sœur ricana à l'autre bout du fil.

— Pourquoi tu me demandes ce qu'il se passe si tu ne peux pas me parler ?

— Simple politesse, en fait je suis en train de bosser.

— OK, j'appelais juste pour papoter. Rappelle-moi quand tu ne seras plus occupé avec des trucs hyper importants de la DEA.

— Tout va bien ?

— Relax, grand frère, tu sais que j'ai un mari qui veille sur moi maintenant. Oui, tout va bien.

— Alors, je te rappellerai plus tard, lui dit-il avant de

raccrocher et de ranger son téléphone dans la poche de sa veste.

Mais soudain il fronça les sourcils et regarda dans son autre poche.

Avait-il laissé son portefeuille au bureau du shérif ? Il souleva sa veste, regarda sur et sous le siège puis vérifia la poche intérieure qu'il n'utilisait jamais.

Il avait jeté sa veste sur le siège arrière de la voiture en quittant le commissariat et il était certain de ne pas avoir sorti son portefeuille de la journée. Celui-ci avait dû glisser au sol.

Il jeta un œil vers les toilettes puis fit un signe de la main à la serveuse.

— Je vais vérifier quelque chose dans ma voiture, pourriez-vous prévenir mon amie si elle revient avant moi ?

— Bien sûr.

Cole enfila sa veste et courut jusqu'au parking. Puis, il ouvrit la portière arrière de sa voiture et la fouilla de fond en comble.

Caroline avait également mis son sac à l'arrière. Et c'était elle qui avait récupéré sa veste pour lui. Qu'avait-elle récupéré d'autre ? Le suspectait-elle encore d'être au service de son mari ?

Il claqua la portière et s'appuya un instant contre le véhicule. Qu'allait-elle découvrir en fouillant dans son portefeuille ? Il avait laissé son badge à l'abri dans sa chambre d'hôtel, mais il avait toujours sur lui des cartes de visite pour se présenter aux autorités locales.

Caroline n'allait donc pas tarder à savoir qu'il travaillait pour la DEA… et qu'il lui avait menti.

L'idée qu'elle puisse le prendre pour un menteur et penser qu'il n'était pas digne de confiance ouvrit une brèche dans son cœur. Trop de gens avaient abusé d'elle dans sa vie. Et il ne voulait pas être comme eux.

Cole secoua la tête. Tout cela n'avait pas tant d'importance, si ?

De toute façon, il allait bientôt devoir clore son enquête à Timberline — celle-ci ne menait à rien — et alors il rentrerait chez lui pour reprendre son travail… Quant à Caroline, elle essaierait probablement de recoller tous les morceaux de sa vie brisée en restant auprès de sa cousine dans cette petite ville tranquille.

Mais qui sait ? S'ils pouvaient profiter un peu l'un de l'autre pendant une semaine, peut-être réussirait-il à la réconcilier avec les hommes ? Caroline pourrait comprendre pourquoi Cole avait dû lui cacher sa véritable identité, tout comme il comprenait pour quelle raison elle lui avait subtilisé son portefeuille.

Bercé de ces douces illusions, Cole verrouilla sa voiture et retourna vers le restaurant. En passant la porte, il croisa les grands yeux clairs de Caroline qui le fixait par-dessus sa tasse de café.

— Est-ce que tout va bien ?

— Je pensais avoir laissé mon portefeuille dans la voiture, lui expliqua-t-il en se glissant sur le siège en face d'elle.

— Oh ! dit-elle en rougissant avant de chercher dans son sac. Tenez, c'est moi qui l'aie.

Il la regarda jeter sur la table son portefeuille puis reprendre une gorgée de son café comme si de rien n'était.

— Je… Je n'ai pas pris votre argent, ajouta-t-elle en levant les yeux vers lui.

Puis elle se couvrit la bouche d'une main et éclata de rire. Cole reconnut immédiatement sa nervosité mal dissimulée.

— Comment s'est-il retrouvé dans votre sac à main ?

— Il est tombé quand j'ai pris votre manteau à l'arrière de la voiture, et je l'ai mis dans mon sac. C'était plus rapide que d'essayer de le ranger dans l'une de vos poches. Désolée.

— Caroline, lui répondit-il en prenant sa main dans la sienne pour jouer avec ses doigts. Il n'y a pas de problème, vous pouvez être sincère avec moi, vous me suspectez toujours d'avoir un lien avec… Larry, c'est ça ? Je peux comprendre que vous ayez eu envie de prendre mon portefeuille pour vérifier.

— Je… Je…

Il posa un doigt sur ses lèvres pour l'empêcher de mentir davantage.

— Je ne vous en veux pas, je vous comprends.

— Je suis désolée.

— Et maintenant vous savez que je travaille pour la DEA et que je n'écris pas un livre, lui dit-il en serrant sa main avant de la lâcher pour étendre sa serviette sur ses genoux.

— J'ai compris cela en effet. Je suis vraiment désolée, lui répondit-elle en faisant une légère grimace. Est-ce que vous allez devoir me tuer maintenant ?

— Très drôle. En fait, je travaille sur une affaire pendant mon temps libre.

— Qu'est-ce que ça veut dire ? Si vous pouvez m'en parler, bien sûr.

— Officiellement, je suis en vacances, lui dit-il en retirant la laitue de son sandwich pour la poser sur le bord de son assiette.

— Vous avez une drôle de manière de profiter de vos congés.

— C'est parce que je traque un homme depuis longtemps. Il a été retrouvé mort il y a peu de temps, mais un tas de questions sont restées sans réponses sur lui et… sur ses derniers instants.

Cole mordit à pleines dents dans son sandwich pour s'empêcher de donner plus de détails à Caroline. S'il lui avait révélé sa véritable identité, il n'avait pas à lui dévoiler les détails de l'affaire Johnny Diamond. De toute manière, elle n'en avait probablement pas grand-chose à faire.

Wendy avait toujours détesté l'entendre raconter son

travail, elle jugeait cela ennuyeux. Elle avait semblé trouver cela bien plus divertissant de l'autre côté de la loi…

— Il y a des trafiquants de drogue à Timberline ? lui demanda Caroline en écarquillant les yeux. Je ne sais pas pourquoi, mais je trouve ça surprenant.

— Vraiment ? Vous n'avez pas dû suivre attentivement l'affaire du trio de Timberline, si ?

— Non.

— Il s'est avéré que les trois enfants qui avaient été enlevés avaient en fait été échangés contre de la drogue.

— C'est terrible… Mais que leur est-il arrivé exactement à ces enfants ?

— Ah oui, donc vous n'êtes vraiment pas au courant…, observa Cole en pencha la tête et en fronçant les sourcils. En fait, personne ne le sait. Les enfants ont disparu sans laisser de trace. Le FBI avec l'aide de la police locale a finalement réussi à épingler les responsables, mais ils n'ont jamais éclairci les causes de cette affaire.

— Qui les avait enlevés ?

— Un gang de motards du coin avait kidnappé les enfants pour un sale type qui faisait partie des Quileutes, cette tribu d'Amérindiens qui vit dans la région. D'ailleurs, ça ne s'est pas très bien passé avec les membres de la communauté. S'ils avaient mis la main sur ce type avant le FBI, il serait mort et le FBI n'aurait rien pu faire.

— Ils ont réussi à l'arrêter ?

— Non, il a disparu peu de temps après les enlèvements. Il n'avait jamais été soupçonné avant que les Lords of Chaos ne soient impliqués dans l'histoire. Personne ne sait ce qu'il a fait avec ces gamins, leurs corps n'ont jamais été retrouvés.

Caroline soupira puis prit une nouvelle gorgée de son cappuccino.

L'art et la manière de séduire une femme…, songea Cole. Il allait devoir faire des efforts, ce n'était certainement pas en lui parlant de son travail, qu'il réussirait à l'impressionner.

Wendy n'avait jamais paru intéressée, pourquoi Caroline penserait-elle différemment ? Surtout si elle avait elle-même vécu des expériences violentes.

— Désolé, j'ai tendance à devenir bavard quand je parle de mon travail, lui dit-il en mordant dans son sandwich.

— C'est une histoire tragique, mais cela ne me dérange pas de l'entendre. Maintenant que j'en sais plus, je comprends mieux pourquoi Linda n'aime pas parler de cette affaire.

— Comment est votre cappuccino ?

— Délicieux, et votre sandwich ?

Il leva les yeux au ciel et hocha la tête, l'air satisfait.

— Combien de temps va durer votre enquête à Timberline ? Et d'ailleurs que recherchez-vous exactement ?

Cole prit le temps de finir sa bouchée afin de trouver une réponse adéquate. S'il confiait à Caroline que c'était pour retrouver la femme qui accompagnait Johnny Diamond et qui l'avait probablement assassiné qu'il était venu à Timberline, celle-ci comprendrait vite pourquoi il s'était intéressé à elle. Et puis, il travaillait toujours pour la DEA, même si personne à l'agence, à part son partenaire, ne savait qu'il était ici.

— Il se trouve que le trafiquant de drogue dont je vous ai parlé était originaire du coin, dit-il enfin après s'être essuyé la bouche avec sa serviette. Ou en tout cas il avait l'habitude de traîner avec cette bande de motards…

— OK…, dit Caroline en suivant du bout du doigt le bord de sa tasse. Et combien de temps avez-vous pour résoudre l'affaire ?

— Je ne sais pas trop… Une semaine, peut-être. Il va bien falloir que je reprenne mon boulot officiel un de ces quatre, lui répondit-il avant de lui montrer la moitié restante de son sandwich. Vous êtes sûre de ne pas avoir faim ? Vous en voulez un bout ?

— Non, je vous remercie, mais dites-moi, est-ce que vous me pardonnez d'avoir subtilisé votre portefeuille ?

lui demanda-t-elle en faisant une grimace. Je suis vraiment désolée, je ne sais pas ce qui m'a pris.

— Ne vous en faites pas, j'ai compris… Mais j'espère que cette conversation et ma carte de visite auront eu le mérite de vous convaincre une bonne fois pour toutes que je ne suis pas venu ici pour vous.

— C'était stupide de penser cela, dit-elle en rougissant.

— Ne vous tracassez pas, on dirait que tout va s'arranger pour vous maintenant que vous suivez une thérapie et tout ça…

— Oui je pense que cette psychologue va vraiment pouvoir m'aider.

— Puis-je vous servir autre chose ? lança soudain la serveuse en se penchant au-dessus de leur table.

— Pour moi non, déclara Cole avant de regarder Caroline qui secoua la tête. Juste l'addition, alors.

La serveuse déposa le ticket sur la table d'un geste théâtral.

— C'est pour moi, dit Caroline en commençant à fouiller dans son sac. Je me sens si coupable d'avoir fouiné dans votre portefeuille.

— Vous n'avez pris qu'un café, protesta Cole.

Mais Caroline posa sa main sur la sienne.

— J'y tiens.

— Vous n'avez rien à vous faire pardonner, vous savez.

— J'insiste, ajouta-t-elle en posant un billet de vingt dollars sur l'addition.

Quand ils se levèrent pour quitter le restaurant, Cole prit sa veste sous son bras. Mais dans le ciel couvert de nuages menaçants il n'y avait plus le moindre rayon de soleil.

— Encore de la pluie ? demanda-t-il à voix haute en inclinant sa tête en arrière pour regarder en l'air.

— Le temps est très changeant par ici, je préfère la chaleur aride du désert.

Caroline trébucha soudain sur un pavé du trottoir, et Cole la rattrapa par le bras.

— Waouh !

Elle frôla son torse en se rattrapant à sa veste puis s'écarta rapidement et se précipita vers la voiture comme si le ciel allait soudain s'ouvrir au-dessus d'eux.

Tandis que Cole lui ouvrait la portière, les mots que Caroline venait de prononcer lui revinrent en tête.

— Le désert ? Je pensais que vous veniez de la côte Est…

— Cela ne veut pas dire que je ne peux pas aimer le climat du désert. Je n'en peux plus de la neige et je commence à penser la même chose de la pluie.

— On dirait que nous sommes d'accord, alors, lui répondit-il avant de refermer sa portière derrière elle.

En se rendant du côté conducteur, Cole se fit la réflexion que même s'il pensait avoir brisé la glace Caroline semblait toujours méfiante. Mais peut-être était-elle toujours ainsi… Probablement à cause de son salaud de mari.

Pendant le trajet de retour à Timberline, elle fut calme et silencieuse, comme si elle était perdue dans ses pensées. Cole n'osa pas la distraire, en fait il ne voulait pas la déranger.

Il était sous son charme et il se sentait même très attiré par elle, mais sa vie semblait pleine de complications et il n'avait ni le temps ni l'envie de ce genre de choses pour le moment. Si elle avait été une habitante lambda de Timberline, avec une vie et des projets, il aurait pu s'engager dans une relation avec elle après avoir clos son enquête.

Mais Caroline paraissait perdue, déracinée et effrayée. Et, même si une partie de lui avait envie de la sauver, il avait d'autres priorités. Pourtant il était évident qu'elle avait désespérément besoin d'aide.

— J'espère que Linda a pu faire réparer sa voiture, dit-il enfin alors qu'ils entraient dans Timberline.

— Moi aussi. Merci encore de m'avoir emmenée jusqu'à Port Angeles.

— Pas de problème, lui répondit-il en s'arrêtant sur le trottoir devant la boutique Timberline Treasures. Je vais juste passer faire un coucou à Linda.

Caroline ne lui répondit rien. Il pensait que leur relation avait progressé suite à ce déjeuner, mais elle avait repris son attitude initiale et semblait avoir fait marche arrière dès qu'ils étaient revenus à la voiture… Le trajet du retour aurait été plus chaleureux s'ils avaient été en décapotable sous la pluie.

Tout en lui tendant la porte de la boutique ouverte, il se sentit irrité contre lui-même. La dernière chose dont il avait besoin pour le moment était bien de se compliquer la vie avec des histoires de cœur. Et qu'importait la séduisante allure que pouvait bien avoir Caroline dans son jean moulant !

Linda était en train de servir un client, mais elle leva les yeux en entendant la sonnette et sourit en les reconnaissant.

Elle devait probablement penser que son petit micmac avait porté ses fruits. Cole laisserait le privilège à Caroline de lui annoncer la mauvaise nouvelle et surtout de lui expliquer ce qui avait cloché, car il n'en avait fichtrement aucune idée…

Ne souhaitant plus parler avec Cole, Caroline erra dans la boutique en déplaçant et replaçant les bibelots qu'elle voyait cent fois par jour.

D'où pouvait bien lui venir cette attirance pour le désert ? Le fait qu'elle en ait parlé à Cole signifiait probablement que sa mémoire était en train de revenir… À moins que cela n'ait été qu'une conséquence de sa séance d'hypnose. Quoi qu'il en soit, elle devait faire plus attention à ce qu'elle disait à un type de la DEA.

Un agent qui était à la recherche du possible meurtrier de Johnny Diamond devait forcément être plus compétent qu'un trafiquant de drogue qui recherchait son argent. Et s'il avait le moindre soupçon la concernant, même si elle n'avait aucun souvenir de ce qui avait pu se passer dans cette chambre de motel, elle savait qu'il l'arrêterait, sans aucun état d'âme.

— As-tu réussi à faire réparer ta voiture ? demanda Caroline à Linda quand le client quitta enfin le magasin.

— Oui, et ton rendez-vous ? Tout s'est bien passé ? lui répondit Linda en jetant un rapide coup d'œil vers Cole.

— Très bien, mais ne t'en fais pas, Cole est au courant que je vois une psychologue.

— Je trouve même que c'est une très bonne idée, approuva celui-ci. Même si Caroline n'a certainement pas besoin de mon approbation.

— Et vous ? Avez-vous trouvé ce que vous cherchiez à la bibliothèque de Port Angeles ?

— Oui, affirma Cole après avoir jeté un rapide regard à Caroline.

S'il ne lui avait pas demandé de préserver le secret sur le motif de sa réelle présence à Timberline, il lui faisait confiance pour garder ça pour elle.

— Nous avons même mangé un bout sur la route du retour, ajouta Caroline.

— Eh bien, on dirait que c'était une belle journée, observa Linda, les yeux brillants. Je suis contente que Cole ait pu te conduire là-bas.

— C'était parfait, dit Caroline en serrant les lèvres.

Elle ne voulait pas que Linda se fasse de fausses idées sur elle et Cole. Car, même si elle avait envie de se lancer dans une relation amoureuse, jamais elle ne se risquerait à fréquenter un agent de la DEA.

— C'est toujours bien de connaître du monde, fit remarquer Linda, l'air triomphant.

— Nous en avons appris un peu plus l'un sur l'autre, dit Cole en croisant les bras. Moi j'ai appris par exemple que Caroline ne savait pas grand-chose sur sa ville d'adoption.

— Sur Timberline ? lâcha Linda en haussant les sourcils. Elle n'était jamais venue avant, mais maintenant elle apprend chaque jour quelque chose de nouveau sur la ville.

Caroline acquiesça tandis qu'au fond d'elle-même son estomac se nouait. Linda devait s'arrêter de parler ou elle allait trop en dire. Elle se demanda soudain si elle n'allait pas devoir quitter la ville pour ne pas mettre Linda dans une situation délicate. Mentir aux agents de la DEA ne semblait pas la meilleure des choses à faire.

Le Dr Shipman lui avait dit que l'hypnose pourrait fonctionner avec elle, mais après tout elle pouvait le faire n'importe où et avec n'importe qui. Elle pourrait essayer de retrouver sa mémoire et son identité, même en étant très loin de Timberline. Et de Cole Pierson.

— Elle ne savait même pas que le plus grand mystère de Timberline, l'enlèvement de ces trois enfants, avait été en partie résolu. Mais j'imagine que vous aviez vos propres problèmes à résoudre, n'est-ce pas, Caroline ?

Caroline serra les dents. Cole la suspectait-il à nouveau ? Il ne cessait de changer d'attitude avec elle, croyant volontiers qu'elle était la cousine de Linda qui prenait un nouveau départ dans la vie, puis se comportant avec elle comme si elle pouvait être la femme qui était avec Diamond au moment de sa mort dans le motel.

— Oui, c'est vrai que je ne me suis pas beaucoup intéressée aux informations locales.

— Je suis heureuse que les autorités aient finalement identifié celui qui avait enlevé ces enfants, dit Linda en soupirant. Maintenant, il reste à découvrir ce que Rocky leur a fait subir.

— Rocky ?

Caroline sentit son cœur manquer un battement et

s'immobilisa. Rocky était le nom qu'elle avait lu dans le SMS sur le téléphone de Johnny.

Mon Dieu… Elle était donc liée à un trafiquant de drogue et à un kidnappeur.

Mais de quelle folie avait-elle bien pu s'échapper ?

7

— R-Rocky ? répéta Caroline en laissant tomber la petite chaîne avec laquelle elle jouait dans la corbeille.

— Oui, Rocky Whitecotton, répondit Linda d'un ton soudain sévère. Il était quileute, bien que sa communauté l'ait renié. C'est une des leurs, Scarlett Easton, qui a fait le lien entre Rocky, le trio de Timberline, et un ancien membre des Lord of Chaos.

Cole s'était rapproché de Caroline, mais celle-ci lui tournait le dos. Il se demanda quel type d'expression pouvait bien s'afficher sur son visage en cet instant.

— Les Lords of Chaos ?

Elle se rendait compte qu'elle devait avoir l'air d'un perroquet, mais elle n'arrivait pas réfléchir de manière cohérente.

— Le gang de motards, je crois que je vous en ai déjà parlé, ajouta Cole.

Caroline déglutit péniblement.

— Eh bien, Timberline a une histoire plutôt sordide. Est-ce que vous allez parler de tout ça dans votre *livre*, Cole ?

— Ce n'est pas vraiment le genre de sujet sur lequel j'ai prévu de me concentrer, non, lui répondit Cole en se retournant brusquement. J'ai envie de montrer le charme du lieu, pas de déterrer tous ses sales petits secrets.

Linda les regardait tour à tour en fronçant les sourcils.

— Quoi qu'il en soit, le FBI sait que Rocky était l'auteur

des enlèvements, qu'il avait donné de la drogue aux Lords of Chaos pour faire le sale boulot, mais ils n'ont jamais découvert ses motifs ni ce qu'il a bien pu faire de ces enfants.

— C'est ce qui s'est dit, en effet, affirma Cole avant de montrer du doigt sa voiture par la vitrine. Bon, je vais vous laisser, mais dites-moi, Caroline, je crois que vous avez laissé votre téléphone dans ma voiture. Vous voulez venir le récupérer ? Je peux vous ramener chez vous, si vous le souhaitez.

— Je vais venir le chercher, je vais rester travailler un peu ici et je rentrerai plus tard avec Linda, indiqua Caroline en tapotant la poche de sa veste pour vérifier que son téléphone était bien là.

Puis elle suivit Cole à l'extérieur et, une fois sur le trottoir, elle prit la parole avant qu'il n'ait le temps d'ouvrir la bouche.

— Ne vous inquiétez pas, je ne dirai pas à Linda, ni à quiconque d'ailleurs, que vous êtes un agent de la DEA. Pensiez-vous que j'allais le faire ?

— Non, lui répondit Cole en grattant son menton couvert d'une barbe de trois jours très sexy. Mais pendant un instant j'ai eu peur que vous ne ruiniez ma couverture. Je suis désolé de vous demander de mentir pour moi. Je n'aime pas ça mais, après tout, c'est vous qui êtes allée fouiner dans mon portefeuille. Je veux juste éviter que les gens d'ici sachent que je fouille dans le passé de Johnny Diamond.

— Mais peut-être que les bons citoyens de Timberline pourraient vous aider… Je ne pense pas que quiconque ici soit loyal envers un salaud de trafiquant de drogue qui traînait avec un gang de motards hors la loi.

— On ne sait jamais avec les petites villes. Je suis persuadé qu'il y a beaucoup de gens ici qui sont liés aux Lords. Quelques-uns d'entre eux étaient d'ailleurs en ville le mois dernier et comme d'habitude ils ont causé tout un tas d'ennuis.

— Où ça, à Timberline ? demanda Caroline en croisant ses bras sur son ventre.

Qu'avait-elle cru découvrir ici ? Elle n'avait rien appris sur son identité, mais elle avait maintenant de nombreuses raisons de regretter d'être venue à Timberline. Elle aurait mieux fait de rester à Seattle, dans cette grande ville où elle aurait pu se fondre dans la masse. Elle aurait pu trouver un hypnothérapeute et chercher les réponses à toutes ses questions de manière anonyme et sûre.

Cependant, si elle n'était pas venue à Timberline, elle n'aurait jamais entendu parler de Rocky, ni découvert qu'un agent de la DEA était à ses trousses.

Et elle n'aurait pas rencontré Cole.

— Tout va bien ? lui demanda soudain ce dernier en lui pressant l'épaule. Ne vous inquiétez pas, les Lords of Chaos n'en ont pas après vous et n'ont aucune raison de faire des ravages à Timberline.

Non, pensa-t-elle. Ils en faisaient seulement dans son esprit — comme Cole et sa main réconfortante posée sur son épaule. Peut-être ferait-elle mieux de tout lui avouer ? Il serait probablement très heureux d'apprendre que Diamond avait reçu un SMS qui mentionnait Rocky. Cela ne pouvait pas être une coïncidence. Rocky n'était pas un nom commun. Mais est-ce que ça signifiait que Diamond, lui aussi, avait quelque chose à voir avec cette affaire du trio de Timberline ? Peut-être que sa connexion avec Rocky pourrait aider le FBI à découvrir ce qu'il était arrivé à ces enfants, il y a vingt-cinq ans. Ne devait-elle pas le faire pour eux ?

— Je déteste l'idée même de la violence, lui répondit-elle enfin. Vraiment. Je ne pourrais même pas faire de mal à une araignée, même si je les ai en horreur. Je ne comprends pas les gens qui commettent des actes violents.

— Continuez d'aller voir le Dr Shipman, déclara Cole

en penchant la tête sur le côté. Je suis certain que tout va s'arranger pour vous, Caroline.

Elle se raidit. Cela sonnait comme un au revoir. Cole ne voulait peut-être pas s'embarrasser de quelqu'un qui savait ce qu'il était réellement venu faire à Timberline. Elle se mordit l'intérieur de la joue pour tenter de revenir à la réalité. Il fallait qu'elle soit raisonnable. C'était ce qu'elle voulait, elle aussi. Se débarrasser de Cole et de son regard interrogateur, de son omniprésence et de son air suspicieux.

— Vous avez raison. Une fois que je serai sortie de tout ça, je ne pense même pas que je resterai à Timberline. Je crois que j'irai me perdre dans une grande ville.

— Dans le désert.

— Quoi ?

— Vous m'avez dit que vous aimiez le désert. Vous pourriez vous installer à Phoenix ou Alburquerque. Ou même Los Angeles, après tout, c'est au beau milieu du désert aussi.

— Je ferai peut-être ça, lui dit-elle en sortant son téléphone de sa poche. Je sais que je n'ai pas besoin de récupérer mon téléphone dans votre voiture, alors… Merci pour la balade et… N'oubliez pas de passer dire au revoir avant de quitter la ville.

— Je n'y manquerai pas, lui répondit-il en effleurant sa joue du bout des doigts avant de monter dans sa voiture.

Elle n'attendit pas qu'il démarre et retourna dans la boutique dont elle ouvrit la porte si brusquement que la clochette se mit à sonner bruyamment.

— Que s'est-il passé ? lui demanda Linda en haussant les sourcils. Ça n'a pas marché entre vous ? Je vous ai sentis très nerveux tous les deux…

— Écoute, j'apprécie vraiment ce que tu fais, Linda, mais comme je te l'ai dit je ne suis pas prête à me lancer dans une aventure romantique pour le moment.

— Mais si tu l'étais, ajouta Linda en lui faisant un clin

d'œil, Cole serait l'homme idéal pour recommencer, n'est-ce pas ? Il est si… sécurisant. N'importe quelle femme se sentirait protégée avec lui.

Comme elle, Linda devait sentir les vibrations qui émanaient de Cole. En tant qu'agent de la DEA, il était quelqu'un de responsable et d'important. Il était même venu enquêter à Timberline sur son temps libre. Il était de toute évidence dévoué corps et âme à son travail et à la justice — ce qui signifiait qu'il remuerait ciel et terre pour retrouver la complice de Diamond.

Mais Caroline ne pourrait jamais lui raconter le rôle qu'elle avait joué dans la vie de Johnny Diamond. Il ne comprendrait pas. Malgré son air charmant, cet homme était un dur à cuire. Elle l'avait lu dans ses yeux quand il lui avait parlé des trafiquants de drogue, des kidnappeurs et du gang de motards. Il n'avait aucune tolérance pour ces gens-là… Pour les gens comme elle.

L'homme de loi et la criminelle… Jamais une telle union ne pourrait fonctionner.

— Je suis sûre qu'il fera un bon mari et qu'il rendra une femme très heureuse, dit-elle finalement à Linda. Il aime même les bébés.

— Mais ce ne sera pas toi, c'est ça ? lui répondit Linda en marchant vers Caroline pour la prendre dans ses bras. Et sinon, dis-moi un peu comment se passe la thérapie ? Tu penses que cela va t'aider ? Je crois vraiment que c'est ça qui a sauvé ma sœur.

— Oui, je pense que ça va me faire du bien.

Un désert, une famille nombreuse et une évasion… Oui, on pouvait dire que c'était un bon début.

Un peu plus tard, ce soir-là, Linda, qui devait se sentir d'humeur sociable, proposa à Caroline de sortir dîner avec elle. Comme Cole semblait avoir pris ses habitudes au Sutter's,

Caroline préférait éviter l'endroit, mais rien à faire : c'était l'adresse favorite de Linda.

En entrant dans le restaurant, Caroline parcourut des yeux la salle mais ne trouva nulle trace de Cole. Peut-être avait-il choisi de dîner ailleurs ce soir-là, ou alors il n'était pas encore arrivé…

À la demande de Linda, elles s'installèrent à une table au milieu de la pièce. En effet, voir et être vue était un des péchés mignons de cette native de Timberline qui connaissait chaque membre de la communauté, ou presque.

Caroline tira sa chaise pour s'asseoir, mais se figea brusquement en découvrant l'homme chauve qui était en train de s'installer au bar. Elle fit un signe à Linda.

— Tu connais ce type ? Celui qui est au comptoir avec l'écharpe verte ?

— Non, lui répondit Linda après avoir observé l'homme un instant. Je ne l'ai jamais vu de ma vie. C'est peut-être un nouvel employé d'Evergreen. Pourquoi tu me demandes ça ?

— Il est venu acheter une grenouille à la boutique, l'autre jour.

— Tu ne continues quand même pas à croire que Larry envoie des types pour te surveiller ?

Linda lui avait posé la question sur un tel ton que Caroline sentit le feu lui monter aux joues. Elle savait que si elle voulait maintenir son histoire de mari maltraitant, elle devait en supporter ces conséquences. Cependant, il était évident que ni Cole ni Linda ne la trouveraient paranoïaque ou stupide s'ils connaissant les véritables raisons de sa présence à Timberline.

— Non, je le trouve seulement bizarre, déclara-t-elle finalement en ouvrant son menu. C'est ridicule, mais je ne peux pas m'en empêcher.

— Je sais, chérie, affirma Linda en s'adoucissant. Tu as toutes les raisons d'être sur le qui-vive. Je ne connais pas cet homme, mais je peux me débrouiller pour savoir qui il est, si tu veux. Même avec l'installation d'Evergreen, Timberline reste une petite ville, et puis j'ai mes sources.

Caroline ressentit une pointe de culpabilité. Jamais Linda ne semblait avoir pensé que Caroline pouvait lui mentir, tout comme Cole.

— Bonsoir, mesdames, leur lança tout à coup Chloe, la serveuse, en arrivant à leur table, son carnet à la main. Qu'est-ce que je peux vous servir ce soir ? Voulez-vous commencer par un verre de vin ?

— Ça me semble une très bonne idée, s'exclama Linda en pressant le bras de Caroline. Mais un seul car je conduis !

Caroline n'avait pas bu d'alcool depuis qu'elle s'était réveillée dans cette chambre de motel, mais elle pensa qu'elle pouvait bien s'octroyer ce petit plaisir. Un seul verre de vin ne risquait pas de la rendre trop bavarde.

— Moi aussi, dit-elle donc à la serveuse. Je prendrai le vin blanc de la maison.

— C'est un chardonnay de la vallée de Willamette, est-ce que ça vous ira ?

— Très bien.

— Et vous, Linda ?

— La même chose, merci, Chloe.

— Voulez-vous prendre une bouteille ?

— Oh non ! Un verre chacune sera bien suffisant.

Alors que Chloe allait se détourner de la table, un homme d'une vingtaine d'années aux longs cheveux noirs noués en catogan vint lui tapoter l'épaule.

— J'ai besoin de te parler, lui dit-il. Tout de suite.

— Je travaille, Jason, lui répondit-elle en le repoussant.

— Bonjour, Jason, lui lança Linda en lui adressant un grand sourire.

— Bonjour, madame Gunderson. Désolé de vous interrompre, fit-il avant de pousser Chloe une nouvelle fois.

— Notre vin peut attendre, assura alors Linda. Jason, connaissez-vous ma cousine, Caroline Johnson ?

— Enchanté de vous rencontrer, déclara Jason en tendant une main à Caroline.

— Va voir ce que veut Jason, Chloe. Tu n'auras qu'à nous servir après.

Tandis que Jason et Chloe s'éloignaient pour discuter, Linda se servit un verre d'eau.

— Ces deux-là forment un couple adorable. Jason est quileute, il habite dans la réserve. C'est un jeune homme honnête et travailleur.

Caroline se cacha la bouche d'une main pour sourire. Linda aimait manifestement voir s'épanouir les relations amoureuses.

Quand Chloe revint avec leur vin, elle avait le visage sombre et semblait contrariée.

Cependant, comme Linda ne semblait pas le remarquer et que Caroline ne connaissait pas assez bien la jeune fille pour lui demander si tout allait bien, elles commandèrent leur repas sans poser de questions.

Puis, alors qu'elles reprenaient leur conversation, Caroline jeta un nouveau coup d'œil vers le bar. Depuis son arrivée, l'homme chauve n'avait parlé à personne, hormis le barman, Denny, et il ne semblait pas attendre quelqu'un puisqu'il avait déjà commencé à manger son hamburger.

Linda avait déjà fini son verre de vin, et quand Chloe leur apporta leurs plats elle commanda un deuxième verre.

— Mon plat est copieux, dit-elle en désignant sa côte de porc et sa purée du bout de sa fourchette. Je n'aurai pas de problème pour conduire.

— C'est toi qui vois, lui répondit Caroline en posant sa serviette sur la table. Je vais aux toilettes, je reviens tout de suite.

Elle se leva de table et traversa la pièce. Avant d'entrer dans le petit couloir qui menait aux toilettes et à la sortie de secours, elle jeta un rapide coup d'œil par-dessus son épaule.

L'homme au bar était toujours en train de manger et ne semblait pas l'avoir remarquée.

Une fois dans les toilettes, Caroline se lava les mains au lavabo et prit une profonde respiration avant de retourner à table. Appuyée contre le mur du couloir, elle se pencha légèrement pour apercevoir le bar.

Elle ne savait pas ce qui la dérangeait chez cet homme et elle aurait aimé le comprendre… Mais elle avait eu beaucoup de chance la nuit où elle avait surpris la conversation téléphonique de Cole et elle savait que ce genre d'aubaine ne se risquait pas de se représenter. En le regardant attentivement, elle constata à nouveau que rien chez cet homme ne semblait l'apparenter à un motard, un trafiquant de drogue ni même à un policier.

Mais alors pourquoi tous ses sens étaient-ils en alerte ? Était-ce parce qu'elle l'avait surpris dans la rue derrière elle la nuit où quelqu'un était entré chez elle par effraction ? Cette nuit où, sous la pluie battante, Cole était venu l'aider à s'extirper de la boue, et où il avait tout fait pour la tranquilliser ?

Caroline soupira en repensant à ce moment. Réconforter les victimes était le genre de choses que les hommes de loi savaient faire. Ils tentaient de tout arranger, de tout réparer. Mais Cole, pourrait-il la réparer, elle ?

Non. Quand il aurait découvert qu'elle n'était pas celle qu'elle prétendait être, Caroline savait qu'elle verrait se rallumer dans ses yeux cet éclat de sévérité qu'elle avait déjà surpris, et que son regard chaleureux deviendrait glacial.

Une jolie femme blonde apparut soudain et s'installa sur le tabouret de bar aux côtés de l'homme chauve. Ils se mirent à bavarder tous les deux, puis la femme lui tendit quelques papiers.

Caroline se demanda si Linda la connaissait. Mais, alors qu'elle allait quitter sa cachette, Chloe et son petit ami entrèrent dans le couloir en chuchotant avec agitation, comme s'ils se disputaient.

Caroline toussota et, quand ils tournèrent la tête vers elle, elle leur sourit puis se dépêcha de regagner la salle. Elle ne voulait pas qu'ils pensent qu'elle les écoutait, elle avait déjà bien assez de ses propres problèmes…

En arrivant à sa table, elle trouva Linda en pleine discussion avec une de ses amies avec lesquelles elle jouait au bridge, et Caroline fut étonnée de voir qu'une demi-bouteille de vin était à présent posée devant elle.

— Voici mon adorable cousine, dit-elle à son interlocutrice en lui montrant Caroline.

Celle-ci sourit en lui tendant sa main.

— Bonjour, Irene, c'est bien ça ?

— Vous avez bonne mémoire, lui répondit la femme.

Caroline toussa pour réprimer sa soudaine envie de rire.

— Linda me parle souvent de ses amis.

— Elle a de la chance de vous avoir avec elle pendant que sa sœur est absente. Quand Louise est-elle supposée rentrer, Linda ?

— Dans deux semaines environ.

— Et quand le chat n'est pas là les souris dansent, ajouta Irene en tapant du bout de l'ongle le verre de Linda.

Puis elle se pencha vers Caroline et ajouta :

— Louise n'aime pas que Linda prenne plus d'un verre de vin.

— Oh ! arrête, lui lança Linda en prenant un air exaspéré. Louise n'est pas ma baby-sitter. Cesse donc de faire des histoires, Irene, s'il te plaît. Allez, à la semaine prochaine.

Après avoir fait un clin d'œil à Caroline, Irene leur fit un signe de la main et quitta le restaurant.

— Je peux conduire, Linda. Finis ton vin et ne t'en fais pas.

— Si tu penses que tu peux le faire, je veux bien, oui.

— Je n'en ai pris qu'un seul verre, lui répondit Caroline

en levant son verre d'eau. Mais en échange tu peux peut-être me rendre un service.

— Je ferai tout pour ma petite cousine, déclara Linda d'une voix légèrement pâteuse.

Caroline lui sourit avec gentillesse avant de regarder la femme blonde qui avait fini de parler avec l'homme chauve et qui semblait maintenant sur le point de quitter le restaurant.

— Sais-tu qui est cette femme séduisante en jupe et talons hauts ?

— Où ? demanda Linda en tournant la tête à gauche et à droite.

— Chuuuuut, lui intima Caroline en lui écrasant le pied sous la table. Derrière moi, elle est en train de parler au couple qui est assis deux tables plus loin.

— C'est Rebecca Geist, murmura Linda en se penchant vers elle. Elle est agent immobilier mais ne va probablement pas rester ici longtemps. Elle s'est fiancée à un homme très riche. Et…

Linda marqua une pause puis regarda autour d'elle avant de reprendre.

— Elle a été violemment agressée il y a quelques mois.

En sentant l'haleine chargée d'alcool de Linda, Caroline ne put s'empêcher de reculer.

— Ici, à Timberline ?

— Elle a aidé une femme, une journaliste de télévision, qui réalisait un sujet sur le trio de Timberline. Tu connais cette émission : Cold Case Chronicles ?

Caroline opina du chef, même si elle n'en avait jamais entendu parler.

— Eh bien, la journaliste prétendait ne vouloir enquêter que sur l'affaire du trio, continua Linda qui malgré ses chuchotements avait réussi à attirer l'attention du couple installé à la table voisine. Mais en réalité elle pensait qu'elle était une des enfants qui avait été enlevée. Il s'est finalement avéré que ce n'était pas le cas, mais le fait de fouiner partout lui a causé de graves problèmes, et puisque Rebecca l'avait aidée, elle a, elle aussi, récolté de sérieux ennuis.

Caroline sentit soudain une violente douleur à la tête et se massa doucement la tempe gauche.

— On dirait que cette affaire est encore dans tous les esprits à Timberline…

— En effet, et je pense que cela ne risque pas de s'arrêter puisque les enfants n'ont pas été retrouvés. C'est le genre de choses qui peut hanter une ville à tout jamais, poursuivit Linda avant de se resservir un verre de vin d'une main tremblante. Il faut croire que nous sommes maudits.

— Finis ta côte de porc, lui recommanda alors Caroline en tapant son assiette de sa fourchette. Est-ce que tu veux quelques-unes de mes frites ?

— Non merci, je crois que j'ai assez mangé, lui répondit Linda en portant son verre à ses lèvres.

Caroline poussa ses frites sur le bord de son assiette en regardant Rebecca Geist sortir du restaurant. L'homme chauve devait probablement chercher à acheter une propriété ou quelque chose dans le genre. Peut-être même voulait-il emménager à Timberline après avoir obtenu un poste à Evergreen. Après tout, il lui avait confié être venu ici pour le travail.

Alors qu'elle finissait son plat, Caroline remarqua que l'homme se dirigeait lui aussi vers la sortie. En arrivant à la porte, il jeta un coup d'œil par-dessus son épaule et croisa le regard de Caroline.

Puis, après lui avoir adressé un sourire discret avec un air complice, il se retourna et sortit.

Qu'est-ce que cette attitude pouvait bien signifier ? Quel intérêt cet homme lui portait-il ? Se pouvait-il qu'il soit celui qu'elle était censée retrouver ici, à Timberline ?

Le bout de papier qu'elle avait trouvé dans sa poche

avec le nom de la ville écrit de sa propre main devait bien avoir une explication.

Peut-être devrait-elle aller le voir ? Et s'il avait les réponses à ses questions ? Il ne semblait pas dangereux. Elle n'avait pas eu cette sensation — sauf quand elle l'avait vu qui l'observait sous la pluie cette fameuse nuit.

Elle fouilla dans son sac à la recherche d'un stylo et griffonna le nom de Rebecca Geist sur sa serviette en papier. Elle allait essayer de se renseigner sur les agents immobiliers de Timberline.

— On peut y aller, Caroline ? lâcha soudain Linda en réprimant un bâillement. Je suis épuisée.

— Bien sûr, répondit-elle en remarquant les paupières lourdes et les traits tirés de Linda. Par contre, c'est moi qui conduis, tu es complètement pompette.

— Tu crois vraiment ? rétorqua Linda en pouffant.

Caroline regretta de ne pouvoir sortir rapidement du restaurant. Linda semblait véritablement soûle, et elle se demanda si elle était du genre à raconter sa vie et ses secrets à n'importe qui quand elle était dans cet état…

Quand elle leva les yeux pour regarder vers la porte d'entrée, elle sentit la pression monter encore d'un cran.

— Regarde qui voilà ! C'est Cole ! cria Linda en faisant de grands signes de la main.

— Pourriez-vous nous apporter l'addition le plus rapidement possible ? lança Caroline à Chloe qui passait à côté de leur table.

— Je fais au plus vite, lui répondit la serveuse d'un air absent.

Cole se fraya un chemin jusqu'à leur table et tira une chaise pour s'asseoir avec Linda et Caroline.

— On dirait que j'ai manqué votre petite fête, leur dit-il en soulevant la bouteille de vin presque vide.

— *Sa* petite fête, corrigea Caroline en levant les yeux au ciel.

— J'espère que vous ne comptez pas conduire sur le retour, Linda.

— Caroline m'a proposé de s'en charger, même si je suis tout à fait en état de le faire. J'ai bien mangé et je me sens en pleine forme.

— Ouais, répliqua Cole en regardant la moitié de la côte de porc et la pile de pommes de terre qui restaient dans son assiette. Je pense aussi que vous feriez mieux de laisser le volant à Caroline.

— Ma chère cousine, murmura Linda.

Caroline sentit son estomac se nouer.

— Excusez-nous, Cole, mais je pense que nous n'allons pas traîner, dit-elle en attrapant son sac.

— Pas de problème, je suis juste venu pour prendre quelqu'un.

Comme Chloe ne semblait pas vouloir se dépêcher, Caroline posa quelques billets sur la table puis se leva.

— Vous n'attendez pas l'addition ? s'enquit Cole en se levant lui aussi pour placer sa main sur l'épaule de Linda.

— Je pense que j'ai laissé assez d'argent, lui répondit Caroline en attrapant sa veste sur le dossier de sa chaise. Tu es prête, Linda ?

— Je crois, oui, marmonna Linda.

Mais, au lieu de se lever, elle laissa tomber son menton sur sa poitrine et ferma les yeux.

Cole regarda Caroline et dit à mi-voix :

— Voulez-vous un coup de main ?

Caroline secoua la tête. Elle ne voulait pas embarrasser Linda ni faire une scène.

— Prête ? demanda-t-elle une nouvelle fois à Linda en l'agrippant par le bras. Allez, une, deux…

Linda se leva, chancelante, et Caroline la serra contre elle.

— Appuie-toi sur moi jusqu'à la sortie. Je pense que l'air frais va te faire du bien.

— Oh ! arrête un peu de me bassiner, Louise.

Caroline haussa les épaules en regardant Cole et lui fit un signe d'adieu. Elle devait faire sortir Linda au plus vite.

Après quelques pas vacillants, elles réussirent à atteindre la sortie sans trop attirer l'attention.

Cependant, si Chloe connaissait la passion de Linda pour le chardonnay, il y avait fort à parier que tout Timberline devait être au courant.

Caroline sortit les clés de voiture de Linda de son sac à main, l'aida à s'asseoir sur le siège passager et lui mit sa ceinture de sécurité. Puis elle fit le tour de la voiture et s'installa au volant.

Mais, alors qu'elle allait rejoindre la route, une moto surgit soudain sur la gauche et passa devant elle en slalomant sur l'asphalte mouillé. Caroline crut reconnaître le petit ami agité de Chloe, Jason. Elle serra le volant.

Elle devait prendre soin de conduire avec la plus grande prudence car elle n'avait pas de permis de conduire. Enfin, de toute façon, elle avait moins de un kilomètre à faire, et puis Jason « l'excité » semblait avoir disparu.

Elle roula donc tranquillement jusque chez Linda — qui s'était endormie — et, après avoir garé la voiture dans l'allée, elle essaya de la réveiller.

— Linda ? Linda ? Nous sommes arrivées.

Caroline descendit de la voiture puis alla aider Linda à faire de même et la guida jusqu'à la porte d'entrée. Après avoir déverrouillé la porte, elle la conduisit jusqu'à sa chambre, lui retira ses bottes puis l'aida à s'étendre sur le lit et la recouvrit de ses couvertures.

Caroline marcha ensuite sur la pointe des pieds jusque dans la salle de bains pour chercher un tube d'aspirine, se rendit à la cuisine pour remplir un verre d'eau et revint enfin poser le verre et les deux comprimés sur la table de nuit de Linda.

Si celle-ci se réveillait au milieu de la nuit, elle pourrait ainsi éviter la terrible gueule de bois du lendemain.

Caroline attrapa ensuite son sac et regarda un instant le porte-clés de Linda. Peut-être ferait-elle mieux de fermer la maison de l'extérieur ?

Elle écrivit un mot à Linda puis le posa avec ses clés sur la petite table qui était près de la porte d'entrée.

Puis elle sortit et verrouilla la porte derrière elle avec le double des clés que Linda lui avait confié.

C'était bien la moindre des choses qu'elle pouvait faire pour Linda… Elle-même n'avait pas hésité une seconde à aider une inconnue et l'avait accueillie à bras ouverts alors qu'elle ne la connaissait même pas… Elle avait même menti pour la protéger.

En quittant le porche, Caroline sentit une fine bruine tomber sur ses cheveux et elle leva un instant le visage et regarda le ciel. La pluie n'était pas une chose si désagréable, après tout.

Elle se remit en chemin mais, alors qu'elle allait traverser l'allée pour rejoindre sa propre entrée, une voix bourrue la fit sursauter et lui glaça le sang.

— Rends-moi le fric, salope !

8

En voyant Caroline traverser la pelouse et se diriger vers chez elle, Cole soupira. Il était manifestement arrivé un peu tard pour l'aider. Soit Caroline était plus robuste qu'elle n'en avait l'air soit Linda avait retrouvé sa lucidité, quoi qu'il en soit, celle-ci avait maintenant regagné ses pénates.

Mais, en ouvrant la portière de sa voiture, il entendit une voix d'homme et la reconnut aussitôt.

— Je t'ai demandé où était le fric, pétasse ?

Cole sentit une décharge d'adrénaline lui parcourir le corps et il bondit hors de sa voiture.

— Hé !

Alors qu'il se précipitait vers la maison, Caroline cria. Accélérant sa course, il glissa sur un tas de feuilles mortes mais retrouva son équilibre juste à temps pour la voir qui avançait à quatre pattes dans l'allée, seule.

Serrant sa main autour de la crosse de son arme, il se dépêcha de la rejoindre.

— Vous êtes blessée ? Il vous a fait mal ?

— Non, lui répondit-elle en secouant la tête.

— Où est-il passé ?

D'un geste vague, Caroline lui montra le bosquet d'arbres dans l'obscurité, de l'autre côté de la maison de Linda.

— Retournez à l'intérieur, verrouillez la porte et appelez les secours, lui dit-il en l'aidant à se relever.

Une fois la police sur place, Cole savait qu'il ne pourrait

pas leur cacher sa véritable identité, mais il était plus important de coincer l'homme qui avait agressé Caroline.

— Il… Il a un couteau, lui dit Caroline en s'agrippant à lui.

— Et moi un revolver, lui répondit-il avant de déposer un baiser sur le dos de sa main. Allez, filez-vous mettre à l'abri.

Après avoir attendu qu'elle soit de nouveau à l'intérieur, il s'élança vers le point le plus sombre de la petite forêt qui bordait les habitations. Dirigeant le faisceau lumineux de son téléphone vers le minuscule sentier qui partait dans les bois denses, il se mit à la recherche de l'agresseur de Caroline.

Quand il arriva à la limite du bois, il s'arrêta et pencha la tête pour écouter s'il y avait le moindre bruit. Mais en vain. Soit le type restait silencieux, soit il était parti depuis longtemps.

Cole donna quelques coups dans les buissons et dans les branches autour de lui, puis cessa de bouger, mais les seuls sons qu'il reçut comme réponse furent des battements d'ailes et des chants d'oiseaux.

Il soupira en comprenant qu'il ne retrouverait pas l'homme et qu'il risquait en prime de se faire surprendre par celui-ci, sachant qu'il n'avait aucune idée de la direction qu'il avait pu prendre.

Son téléphone dans une main, son arme dans l'autre, il fit demi-tour et retourna chez Caroline. Tendant l'oreille, il n'entendit aucune sirène.

L'homme qui venait d'agresser Caroline avait-il un lien avec son mari ? Finalement peut-être n'était-elle pas si paranoïaque et avait-elle de bonnes raisons d'avoir peur ? Mais pourquoi ce type lui avait-il parlé d'argent ? Avait-elle volé de l'argent à son mari avant de prendre la fuite ?

Il y avait tant d'incohérences dans la vie et les propos de Caroline… Cette femme était un vrai mystère.

— Caroline ? dit-il en frappant à la porte après avoir rangé son arme. C'est moi, Cole.

Il entendit le bruit de la chaîne de sécurité puis celui du verrou avant que la porte ne s'ouvre sur Caroline. Son visage n'avait pas encore repris toutes ses couleurs.

— Ça va ? Je peux entrer ?

— Ça va, merci, déclara-t-elle en reculant pour le laisser entrer. Un peu secouée, mais je vais bien. Vous avez trouvé quelque chose ?

— Il fait bien trop sombre et je n'ai pas de vraie lampe-torche, lui dit-il en entrant. Mais que s'est-il passé ? Je l'ai entendu vous demander de l'argent, essayait-il de vous voler ?

— Probablement, affirma-t-elle en refermant la porte et en tournant tous les verrous. Je sortais juste de chez Linda après l'avoir mise au lit et fermé sa porte.

— Il vous a accostée dans l'allée ? Je n'ai vu que vous par la vitre de ma voiture…

— Il a surgi derrière moi… Peut-être qu'il s'était caché dans les bois.

— Vous avez pu voir son visage ?

— Il m'a ordonné de ne pas me retourner. Il m'a dit qu'il avait un couteau puis il a posé la lame sur ma gorge, ajouta-t-elle en mettant sa main sur son cou comme pour se protéger.

— Qu'a-t-il dit d'autre ? Quand je suis sorti de ma voiture, j'ai entendu des voix. Il criait.

— C'est à peu près la seule chose qu'il m'a dite : « Rends-moi le fric, salope », lui répondit-elle en serrant nerveusement ses mains l'une contre l'autre. Par instinct, j'ai essayé de me retourner, et c'est là qu'il m'a dit qu'il avait un couteau. Quand vous avez appelé, il m'a poussée en avant et je me suis alors retournée, mais il était déjà loin, il s'enfonçait dans les bois.

— Comment voulait-il que vous lui donniez de l'argent si vous ne deviez pas bouger ?

— Je ne sais pas, lui dit-elle en haussant les épaules. Peut-être qu'il comptait prendre mon sac à main.

Cole lui frotta les bras et les épaules, puis recommença.

— Vous tremblez, asseyez-vous. Vous voulez boire un peu d'eau, une tasse de thé ?

Elle avança comme un zombie jusqu'au canapé puis s'assit sur le bord en glissant ses deux mains entre ses genoux.

— Peut-être un peu d'eau, oui, merci.

Cole se rendit à la cuisine et ouvrit quelques placards vides avant de trouver les verres. Il en remplit un au robinet puis revint dans le salon.

— Vous pensez que ça a quelque chose à voir avec Larry ? lui demanda-t-il en lui tendant le verre.

— Pourquoi ça aurait un lien ?

Il étudia son visage. Tout ce qui lui était arrivé jusqu'à présent avait un rapport avec son ex-mari. Pourquoi changeait-elle soudain son fusil d'épaule ?

— Vous pouvez me dire la vérité, Caroline. Vous lui avez pris de l'argent ? Est-ce pour cette raison que vous redoutez tant qu'il vous recherche ? Je ne dirai rien, vous savez. Les mecs comme lui n'ont que ce qu'ils méritent.

Les regards de Caroline ne cessaient d'aller et venir entre la porte et lui, comme si elle était un animal sauvage pris au piège.

Cole fit deux pas en avant, et quand il s'assit sur le canapé à ses côtés leurs épaules se touchèrent.

— Tout va bien, lui dit-il en passant un bras autour d'elle tout en prenant soin de ne pas l'attirer trop près de lui. Vous pouvez tout me dire, je ne vous jugerai pas. Je vous l'ai dit, ma mère a été victime de violences conjugales et si elle avait pu voler un peu d'argent à mon salaud de beau-père notre vie aurait probablement été un peu plus douce. Et puis, c'était probablement autant votre argent que le sien, donc vous ne l'avez pas vraiment volé.

À ces mots, Cole sentit le corps de Caroline se raidir.

— J'ai… J'ai pris l'argent qui était sur nos comptes, alors oui c'est aussi le mien. J'imagine qu'il m'a suivie jusqu'à Timberline. Il devait écouter les discussions que j'avais avec mes proches… Il s'est souvenu des Gunderson et a envoyé quelqu'un ici pour venir me chercher. Ça n'a pas dû être très difficile. Tout le monde sait que je suis la cousine de Linda. Tout le monde sait que je suis Caroline Johnson. Alors après avoir déniché l'adresse de Linda, il m'a tranquillement attendue ici. Vu que j'étais seule, il a sauté sur l'opportunité… Mon Dieu… Je crois que je vais devoir quitter Timberline…

Cole retira son bras de ses épaules et se frotta le menton. C'était la première fois que Caroline lui parlait aussi longuement.

— C'était ma première idée… Que cela avait quelque chose à voir avec votre mari. Mais comment expliquer que ce type, cet ami de Larry, s'en prenne à vous de cette façon ? Pourquoi n'a-t-il pas tout simplement frappé à votre porte pour vous avertir que Larry voulait récupérer son argent ou que tout cela se terminerait au tribunal ? Techniquement parlant, quand on demande le divorce, aucune des deux parties n'est censée toucher aux comptes communs. Vous pouvez me croire, je sais de quoi je parle. Enfin, évidemment chaque histoire est différente, mais que dit la loi dans l'État de… D'où êtes-vous exactement ?

— Vous pensez que ça pourrait être une agression hasardeuse ? Juste quelqu'un qui voulait me voler mon sac à main ?

— Je ne sais pas, lui répondit Cole en pressant ses doigts sur ses tempes. Mais cela semble insensé que Larry envoie quelqu'un jusqu'ici seulement pour récupérer son argent. S'il sait que vous êtes à Timberline, pourquoi ne vient-il pas vous voir en personne ?

— Ce n'est pas son genre. Il a l'habitude d'envoyer les autres faire le sale boulot à sa place.

— Est-ce pour cette raison que vous n'avez pas appelé la police ?

Il sentit à nouveau son corps se raidir et demanda doucement :

— Vous n'avez pas appelé, n'est-ce pas ? Ils seraient déjà là. La plupart des gens que je connais se seraient dépêchés d'appeler les secours dans une situation pareille.

Caroline ferma les yeux et se laissa aller en arrière sur le canapé.

— S'il vous plaît, ne les appelez pas. Je contacterai Larry moi-même et je lui dirai que je compte lui rendre son argent. Je ne veux pas impliquer la police dans cette histoire.

Cole étudia son visage, ses lèvres, ses cils qui battaient contre sa peau lisse. Une larme se forma au coin d'un de ses yeux et descendit le long de sa joue.

Il se demanda si cette larme était réelle. Y avait-il ne serait-ce qu'une once de vérité dans tout ce que Caroline lui avait dit depuis le jour de leur rencontre, à la bibliothèque ?

Elle renifla, se frotta les yeux et se redressa.

— Et alors quoi ? Vous allez quitter Timberline pour une destination inconnue ? lâcha-t-il d'un ton soudain si brusque qu'elle le regarda étrangement.

Cole ne savait pas s'il était en colère contre elle parce qu'elle lui mentait où s'il l'était contre lui-même pour s'être laissé embobiner par son joli minois et sa triste histoire.

Ou parce qu'elle allait partir ?

— Je pense que c'est la meilleure chose à faire, pas vous ? lui demanda-t-elle en lui prenant le bras et en le fixant de ses grands yeux bleus.

— Faites ce que vous voulez, Caroline, lui répondit-il en se dégageant. Je crois que vous me mentez depuis le départ.

À ces mots, son visage devint pâle, et elle se recula.

— Je ne sais pas ce que vous trafiquez avec votre mari. Je ne sais pas s'il est violent ou si vous avez raconté cette histoire à votre cousine pour qu'elle vous recueille. Tout est possible…, poursuivit Cole qui se leva du canapé pour s'éloigner du parfum fleuri de Caroline. Peut-être même que vous avez monté une arnaque ensemble pour extorquer de l'argent à Linda et Louise.

Caroline émit un cri étouffé et se couvrit la bouche des deux mains.

— Tout ce que je sais, continua Cole en marchant vers la fenêtre, c'est que le fait de ne pas appeler la police alors que quelqu'un vient de vous agresser avec un couteau est anormal. Vous vous rendez compte qu'un agent de la DEA, plus que quiconque, ne peut qu'être suspicieux après une chose pareille ?

Caroline but une gorgée du verre d'eau que Cole lui avait apporté puis s'essuya la bouche du revers de la main.

— En fait, je pensais que vous seriez soulagé de laisser les flics hors de tout ça, puisque vous auriez dû révéler votre véritable identité ainsi que les réels motifs de votre présence à Timberline.

— Est-ce que c'est une menace ? Dans ce cas, allez-y, lui dit-il en levant ses bras en l'air. Vous pouvez dire à tout le monde ici que je travaille pour la DEA. Vous savez le plus drôle à ce sujet ? En comprenant que ma couverture serait foutue, j'ai pensé que ce n'était pas une grande perte puisque cela garantirait votre sécurité. Plutôt marrant, non ?

Caroline détourna le regard tandis qu'une nouvelle larme coulait sur sa joue. Elle semblait experte dans l'art de pleurer, même si elle devait continuer de s'entraîner pour réussir à le faire avec les deux yeux.

— Je ne trouve pas ça drôle du tout. Je vous suis reconnaissante et touchée que vous ayez pensé une telle chose.

Cole sentit son cœur chavirer — légèrement seulement —, mais il garda ses distances et croisa ses bras sur sa poitrine.

— Je ne suis qu'un nouveau pigeon pour vous, n'est-ce pas ?

Caroline se leva du canapé et alla poser son verre sur le comptoir de la cuisine. Cole essaya de ne pas regarder ses hanches qui se balançaient et ses longs cheveux châtains qui tombaient dans son dos.

Puis elle se retourna brusquement vers lui et plongea son regard dans le sien.

— Je ne vais pas le faire.

— Faire quoi ? Arnaquer Linda ? Quitter la ville ? Rendre l'argent à votre mari ?

— Détruire votre couverture.

— Aucune importance. Faites ce que vous voulez. Je ne vais plus traîner dans le coin longtemps… Je suis sur une fausse piste de toute façon.

S'il excluait sa rencontre avec Caroline, Cole ne pouvait que reconnaître que cette enquête avait été vaine. La seule femme célibataire qu'il avait rencontrée ne concordait pas avec la description faite de celle du Stardust. Seule Caroline semblait lui ressembler un peu et elle était arrivée dans les temps à Timberline, mais sa cousine Linda avait immédiatement signalé son arrivée.

Le fait que Caroline voit un psy l'avait définitivement exclue des possibles suspects. Il n'y avait aucune raison pour que la meurtrière, la petite amie ou la complice de Johnny Diamond vienne vivre à Timberline pour suivre une psychothérapie.

— Je ne suis pas une mauvaise personne, Cole. Je veux dire, je n'ai pas l'impression que j'en suis une, dit-elle en serrant ses mains l'une contre l'autre. Je ne veux pas de mal à Linda.

— Ce qui se passe entre les membres d'une même famille ne me concerne pas. Je n'ai pas envie d'être impliqué là-dedans. Mais ne vous en faites pas, je ne vais pas vous dénoncer à la police, ni Larry ni son soi-disant copain, que vous les ayez inventés ou pas.

— Je vous en suis reconnaissante… Ainsi que pour tout ce que vous avez fait pour moi, lui répondit-elle en levant les yeux vers la fenêtre. Vous m'avez sauvé la vie.

Et vous m'avez réconfortée l'autre nuit, quand je croyais que quelqu'un s'était introduit chez moi. Vous êtes un mec bien, Cole Pierson.

— C'est tout moi, en effet, approuva-t-il en tapant son poing sur son torse. Un mec bien.

Le téléphone de Caroline se mit soudain à sonner.

— Vous feriez mieux de répondre, lui lança Cole en se dirigeant vers la porte. C'est probablement votre complice.

Mais le ton de la voix de Caroline, aigu et affolé, le stoppa.

— Linda ? Que se passe-t-il ? Oh ! mon Dieu. Ne quitte pas, j'arrive immédiatement.

Cole vit Caroline attraper un trousseau de clés posé sur le comptoir et prendre son manteau.

— Que lui arrive-t-il ?

— Je ne suis pas certaine d'avoir tout compris. Elle est malade, elle a vomi et s'est effondrée sur le sol quand elle a essayé de sortir de son lit. Je vais l'aider, est-ce que vous pouvez appeler les secours ?

— Oui, mais je vais aussi vous accompagner. J'ai suivi une formation de secouriste dans le cadre de mon boulot.

Caroline acquiesça puis se précipita à l'extérieur. Cole la suivit tout en téléphonant aux urgences.

Et voilà qu'en quelques secondes il était à nouveau entraîné dans les tourbillons de la folle vie de Caroline Johnson — si c'était son vrai nom…

9

— Je ne pensais pas qu'elle était aussi soûle, dit Caroline en faisant les cent pas dans la salle d'attente des urgences. Peut-être que cela faisait longtemps qu'elle n'avait pas bu d'alcool et que c'est ça qui l'a mise dans cet état.

— Linda n'est plus toute jeune, et apparemment son estomac était quasiment vide. Mauvaise combinaison, lui répondit Cole en tapotant la chaise en plastique qui était à côté de lui. Venez vous asseoir.

Caroline jeta un coup d'œil au visage inquiet de Cole. Alors qu'elle pensait s'être enfin débarrassée de lui, il avait pris la situation en main et avait su quoi faire quand ils avaient découvert Linda, à demi inconsciente sur le sol de sa chambre à coucher. Il lui avait probablement sauvé la vie.

Et tandis que Caroline, hagarde, balbutiait, c'était aussi lui qui avait expliqué aux secouristes ce qui s'était passé avant qu'ils emmènent Linda à l'hôpital en ambulance.

Enfin, au lieu de l'abandonner, il avait suivi l'ambulance et l'avait conduite jusqu'ici. Il avait fait tout cela alors qu'il la détestait. Caroline ne put s'empêcher de se demander ce qu'il pourrait faire pour quelqu'un qu'il aimait.

Elle se laissa tomber sur la chaise à côté de lui et étira ses longues jambes devant elle. La seule chose positive dans tout cela était que Cole croyait toujours qu'elle était la cousine de Linda et qu'elle n'avait rien à voir avec Johnny Diamond. Mais c'était bien la seule chose.

Bien sûr qu'elle ne pouvait pas appeler le bureau du shérif de Timberline ! Ils lui auraient demandé son nom, ses papiers d'identité et des informations sur son mystérieux mari, Larry. C'était une chose de raconter des mensonges ici et là, c'en était une autre de le faire avec les autorités. Et elle ne pouvait pas risquer de se faire remarquer. Pas maintenant. Elle avait encore besoin de faire quelques séances avec le Dr Shipman.

— Linda va s'en sortir, lui dit Cole en posant une main calme sur son genou qui tressautait. Elle a exagéré et elle a été malade parce qu'elle n'avait rien dans le ventre. Ils vont la mettre sous perfusion et tout rentrera dans l'ordre.

— Heureusement qu'elle a pu attraper son téléphone pour m'appeler. Elle aurait pu mourir.

— Elle sait qu'elle peut compter sur vous.

— Vraiment ? lança Caroline en le regardant du coin de l'œil. Je croyais que j'essayais de l'escroquer…

Cole serra la mâchoire, comme s'il se souvenait tout à coup qu'il ne pouvait pas lui faire confiance.

Caroline, elle, se mordit la langue. Elle aurait mieux fait de ne rien dire au lieu de le provoquer. Car dans un sens il avait raison. Elle avait menti à Linda depuis le jour où elle l'avait rencontrée. Elle avait profité de sa gentillesse et de sa générosité et lui avait caché ses véritables intentions.

— OK, lui répondit finalement Cole en haussant les épaules. J'ai peut-être été un peu dur… Je ne dirai plus rien là-dessus.

— Vous avez aussi parlé d'autre chose tout à l'heure…, lui dit Caroline en se frottant les yeux, vous êtes divorcé ?

— Oui, j'ai rejoint les statistiques.

— Mais vous n'avez pas d'enfant ? Vous l'avez dit l'autre jour dans la boutique.

— C'est un de mes grands regrets, cependant comme mon mariage s'est terminé en véritable fiasco je suppose que c'est une bonne chose que nous n'ayons pas eu d'enfants.

— Pourquoi cela n'a pas marché ? poursuivit-elle en effleurant du doigt sa main qui était toujours posée sur son genou. Non, excusez-moi, vous n'êtes pas obligé de me raconter.

— Ça ne me dérange pas, lui répondit-il en serrant les doigts. D'une certaine manière, il est plus facile de se confier à quelqu'un qui ne la connaît pas.

— Comme je vous l'ai dit, vous n'êtes pas obligé de m'en parler si vous n'en avez pas envie, insista Caroline en retirant sa main pour la mettre dans la poche de son manteau.

— Elle m'a trompé.

— C'est terrible, je suis désolée.

Caroline se demanda si sa femme était folle… Cole était sexy, séduisant et solide comme un roc. Que pouvait-on espérer de plus chez un homme ?

— Avec un trafiquant de drogue.

Cette fois, Caroline ne put cacher son étonnement.

— Vous plaisantez ?

— Si seulement.

— Est-ce qu'elle l'a fait exprès ? Je veux dire, quelles sont les chances pour que la femme d'un agent de la DEA tombe dans les bras de l'ennemi naturel de celui-ci ?

— Ennemi naturel, j'aime bien ce terme, dit Cole en s'étirant et en bâillant.

Manifestement, ce souvenir n'avait plus l'air de le troubler ou alors il savait maintenant comment le dissimuler.

— C'était compliqué, ajouta-t-il.

— Elle le connaissait avant de vous rencontrer ?

— C'est exactement ça. Wendy avait de drôles d'amis. Je l'ai rencontrée dans un club, un soir où j'étais en filature sous couverture. Je ne m'étais pas rendu compte à quel point elle était impliquée dans le groupe sur lequel nous enquêtions. Nous avons procédé à une série d'arrestations, et je l'ai recroisée un jour, six mois après environ, alors qu'elle remettait de l'ordre dans sa vie. C'est ce qu'elle m'avait dit.

— Et alors elle est tombée amoureuse de l'honnête agent de la DEA et a aimé la vie domestique pendant un moment avant que sa vie d'avant ne revienne la hanter…, murmura Caroline.

— Vous êtes perspicace, remarqua Cole en pointant un doigt vers elle. Une séance chez ce psy et vous avez déjà tout compris sur la vie.

— C'est ce qui s'est passé ?

— Ouais… Je me suis aperçu de ce qui se passait assez rapidement. Elle avait été avec ce type une seule fois, mais je l'ai senti tout de suite, soupira-t-il en se frappant le front du dos de la main. Bon sang, elle aurait pu ruiner ma carrière.

— C'est une bonne chose que vous l'ayez découvert à temps.

— Hum…, dit-il en levant les yeux vers le plafond.

Tandis que Cole semblait enclin à se perdre un moment dans ses souvenirs, Caroline enroula une mèche de ses cheveux le long de son doigt. Il n'était pas étonnant qu'il se soit énervé en constatant qu'elle n'avait pas appelé la police après son agression. Elle pensait l'avoir dupé, mais en réalité il ne lui avait jamais fait confiance.

Cole n'avait pas fait le lien entre elle et la complice de Johnny, mais il avait saisi qu'il y avait quelque chose qui clochait dans son histoire. Et il ne semblait pas avoir envie de se retrouver à nouveau trompé par une femme, ce qu'elle pouvait concevoir, vu son passé.

Mon Dieu, elle avait vraiment dû lui rappeler son ex-femme. Perturbée, Caroline semblait avoir besoin d'aide et était à la recherche d'un courageux chevalier. Mais si Cole Pierson était parfait dans ce rôle, il exigerait de connaître la vraie vie de sa dulcinée et ne supporterait aucune supercherie.

Et pour être honnête avec lui Caroline devrait lui dire la vérité, ce qu'elle n'était pas du tout prête à faire.

Cole Pierson irait donc de son côté et elle irait du sien, quelle que soit la route qu'elle déciderait de suivre.

De toute façon, elle allait devoir quitter Timberline, à moins qu'elle ne veuille qu'un incident comme celui de la veille se reproduise. Elle savait pertinemment que son agression n'avait pas été le fruit du hasard.

« Rends-moi le fric, salope. »

Cela ne pouvait signifier qu'une seule chose. Les partenaires de Johnny Diamond savaient qu'elle avait pris des liasses de billets. Mais comment étaient-ils au courant ? La police avait saisi les sacs et la drogue. Comment les associés de Johnny pouvaient-ils savoir qu'il manquait de l'argent ? Ce n'était pas le genre d'informations que les autorités dévoilaient aux médias.

Caroline se mordit à nouveau la lèvre. Peut-être que l'argent qu'elle avait pris appartenait aux patrons de Johnny Diamond. Ce ne serait pas la meilleure des nouvelles…

Mais comment ces gars savaient qui elle était et à quoi elle ressemblait ? *Rocky*. Rocky, l'homme qui avait enlevé les enfants, c'est lui qui devait la connaître.

Elle se sentit soudain nauséeuse. Elle devait sortir d'ici au plus vite.

Mais la porte de la salle d'attente s'ouvrit brusquement sur Chloe, la serveuse du Sutter's, accompagnée de son petit ami Jason qui avait la main ensanglantée.

Caroline serra les accoudoirs de la chaise. Comment s'était-il blessé ? Elle regarda Chloe qui lui adressa un sourire et haussa les épaules d'un air navré.

— Les garçons seront toujours des garçons…, lui dit-elle d'un ton complice.

Caroline ne comprit pas ce qu'elle voulait dire mais fut soulagée de voir que Chloe ne montrait pas la moindre trace de maltraitance. De colère, Jason avait peut-être frappé le mur avec son poing — ce qui était toujours mieux que de frapper sur sa petite amie.

Les portes de la salle d'observation s'ouvrirent, et le

médecin qui était de garde traversa la pièce sans détacher son regard des papiers qu'il avait sous les yeux.

— Mademoiselle Johnson ?

Caroline se leva de sa chaise, et Cole l'imita.

— Oui, c'est moi.

— Vous êtes…, commença-t-il avant de retourner sa feuille pour regarder celle qui était en dessous. Vous êtes la cousine. Mme Gunderson va bien. Elle était déshydratée, faible et très intoxiquée. Nous la réhydratons pour le moment, et elle se repose. Par contre, vu son âge, nous préférons la garder ici cette nuit.

— Tout va bien, alors ? demanda Caroline en attrapant le bras de Cole.

— Elle sera très vite sur pied, mais je l'ai mise en garde contre l'alcool. Dans le futur, je crois qu'il vaudrait mieux qu'elle s'abstienne d'en boire, son corps ne semble pas pouvoir le supporter. Elle veut vous voir, mais ne la fatiguez pas trop s'il vous plaît, vous pourrez revenir la chercher demain.

— Merci, docteur… ?

L'homme acquiesça sans répondre puis posa sa pile de papiers sur le bureau d'accueil et cria quelques ordres à une infirmière avant de disparaître derrière les portes battantes.

— C'est le Dr Nesbitt, lança alors l'infirmière derrière l'accueil à Caroline en levant les yeux au ciel. Un monsieur très occupé. Stella va venir vous chercher pour vous emmener voir Linda.

— Merci, fit Caroline avant de se tourner vers Cole. Vous voulez venir avec moi ?

— Je ne pense pas que Linda ait très envie de me voir à cet instant précis, mais transmettez-lui tout mon soutien. Je vous attends ici.

— Merci, Cole, je n'en aurai pas pour longtemps. Comme l'a dit ce charmant Dr Nesbitt, Linda a besoin de repos.

— Je n'ai encore rien mangé ce soir, déclara Cole en

soupirant. Je vais aller me prendre quelque chose à la machine, prenez tout votre temps.

Une infirmière en blouse rose se présenta devant Linda.

— Bonjour, je suis Stella, suivez-moi je vais vous emmener voir Linda.

Caroline suivit Stella dans le couloir.

— Linda ? demanda l'infirmière après avoir frappé quelques coups à une porte ouverte. Caroline est ici pour vous voir, pouvons-nous entrer ?

En pénétrant dans la chambre, Caroline découvrit que Linda était aussi pâle que les draps de son lit.

— Tu te sens mieux ? lui demanda-t-elle en se précipitant à son chevet. Tu m'as fait la peur de ma vie, mais le Dr Nesbitt m'a assuré que tu étais maintenant hors de danger.

— J'ai cru que j'allais mourir, Caroline, gémit Linda les yeux plein de larmes.

— Oh ! je suis désolée, s'excusa Caroline en lui prenant la main. Je n'aurais jamais dû te laisser seule dans cet état.

— Comment aurais-tu pu penser que j'allais réagir de la sorte ? dit-elle en se couvrant les yeux d'une main tremblante. J'ai été si stupide, heureusement que Louise n'était pas là pour voir ça.

— Nous faisons tous des choses stupides, Linda, ne t'en fais pas. Est-ce que tu es bien installée ? Ils vont te garder ici pour la nuit, est-ce que tu veux que je t'apporte quelque chose ?

— Non… Je vais essayer de dormir un peu.

Linda jeta un regard derrière Caroline, vers la porte de sa chambre puis se mit à chuchoter.

— Est-ce que ce jeune médecin t'a dit quoi que ce soit sur les causes de mon intoxication ?

— Il a dit que tu avais bu trop de vin, Linda, que tu avais été malade puis déshydratée.

— Oh ! soupira Linda en se laissant aller contre son

oreiller. Et me crois-tu si je te dis qu'une telle chose ne m'était encore jamais arrivée, Caroline ?

— Bien sûr… Parfois le corps réagit étrangement, tu sais, déclara Caroline avant de la regarder en fronçant les sourcils. Mais où veux-tu en venir ?

— Je me suis sentie malade, vraiment très malade. Et ça a commencé bien avant de quitter le restaurant, dit-elle avant de baisser la voix à nouveau. Je n'ai même aucun souvenir de notre départ et j'espère que je n'ai pas fait de scandale, si ?

— Pas du tout, la rassura Caroline en lui tapotant la main affectueusement. Je t'ai conduite jusqu'à la voiture et personne n'a rien remarqué.

— Écoute, je ne cherche pas à me trouver de fausses excuses, mais je me demandc si je n'ai pas fait une intoxication alimentaire.

— Vraiment ? Peut-être que c'est pour ça que tu n'as pas fini ton plat. Mais je crois qu'il faut attendre quelques heures avant que les symptômes n'apparaissent, ça n'arrive pas instantanément, si ?

— Je ne sais pas, mais tout ça ne me semble pas normal.

— Je pourrai passer au Sutter's demain pour voir s'il y a eu d'autres cas.

— C'est vrai ? lança Linda, les yeux brillants de reconnaissance. Quelle chance j'ai de t'avoir à mes côtés… Comme j'ai bien fait de t'accueillir dans ma vie. Tu vas rester à Timberline un moment, n'est-ce pas ? Tu es devenue comme une fille pour moi.

Caroline sentit un sanglot monter dans sa gorge. Comment pouvait-elle lui dire qu'elle s'apprêtait justement à quitter la ville ?

— Je resterai au moins jusqu'au retour de Louise.

— Seulement ? lui répondit Linda en perdant son sourire. Mais tu peux recommencer ta vie à zéro ici, nous aimerions tellement te garder avec nous.

— Tu sais quoi ? répliqua Caroline en la bordant. Tu es fatiguée. Repose-toi, et je viendrai te chercher demain quand ils t'auront ôté cette perfusion et que tu seras remise sur pied.

— Et Cole ? lui demanda alors Linda avec un faible sourire.

— Oh ! j'ai failli oublier, s'exclama Caroline en hochant la tête. Je t'écoute me remercier alors que c'est grâce à lui que tu es encore là. Il était avec moi quand tu m'as appelée et c'est lui qui t'a empêchée de t'étouffer en attendant l'arrivée des secours.

— Mon Dieu, dire que Cole m'a vue dans cet état… Je suis mortifiée.

— Tu as un vrai béguin pour lui, lui fit remarquer Caroline en riant. Il était heureux d'être là pour aider et il m'a dit de te transmettre ses amitiés.

Linda sourit à nouveau puis ferma doucement les paupières.

— Fais de beaux rêves, lui murmura alors Caroline en lui pressant la main tendrement.

Puis elle sortit de la chambre sur la pointe des pieds, remercia Stella qui l'attendait dans le couloir et retourna dans la salle d'attente.

— Vous aviez raison, lança-t-elle à Cole en le retrouvant. Elle aurait été mortifiée, ce sont même ses propres mots, si vous étiez venu avec moi.

— Comment va-t-elle ?

— Plutôt bien. Elle est seulement gênée et…

— Et quoi ? lui demanda Cole tandis qu'ils sortaient de l'hôpital pour rejoindre le parking où sa voiture de location était garée.

— Elle trouve sa réaction physique exagérée. Elle ne réagit d'ordinaire pas ainsi après avoir bu du vin, même beaucoup.

— J'espère bien, lui répondit Cole en déverrouillant sa voiture.

— Elle dit qu'elle ne s'était encore jamais sentie aussi mal et pense que c'est peut-être dû à une intoxication alimentaire, continua Caroline en prenant place sur le siège passager.

— Vraiment ? Mais est-ce que Dr Débordé lui a fait passer des tests ?

— Je… Je ne sais pas. Quel genre de tests ?

— Des tests de toxicologie.

— De toxicologie ? répéta Caroline en sentant tout à coup un frisson glacé lui parcourir le corps.

Les tests de toxicologie ne servaient-ils pas à révéler la présence de poison dans le corps ?

— Je ne pense pas, finit-elle par lui répondre en refermant sa portière.

Quand Cole s'installa au volant, Caroline comprit à son expression qu'il préférait clore cette conversation et elle ne put s'empêcher de se sentir soulagée.

— Vous comptez toujours quitter la ville ? lui demanda-t-il.

— J'en ai envie, oui, mais je ne peux pas laisser Linda toute seule pour le moment. Peut-être que quand elle se sera remise je l'envisagerai à nouveau.

— Vous devriez. Si l'homme qui vous a agressée devant chez vous a bien été envoyé par votre mari et que ce n'était pas une attaque hasardeuse, alors votre planque n'est plus fiable, lui dit Cole avant de lever sa main en l'air. Et c'est tout ce que je compte vous dire à ce sujet.

Pendant un court instant, Caroline avait oublié son agression. Mais à présent toutes ses inquiétudes refaisaient surface. Comment cet homme était-il au courant de l'argent qu'elle avait dérobé ? Comment l'avait-il retrouvée ? Et surtout… Comment savait-il qui elle était ?

Se pouvait-il que cet homme les ait suivies, Linda et elle, jusqu'au Sutter's en pensant qu'elles en ressortiraient quelques heures plus tard totalement ivres et deviendraient ainsi des cibles faciles ?

Et l'homme chauve ?

Caroline posa son front sur la vitre froide de sa fenêtre et observa les gouttes d'eau qui ruisselaient. À l'extérieur, tout était flou. Comme sa situation… Elle ne savait plus quelle direction suivre.

— Vous avez eu une sacrée journée, lui dit finalement Cole. Ça va aller ?

— Qu'est-ce que ça peut vous faire ? lui rétorqua-t-elle avant de se mordre la lèvre.

Pourquoi se sentait-elle si en colère contre lui ? Elle savait qu'il ne pensait pas le plus grand bien d'elle, mais en même temps, elle ne pouvait pas lui dire la vérité. C'était donc le prix à payer, même s'il lui semblait terriblement élevé.

Cole ne lui répondit pas, et sa question agressive flotta entre eux jusqu'à ce qu'il se gare devant chez elle, à côté de la voiture de Linda.

— Je veux simplement m'assurer que vous allez bien, Caroline, lui dit-il enfin quand elle posa sa main sur la poignée de sa portière. Même si je suis sûrement le dernier des imbéciles et que je ne devrais pas m'en faire pour vous.

À ces mots, il se pencha vers elle, glissa sa main derrière sa tête et l'embrassa fougueusement.

Quand il ôta ses lèvres des siennes, il répéta :

— Le dernier des imbéciles…

Caroline se précipita hors de la voiture et courut jusqu'à sa porte, les mains posées sur ses joues brûlantes.

Si lui était le dernier des imbéciles, qui était-elle donc pour avoir aimé ce baiser ?

Le matin suivant, Caroline appela l'hôpital pour avoir des nouvelles de Linda et savoir à quelle heure elle pouvait venir la chercher. L'infirmière lui répondit que le médecin préférait la garder sous surveillance toute la matinée, aussi décida-t-elle de rendre une petite visite à Rebecca Geist, l'agent immobilier qui discutait avec l'homme chauve, l'autre soir au Sutter's.

Tout en conduisant jusqu'à l'agence de celle-ci, elle ne put s'empêcher de repenser au baiser de Cole dont elle sentait encore la saveur. Tous deux semblaient éprouver une véritable attraction mutuelle malgré le danger qu'ils représentaient l'un pour l'autre. Et Caroline devait reconnaître que si elle pouvait continuer à jouer au chat et à la souris avec lui, elle serait la plus heureuse des chattes… ou des souris. Les rôles n'étaient pas encore bien établis.

Malgré tout, elle était consciente qu'il fallait être un peu folle pour vouloir passer du temps avec un agent de la DEA qui enquêtait sur le meurtre de Johnny Diamond.

Elle se gara devant l'agence immobilière puis entra dans la boutique en faisant mine d'être intéressée par l'achat d'une propriété à Timberline.

Rebecca Geist était au téléphone et, tout en parlant à cent à l'heure à son interlocuteur, elle lui fit un signe de la main depuis son bureau.

Caroline jeta un œil aux annonces placardées aux murs puis se servit un verre à la fontaine à eau.

Enfin, Rebecca raccrocha et se leva, en remettant sa jupe moulante en place.

— Désolée, bonjour, Rebecca Geist, lui dit-elle en lui tendant une main aux ongles couleur corail.

— Caroline Johnson, lui répondit Caroline en traversant la pièce pour la rejoindre.

— Vous êtes la nièce de Linda Gunderson, c'est ça ?

— Sa cousine, au second degré.

— Ah oui… Vous cherchez un endroit où vous installer à Timberline ? Vous voulez avoir votre propre chez-vous ? Les sœurs Gunderson ont une chouette petite propriété, ce petit duplex au bout de la rue principale. Il est idéalement situé. Je sais qu'aucune des deux n'a d'enfants, est-ce que l'endroit va vous revenir un jour ?

Caroline déglutit péniblement. Donc Cole n'était pas le seul à penser que sa visite à Timberline n'était pas désintéressée. Est-ce que tout le monde ici pensait la même chose ? Elle redressa le menton. En même temps n'était-ce pas préférable plutôt qu'ils la soupçonnent d'être la complice d'un trafiquant de drogue assassiné ?

— Pas que je sache, non, répondit-elle à Rebecca en haussant les épaules. Mais, oui, je suis venue vous voir pour avoir une idée des propriétés qui sont à vendre et de leurs prix.

— Il n'y a pas grand-chose sur le marché en ce moment, lui annonça Rebecca en tapotant ses ongles longs sur son bureau. Il y a bien ce chalet où on a retrouvé le cadavre.

— Le cadavre ? répéta Caroline en lâchant le stylo avec lequel elle jouait.

— Il y a quelques années, un caïd de la ville a tué sa maîtresse et a caché son corps dans la cheminée du chalet qu'il possédait.

— Ça ne me dit rien, déclara Caroline en se baissant pour ramasser le stylo au sol.

— Je crois que c'est la seule disponibilité pour l'instant. Le chalet des Kennedy est libre et sera bientôt sur le marché, mais les propriétaires ne sont pas en ville actuellement.

Rebecca se retourna, sortit un classeur de l'étagère située derrière elle et commença à le feuilleter.

— Il y a quelques grandes maisons à louer, près d'Evergreen Software, mais elles semblent plus adaptées aux familles ou aux employés de l'entreprise. Enfin, vous pouvez jeter un coup d'œil si ça vous intéresse. Trois cents mètres carrés minimum avec à chaque fois quatre chambres et deux salles de bains.

— C'est immense. Non, non, je crois qu'un chalet me conviendrait mieux, en effet, déclara Caroline en laissant courir ses doigts sur le prospectus des grandes maisons.

Elle se demanda soudain si l'homme au crâne rasé était intéressé par l'une de ces propriétés. Il avait dit avoir une fille. Mais peut-être n'était-ce qu'un mensonge ?

— Vous avez beaucoup de demandes ces temps-ci ? lança-t-elle à Rebecca en refermant le classeur.

— Pas beaucoup, non. Evergreen se porte toujours bien, mais ils n'embauchent pas en ce moment.

Caroline soupira. Cette virée était un échec total. Elle n'avait rien appris de plus sur l'identité de l'homme chauve.

— Eh bien, merci pour votre attention.

— Je vous en prie, lui répondit Rebecca en lui tendant sa carte de visite. N'hésitez pas à me contacter si vous avez d'autres questions.

Caroline prit la carte, la glissa dans son sac à main et fit quelques pas en direction de la porte avant de s'arrêter pour prendre une profonde inspiration.

— J'ai l'impression de vous avoir vue hier soir au Sutter's.

— C'est possible, oui. Je suis passée chercher de quoi dîner. Mon fiancé vit à New York, alors c'est quelque chose que je fais assez souvent. Travailler tard, manger au bureau…

— Vous étiez avec un homme au bar…, continua Caroline en se retournant vers elle. La tête rasée, une trentaine d'années, j'ai l'impression de le connaître…

— Oh ? s'exclama Rebecca en fronçant les sourcils. Mais vous n'avez pas grandi ici, n'est-ce pas ? Vos cousines ne sont pas non plus natives de la région, si ?

Caroline eut soudain l'impression que Rebecca était agacée.

— Non, en réalité c'est même la première fois que je viens à Timberline.

— C'est un client de passage. À moins que vous ne soyez du Connecticut, je ne pense pas que vous le connaissiez.

— Ah, j'ai dû me tromper, lui répondit Caroline en la saluant de la main. Au revoir et merci encore.

En s'installant dans la voiture de Linda, Caroline posa ses mains et son front sur le volant. Rebecca avait réagi de manière bizarre à sa question. Caroline pouvait comprendre qu'elle veuille protéger la confidentialité d'un client, mais l'achat d'une maison n'était quand même pas quelque chose de très intime.

Et pourquoi Rebecca lui avait-elle demandé si elle était d'ici ? Sous-entendait-elle que son client lui l'était ? Mais comment cela était-il possible puisqu'il vivait dans le Connecticut…

Caroline se tapa le front contre le volant en soupirant. Son obsession pour cet homme l'avait distraite de ses autres problèmes.

Un homme l'avait agressée à l'arme blanche la veille, lui avait réclamé de l'argent, et elle ignorait s'il avait un lien avec Diamond ou pas. Linda était souffrante et avait besoin d'elle alors qu'elle prévoyait justement de quitter Timberline. Et Cole l'avait embrassée — après lui avoir avoué qu'il ne lui faisait pas plus confiance qu'à son ex-femme qui l'avait trompé.

Si elle décidait de demeurer à Timberline pour veiller sur Linda, elle allait devoir surveiller ses arrières. Et rester sur ses gardes quand Cole Pierson serait dans les environs.

Son téléphone se mit à sonner, et elle l'attrapa et regarda l'écran avant de décrocher.

— Bonjour, docteur Shipman.

— Bonjour, Caroline, alors est-ce que d'autres souvenirs vous sont revenus depuis notre séance ?

— Je me suis souvenue que j'aimais la chaleur aride du désert. Mais je ne sais pas si c'est le pouvoir de suggestion suite à notre séance d'hypnose ou si c'est un véritable souvenir.

— Intéressant… Est-ce que ça vous semblait réel ?

— Oui, absolument.

— Très bien. Je vous appelle parce que je dois quitter la ville après-demain et je ne voulais pas annuler notre rendez-vous sans en fixer un nouveau. Normalement je ne travaille pas demain, mais je peux m'arranger si vous êtes disponible. Est-ce que vous pourriez venir le matin ou plus tard dans la journée, vers 17 heures ?

Les amis de Linda avaient déjà prévenu Caroline qu'ils viendraient la voir chez elle pour jouer au bridge demain et qu'ils apporteraient le dîner.

— 17 heures, c'est parfait.

— Très bien, à demain, alors.

Caroline rangea son téléphone et mit le moteur en marche. Elle avait hâte de recommencer à fouiller dans son passé avec le Dr Shipman mais, avant cela, elle avait deux ou trois choses à régler. Elle devait aller chercher Linda à l'hôpital et mettre son absurde enquête sur l'homme chauve entre parenthèses.

Pendant le trajet jusqu'à l'hôpital, Caroline parvint à se convaincre que son agression de la veille n'était qu'une coïncidence, que l'homme au crâne rasé n'était venu à Timberline que pour affaires et que la prochaine séance avec le Dr Shipman suffirait à lui rendre la mémoire.

Elle pourrait ainsi accorder à Cole un dernier baiser avant qu'il quitte la ville.

Elle trouva Linda, assise sur le bord de son lit, la tête baissée et les mains coincées entre ses genoux.

— Prête à ficher le camp ? lui lança-t-elle d'une voix enjouée. C'est bon, tu as eu assez de compotes et d'émissions de télé ?

— Oh oui, je t'en supplie, sors-moi d'ici, lui répondit Linda d'une voix lugubre.

— Ça va ? Tu n'as pas l'air bien.

— Ça va, Caroline. Allons-y maintenant.

— Est-ce que je dois parler au Dr Nesbitt avant de partir ?

— Il n'est pas là. J'ai signé tous les formulaires et j'ai transmis les informations à mon assurance maladie, lui dit-elle en lui tendant une pile de documents. Je dois seulement boire beaucoup d'eau et me reposer.

Les infirmières insistèrent pour que Linda monte dans un fauteuil roulant, et Caroline la poussa jusqu'à l'accueil.

Quand elles croisèrent Stella, l'infirmière qu'elles avaient déjà vue la veille, celle-ci les interpella.

— Caroline ? J'ai une ordonnance pour Linda à vous remettre.

— J'arrive, lui répondit Caroline avant de presser affectueusement l'épaule de Linda. Je reviens dans une minute.

Une fois devant le bureau de l'accueil, Stella se pencha en avant et lui glissa l'ordonnance.

— Juste un petit rappel, Linda se sent encore patraque et est un peu triste ce matin. Mais peut-être qu'elle est seulement embarrassée.

— Merci, fit Caroline en fourrant l'ordonnance dans sa poche avant de revenir vers Linda. Je suis garée juste à côté, est-ce que tu veux marcher avec moi ou préfères-tu qu'on continue avec le fauteuil roulant ?

— Je peux marcher.

Caroline aida Linda à se lever, mais celle-ci la repoussa.

Stella ne plaisantait pas. Caroline n'avait encore jamais vu Linda contrariée à ce point.

Après avoir ouvert la portière du côté passager, elle l'aida malgré tout à s'installer dans la voiture puis vint se mettre au volant. Quand elle claqua sa portière, elle se tourna vers Linda.

— Tu peux me dire ce qui ne va pas ?

— Tu vas penser que je suis folle, comme tous les autres ici.

— Je te promets que non.

— Caroline, je crois que j'ai été empoisonnée.

10

— Quoi ? s'exclama Caroline en sentant son cœur manquer un battement.

— Hier soir, je n'ai pas bu tant de vin que ça. Et j'ai été vraiment malade. Je suis sûre que j'ai été empoisonnée.

— Tu veux dire comme une intoxication alimentaire ? Est-ce que tu as posé la question au Dr Nesbitt ?

— Tsss, le Dr Nesbitt n'est qu'un jeune imbécile.

— Mais qu'est-ce que tu veux dire exactement Linda ? De quoi parles-tu ?

— Je parle d'empoisonnement. Je pense que quelqu'un a mis hier soir quelque chose dans ma nourriture ou dans mon vin.

Caroline serra ses mains sur le volant pour tenter de garder son sang-froid. Son esprit s'emballait. Du poison… Est-ce que quelqu'un essayait de la piéger ? Si c'était vrai, c'était la deuxième personne de son entourage qui était empoisonnée, cela ne pouvait pas être une coïncidence…

Se pouvait-il qu'elle soit assez folle pour empoisonner les gens avant de s'évanouir ? Caroline se pinça l'arête du nez et ferma les yeux. Elle n'avait pas perdu connaissance la veille.

Peut-être que quelqu'un avait empoisonné le vin en pensant que c'était Caroline qui l'avait commandé… Peut-être que le poison n'était pas destiné à Linda mais à elle.

Mais… Quel poison ? Tout cela n'était pour le moment que pure spéculation.

— Est-ce que l'équipe médicale a fait des tests pour rechercher des traces de cet éventuel poison ? interrogea-t-elle Linda.

Cole avait suggéré la veille de faire des tests de toxicologie… Caroline se demanda soudain si, en apprenant ce que Linda suspectait, Cole n'allait pas de nouveau envisager que Caroline puisse avoir un lien avec Johnny Diamond.

— L'équipe et ce charlatan de médecin ne m'ont pas crue. Je les ai vus échanger des regards et pouffer de rire. Je sais qu'ils ont pensé que je n'étais qu'une vieille folle qui ne pouvait pas contrôler sa consommation d'alcool et que je me cherchais des excuses.

— Linda, je suis sûre qu'ils n'ont pas pensé cela.

— Et moi j'en suis persuadée, rétorqua Linda en attachant sa ceinture de sécurité. Ramène-moi à la maison, s'il te plaît.

Après avoir jeté un œil dans son rétroviseur, Caroline démarra puis sortit du parking de l'hôpital.

— Linda ?

— Oui ?

— Pour quelles raisons quelqu'un voudrait-il t'empoisonner ?

— Pour quelles raisons quelqu'un voudrait-il s'introduire chez toi ?

— Je… Je pense que je me suis trompée, dit Caroline d'un ton hésitant. J'ai réagi de manière un peu disproportionnée hier. Tu penses que le poison m'était destiné ? C'est ça que tu essaies de me dire ?

— Est-ce qu'il te recherche, Caroline ? Est-ce que ton mari est à tes trousses ?

Caroline se rapprocha du volant et plissa les yeux en regardant la route. Que pouvait-elle répondre à Linda ?

Elle ne savait pas si elle était mariée, mais ce qu'elle

savait c'est qu'il était fort probable que quelqu'un la traque pour récupérer l'argent volé de Johnny Diamond.

Peut-être que la police avait laissé filtrer l'information comme quoi il manquait de l'argent dans les sacs retrouvés à côté du cadavre dans le motel. Peut-être que les agents de la DEA voulaient que les associés de Johnny se lancent après elle et qu'ils fassent le travail pour eux. Peut-être que Cole était là pour faire le ménage.

Caroline prit une profonde inspiration et soupira.

— Je ne pense pas, Linda. Mais tu as raison sur un point, ma présence à Timberline te met en danger. Dès que tu seras remise, je partirai d'ici.

Linda renifla et s'essuya le nez avec un mouchoir.

— Je ne voulais pas dire ça, chérie. Je suis inquiète pour toi.

— Je me fais du souci pour toi aussi, Linda. Est-ce que tu veux aller parler de tes soupçons au shérif ? Je n'arrive pas à croire que personne à l'hôpital ne t'a prise au sérieux.

— Oh ! tu connais les médecins. Ils pensent toujours qu'ils savent tout mieux que tout le monde, et je n'ai aucune envie de me sentir à nouveau ridicule au commissariat.

— Tu veux que j'aille parler au barman qui était de service hier soir au Sutter's ou même à Chloe pour leur demander s'ils ont remarqué quelque chose de louche ?

Le mystérieux client de Rebecca était au bar ce soir-là. Avait-il versé quelque chose dans leur vin ?

Caroline se sentit soudain submergée à l'idée de tous les scénarios possibles… Aucun d'entre eux n'était positif. Elle regretta que son rendez-vous avec le Dr Shipman n'ait pas lieu cet après-midi. Elle se sentait soudain incapable de rester dans l'obscurité une nuit de plus.

— Je t'ai inquiétée, n'est-ce pas ? Oh ! j'aurais mieux fait de garder ça pour moi, mais ces médecins m'ont rendue folle.

— Je suis désolée… Tu as été si gentille avec moi, vraiment, et j'en ai bien profité, mais là je crois qu'il est temps que je plie bagage, lui répondit Caroline en levant la main pour qu'elle ne l'interrompe pas. J'ai rendez-vous avec le Dr Shipman demain, je pense que je vais lui demander de m'orienter vers un collègue dans une grande ville quelque part, ainsi je ne traînerai bientôt plus dans tes pattes.

— Caroline, tout cela est stupide, je ne voulais pas te chasser.

— Se faire empoisonner n'a rien de stupide.

— Je ne suis même pas sûre que c'est ce qui est arrivé. Je ne suis probablement qu'une vieille folle qui a bu trop de vin.

— De toute façon, j'envisageais déjà de m'en aller. Je ne peux plus rester ici, ce n'était qu'une solution temporaire.

— Et Cole ?

— Qu'a-t-il à voir là-dedans ? demanda Caroline en se sentant rougir. Je t'ai déjà dit que je n'étais pas prête à recommencer une relation amoureuse.

— Je sais. Mais je ne peux m'empêcher de trouver ça dommage... Si vous vous étiez rencontrés à un autre moment, dans un autre endroit...

À un autre moment, dans un autre endroit ? Caroline n'avait pas de passé, pas de famille, pas de vie. Ce constat lui fit le même effet qu'un violent coup de poing dans le ventre, et elle sentit que, si elle n'était pas en train de ramener Linda chez elle, elle aurait éclaté en sanglots.

Elle ne s'était encore jamais autorisée à pleurer. Peut-être n'était-ce pas son genre, mais de quel genre était-elle ? Elle n'en avait aucune idée.

Où était passé cet élan d'optimisme et d'espoir qu'elle avait ressenti sur le chemin de l'hôpital ? Si quelqu'un avait vraiment tenté de l'empoisonner, cela signifiait qu'elle avait de gros problèmes. Peut-être que l'homme dans l'allée pensait que ce serait plus facile une fois qu'elle serait droguée. Elle allait devoir s'enfuir, et vite.

Une fois chez Linda, Caroline l'aida à faire sa toilette

et à changer de vêtements. Puis elle l'accompagna jusqu'à son fauteuil préféré.

— Tu veux boire quelque chose ? Du thé, de l'eau, un verre de vin ?

Linda gloussa.

— Si tu es encore ici quand Louise rentrera, ce que j'espère de tout mon cœur, s'il te plaît, ne lui parle de pas de cette histoire. Elle peut être odieusement moralisatrice.

— Motus et bouche cousue, lui répondit Caroline en posant son doigt sur ses lèvres. Je fais du thé ?

— J'en veux bien si tu te joins à moi. Dis-moi, qu'as-tu fait ce matin avant de venir me chercher ?

Tout en versant de l'eau dans la bouilloire, Caroline jeta un regard par-dessus son épaule.

— J'ai fait un peu de ménage chez moi et je suis retournée à la bibliothèque.

Comme elle ne voulait pas parler de son obsession concernant cet homme mystérieux du Connecticut pour ne pas inquiéter Linda davantage, elle n'eut aucun mal à mentir.

— Tu n'as pas vu Cole ?

— Pas ce matin, non, lui répondit-elle en se mordant la lèvre.

Si elle ne l'avait pas vu, il avait toutefois occupé chacune de ses pensées aujourd'hui. Lui et son baiser.

— Eh bien, il est ici maintenant.

— Quoi ? dit-elle en laissant retomber la bouilloire sur la gazinière.

— Il vient de se garer devant la maison.

Quelques secondes plus tard, Cole frappa à la porte de Linda, et Caroline alla lui ouvrir après s'être essuyé les mains sur un torchon.

— Comment va Linda ? Elle est rentrée ? s'enquit-il de but en blanc.

— Oui, affirma Caroline en ouvrant grand la porte. Voyez par vous-même.

— Vous vous sentez mieux, beauté ? demanda Cole à Linda en sortant un bouquet de fleurs de derrière son dos.

— Oh ! elles sont magnifiques, dit Linda en applaudissant de joie.

— Vous avez l'air en bien meilleure forme, ajouta Cole en s'approchant d'elle. Est-ce qu'ils se sont bien occupés de vous ?

Caroline regarda Cole et Linda en retenant son souffle. Si Linda lui parlait de ses soupçons, Cole risquait de recommencer à la surveiller. Et Caroline ne pouvait le laisser fouiller dans son passé.

— Oui, ça va, je me sens mieux, déclara Linda en touchant les pétales d'une rose. Caroline, est-ce que tu peux mettre ces fleurs dans un vase pour moi ? Il y en a un dans le placard à côté de la table.

— Bien sûr, lui répondit Caroline en tendant la main pour prendre le bouquet. Cole, vous voulez une tasse de thé ?

Cole refusa en secouant la tête puis alla s'asseoir à côté de Linda, sur le bras de son fauteuil.

Pendant qu'elle arrangeait les fleurs dans le vase, Caroline entendit Cole et Linda discuter, mais heureusement Linda ne lui parla pas de ses soupçons d'empoisonnement.

— Est-ce que Caroline vous a dit qu'elle pensait quitter la ville ? demanda soudain Linda à Cole en haussant la voix.

Le sifflement de la bouilloire les interrompit. Pourquoi Linda ne pouvait-elle s'empêcher de jouer les entremetteuses ? songea Caroline en versant l'eau chaude dans les tasses.

— Je lui en ai parlé hier soir, dit-elle en les rejoignant, les tasses à la main.

— Je ne suis pas certain que la vie dans une petite ville convienne à Caroline, lâcha Cole en levant les yeux vers elle.

Caroline eut soudain envie de creuser un trou sous terre pour s'y cacher. Il y avait tant de mensonges qui tourbillonnaient entre eux trois qu'elle ne savait plus comment s'y prendre.

— Venir voir ma famille à Timberline a été réparateur et réconfortant pour moi, prétendit-elle en s'asseyant dans un fauteuil. Mais je dois commencer à penser à mon avenir.

— Et peut-on savoir à quoi va ressembler l'avenir de Caroline… Johnson ? lança Cole.

La gorge serrée, Caroline essaya de boire une gorgée de son thé en se demandant si Cole doutait maintenant de son identité.

— Je pense que tu devrais continuer ta thérapie, ça te serait véritablement bénéfique, lui dit Linda avant de souffler à la surface de son thé.

— Je le crois aussi, approuva Cole. J'ai vu un psy plusieurs fois après mon divorce, et ça m'a vraiment fait du bien.

— Caroline a un dernier rendez-vous demain avec le Dr Shipman avant de partir de Timberline, continua Linda en regardant Caroline puis Cole. Est-ce que vous pourriez l'y conduire ?

Caroline regarda Cole et secoua la tête.

— Je pensais que je pourrais prendre ta voiture, Linda. Tu dois bien aller dîner avec tes amies, n'est-ce pas ?

— Oui, mais ton rendez-vous est assez tard dans la soirée, et le temps que tu reviennes ici la nuit sera tombée. Je ne crois pas que ce soit une sage idée que tu fasses la route toute seule de nuit, Caroline, surtout après une séance d'analyse.

— Je vais voir un psy, je ne vais pas me faire opérer, Linda. Et puis Cole a probablement mieux à faire que de me conduire là-bas. Je m'en sortirai très bien toute seule.

— Encore une fois, cela ne me pose aucun problème de vous emmener, et puis je suis du même avis que Linda. Considérons cela comme un rendez-vous, ajouta Cole en se penchant vers Linda pour l'embrasser sur la joue. Maintenant je dois filer, j'ai des recherches à faire cet après-midi.

— Je vous raccompagne jusqu'à votre voiture, dit Caroline.

— Merci pour les fleurs, Cole ! lança Linda.

Caroline marcha avec Cole jusqu'à la porte d'entrée, sa main fermement posée sur son dos.

Une fois à l'extérieur, sous le porche, il se dégagea.

— Mais pourquoi me jetez-vous dehors ?

Caroline lui prit la main et l'entraîna dans l'allée.

— Je pensais que vous alliez parler de l'homme au couteau. Je ne veux pas que Linda sache ce qu'il s'est passé. Elle est suffisamment bouleversée.

— Oh ! et c'est pour cette raison que vous ne voulez pas qu'elle l'apprenne ? Mais vous n'avez toujours pas rapporté les faits à la police, n'est-ce pas ?

— Non et je ne vais pas le faire, ce qui est une bonne nouvelle pour vous, n'est-ce pas, cher monsieur l'agent de la DEA ? Et puis d'ailleurs pouvez-vous me dire ce que vous êtes venu faire ici ? Qu'est-ce que vous cherchez ?

— Vous avez vos secrets, j'ai les miens. Je ne vous dirai rien de mes affaires, mais je vous conduirai demain à votre rendez-vous. Quelqu'un est à vos trousses, traîne dans la ville avec un couteau, et vous ne voulez pas en parler à la police… Et vous comptez vous rendre seule à Port Angeles… Vous voulez savoir ce que je pense ? Soit vous êtes très courageuse, soit vous êtes une experte en arts martiaux ou alors, et c'est pour moi le plus vraisemblable, vous en savez bien plus sur votre agresseur que ce que vous ne le prétendez.

— J'accepte votre offre de m'emmener jusqu'à Port Angeles, déclara Caroline en rejetant la tête en arrière pour dégager les mèches de cheveux de son visage. Mais je ne répondrai pas à votre interrogatoire. Vous savez, Linda continue de croire à une fin de conte de fées pour nous deux.

— Ça ne risque pas d'arriver, ronchonna Cole.

— Ça, c'est sûr.

Bien malgré elle, Caroline laissa son regard glisser des beaux yeux verts de Cole jusqu'à ses lèvres charnues, et le ricanement moqueur qu'elle avait prévu pour conclure leur conversation se transforma en une moue silencieuse.

Il fit un pas pour se rapprocher d'elle, et elle se pencha vers lui, comme si elle était aimantée. Il prit son visage dans sa main puissante et déposa sur ses lèvres un baiser si brûlant que Caroline se demanda si les gouttes de pluie qui commençaient à tomber du ciel n'allaient pas grésiller sur sa peau.

Il approfondit son baiser, et ils restèrent ainsi, l'un contre l'autre sous la pluie, tandis que le ciel semblait s'ouvrir au-dessus d'eux. Sans cesser de l'embrasser, Cole couvrit leurs deux têtes de sa capuche.

Puis, reposant son front contre le sien, il lui murmura :

— Pas de fin heureuse possible.

Caroline recula et, alors que la pluie et les larmes coulaient sur son visage, elle répéta :

— Pas pour nous, non.

Comme Cole se penchait à nouveau vers elle, Caroline recula et retourna en courant vers la maison.

Une fois à l'intérieur, elle claqua la porte derrière elle et s'appuya au mur, tremblante.

— Qu'est-ce qui vous a pris tant de temps ? Que faisiez-vous dehors, sous cette pluie ? s'enquit Linda.

— On se disait au revoir.

Le lendemain, Caroline passa une grande partie de sa journée chez Linda. Elle lui avait proposé d'ouvrir la boutique, mais Linda préférait qu'elle lui tienne compagnie. Elles regardèrent ensemble la télévision et, tout en essayant de ne pas penser à Cole, Caroline s'assura que Linda se repose et s'hydrate correctement.

L'après-midi passa rapidement, et Caroline rentra bientôt chez elle pour se préparer à partir à Port Angeles. Une fois prête, elle retourna chez Linda pour lui donner un bon de réduction pour la pizzeria de la ville.

— Dis-moi, avec tes amies, vous avez prévu de commander des pizzas ce soir, non ? demanda-t-elle à Linda en agitant le coupon. Avec ce papier, vous pouvez avoir une réduction, je l'ai trouvé dans ma boîte aux lettres avec des publicités.

— Pose-le à côté du téléphone, lui répondit Linda en passant de la position allongée à la position assise sur le canapé. Je me sens en bien meilleure forme maintenant, je voudrais que tu oublies ce que je t'ai dit sur cette histoire d'empoisonnement. Je pense qu'en réalité les médecins avaient raison, j'avais beaucoup trop bu. C'est tout, fin de l'histoire.

— Cela ne change rien au fait que je dois partir d'ici, Linda. Je dois commencer à construire ma vie.

— Tu pourrais le faire ici, à Timberline.

— Je ne crois pas, affirma Caroline en s'asseyant à côté d'elle pour lui prendre la main. Même si je me sens comme chez moi ici, en partie grâce à ton hospitalité, il y a malgré tout quelque chose d'hostile. J'ai un sentiment sous-jacent.

— Je comprends. C'est une région magnifique, mais la pluie et la forêt ne peuvent pas plaire à tout le monde, concéda Linda en serrant sa main. Fais juste bien attention à toi où que tu ailles. Ne retourne pas avec Larry, quoi qu'il te promette, et envoie-moi de tes nouvelles de temps en temps.

— Tu es quelqu'un de merveilleux, tu sais, lui dit Caroline en sentant quelques larmes couler sur ses joues.

Si sa propre famille avait été aussi formidable que Linda Gunderson, jamais elle ne se serait retrouvée dans un tel pétrin. Qu'avait-elle donc fui ? Et comment avait-elle pu se retrouver dans l'entourage de Johnny Diamond ?

En entendant les pneus d'une voiture crisser dans l'allée, elle se redressa d'un bond.

— Je vais sortir pour éviter à Cole de marcher sous la

pluie. Sinon, je suis persuadée qu'il va venir me chercher à la porte.

— Parce que c'est un véritable gentleman… Caroline, je sais que tu ne finiras pas avec Cole, mais essaye de trouver quelqu'un d'aussi bien que lui, d'accord ?

— Oui, je te le promets, lui répondit Caroline en envoyant un baiser à Linda avant de sortir de la maison.

Elle courut jusqu'à la voiture tandis que Cole lui tenait la portière ouverte.

— Ce n'était pas la peine de vous mouiller, lui dit-elle en claquant sa portière.

— J'ai l'impression que la tempête ne va pas tarder à se calmer. Cela devrait se dégager quand nous arriverons à Port Angeles.

— Vous retournez à la bibliothèque ?

— J'ai quelques informations à vérifier, mais j'arrive au bout de mon enquête. Je n'ai pas découvert ce que je cherchais et je voudrais prendre au moins une vraie semaine de vacances avant de reprendre le boulot.

— Vous allez à Hawaï ? Dans les Caraïbes ?

— Non, rien d'exotique. Je vais aller voir ma sœur et sa famille. Ils vivent à San Diego, eux aussi…

— Je suis sûre que ça sera plus reposant qu'ici.

— Peut-être… En même temps je ne suis pas du genre à me détendre.

— On dirait, en effet, vu que vous travaillez pendant vos congés.

— Et vous, vous savez où vous allez ? lui demanda-t-il avant de lever la main avec un air innocent. Promis, ce n'est pas un interrogatoire.

— Je crois que je vais aller me perdre dans une grande ville. La vie en province ne semble pas faite pour moi.

— Probablement pas. Dans ce genre d'endroit, tout le monde veut tout savoir sur tout le monde.

Ils échangèrent ensuite sur des sujets plus légers, et

Caroline découvrit ainsi que Cole avait joué de la basse dans un groupe et qu'il avait pu entrer à l'université grâce à une bourse de natation.

Tandis qu'il lui racontait ses souvenirs, Cole s'éclairait et Caroline eut envie de partager avec lui des moments de sa vie, mais elle n'avait rien à lui confier. Son passé n'était qu'une grande page blanche.

Tout en riant d'une anecdote de Cole concernant un ivrogne qui avait essayé de chanter un soir sur scène avec son groupe, Caroline tourna la tête pour regarder par la fenêtre.

Alors qu'ils étaient en train de passer devant la réserve quileute, elle sentit soudain une décharge électrique lui secouer le corps et elle agrippa les bords de son siège.

— Quelque chose ne va pas ?

— Je ne sais pas, répondit-elle à Cole en se massant les tempes. J'ai eu une violente décharge d'adrénaline.

— Ce doit être le stress, vous avez besoin de relâcher la pression, de faire un peu d'exercice pour vous détendre. Quand je me sens sur les nerfs comme ça, je fonce à la piscine pour faire quelques longueurs. Quel est votre truc à vous ? La course à pied ? Vous avez l'air de quelqu'un qui aime courir.

— Oui… Sur des longues distances, lui répondit-elle en sentant les battements de son cœur s'accélérer.

Tiens, se dit-elle, d'où cela pouvait-il bien sortir ? Elle savait que c'était la vérité, elle le sentait, elle courait. Peut-être que ce n'était qu'à cause des vêtements de running qu'elle avait trouvés dans sa valise, mais cela semblait juste. Aussi juste que le désert.

— Oui, je pratique la course à pied, répéta-t-elle d'une voix assurée.

— Moi je déteste courir, à moins bien sûr que ce ne soit après un suspect.

Caroline, elle, sentait au plus profond d'elle-même qu'elle aimait cela. Elle savait également qu'elle préférait le désert à cette région humide et venait de ressentir un choc en voyant la réserve des Quileutes. Un choc puissant.

— Vous m'avez dit que l'homme qui avait kidnappé ces enfants il y a des années faisait partie de la tribu des Quileutes ? lança-t-elle à Cole en tapotant la vitre du bout du doigt.

— Qui ? Rocky Whitecotton ? Ouais, mais la tribu l'avait déjà plus ou moins désavoué avant même de découvrir qu'il était mêlé à cette affaire d'enlèvements. En fait, ce n'est pas lui qui a kidnappé ces enfants. Il a envoyé des membres des Lords of Chaos faire le sale boulot pour lui.

Cole s'interrompit un instant et lui jeta un regard de côté.

— Pourquoi me demandez-vous cela ?

— Je viens de voir un panneau qui indiquait la réserve, ça m'a rappelé l'histoire de ce type.

— C'était un vrai taré d'après ce que j'ai entendu.

— Vous croyez qu'il les a tués ?

En voyant Cole serrer les dents, Caroline se souvint qu'il aimait les enfants.

— Certainement. On n'a jamais retrouvé leur trace.

Caroline acquiesça en silence puis se mit à fredonner sur la chanson qui passait à la radio tout en réfléchissant à ce que venait de lui dire Cole. Pourquoi Rocky Whitecotton était-il fâché contre Johnny Diamond ? Quel pouvait être son lien avec ce trafic de drogue ?

Caroline se sentit encore plus impatiente à l'idée de sa séance avec le Dr Shipman…

Elle et Cole discutèrent encore de choses et d'autres avant d'arriver à Port Angeles.

— Je repasse dans une heure ? s'enquit Cole en se s'arrêtant devant l'immeuble.

— Oui, je devrais être sortie à 18 heures.

— À tout à l'heure, alors, lui répondit-il. Bonne séance.

Quand Caroline ouvrit la portière, celle-ci lui échappa, emportée par une bourrasque.

— Désolée, dit-elle, c'est grâce à ce fichu vent que les nuages seront bientôt partis.

Après être sortie de la voiture, elle courut jusqu'au cabinet du Dr Shipman.

Refermant soigneusement la porte derrière elle, elle redressa la tête et se lissa les cheveux. La porte du bureau était fermée, et Caroline appuya donc sur le bouton pour signaler sa présence dans la salle d'attente.

Puis elle prit un magazine et le feuilleta en s'adossant contre le mur. Quelques pages plus tard, elle regarda l'heure sur son téléphone : il était maintenant 17 h 5.

Le Dr Shipman était probablement avec un autre patient. Caroline reposa le magazine et regarda à nouveau son téléphone en se demandant si elle devait envoyer un message à Cole pour le prévenir qu'elle aurait un peu de retard.

Elle doutait fort qu'il ait de réelles choses à faire à Port Angeles. Il semblait prêt à clore son enquête qui s'était révélée vaine — vaine car il avait localisé sa proie, mais ne s'en était pas rendu compte.

Dix minutes passèrent, et Caroline hésita à toquer à la porte… Peut-être que le patient précédent traversait une phase difficile. Elle sortit son téléphone à nouveau et appela le Dr Shipman.

Mais, après seulement deux sonneries, elle tomba sur la messagerie. Julie l'avait probablement éteint pour la séance.

Elle se rapprocha de la porte du bureau et pressa son oreille contre le bois, la main posée sur la poignée. Il n'y avait aucun son, aucune voix, à l'intérieur.

Peut-être que le Dr Shipman avait oublié sa séance ? Caroline frappa doucement et retint son souffle.

— Docteur Shipman ? Julie ? lança-t-elle en frappant à nouveau.

Elle sentit des frissons lui parcourir la nuque, et une vague de peur la submergea, sans raison valable. Mais peut-être était-ce à cause du silence mortel qui semblait régner dans le bureau…

Caroline reposa sa main sur la poignée et la tourna.

— Julie ? répéta-t-elle en entrouvrant doucement la porte.

La faible lumière allumée dans le bureau indiquait que le Dr Shipman était en séance. Caroline ouvrit plus grand la porte. Mais l'atmosphère dans la pièce vide était si étouffante qu'elle recula.

Une feuille de papier sur le sol retint son attention. Elle sentit les battements de son cœur s'accélérer. Elle n'était venue ici qu'une seule fois, mais elle avait tout de suite constaté que le Dr Shipman était quelqu'un d'ordonné. Pourquoi aurait-elle laissé une feuille traîner sur le sol ? Était-elle partie en urgence ?

Caroline redressa les épaules et entra dans la pièce. L'air sembla se refermer autour d'elle, lourd et humide. Soudain elle sentit une odeur métallique envahir son nez et sa bouche.

La peur au ventre, elle avança.

Elle voulait faire demi-tour, mais ses jambes n'obéissaient plus à son cerveau.

Elle marcha jusqu'au bureau en posant ses pieds l'un après l'autre sur le tapis, lentement, méthodiquement.

Elle parcourut la pièce des yeux, remarqua dans l'obscurité l'escarpin retourné au sol, la tache sombre sur le tapis et… le regard vide du Dr Shipman.

Alors, les souvenirs la submergèrent.

11

Le vent faisait danser les feuilles mortes sur le trottoir. Les coudes posés sur ses genoux, Cole regardait devant lui.

Si Caroline n'était pas mêlée à quelque chose de louche, pourquoi ne lui faisait-elle pas confiance ? Pourquoi ne lui confiait-elle pas ce qui la tracassait ? Peut-être serait-il en mesure de l'aider…

Ses proches avaient eu beau le mettre en garde et lui répéter que ce n'était pas une bonne idée de montrer son côté sensible aux femmes, il avait encore échoué lamentablement. Et, s'il avait confié des choses personnelles à Caroline, lui n'en savait pas beaucoup plus sur Caroline que le jour où il l'avait rencontrée, à la bibliothèque.

Il se redressa et prit une gorgée de son café. Il n'avait rien à faire à Port Angeles, et Caroline l'avait probablement compris. Aussi avait-il décidé d'aller s'acheter un café et de l'attendre sur un banc devant l'immeuble du Dr Shipman.

Il fut soudain tiré de ses pensées par le son strident d'une sirène qui provenait du bâtiment. Levant les yeux, il vit la porte d'entrée s'ouvrir avec fracas et bondit de son banc en reconnaissant Caroline qui sortait du bâtiment en courant, le visage déformé par la peur.

Quand elle laissa échapper un cri de terreur, Cole sentit un frisson glacé lui parcourir l'échine. Il se précipita vers elle, mais elle le repoussa comme si elle ne le voyait pas, le griffa et lui donna des coups de pied, jusqu'à ce qu'il réussisse à croiser son regard. Alors, elle s'effondra dans ses bras.

— Mon Dieu ! Qu'y a-t-il ? Caroline, répondez-moi, que s'est-il passé à l'intérieur ?

Prenant soudain conscience que les gens autour d'eux commençaient à les regarder, Cole avança lentement vers la porte de l'immeuble, mais Caroline le retint.

— Caroline, que se passe-t-il ?

— Elle est morte. Le Dr Shipman est morte. Elle a été égorgée.

Cole sentit l'adrénaline monter en lui.

— Vous êtes sûre ?

— Non, mais je vous en prie, ne me forcez pas à y retourner.

Un homme passa sa tête par la balustrade du deuxième étage et leur demanda :

— Vous voulez que j'appelle les secours ?

— Oui, lui répondit Cole. Il y a peut-être une victime à l'intérieur.

Caroline éclata en sanglots et enfouit son visage contre son torse.

— Est-ce que vous pouvez m'attendre ici ? questionna Cole en lui caressant les cheveux. Je voudrais aller jeter un coup d'œil.

— Vous pensez que je ne sais pas à quoi ressemble un cadavre ? lui rétorqua alors Caroline en agrippant sa chemise. Croyez-moi, je le sais.

Quelques personnes sorties de l'immeuble s'approchèrent d'eux.

— S'agit-il du Dr Shipman ? lança une femme.

— Oui, fit Cole. Avez-vous vu ou entendu quelque chose ?

— Non, rien du tout, affirma la femme en secouant la tête. Je n'ai pas entendu de détonation… Il y a eu des coups de feu ?

Cole guida Caroline jusqu'au banc et l'aida à s'asseoir. Puis il s'agenouilla devant elle et prit ses mains dans les siennes.

— Est-ce que vous pouvez m'attendre ici le temps que j'aille voir ? s'enquit-il à nouveau.

— Je vais rester avec elle, ajouta la femme qui venait de leur parler. De toute façon, la police ne devrait pas tarder à arriver.

— Cela vous convient ? demanda Cole à Caroline en effleurant sa joue pâle.

Elle lui répondit en acquiesçant du menton, et Cole remarqua que son regard semblait encore perdu, comme si ses yeux regardaient quelque chose de très, très lointain.

Il se redressa et marcha droit vers le bureau du Dr Shipman. Après être entré dans la salle d'attente, il prit un moment pour observer tout autour de lui et constata que rien ne semblait en désordre. Puis il poussa la porte encore ouverte du bureau de la psychologue et entra dans la pièce.

À peine fut-il entré qu'il reconnut l'odeur du sang. La psychologue avait dû en perdre beaucoup pour que l'air soit à ce point imprégné.

Faisant quelques pas de plus en avant, il remarqua une feuille de papier au sol, mais à part celle-ci tout semblait encore en ordre dans la pièce. Quand il parvint au lourd bureau en chêne, il se pencha pour regarder derrière.

Une femme, probablement le Dr Shipman, était allongée sur le sol, un bras le long du corps, l'autre posé sur sa poitrine. Elle devait être déjà morte lorsqu'elle était tombée au sol.

Une grande balafre abîmait son cou gracile, et une immense tache de sang avait imbibé le tapis sous sa tête. Cole parcourut des yeux le sol à la recherche de l'arme du crime, mais il n'y avait que la feuille de papier.

Sur le bureau, les dossiers étaient impeccablement rangés. Le Dr Shipman avait dû être attaquée par surprise et n'avait de toute évidence pas eu la moindre possibilité de se défendre. Il remarqua soudain des taches de sang sur la poignée de la porte qui se trouvait derrière le bureau et en conclut que le tueur n'était pas reparti par cette sortie.

Puis il reporta son attention sur la porte de derrière qui devait mener à un parking ou à une ruelle. L'homme avait dû s'enfuir par là.

Dehors, les sirènes se rapprochaient. Cole ferma les yeux et inspira profondément pour tenter de rester concentré. Pour quelles raisons avait-on voulu tuer la psychologue de Caroline ? Il n'avait aucun doute sur le fait que cet assassinat avait manifestement un lien avec la folie qui semblait entourer Caroline.

Il entendit soudain des voix dans la salle d'attente.

— Il y a quelqu'un ? C'est la police. Sortez ! Les mains en l'air !

Cole se détourna du corps et retourna dans la salle d'attente, les mains au-dessus de la tête.

— Je suis Cole Pierson, un ami de la femme qui a découvert le corps. Je travaille pour la DEA.

— Il y a quelqu'un d'autre là-dedans ? s'enquit le policier sans baisser son arme.

— Non, seulement le cadavre du Dr Shipman. Elle a été égorgée.

— Avez-vous une pièce d'identité ? lui demanda le deuxième officier en passant devant son partenaire.

— Dans la poche intérieure droite de ma veste. Mon arme est dans celle de gauche.

— Donnez-moi vos papiers, ordonna le policier.

Cole sortit lentement son badge et le lui tendit.

— Étiez-vous avec Mlle Johnson quand elle a découvert le corps ? lança le policier en regardant le badge.

— Non, je l'attendais dehors quand elle est sortie d'ici en hurlant.

— Pourquoi êtes-vous entré ?

L'autre policier s'apprêtait à pénétrer dans le bureau.

— Je voulais juste voir si le Dr Shipman avait besoin d'aide.

— Et alors ?

— Alors, elle est morte, la gorge tranchée, déclara Cole en rangeant son badge dans sa poche. Je n'ai rien touché dans le bureau, mais mon amie peut-être.

— Deux détectives de la brigade criminelle de Clallam sont en route, nous allons les laisser s'occuper de tout ça. En les attendant, nous allons sécuriser la scène de crime.

— Je vous laisse travailler, leur répondit Cole en s'écartant. Il y a une deuxième porte dans ce bureau, je pense que le tueur s'est enfui par là.

Quand il sortit à l'extérieur, Cole prit une grande bouffée d'air frais puis alla rejoindre Caroline qui, toujours assise sur le banc, était en train de discuter avec un policier.

À son approche, elle leva les yeux vers lui, l'air toujours hagard.

— Je… Je n'ai pas de papiers d'identité, était-elle en train de répondre au policier. J'ai perdu mon portefeuille en me rendant à Timberline et je n'ai pas eu le temps de les faire refaire…

— Il y a un problème ? intervint Cole en montrant son badge au policier.

— Je demandais seulement ses papiers à Mlle Johnson, lui répondit le jeune homme en regardant le badge. Mais apparemment elle n'en a pas.

— Oui, elle a perdu son portefeuille la semaine dernière, répéta Cole en évitant de croiser le regard étonné de Caroline.

— Vous vous portez garant pour elle ? lui demanda l'officier en fronçant les sourcils.

— Bien sûr.

— Très bien, je vais avoir besoin de votre numéro de téléphone, mademoiselle Johnson. Pour vérifier votre identité.

Caroline lui donna son numéro, et le policier l'inscrivit sur un petit cahier.

— Ne quittez pas la région. Vous êtes témoin, et comme je viens de vous le dire nous allons devoir vérifier votre identité. Grâce à l'agent Pierson, je ne vais pas prendre vos empreintes digitales tout de suite, mais je le ferai demain quand vous viendrez au commissariat pour l'interrogatoire.

— D'accord, merci, je serai là.

— Voilà, en ce qui me concerne c'est terminé, mais restez par là car les détectives de la brigade criminelle du comté vont avoir des questions à vous poser à leur arrivée.

— Très bien mais je vous ai tout dit, vous savez. J'avais rendez-vous avec le Dr Shipman, j'ai sonné, je suis entrée dans son cabinet et comme elle semblait avoir du retard je l'ai appelée sur son téléphone portable… Après, j'ai écouté à sa porte pour voir si elle était là et comme je n'entendais rien j'ai ouvert la porte… C'est là que j'ai vu son corps.

Caroline s'interrompit un instant et se frotta le visage.

— Je ne la connaissais pas bien. Je ne l'avais vue qu'une seule fois.

— OK, eh bien, vous répéterez tout ça aux inspecteurs. Attendez-les ici, s'il vous plaît, ils ne devraient plus tarder.

L'officier posa quelques questions à Cole puis se rendit à l'entrée de l'immeuble pour tenter de faire déguerpir les curieux qui s'étaient regroupés sur le trottoir.

Cole s'assit près de Caroline et allongea ses jambes devant lui en soupirant.

— Que se passe-t-il, Caroline ?

— Je ne sais pas, lui répondit-elle en tournant son visage vers lui. Pourquoi me demandez-vous cela ?

— Vous savez pourquoi le Dr Shipman a été assassinée, lui dit-il en baissant la voix.

— Pourquoi dites-vous une chose pareille ? Je la connaissais à peine. Je n'ai suivi qu'une seule séance.

— Que lui avez-vous dit pendant cette séance qu'elle n'aurait pas dû savoir ?

— Je ne comprends pas de quoi vous parlez, protesta-t-elle en cachant son visage dans ses mains.

— Mademoiselle Johnson ?

Un homme en costume noir avec une cravate rouge s'approcha d'eux.

— Bonjour, je suis le détective Rowan, je travaille pour la brigade criminelle du comté de Clallam. J'ai cru comprendre que c'était vous qui aviez découvert le corps du Dr Shipman ?

— C'est moi, en effet, lui répondit Caroline en dégageant son visage.

— Pouvez-vous m'expliquer les circonstances de votre visite et ce qu'il s'est passé ?

Cole écouta Caroline répéter son histoire au détective, sans s'éloigner de la version qu'elle avait donnée au policier de Port Angeles.

Quand le détective Rowan eut lui aussi posé quelques questions à Cole, il prit leurs numéros de téléphone puis alla rejoindre ses collègues qui s'affairaient devant la porte du cabinet.

— Alors, c'est ça votre version ? Vous n'êtes venue voir le Dr Shipman qu'une seule fois et vous vous êtes retrouvée au mauvais endroit au mauvais moment ? murmura alors Cole à Caroline.

— Qu'attendez-vous de moi ?

— Eh bien, pourquoi pas la vérité, pour commencer ?

Caroline agrippa son bras, et ses ongles longs traversèrent la manche de sa veste pour venir s'enfoncer dans sa peau.

— Je n'ai tué personne.

— Je ne vous ai jamais accusée d'avoir tué le Dr Shipman ni personne d'autre, lui répondit Cole en écarquillant les yeux. Je doute fort que vous soyez assez forte pour pouvoir égorger quelqu'un par-derrière, même si votre psychologue n'était pas aussi grande que vous. C'est d'ailleurs pour cette raison que l'arme privilégiée des femmes reste le poison.

À ces mots, Caroline devint blême et se crispa.

En voyant sa réaction, Cole eut soudain l'impression que tous les bruits autour de lui avaient disparu pour laisser place à un bourdonnement dans ses oreilles. C'était devant ses yeux. Depuis le début. Une femme, avec un bonnet noir, débarquée subitement à Timberline.

Ses premières intuitions avaient été bonnes, mais la relation de Caroline avec Linda Gunderson l'avait embrouillé. Mais était-ce possible que Linda, cette femme si gentille et si douce, lui ait menti pendant tout ce temps ? Pourquoi faire une telle chose pour une inconnue ? À moins qu'elle et Caroline ne soient vraiment cousines et que ce soit la raison pour laquelle cette dernière était venue à Timberline…

Caroline se leva du banc, mais Cole lui saisit le bras et la força à se rasseoir.

— Le poison. Que savez-vous du poison ?

— Rien, lui répondit-elle en serrant les dents. Je ne vois pas de quoi vous parlez. Je n'ai tué personne. J'en suis certaine à présent.

— À présent ? Vous en êtes certaine *à présent* ?

— Chut ! lui dit-elle en jetant un regard vers le groupe de policiers.

— Vous allez m'expliquer ce qu'il se passe, Caroline Johnson, et vous allez le faire maintenant, lui ordonna Cole. Ça ne peut plus continuer comme ça !

Se rendant soudain compte de la délicatesse de ses os, il relâcha son poignet.

— Je sais, lui répondit-elle en frottant ses mains sur ses cuisses. Je vais tout vous dire, mais pas ici.

Caroline se leva, et Cole bondit et la prit par le bras.

— Vous voulez boire un verre ?

Elle acquiesça.

Ils marchèrent jusqu'aux détectives pour s'assurer qu'ils

pouvaient quitter les lieux puis se rendirent jusqu'à la voiture de Cole garée non loin de là.

Quand Caroline eut attaché sa ceinture de sécurité, elle se retourna vers lui et plongea son regard dans le sien.

— Pourquoi étiez-vous si avance ?

Il alluma le moteur en se demandant s'il devait lui aussi lui dire la vérité.

— Je n'avais aucune recherche à faire ici. Ce que je cherche est sous mon nez depuis le début et je ne l'ai pas vu parce que…

— Parce que ?

— Parce que je ne voulais pas le voir, conclut Cole en s'engageant sur la route.

Cole trouva un restaurant avec vue sur le port et, une fois à l'intérieur, lui et Caroline attendirent que des places se libèrent. Lorsqu'un couple se leva d'une table dans un coin près de la fenêtre, Cole fit signe au serveur.

— On va vous apporter les menus ou, si vous le souhaitez, vous pouvez passer votre commande directement au bar, leur dit-il en débarrassant les restes des clients précédents.

— Nous avons tout notre temps, lui répondit Cole en s'asseyant comme pour mener un interrogatoire.

Mais, avant d'avoir pu commencer à poser des questions à Caroline, la serveuse vint leur demander ce qu'ils souhaitaient boire.

Quand elle s'éloigna enfin, Cole se pencha vers Caroline.

— Mais bon sang, qui êtes-vous ?

— Laissez-moi vous raconter mon histoire, à ma manière. Je refuse de me faire malmener.

— Moi ? Vous malmener ? Excusez-moi, mais au vu de tous les mensonges que vous me servez depuis que je vous ai rencontrée, et du fait que vous me prenez pour le dernier des imbéciles, je crois que je suis plutôt gentil avec vous.

— Je ne vous prends pas pour le dernier des imbéciles.

— Vraiment ? gronda-t-il en serrant les poings. Les regards langoureux, les gestes tendres, les baisers…

— Oh ! le coupa-t-elle en levant le doigt en l'air. C'est *vous* qui m'avez embrassée.

— Hum, et voilà, un verre de chardonnay et une bière pression, intervint la serveuse en déposant leurs boissons sur la table.

Quand celle-ci se fut éloignée, Cole attrapa nerveusement la serviette sous son verre et soupira. Il devait laisser son ego blessé de côté et se concentrer sur l'essentiel.

— Allez-y, je vous écoute, lança-t-il à Caroline.

— Je suis la personne que vous recherchez, commença Caroline en posant ses deux mains sur la table. J'étais dans la chambre du motel avec Johnny Diamond quand il est mort.

Cole eut un rictus nerveux. Dire qu'elle avait été sous son nez pendant tout ce temps. Encore une fois il avait laissé son attirance pour une femme le submerger et il en avait perdu son instinct et son sens commun.

— Avez-vous des liens familiaux avec Linda Gunderson ? s'enquit-il après avoir pris une gorgée de sa bière pour tenter de garder son calme.

— Non, aucun. Je ne l'avais encore jamais vue avant d'arriver à Timberline, enfin il me semble, lui répondit Caroline en esquissant un sourire.

— Eh bien, je suis ravi de voir que vous trouvez tout cela très amusant ! Comment l'avez-vous rencontrée ? Comment avez-vous réussi à la faire mentir pour vous couvrir ? Je me demande comment vous avez pu la convaincre…

— Quand nous nous sommes rencontrées pour la première fois, à Timberline, elle a cru que j'étais une femme battue, lui révéla Caroline en effleurant ce qu'il restait de son bleu sur sa pommette droite. Dans le passé, sa sœur a été agressée par son petit ami et c'est quelque chose qui l'a profondément marquée. J'ai honte de le reconnaître, mais j'en ai profité. Je lui ai raconté une fausse histoire, je lui ai parlé de Larry, je lui ai expliqué comment je m'étais enfuie loin de lui, et comme je voulais rester discrète c'est elle qui m'a suggéré de faire croire que nous étions cousines.

— Génial… Et est-ce que cela a un quelconque rapport avec la vérité ? Est-ce que vous étiez la compagne de Johnny Diamond ? interrogea Cole avant de reprendre une gorgée de bière pour faire passer le goût amer qu'il avait en bouche. Est-ce qu'il vous a tabassée… avant que vous ne l'empoisonniez ?

— Je vous l'ai dit, lui répondit Caroline si nerveusement qu'elle renversa un peu de vin sur la nappe. Je n'ai tué personne. Après avoir découvert le corps du Dr Shipman, je me suis soudain souvenue de tout ce qu'il s'était passé dans cette chambre au Stardust Motel.

— Vous vous êtes souvenue de ce qu'il s'était passé ? répéta Cole en plissant les yeux. Encore heureux !

Caroline prit une petite gorgée de son vin blanc puis ajouta :

— Mais c'est tout ce dont je me souviens. Je ne sais rien de ce qui a pu se passer avant.

— De quoi parlez-vous ? s'écria Cole qui refusait de se laisser baratiner à nouveau.

— Je… Je ne sais pas.

— Est-ce pour cette raison que vous alliez voir le Dr Shipman, pour tirer tout ça au clair ? C'est très touchant mais…, déclara Cole en tapotant son index sur la table. Mais moi je veux des réponses maintenant. Qui êtes-vous ?

— Je viens de vous le dire, je n'en sais rien ! s'emporta Caroline en frappant la table de sa main. J'ai perdu la mémoire, je n'ai aucune idée de qui je suis.

Cole entrouvrit la bouche. La referma. Puis il passa une main dans ses cheveux et but une longue gorgée de sa bière.

Que diable pouvait-il bien répondre à ça ?

12

Cole serra les dents.

— Vous mentez, gronda-t-il en regardant Caroline d'un air sévère.

— Je ne mens pas, Cole, lui répondit Caroline en prenant sa main. Je ne sais pas qui je suis.

Il ne retira pas sa main, mais Caroline sentit qu'elle était aussi froide et insensible que ses yeux verts.

Maintenant qu'elle était certaine de ne pas avoir tué Diamond, elle pouvait tout dire à Cole, enfin au moins ce dont elle se souvenait. Elle ne voulait plus porter ce lourd fardeau… Elle espérait cependant qu'elle ne commettait pas une erreur en lui faisant confiance.

— Pourquoi n'êtes-vous pas allée directement voir la police ? Ils auraient pu prendre vos empreintes digitales, comme ils le feront demain. Ils auraient pu vous dire qui vous êtes aussi vite que ça, dit-il en claquant des doigts. Même si vous n'êtes pas une criminelle, vous pourriez être fichée ou enregistrée avec votre permis de conduire ou autre…

— J'avais peur. Je me suis réveillée dans un motel miteux en face d'un cadavre. De toute évidence, il y avait eu une bagarre. J'ai trouvé de l'argent liquide et de la drogue dans la chambre ainsi qu'un autre corps, celui d'une femme, dans le coffre d'une voiture garée devant le bâtiment. Je n'avais aucun souvenir de ce que je faisais ici, ni de qui j'étais.

Caroline mordit ses lèvres pour les empêcher de trembler. Elle voulait que Cole la croie parce que son histoire était convaincante, pas parce qu'il avait de la compassion pour elle.

— Je ne savais pas si j'avais tué quelqu'un, si j'étais impliquée dans un trafic de drogue, ou si j'avais contrarié quelqu'un de ce milieu. J'avais peur que les flics m'arrêtent si j'allais les voir.

— Vous avez dit que vous vous souveniez de ce qu'il s'était passé au Stardust, alors dites-moi : que s'est-il passé là-bas ? lui demanda Cole en croisant les bras sur son torse avec un air implacable.

— Johnny allait me tuer ou me droguer. Il pensait que j'étais en train de prendre une douche, mais en réalité je cherchais une occasion de m'enfuir. J'ai entrouvert la porte de la salle de bains et je l'ai vu en train de verser une poudre dans une bouteille d'eau. Je savais qu'il allait me proposer de boire cette eau, alors quand je suis revenue dans la chambre j'ai rangé la bouteille empoisonnée à côté d'une autre dans le minibar. Il ignorait que je l'avais vu faire, et quand il est sorti pour aller à la voiture je les ai interverties. Lorsqu'il est revenu, je me suis assurée qu'il me voie boire toute l'eau qu'il pensait empoisonnée.

— Et il a bu l'autre bouteille, plus tard ?

— Oui. Il me surveillait, guettait les premiers symptômes de l'empoisonnement. Si j'avais été vraiment intelligente, j'aurais pu faire semblant, mais c'est lui qui très vite a commencé à ressentir les effets du poison. Quand il a compris ce que j'avais fait, il était trop tard. C'est comme ça que j'ai récolté ce bleu sur ma pommette et la blessure à la tête qui est à l'origine de mon amnésie.

— Il vous a frappée ?

— Il m'a frappée et il m'a jetée au sol. Je crois qu'il m'aurait tuée à mains nues si le poison n'avait pas commencé à faire effet. Mais je ne l'ai pas vu mourir, j'avais perdu connaissance.

— Quelle histoire..., soupira Cole. Mais de nombreuses questions restent encore sans réponse. Que faisiez-vous avec cet homme et pourquoi voulait-il se débarrasser de vous ?

— Ça, je ne peux pas vous le dire.

Caroline prit une gorgée de vin et profita de la détente que celui-ci produisait en elle. Cole ne la croyait peut-être pas encore, mais elle se sentait soulagée, délestée de ce poids si lourd qui pesait sur ses épaules.

— Quand j'ai découvert le corps du Dr Shipman, reprit-elle, tous ces souvenirs me sont revenus à l'esprit. Tout ce qui s'était passé au motel a défilé dans ma tête comme la scène d'un film.

— Pour quelle raison Diamond voulait-il vous empoisonner ? se demanda Cole en frottant son menton. Pourquoi ne vous a-t-il pas étranglée comme Hazel McTavish ?

— La femme dans le coffre...

— Peut-être qu'il essayait seulement de vous neutraliser et qu'il ne voulait pas vous tuer, ajouta Cole en dessinant des motifs du bout du doigt sur la nappe. Mais il avait beau être fort, la dose qu'il avait prévue pour vous l'a tué... À moins que...

— Quoi ? fit Caroline en se penchant vers lui.

— À moins qu'il n'ait pas prévu que vous buviez la bouteille dans son intégralité. Peut-être que quelques gorgées auraient suffi à vous mettre dans les vapes...

— C'est possible, acquiesça Caroline. Quoi qu'il en soit, quand je me suis réveillée je ne me souvenais de rien. Quand j'ai découvert le corps de Hazel dans le coffre, j'ai seulement compris qu'il fallait que je m'enfuie le plus loin possible. J'ai pris la valise qui semblait être la mienne et un peu d'argent dans un des sacs en me jurant que je le rendrais un jour et je suis partie en direction de Timberline.

— Pourquoi Timberline ?

Caroline fouilla un instant dans son sac à main et en sortit le morceau de papier qu'elle posa devant Cole.

— J'ai trouvé ça dans la poche de ma veste. J'ai pensé que peut-être il y avait dans cette ville des gens qui me connaissaient, des amis, quelqu'un qui pourrait m'aider.

— Ce n'était probablement pas la meilleure des idées, lui répondit Cole en prenant le papier entre deux doigts. Les associés de Diamond peuvent vous retrouver sans difficulté.

— Mais pourquoi me cherchent-ils ? lança-t-elle en posant sa main sur son cœur, comme pour le calmer. Ce papier était dans la poche de *ma* veste, écrit de *ma* main. J'ai vérifié, mon écriture est la même. J'ai toujours pensé que je devais être en route pour Timberline avant de croiser le chemin de Johnny.

— Caroline, vous êtes-vous seulement demandé pourquoi je suis venu enquêter à Timberline ?

— Je…, commença-t-elle en sentant le feu lui monter aux joues. Je pensais que Johnny avait peut-être des connexions dans la région. J'ai cherché des informations sur son meurtre une fois arrivée en ville. Et c'est là que j'ai découvert son nom. J'ai cru que c'était pour cela que vous cherchiez dans les parages et, bien sûr, j'ignorais totalement que vous étiez un agent de la DEA à l'époque. Pourquoi êtes-vous venu à Timberline ? Et comment saviez-vous que c'était une femme que vous deviez chercher ?

— Quelqu'un avait entré la destination dans le GPS de la voiture de Hazel et on vous a vue quitter le motel ce matin-là.

— Qui ? demanda Caroline en retenant son souffle.

— Une femme de ménage du motel. Mais vous étiez bien déguisée. La seule chose qu'elle a pu me dire était qu'elle avait vu une femme avec un bonnet noir traîner autour de la voiture.

— Je me sens plutôt idiote… Je ne sais pas comment

j'ai pu croire une seule seconde que je pourrais échapper à la police ou à des trafiquants de drogue.

— Vous vous en êtes plutôt bien sortie jusque-là. Linda était votre meilleure carte. Elle parlait de sa cousine avec tant de tendresse que j'ai rapidement cessé de vous suspecter.

Caroline sentit son cœur se serrer et baissa le regard.

— Je suis heureuse que vous m'ayez retrouvée, Cole. Est-ce que… Est-ce que vous allez pouvoir m'aider maintenant ? J'ai peur d'avoir aussi mis Linda en danger. Il faut que je vous dise : elle pense qu'elle n'a pas été malade l'autre nuit mais qu'elle a été empoisonnée. Et je crois que ce n'était pas elle qui était visée, mais moi.

Elle s'interrompit un instant et posa une nouvelle fois sa main sur son cœur avant de reprendre :

— Je vous jure, Cole, que je n'ai pas tué Johnny Diamond. Tout s'est passé comme je viens de vous le dire. J'ai peur que l'homme qui m'a agressée dans l'allée l'autre soir soit un de ses sbires, même si je ne comprends pas comment ces gens peuvent savoir où je me trouve…

— Nous avons laissé filtrer l'information, Caroline. Nous avons des informateurs, des taupes dans le milieu de la drogue et nous avons fait circuler le bruit qu'une grosse quantité d'argent avait été volée à Diamond.

— Et maintenant ils pensent que c'est moi qui l'ai ! dit-elle en se couvrant la bouche. Mais qui suis-je ? Pourquoi est-ce que j'étais dans ce motel avec Johnny ?

— En découvrant votre identité, nous trouverons peut-être les réponses à toutes ces questions.

— J'ai lu dans un article sur Internet que Johnny avait assassiné Hazel McTavish dans le parking de l'aéroport de Sea-Tac avant de lui voler sa voiture. Qui sait s'il n'a pas fait la même chose avec moi ? Peut-être que j'étais seulement une cliente de l'hôtel, ou que j'accompagnais Hazel ?

Caroline regarda Cole en haussant les sourcils, en espérant qu'il confirme, qu'il la rassure.

— Caroline, vous aviez dans la poche de votre veste un papier avec le mot Timberline écrit dessus, déclara-t-il en se grattant la barbe. Et puis, pourquoi Johnny aurait-il voulu tuer une inconnue ? J'aimerais moi aussi que vous n'ayez pas de lien avec Johnny Diamond, mais je crois c'est indéniable.

Caroline soupira et s'effondra contre le dossier de sa chaise.

— Oui, je sais que nous nous connaissions.

— Vous vous souvenez d'autre chose ?

— Ce n'est pas quelque chose dont je me souviens, c'est quelque chose que j'ai toujours su, affirma-t-elle en passant ses mains sur son visage. Vous ne vous êtes jamais demandé pourquoi Johnny n'avait pas de téléphone portable sur lui ?

— Vous le lui avez pris ?

— J'avais peur qu'il y ait mon numéro de téléphone ou même ma photo à l'intérieur. Mais comme je ne me souvenais pas de mon nom, je n'ai évidemment rien pu retrouver.

— Qu'avez-vous fait du téléphone ?

— J'ai retiré la batterie et la carte SIM puis je l'ai détruit et jeté sur le bord de l'autoroute… Après avoir lu le dernier texto que Johnny avait reçu.

— Que disait le message ?

— Cela disait : « Est-ce que tu as eu la fille ? Rocky est… » Et là il y avait une petite émoticône en forme de diable.

— Rocky ? répéta Cole en fronçant les sourcils.

— Rocky. Timberline. Quelles sont les probabilités ? soupira-t-elle avant de finir son verre. Non seulement je suis liée à Johnny Diamond de je ne sais quelle manière, mais en plus j'ai aussi quelque chose à voir avec Rocky Whitecotton, un homme qui a enlevé et probablement tué trois enfants.

— C'est un indice important, Caroline. Je vais le transmettre à mon coéquipier, pour voir s'il trouve un lien entre Diamond et Whitecotton.

— C'est la moindre des choses que je puisse faire après avoir fait patiner votre enquête.

— Je sais que ce que je vous dis semble évident, lui répondit Cole mais vous devez absolument découvrir quelle est votre véritable identité, et ce le plus vite possible.

Caroline sentit son pouls s'accélérer, et un élan de joie la submergea.

— Est-ce que cela signifie que vous me croyez ?

— Je suis peut-être fou ou alors aveuglé par… mes sentiments, mais je ne vois pas comment on pourrait inventer une histoire aussi tirée par les cheveux. Sans compter que si vous étiez associée à Diamond ou Whitecotton, je ne crois pas que vous seriez à Timberline en train de fraterniser avec un agent de la DEA.

— C'est ça que nous faisons ? lui demanda-t-elle en faisant tourner la dernière goutte de son vin blanc dans le fond de son verre. Nous fraternisons ?

Cole se racla la gorge puis fit signe à la serveuse de leur apporter la même chose.

— Évidemment, il est encore possible que vous soyez de mèche avec ces deux ordures et que vous ne vous en souveniez pas… Mais est-ce que vous vous êtes rappelé quelque chose d'autre depuis votre arrivée à Timberline ?

— Pas de réels souvenirs, mais je sais que je comprends et que je peux parler l'espagnol. Je m'en suis rendu compte en tombant sur une émission à la télé.

— Bon sang, le fonctionnement du cerveau humain est vraiment étrange. Et après votre première séance avec le Dr Shipman est-ce que quelque chose d'autre vous est revenu ?

Caroline posa une main sur sa gorge en repensant au corps de la psychologue et à la plaie béante sur son cou.

— Elle m'a hypnotisée, raconta-t-elle à Cole. Je me suis souvenue que je faisais partie d'une grande famille, que je vivais quelque part dans le désert et que je voulais absolument m'enfuir de cet endroit.

— Peut-être que vous avez réussi à prendre la fuite et que Diamond devait vous ramener là-bas ?

— À qui ? À quoi ? Quel genre de famille enverrait un trafiquant de drogue rechercher l'un de ses membres ?

— Une famille de fous, croyez-moi il en existe beaucoup.

Cole adressa un grand sourire à la serveuse qui leur apportait de nouveaux verres mais, dès que celle-ci fit demi-tour, son visage reprit son expression sérieuse.

— Vous avez commencé à retrouver la mémoire avec le Dr Shipman et vous auriez probablement continué à faire des progrès si quelqu'un ne s'était pas chargé de l'éliminer.

— C'est ce que j'ai pensé aussi, approuva Caroline en jouant nerveusement avec sa serviette.

— Cela suppose que la personne qui vous surveille, qu'il s'agisse du type au couteau de l'autre soir ou de quelqu'un d'autre, sait que vous avez perdu la mémoire et que vous alliez voir une psychologue pour tenter de la retrouver.

— Mais comment peut-elle être au courant ? Et savoir que j'avais rendez-vous aujourd'hui ? Je ne crois pas que cela soit un hasard que ce soit moi qui aie découvert son corps.

Cole se figea. Puis il ferma les yeux et jura.

— S'ils vous surveillent, alors ils savent aussi que vous êtes avec moi. C'est moi qui vous ai conduite jusqu'ici.

— Vous croyez qu'ils nous ont suivis ?

— Pire… J'aurais remarqué une filature, par contre je peux avoir manqué un mouchard.

— Un mouchard ? Vous voulez dire, comme un traceur GPS ?

— Ils savent même probablement que nous sommes assis dans ce restaurant, à cet instant précis, lui répondit-il en hochant la tête.

Caroline sentit un frisson glacé lui parcourir le corps.

— Ils ont suivi chacun de nos faits et gestes ?

— Je pense qu'il y a aussi un traceur sur la voiture de Linda.

— Alors je crois savoir de qui il s'agit.

— Mais je croyais que vous n'aviez pas pu voir le visage de celui qui vous avait agressée l'autre soir ?

— Ce n'est pas à lui que je pense, même s'il fait probablement partie de la même équipe. Un homme est venu à la boutique de Linda l'autre jour, et j'ai senti que quelque chose de bizarre émanait de lui. Après cela, je l'ai croisé plusieurs fois en ville, continua Caroline avant d'ajouter en haussant les épaules : J'ai même tenté de mener ma petite enquête sur lui.

— Vous l'avez suivi ?

— Je l'ai surpris au Sutter's en pleine conversation avec une femme qui tient unc agence immobilière, alors je suis allée rendre une petite visite à cette femme, Rebecca Geist. Mais je n'ai pas appris grand-chose. J'ai eu beau lui dire que cet homme me semblait familier, elle n'a rien voulu me dire à son sujet.

— À quoi ressemble-t-il ?

— Il est plutôt grand, il a le crâne rasé, je pense qu'il doit avoir une trentaine d'années. Plutôt joli garçon, il a plus l'air d'un ingénieur employé chez Evergreen que d'un trafiquant de drogue.

— Ah ça, on ne peut pas se fier à ce genre de choses. J'en ai connu de tous les styles. Je vais essayer de chercher des informations sur ce type, mais avant toute chose nous devons découvrir qui vous êtes, Caroline. Et, pour ce faire, le plus rapide sera d'aller au commissariat de Port Angeles demain pour prendre vos empreintes digitales.

— Je suis terrifiée, murmura Caroline en glissant ses mains sous ses cuisses. Et si j'étais quelqu'un de… mauvais ?

— Eh bien, nous ferons avec. Quoi qu'il se passe, nous gérerons ça… De toute façon, qui que vous soyez, vous devez être protégée.

— Je pensais que c'était déjà ce que vous faisiez, lui dit-elle en esquissant un sourire.

— Oh ! je serai bien plus efficace quand je saurai qui vous êtes et quel rôle vous jouez dans cette affaire.

— Et si je suis du mauvais côté de la loi ? lui demanda-t-elle en baissant les yeux sur son verre de vin. Est-ce que vous m'arrêterez ?

— Nous n'en sommes pas encore là, lui répondit Cole en posant son index sous son menton pour lui faire relever la tête. Est-ce que vous me faites confiance, Caroline ?

— Je n'ai pas le choix, je n'ai que vous.

— Vous ne finissez pas votre verre ? ajouta-t-il en sortant un billet de sa poche.

— Non.

— Alors, sortons d'ici et allons-nous occuper de ce mouchard.

Une fois sur le parking, Caroline suivit Cole jusqu'à la voiture puis le regarda se couler sous celle-ci, ne laissant plus apparaître que ses jambes.

Quelques minutes à peine plus tard, il réapparut, le visage illuminé par un grand sourire, tenant dans sa main graisseuse un petit objet noir.

— Je l'ai eu ce petit salopard !

Cole avait beau être sûr de lui, Caroline ne put s'empêcher d'être choquée en découvrant le traceur. Il était la preuve irréfutable que quelqu'un à Timberline l'avait, elle, dans sa ligne de mire.

Pouvait-elle réellement se fier à Cole ou devait-elle prendre la fuite ? Elle pouvait encore tout abandonner ici et filer se planquer dans une grande ville pour découvrir, seule, sa véritable identité et s'assurer qu'elle n'avait pas commis le moindre délit.

Bien sûr, il ne lui restait qu'un jour à attendre avant que ses empreintes digitales ne lui révèlent la vérité.

— Je vais faire la même chose avec la voiture de Linda,

lui lança Cole en jetant dans la mer les débris du traceur qu'il venait d'écraser sous sa botte. Allez, allons-y maintenant.

Caroline s'éloigna de la voiture en tordant ses mains nerveusement.

— Où ça ? Est-ce que vous allez me livrer à la police ?

— Vous livrer à la police ? Vous ne me faites vraiment pas confiance, n'est-ce pas ? s'exclama-t-il en ouvrant la potière du côté passager. Je ne vais pas vous livrer aux flics, Caroline, je ne suis même pas censé être en service. Nous allons attendre de voir ce que révèlent vos empreintes avant de faire quoi que ce soit. Mais par contre vous devez me promettre de ne pas vous sauver…

— Et que se passera-t-il si on découvre que je suis une criminelle recherchée ? lui répondit-elle tout en se demandant s'il ne lisait pas dans son esprit. Ou que je suis une trafiquante de drogue ?

— Je ne pense pas que ce soit possible. Mais si c'est le cas je vous confierai d'abord à un service psychiatrique. Ne vous en faites pas, personne ne vous jettera en prison.

À un service psychiatrique ? Ces mots ne plurent pas beaucoup à Caroline, mais en même temps quel autre choix avait-elle ? Prendre la fuite, ce soir ?

C'était tentant, mais cela semblait difficilement réalisable…

13

N'ayant eu, ni l'un ni l'autre, envie de manger quelque chose au restaurant de Port Angeles, Cole et Caroline étaient affamés en arrivant à Timberline.

— Est-ce que vous croyez que je devrais raconter à Linda ce qu'il s'est passé ? demanda Caroline à Cole alors qu'ils arrivaient devant chez elle.

— Elle en a probablement entendu parler aux informations.

— Vous croyez que la police a mentionné mon nom ?

— Non, je leur ai enjoint de ne pas le faire, et nous avons quitté les lieux avant l'arrivée des journalistes.

— Merci, Cole, lui répondit Caroline en posant sa main sur son avant-bras musclé. Merci de me protéger. Je sais que si vous n'aviez pas été là les policiers m'auraient arrêtée.

— Ne soyez pas trop reconnaissante, répliqua Cole en se garant devant la maison de Linda. Si je ne vous ai pas encore livrée aux autorités c'est surtout car je veux découvrir votre identité avant eux.

— Je vous remercie quand même, lui lança Caroline en ouvrant sa portière. Mais, dites-moi, est-ce que je dis à Linda que vous avez découvert le pot aux roses ?

— Vous pouvez bien lui dire ce qui vous chante, par contre vous ne le ferez pas seule, annonça Cole en coupant le moteur. Je ne vous quitte plus des yeux.

Caroline sentit son estomac se nouer. Cole ne la laisserait jamais s'enfuir…

— Comme il vous plaira, lui dit-elle en haussant les épaules.

Puis elle sortit de la voiture, claqua la portière et marcha jusqu'au porche de Linda, Cole sur ses talons.

— Attendez, lui dit-il soudain en l'agrippant par le bras. Pouvez-vous m'éclairer le dessous de la voiture de Linda avec votre téléphone pour que je puisse chercher le mouchard ?

Elle s'exécuta et, comme sur le parking de Port Angeles, Cole émergea rapidement de sous la voiture avec le même dispositif qu'il avait découvert sous la sienne. Après l'avoir détruit, il fourra les débris dans sa poche.

— Je pense que ce n'est pas la peine de parler de ça à Linda.

Une fois devant la porte de celle-ci, Caroline frappa doucement à la porte.

— Linda ? C'est Caroline… et Cole.

Mais, hormis le murmure de la télévision allumée, ils n'entendirent rien d'autre. Caroline sentit ses nerfs déjà fragiles se tendre encore un peu plus.

— Linda ?

— J'arrive !

En entendant ces mots, une vague de soulagement envahit Caroline.

— Tout va bien ? s'enquit Linda, une minute plus tard, en leur ouvrant la porte. J'ai entendu parler du meurtre du Dr Shipman, et je me suis fait un sang d'encre pour vous deux.

— C'était horrible, laissa échapper Caroline en serrant Linda dans ses bras.

— Mon Dieu… Mais que s'est-il passé pour que vous rentriez si tard ? demanda Linda en posant sa main sur son cœur.

— Caroline avait besoin d'un petit remontant après avoir appris la nouvelle… Nous en avions d'ailleurs besoin tous les deux.

— Heureusement que Cole était avec toi, ajouta Linda en s'accrochant au bras de Caroline. Est-ce que la police a une idée de qui a pu l'assassiner ? Un patient ?

— Ils ne nous ont rien dit, je ne l'avais vue qu'une seule fois.

— Quel drame… Et bien trop proche de Timberline pour que je puisse dormir sur mes deux oreilles.

— Et toi ? Tu te sens mieux, Linda ? lança Caroline en parcourant des yeux le petit salon parfaitement rangé. Tes amis sont venus ?

— Je me sens bien, oui. Tout le monde était là et chacun avait apporté de quoi grignoter, mais ils ont tout rangé avant de repartir. J'allais me mettre au lit et lire un peu avant de dormir.

— Ça me parait une bonne idée, approuva Caroline en souriant. Nous serons à côté si tu as besoin de quoi que ce soit.

— Vous, tu veux dire, toi et Cole ? lui demanda Linda le regard soudain pétillant.

— Nous n'avons pas encore dîné, je pense que nous allons commander des pizzas.

— J'aimerais avoir quelques restes à vous donner, mais nous avons tout fini. Voulez-vous emporter un peu de brownie pour le dessert ? leur proposa Linda en se rendant à la cuisine de son pas énergique. Karen en a fait pour tout un régiment et elle a eu le culot de le laisser ici.

— Le brownie fait maison me semble le meilleur de tous les remèdes, lui répondit Cole en la rejoignant dans la cuisine pour attraper le tupperware qu'elle lui tendait. Mais dites-moi, Linda, vous êtes certaine que tout va bien ?

— Tout va bien et même encore mieux depuis que je sais que vous serez tous les deux à côté.

Elle marcha jusqu'à sa porte d'entrée et leur fit signe de déguerpir tout en ouvrant sa porte.

— Je suis désolée de ce qui est arrivé au Dr Shipman,

dit-elle à Caroline en lui caressant la joue avec tendresse. Tu n'avais pas besoin d'être de nouveau exposée à tant de violence... Je crois que tu devrais songer à prendre des vacances.

— Peut-être bien, en effet.

Caroline sentit Cole se raidir derrière elle et elle passa devant lui pour sortir.

Il la suivit en portant le tupperware jusque sous le porche.

— Je suis partant pour commander des pizzas, mais que diriez-vous de louer un film pour l'accompagner ? Je ne suis pas fatigué et je resterai éveillé toute la nuit s'il le faut.

— Je suis votre prisonnière maintenant ? lui demanda-t-elle en se retournant vers lui.

— Mieux vaut pour vous être ma prisonnière plutôt que celle du shérif du comté de Clallam, vous ne croyez pas ?

Caroline marcha jusque devant chez elle, ouvrit sa porte et entra. Puis, après avoir posé son sac à main sur la table de la cuisine, elle se retourna vers Cole et lui tendit son téléphone et le bon de réduction qu'elle avait récupéré chez Linda.

— Tout sauf des anchois, marmonna-t-elle.

— Et de l'ananas, ajouta-t-il. Je déteste avoir de l'ananas sur ma pizza.

Tandis qu'il passait commande, elle retira ses bottes et alla augmenter le thermostat. Peut-être pourrait-elle réussir à l'endormir, avec de la nourriture, de la bière et de la chaleur ?

— Vous voulez une bière ?

— Non merci, ça va.

— Du vin ?

— Je n'en bois pas, mais faites-vous plaisir, ne vous gênez pas pour moi.

— Je crois que je vais plutôt prendre un soda light, répondit-elle en observant l'intérieur de son réfrigérateur.

— Avec de la caféine ?

— Oui.

— Alors je veux bien la même chose.

Elle attrapa deux canettes en tentant de dissimuler son agacement. Elle ne voulait pas que Cole sente qu'elle était énervée à l'idée qu'il la surveille car s'il s'en apercevait, il la suspecterait de vouloir prendre la fuite. Ce qui était juste, mais il valait mieux pour eux deux qu'elle garde pour elle ses émotions.

— Canette ou verre ?

— C'est toujours plus savoureux de boire directement à la canette, lui répondit-il du canapé où il était assis, ses pieds déchaussés posés sur la table basse.

— Faites comme chez vous, je vous en prie, lui dit-elle en lui tendant sa boisson.

Puis elle s'assit sur la chaise en face de lui.

— C'est noté, merci, dit-il en décapsulant sa canette qui se mit à déborder. Est-ce que vous l'avez secouée pour que trempe ma chemise et que je rentre me changer à mon hôtel ?

— Oh ! arrêtez. Je ne vais nulle part. Il est temps pour moi de découvrir la vérité, qu'elle soit bonne ou mauvaise.

Cole lui sourit puis se pencha en avant et posa ses coudes sur ses genoux en pressant ses mains l'une contre l'autre.

— Sérieusement, Caroline. Cela vaut mieux pour votre protection. Les gens qui sont à vos trousses ont assassiné le Dr Shipman. Ils sont capables de tout.

— C'est vrai. Je pense d'ailleurs que la seule raison pour laquelle je suis encore en vie est qu'ils doivent s'être rendu compte qu'il y avait quelque chose qui clochait chez moi. Je n'ai pas réagi comme ils s'y attendaient. Je n'ai parlé à personne de Johnny. J'ai fait comme si j'étais la cousine de Linda, dit-elle en se massant les tempes. Sincèrement, je ne sais pas ce qu'ils pensent. Je n'ai même pas pris beaucoup d'argent dans les sacs. J'avais juste besoin d'une petite somme, de quoi prendre un nouveau départ.

— Vous voulez me rendre cet argent, à présent ?

— Est-ce que ça fera bonne impression ?

— Ça ne pourra que vous aider.

Caroline se fit la remarque qu'elle ne voulait pas de cet argent de toute façon. Elle se leva de sa chaise, se rendit dans sa chambre, ouvrit son placard et s'agenouilla pour soulever le tapis qui recouvrait le sol. Puis elle chercha du bout des doigts le morceau de plancher irrégulier et appuya sur l'un des côtés de la latte pour qu'elle se soulève. Elle fourra sa main dans la cavité et sortit les liasses de billets. Après avoir tout remis en place, elle retourna au salon.

— Tenez, dit-elle à Cole en laissant tomber l'argent sur le canapé à ses côtés.

— Ce n'est pas une petite somme, remarqua-t-il en levant un sourcil.

— Je ne savais pas de combien j'aurais besoin pour recommencer ma vie. Je… Je ne m'en suis pas beaucoup servi.

— Vous avez un sac ou quelque chose ? Je n'ai pas la moindre envie de me balader avec tout ce liquide dans mes poches… D'ailleurs elles ne sont pas assez grandes pour tout contenir.

Caroline marcha jusque dans sa cuisine et sortit un grand sac d'épicerie en toile d'un tiroir.

— Vous pouvez les ranger là-dedans.

— Merci, cela fera tout à fait l'affaire, lui répondit-il en rangeant les piles les unes à côté des autres à l'intérieur.

Soudain la sonnette de la porte d'entrée retentit, et ils sursautèrent tous les deux, comme s'ils s'attendaient à ce que quelqu'un soit venu chercher l'argent.

— C'est le livreur de pizza, dit finalement Caroline en regardant par la fenêtre.

— Je m'en occupe.

Cole cacha le sac rempli de billets entre le canapé et la table basse puis se leva et chercha son portefeuille.

Après le départ du livreur, il emporta la pizza dans la cuisine.

— Combien de parts voulez-vous ?

— Je vais d'abord en prendre deux et je verrai ensuite, lui répondit Caroline en posant sur le comptoir les deux assiettes en carton que le livreur avait apportées.

Quand Cole eut déposé deux parts dans l'une et trois dans l'autre, ils se rassirent tous les deux l'un en face de l'autre et commencèrent à manger en silence.

— Avez-vous essayé de retrouver la mémoire par vos propres moyens ? demanda soudain Cole à Caroline entre deux bouchées.

— Tout le temps, jusqu'à me faire mal au crâne.

— Avez-vous essayé l'autohypnose ou la méditation ?

— Vous voulez dire en balançant moi-même un pendule devant mes yeux et en me répétant que je commence à avoir sommeil ?

— Je veux dire en vous détendant et en fixant un objet dans une chambre sombre.

— Ah oui... Bien sûr, j'ai eu tellement de calme, de silence et de temps pour me détendre depuis que je suis en fuite.

— Les souvenirs vous reviennent malgré tout par flash. Le traumatisme de la découverte du cadavre du Dr Shipman a provoqué quelque chose en vous, n'est-ce pas ?

Caroline se couvrit la bouche et ferma les yeux tandis que le souvenir horrible de ce moment lui revenait en tête alors qu'elle avait réussi à le mettre de côté toute la soirée. Le Dr Shipman avait mentionné lors de leur première séance qu'un traumatisme pouvait faire remonter le flot de souvenirs — elle ignorait cependant que ce choc serait provoqué par son propre décès.

— Quelle horrible mort. Il n'y avait aucune trace de lutte dans son bureau, elle devait connaître son assaillant.

— Il s'est peut-être présenté comme un patient.

— Je n'ai jamais croisé aucun autre de ses patients. Enfin si, un seul, un homme à la peau mate et aux cheveux assez longs… Enfin, à cette heure-ci la police a déjà très certainement retrouvé tous ceux qui fréquentaient son cabinet, soupira Caroline en attrapant la télécommande. Ne pourrions-nous pas plutôt juste regarder un film ? Quelque chose de léger et de divertissant ?

— Je suis tout à fait partant pour regarder quelque chose dans ce genre, qu'y a-t-il au programme ?

— Linda et Louise sont abonnées à toutes les chaînes du câble, nous devrions avoir le choix.

Caroline lui proposa une comédie sur des trafiquants de drogue, mais Cole secoua la tête.

— Non merci.

Puis elle survola plusieurs films et s'arrêta enfin sur une comédie romantique.

— Cela vous conviendrait mieux ?

— C'est un des films préférés de ma sœur. Je pourrai gagner des points si je le regarde. Vous en avez envie, vous ?

— Romance et comédie ? C'est tout ce dont j'ai besoin, lui répondit Caroline en repliant ses pieds sous elle.

— Vous voulez encore un peu de pizza ?

— Peut-être tout à l'heure, merci.

Cole se leva du canapé, débarrassa leurs assiettes puis revint de la cuisine avec un verre de vin et se rassit confortablement.

— Pourquoi ne venez-vous pas vous asseoir ici ? demanda-t-il à Caroline en tapotant le coussin à côté de lui. Ce serait plus confortable et vous pourriez prendre ce verre de vin aussi. Caroline, il me suffit de regarder vos yeux pour voir que vous êtes toujours bouleversée par la mort de votre psychologue.

Caroline regarda le canapé, le verre de vin puis le visage de Cole. À cet instant précis, elle ne rêvait que des trois.

Elle se leva de sa chaise et alla s'asseoir près de lui.

Après tout, pensa-t-elle, elle serait peut-être en prison demain, à cette même heure. Alors, autant profiter des petits plaisirs de la vie.

— Et vous, vous êtes sûr de ne pas vouloir un verre de vin ou une bière ? demanda-t-elle à Cole en lui prenant le verre de vin des mains.

— Après tout ce qu'il s'est passé aujourd'hui ? Merci mais je préfère rester lucide.

Caroline se laissa aller contre le coussin et prit une gorgée de son verre. Le vin lui réchauffa la poitrine et le ventre.

— Ah…, soupira-t-elle.

— Je suis d'accord, ajouta Cole en lui pressant le genou. Allez, détendez-vous et profitez du film.

Ils rirent de nombreuses fois pendant le film et Caroline fut même émue à plusieurs reprises, mais peut-être était-ce à cause du vin. À présent, ses paupières étaient lourdes, et sans réussir à se contrôler elle laissa sa tête tomber sur l'épaule de Cole. À son contact, elle sursauta et se redressa immédiatement.

— Vous vous endormez ?

— Non, lui répondit-elle en posant son verre sur la table basse.

Elle tenta de reporter son attention sur le film et sur cette femme stupide qui ne se rendait pas compte que son ami d'enfance l'aimait beaucoup plus que son riche fiancé de New York.

Avait-elle, elle aussi, quelqu'un qui l'aimait de la sorte, quelque part ? Impossible. Un homme aussi amoureux aurait retourné ciel et terre pour la retrouver. Un homme pareil n'aurait jamais laissé Johnny Diamond l'enlever. Un homme pareil serait encore là pour elle, quoi qu'elle ait pu faire ou qui qu'elle puisse bien être.

Cole passa soudain son bras derrière ses épaules et se mit à jouer avec une mèche de ses cheveux.

— Ce fiancé est totalement stupide. Il mériterait un bon coup de pied aux fesses.

Caroline éclata de rire puis bâilla à s'en décrocher la mâchoire. La journée avait été épuisante, elle n'arrivait plus à lutter contre le sommeil. Sa tête tomba à nouveau sur l'épaule de Cole, mais elle était si lourde qu'elle ne chercha pas cette fois à se redresser.

Cole resserra son bras autour d'elle et posa son menton sur le haut de son crâne.

Caroline entendit les violons célébrer la fin du film et pensa que la fille avait probablement fini par comprendre lequel des deux hommes était le bon pour elle.

L'instant d'après, elle sentit que Cole la prenait dans ses bras et la portait jusque dans sa chambre. Quand il la déposa sur son lit, elle agrippa sa chemise, terrifiée à l'idée de se retrouver seule, terrifiée à l'idée de la journée qui allait suivre, à l'idée de découvrir qui elle était.

— Ne me laissez pas, Cole. Je ne tiendrai pas le coup sans vous.

Elle sentit le matelas s'enfoncer tandis qu'il venait s'allonger auprès d'elle et elle posa sa tête sur son torse.

— Je ne vais pas vous laisser, Caroline Johnson, ou qui que vous soyez. Je sais que vous n'avez tué personne. Car aussi folle que votre histoire puisse paraître, je vous crois. Et quoi que vous ayez bien pu faire avec Johnny Diamond, je serai avec vous pour découvrir la vérité.

— Et si j'ai fait quelque chose d'épouvantable ? Comment pourrez-vous rester à mes côtés ?

— Si vous avez fait quelque chose d'épouvantable, vous aurez encore plus besoin d'un ami. Est-ce que vous me faites confiance ? Si vous ne me croyez pas, alors ce qui se passe entre nous, là maintenant, alors tout cela ne signifie rien. Mais, si vous me croyez, sachez que la seule chose dont j'ai envie, c'est de vous.

14

Oh, comme elle avait envie de lui, elle aussi ! Elle se sentait si attirée par Cole qu'elle savait avec certitude qu'il n'existait pas d'autre homme dans sa vie. Un mari ou un petit ami aurait forcément été la première chose dont elle se serait souvenue lors de sa séance d'hypnose avec le Dr Shipman.

— Je vous fais confiance, dit-elle à Cole en roulant sur le côté pour lui faire face.

Il avança vers elle et posa ses lèvres sur les siennes, puis il passa un bras autour de sa taille pour l'attirer plus près de lui. Dans ses yeux verts, Caroline vit briller une question et elle se retint de lui répondre un grand oui retentissant.

Glissant ses mains sous sa chemise, elle commença à caresser son dos musclé.

Cole approfondit son baiser, et sa langue vint sonder sa bouche avant de venir danser avec la sienne. Il promenait ses mains sur tout son corps, caressant, effleurant mais il n'agrippait pas, comme s'il voulait lui donner à chaque instant l'opportunité de refuser d'aller plus loin.

Ce qu'elle ne faisait pas. Ce qu'elle ne ferait pas.

Caroline laissa courir ses ongles dans le bas de son dos puis revint vers son torse où elle découvrit avec bonheur les abdominaux saillants auxquels elle s'attendait.

Sous ses caresses, Cole contracta davantage ses muscles et laissa échapper, dans un souffle :

— Ça chatouille.

— Mmm, c'est une information utile, lui répondit Caroline en pinçant sa taille avant de soulever son T-shirt. Je peux ?

Cole leva les bras en l'air, et Caroline lui ôta son T-shirt manches longues et le laissa tomber au sol. Elle passa ensuite ses mains sur son torse et sur ses impressionnants pectoraux.

— Vous êtes une œuvre d'art, Cole Pierson.

— Et vous une allumeuse, mademoiselle Johnson. Pourquoi suis-je torse nu alors que vous êtes encore habillée ? lui rétorqua-t-il en lui enlevant son sweat puis son haut.

Il ne lui fallut pas longtemps pour la libérer de son soutien-gorge, et il saisit bientôt sa poitrine à pleines mains. Prenant un de ses seins entre ses lèvres, il commença à sucer un de ses mamelons. La chaleur envahit Caroline, et elle renversa sa tête en arrière pour savourer son extase.

Tout en jouant maintenant avec son autre téton, Cole fit glisser une de ses mains jusqu'à la ceinture de son pantalon. Plein d'assurance, il fit sauter les boutons un à un et fit descendre son jean le long de ses hanches.

— Vous allez me donner un coup de main ou je dois tout faire tout seul ici ? lui demanda-t-il d'un ton taquin.

En se cambrant, Caroline souleva son corps du matelas, et Cole tira son jean et l'envoya valser au pied du lit.

Il l'observa ensuite quelques secondes et, tandis que ses yeux dévoraient son corps, elle sentit le désir monter en elle. Elle espéra tout à coup qu'une fois sa mémoire retrouvée elle ne perdrait pas les souvenirs du temps où elle s'appelait Caroline car elle savait qu'elle ne voudrait jamais oublier ce moment.

Comme s'il était pressé de découvrir le reste de son corps, Cole fit descendre sa culotte jusqu'à ses pieds puis il roula sur le côté et la contempla, le coude appuyé contre l'oreiller.

Il ne la touchait plus, mais la façon dont son regard caressait son corps nu éveilla en elle une puissante vague de désir. Elle se tortilla sous ses yeux puis, se sentant légèrement timide à présent, resserra les cuisses.

Alors, d'un doigt, Cole effleura la courbe de son visage et fit le tour de sa bouche. Il pressa son pouce sur sa lèvre inférieure puis descendit de son menton jusqu'à la naissance de son cou, où son pouls battait furieusement.

Sous son toucher doux et lent, Caroline laissa échapper un faible gémissement tandis qu'au creux de son ventre naissait un feu incandescent. Quand son doigt effleura son sexe et glissa entre ses cuisses pour sentir sa moiteur, son gémissement se transforma en halètement, et elle attrapa le poignet de Cole.

— Tu veux que j'arrête ?

En entendant sa voix rauque, Caroline fut parcourue d'un frisson. Elle n'était pas seule à brûler de désir.

Elle passa ses doigts dans les passants de la ceinture du jean de Cole et l'attira vers elle.

— Si tu t'arrêtes maintenant, je vais être en piteux état, mais, dis-moi, comment se fait-il que je sois la seule à être nue ?

— J'ai juste besoin d'une minute ou deux pour… garder ton corps en mémoire.

Caroline lui fit un sourire hésitant. Elle comprenait ce qu'il voulait dire mais ne voulait pas y penser. S'il existait un temps pour tout oublier alors c'était maintenant, et elle ne souhaitait qu'une chose : se perdre dans l'instant.

— Eh bien, à mon tour maintenant, lui dit-elle en déboutonnant son jean et en pressant sa main contre le renflement au niveau de son entrejambe. Est-ce que c'est moi qui te… qui te fais autant d'effet ?

— Tu n'imagines pas.

Cole balança ses jambes de l'autre côté du lit pour se débarrasser de son pantalon, de son boxer et de ses chaussettes, puis fouilla dans la poche de son jean et sortit de son portefeuille un préservatif qu'il montra à Caroline en le levant devant elle, entre deux doigts.

Caroline se demanda s'il l'avait acheté ici ou s'il en avait toujours sur lui, au cas où, avant de se dire que cela n'avait finalement aucune importance. Ils ne pouvaient nier qu'ils se connaissaient à peine. En réalité, ils se connaissaient même moins que s'ils s'étaient rencontrés un soir dans un bar.

Mais, encore une fois, tout cela n'était pas si important. Caroline savait tout ce qu'elle avait besoin de savoir sur Cole Pierson et elle désirait plus que tout au monde passer cette nuit avec lui avant de se rendre au commissariat le lendemain. Peut-être qu'alors elle n'aurait plus jamais cette opportunité…

— J'aime qu'un homme soit prévoyant, lui murmura-t-elle d'une voix vibrante de désir.

Cole revint sur le lit, et elle le poussa sur le dos.

— Je ne t'ai pas dit que c'était mon tour ?

Elle pressa son corps contre le sien et accrocha sa jambe autour de sa cuisse puis laissa courir ses ongles sur son érection. Elle se pencha en avant et prit son téton sombre entre ses dents tout en faisant glisser sa main de bas en haut sur son membre durci.

— C'est incroyable, marmonna Cole d'une voix tremblante en fermant les yeux.

Caroline le caressait comme si elle le sculptait, comme si elle pétrissait sa peau si chaude et vivante. Bientôt, elle continua son œuvre avec ses lèvres et sa langue mais fut rapidement déconcentrée quand Cole commença à la toucher elle aussi.

Dans un grognement, il la prit dans ses bras et la posa sur lui, puis il commença à embrasser son visage. Ses lèvres semblaient ne jamais vouloir quitter les siennes et, tout en caressant ses cheveux, il guida son membre entre ses cuisses humides.

Puis il inséra une main sous ses fesses, ondula un instant

des hanches contre elle puis la retourna, l'allongea sur le dos et la regarda un instant ainsi, la dominant, ses genoux posés de chaque côté de ses hanches. Il déchira alors l'emballage du préservatif, et Caroline le lui prit des mains pour le mettre elle-même.

Elle l'ôta du papier aluminium puis passa sa langue sur son gland avant de placer le préservatif dessus et de le dérouler sur toute la longueur.

Cole passa ses deux mains sous ses fesses, la souleva du matelas et se glissa en elle avec une mesure délicieuse. Une fois qu'il l'eut pénétrée profondément, il ressortit entièrement.

Caroline grimaça et s'agrippa à ses épaules. Elle n'était manifestement pas vierge, mais peut-être cela faisait-il longtemps qu'elle n'avait pas eu de relation sexuelle. Faire l'amour avec Cole ne lui rappelait pas de souvenir, non, au contraire, cela lui en créait de nouveaux.

— Est-ce que ça va ? lui murmura-t-il dans le creux du cou.

— Cela ira bien mieux dès que tu reviendras en moi, lui répondit-elle en plantant ses ongles dans ses fesses musclées.

Cole ne sembla pas avoir besoin d'une autre invitation. Il reprit là où il s'était arrêté sans qu'il y ait de rupture de rythme. Et, alors qu'il allait et venait en Caroline, il ne cessa de la couvrir de baisers, mordilla ses seins, joua avec sa langue et explora chaque recoin de son corps avec ses doigts.

Caroline ne savait plus où elle était ni ce qu'elle faisait, la seule chose dont elle était encore capable tandis qu'elle se rapprochait de ses limites, c'était de s'accrocher à lui.

Et, parce qu'elle avait décollé si haut et que Cole avait provoqué dans son corps un véritable tsunami, l'orgasme vint la frapper comme un coup de foudre. Elle en eut le souffle coupé et eut l'impression de partir en chute libre.

Quand la première vague de plaisir se calma, elle en sentit une nouvelle naître au creux de son ventre. Mais avant qu'elle ait eu temps de la gérer le corps de Cole se raidit, et Caroline vit une goutte de sueur briller sur son torse.

Il leva alors la tête et plongea son regard au plus profond d'elle-même. Son corps trembla un moment, puis il recommença à l'embrasser avec la même intensité que si elle était l'élue de son cœur… Même si elle n'était qu'un moment dans sa vie, un bref épisode.

Un instant plus tard, Caroline se lova contre lui, et prit le temps d'écouter les battements de son cœur et sa respiration, profonde et apaisée.

Puis elle ouvrit les paupières. C'était l'opportunité qu'elle attendait. Cole endormi, elle pouvait se glisser hors du lit, attraper le sac plein de billets et prendre ses jambes à son cou pour éviter de se rendre au commissariat le lendemain.

Elle bougea une jambe, et Cole murmura quelque chose dans son sommeil. Elle s'approcha et regarda son visage dans l'obscurité.

Quitter Cole ? Le trahir ?

Elle se blottit contre lui et passa sa main autour de sa taille. Même si elle était une trafiquante de drogue et qu'elle allait devoir passer les vingt-cinq prochaines années en prison, jamais elle ne pourrait abandonner Cole.

Il lui avait offert cette nuit… Et ça, elle n'était pas près de l'oublier.

La lumière matinale qui filtrait par les stores était si forte que Cole plissa les yeux. Il sentit un pic d'adrénaline secouer son corps et il sursauta. Puis il jeta son bras de l'autre côté du lit et balaya le drap, mais la place était vide.

Il se leva, chercha son jean qu'il enfila en sautillant, puis il se rendit pieds nus jusqu'au salon et fila droit vers le sac de billets qui se trouvait près du canapé. Il plongea sa main à l'intérieur et en retira plusieurs liasses. En manquait-il ?

— Caroline ? cria-t-il en parcourant des yeux la petite pièce et la cuisine vide.

En marchant jusqu'au salon, il était passé devant la salle de bains et avait remarqué qu'elle était inoccupée.

Comment avait-il bien pu se laisser duper à ce point-là ? Il avait fait tout ce qu'elle voulait : le dîner, l'alcool, le sexe.

Caroline cherchait à s'enfuir, et Cole lui avait offert la meilleure des opportunités en se laissant mener par le bout du nez par ses désirs d'homme.

Alors qu'il rangeait les liasses de billets dans le sac, la porte d'entrée s'ouvrit brutalement, et Caroline apparut, un sac en papier dans les bras.

— Qu'est-ce que tu fais ? lui demanda-t-elle en le découvrant la main dans le sac.

— Je surveille l'argent.

— Ce n'est pas plutôt moi que tu surveilles ? rectifia-t-elle en claquant la porte derrière elle. Tu as cru que j'étais partie.

— Je reconnais que j'ai eu un petit moment de panique, je suis désolé.

— Je pourrais me sentir insultée et être vexée, lui répondit-elle en agitant le sac devant elle. Mais j'ai envie d'être sincère à partir de maintenant, et la vérité c'est que je me suis réveillée au milieu de la nuit et que l'idée m'a traversé l'esprit.

— Qu'est-ce qui t'a donné envie de rester ?

— Toi, dit-elle en posant le sac sur le comptoir de la cuisine. Donc je ne vais certainement pas te reprocher d'avoir imaginé que je puisse être partie en te réveillant tout seul ce matin.

— Je me sens malgré tout un peu coupable, ajouta-t-il en la rejoignant dans la cuisine.

— Comme ça, nous sommes deux, dit-elle en sortant du sac des œufs, du lait et du bacon. Mais je compte bien me faire pardonner en te préparant un bon petit déjeuner, grâce à Linda qui m'a gracieusement fourni tous les ingrédients.

— Et moi je vais me faire pardonner en t'aidant, mais je ne peux pas décemment pas me mettre aux fourneaux sans passer une chemise.

Cole repartit dans la chambre et, une fois habillé de la tête aux pieds, il fit un tour dans la salle de bains puis revint aux côtés de Caroline dans la cuisine.

— À vos ordres, chef, lui dit-il.

Caroline lui tendit une poêle pour faire griller le bacon puis commença à casser les œufs dans un bol.

— Est-ce que le département de police de Port Angeles va m'appeler aujourd'hui ou est-ce à moi de le faire ? Ou peut-être est-ce le shérif lui-même qui va me contacter ?

— La police va t'appeler pour te dire à quelle heure tu dois te présenter au commissariat. Ils ont probablement procédé hier aux relevés d'empreintes dans le bureau du Dr Shipman et ils vont vouloir comparer les tiennes avec celles qu'ils ont trouvées. Ils partageront ensuite toutes leurs informations avec la brigade criminelle, lui répondit Cole en déposant plusieurs tranches de bacon dans la poêle chaude.

— Cela risque d'être une sacrée surprise.

— Je te l'ai dit, je te protégerai, Caroline. Si tes empreintes révèlent quelque chose, je pourrai toujours leur dire que tu travailles avec nous, à la DEA.

— Et alors quoi ? Tu seras responsable de moi ? lui demanda-t-elle en battant les œufs énergiquement.

— Si tu es liée à Johnny Diamond, nous allons devoir gérer cela. Tu le sais, n'est-ce pas ? Tu comprends bien que je ne pourrai pas te laisse filer comme ça ?

— Je sais que tu devras faire ton boulot, Cole, déclara-t-elle en lui adressant un faible sourire. Mais en attendant pourquoi ne profiterions-nous pas de notre petit déjeuner en mettant tout cela de côté ?

Cole vint derrière elle et passa ses bras autour de sa taille.

— Absolument. Et, pendant que tu attends leur appel, je vais de mon côté chercher des informations sur ce mystérieux étranger que tu as vu à la boutique et au Sutter's, celui qui est supposé acheter un logement à Timberline. Aurais-tu la moindre idée de l'endroit où il habite ?

— Aucune, mais peut-être que nous pouvons suivre Rebecca Geist, l'agent immobilier, je sais qu'elle est en contact avec lui, dit-elle en lui montrant la télé du doigt. Est-ce que tu crois qu'il y a du nouveau aux informations locales sur le Dr Shipman ?

— Nous ? Est-ce que tu as dit que *nous* pourrions la suivre ?

— J'imagine que tu ne vas pas vouloir me quitter maintenant que je t'ai dit que j'avais envisagé de m'enfuir…

— Ce n'est pas la seule raison pour laquelle je ne veux pas te quitter, murmura-t-il en l'embrassant dans la nuque.

Caroline se retourna vers lui et l'enlaça.

— Quoi qu'il arrive, j'ai vraiment de la chance que ce soit toi qui sois venu à Timberline pour me rechercher.

Le grésillement du bacon les interrompit, et Cole se dégagea de leur étreinte pour aller retourner la tranche dans la poêle.

— Quand nous aurons fini le petit déjeuner, nous passerons à mon hôtel, si tu veux bien, pour que je prenne une douche et que je me change. Tu sais si Linda compte ouvrir la boutique aujourd'hui ?

— Oui, mais quand je l'ai vue ce matin je lui ai dit que j'attendais un appel de la police et elle m'a dit de prendre ma journée, ajouta Caroline en versant les œufs battus dans une petite poêle. Évidemment, quand ils me passeront les menottes, je vais devoir prendre un peu plus qu'une journée.

— Cela n'arrivera pas, Caroline.

Tout du moins pas tout de suite, songea Cole, mais il garda cette dernière pensée pour lui.

— Quoi qu'il advienne je suis prête à l'affronter, lui répondit-elle en lui donnant un petit coup de hanche.

Elle semblait sincère et réellement prête à assumer ce qui allait se passer, mais lui, en serait-il seulement capable ?

Après qu'ils eurent fini leur petit déjeuner et que Caroline eut pris une douche et se fut changée — elle portait maintenant un jean noir et un pull bleu qui rappelait la couleur de ses yeux —, ils s'étaient rendus à l'hôtel de Cole qui se trouvait un peu excentré du centre-ville, proche de l'entreprise Evergreen Software.

Cole avait envisagé de s'arrêter à la boutique de l'hôtel pour acheter des préservatifs afin de faire l'amour à Caroline une nouvelle fois dans sa chambre d'hôtel, mais, depuis qu'elle avait entendu les informations concernant le meurtre du Dr Shipman à la radio dans la voiture, elle semblait nerveuse et perdue dans ses pensées.

Le traumatisme subi la veille semblait lui être revenu à l'esprit comme un boomerang, et elle s'était murée dans le silence. Cole avait croisé suffisamment de scènes de crime dans toute sa carrière pour savoir maintenant reconnaître les symptômes d'un choc post-traumatique chez les gens qui n'avaient pas l'habitude de voir des choses aussi violentes.

Alors qu'ils traversaient le hall en direction des ascenseurs, Cole jeta un coup d'œil à la boutique puis appuya sur le bouton d'appel avec tant de force que Caroline lui lança un regard interloqué.

Une fois dans sa chambre, Cole alluma la télévision et choisit une chaîne de cinéma en pensant que Caroline avait eu sa dose d'informations.

— Tu peux prendre quelque chose dans le minibar pendant que je me douche si tu veux, lui proposa-t-il.

— Est-ce que j'ai l'air de quelqu'un qui a besoin d'un verre à 10 heures du matin ?

— Il n'y a pas que des boissons alcoolisées.

— Je n'ai pas besoin de distraction, Cole. Je ne vais pas regarder les informations si c'est ça dont tu as peur.

— Essaie seulement de te détendre, lui dit-il gentiment en entrant dans la salle de bains.

À sa grande déception, Caroline ne vint pas le rejoindre dans la douche… Il finit donc par sortir et enroula une serviette autour de sa taille avant d'aller vérifier que tout allait bien dans la chambre.

La mâchoire crispée, les mains agrippées au couvre-lit, Caroline était assise sur le bord du lit en train de regarder une série policière.

— Ça va aller, lui murmura-t-il doucement en s'asseyant près d'elle et en prenant sa main dans la sienne.

— C'est ma faute si le Dr Shipman a été assassinée. Si je n'étais pas allée la voir, les gens qui sont à ma poursuite ne s'en seraient jamais pris à elle, lui dit-elle en levant ses yeux bleus pleins de larmes vers lui. Et tu veux savoir le pire ? Je lui ai menti. Je ne lui ai même pas donné l'occasion de pouvoir se protéger en refusant de me voir.

— Tu crois qu'elle aurait refusé de te recevoir ? Non, tu sais, je pense qu'elle devait se douter que tu ne lui disais pas tout sur toi. Ne t'en veux pas, Caroline.

— Cesse de m'appeler Caroline ! lui répondit-elle en se levant d'un bond. Ce n'est pas mon prénom. Sais-tu seulement d'où il vient ? Le camionneur qui m'a prise en stop au Stardust venait de l'État de Caroline, c'était inscrit sur sa plaque d'immatriculation, tu vois un peu combien je suis réelle ?

Cole se leva lui aussi et l'enlaça.

— Tu es réelle pour moi. Ce qui a pu se passer dans ton passé est… passé. Et si nous découvrons des choses négatives, de toute façon, tu n'es plus cette personne à présent. Comme je te connais, tu n'as probablement rien fait de mal… Tu n'as rien d'une criminelle, et crois-moi, j'en connais un rayon en la matière.

Une larme se mit à couler sur la joue de Caroline, et elle enfouit sa tête contre son torse.

— J'ai peur de te décevoir, Cole. Je ne veux pas voir ton regard sur moi changer quand tu vas te rendre compte…

— Cela ne risque pas d'arriver, lui dit-il avant de reculer pour dissimuler le désir qu'il sentait remonter en lui. Je vais m'habiller, et puis nous irons jeter un œil dans Timberline ensemble. Maintenant que je sais tout, peut-être que je vais pouvoir t'aider à comprendre pourquoi tu es venue ici et pourquoi tu avais ce fichu bout de papier dans ta poche.

— Est-ce que tu vas m'hypnotiser ? lui demanda-elle en regardant la serviette qui tombait sur ses hanches.

— Je le ferais si je le pouvais, lui répondit-il en remontant la serviette avant qu'elle ne tombe plus bas. Mais je n'y connais rien. Cependant tu as suivi une séance, tu crois que tu pourrais tenter de recommencer seule ?

— Je peux essayer.

— Je sais que tu as peur de retrouver la mémoire, mais comme tu es maintenant prête à accueillir la vérité, si ça se trouve, tu peux forcer tes souvenirs à remonter.

— Tu as peut-être raison, mais pour le moment, dit-elle en pressant sa main sur son front, il n'y a rien du tout là-dedans.

— Tu as beaucoup de choses à digérer. Commence par arrêter de t'angoisser pour des choses que tu ne peux pas changer, lui répondit-il en lui tendant la télécommande. Et cesse de regarder ces trucs violents. Trouve plutôt une comédie.

Il attrapa quelques vêtements dans son sac puis retourna dans la salle de bains pour s'habiller. Quand il revint dans la chambre quelques minutes plus tard, Caroline avait éteint la télé et était allongée sur le lit, les yeux clos.

Il marcha sur la pointe des pieds jusqu'à ses chaussures, et elle ouvrit un œil.

— Je tente le coup.

— Bien. Et si nous allions maintenant parcourir Timberline en long et en large pour voir si quelque chose te revient ?

Alors qu'ils avançaient dans le couloir en direction de l'ascenseur, Caroline jeta un coup d'œil au rez-de-chaussée par-dessus la balustrade et serra le bras de Cole.

— Cole, cet homme. Il a dû nous suivre, il est là, en bas, à l'accueil.

— Quoi ?

Cole se pencha au-dessus de la rambarde et regarda quatre étages plus bas.

— Où est-il ? demanda-t-il à Caroline.

— Il vient de passer devant le comptoir de la réception. Il est peut-être sorti par la porte qui mène au parking.

Cole poussa la porte des escaliers et les descendit quatre à quatre, suivi par Caroline. Il avait envie de lui dire de rester à l'écart, mais il ne savait pas à quoi ressemblait l'homme qu'il poursuivait.

— Dans quelle direction est-il parti ? lança-t-il une fois qu'ils furent arrivés dans le hall.

À bout de souffle, Caroline lui montra du doigt une porte à droite de la réception.

— Que vas-tu faire ? s'enquit-elle alors qu'il se dirigeait vers la porte du parking.

— Découvrir de qui il s'agit. Est-ce que tu le vois quelque part ?

— Là-bas, devant le coffre de cette voiture blanche.

Le cœur battant et les poings serrés, Cole se précipita vers l'homme qui était en train de refermer son coffre.

— Hé, vous là-bas !

L'homme se retourna vers eux et écarquilla les yeux en apercevant Caroline. Il glissa une main dans la poche de son imperméable, mais Cole se jeta sur lui et le plaqua contre la voiture en lui coinçant les bras derrière le dos.

— Qu'est-ce qu'il vous prend ? protesta l'homme en cherchant à se dégager.

Réussissant à libérer l'un de ses bras, il se retourna brusquement et leva son poing, mais Cole bloqua le coup.

— Je suis agent de la DEA, si j'étais à votre place, j'y réfléchirais à deux fois avant de me vous en prendre à moi.

— Que me voulez-vous ? questionna l'homme en fronçant les sourcils. Je n'ai rien fait de mal, vous pouvez vérifier mon coffre… Vous pensez que j'ai de la drogue ou quelque chose dans le genre ?

Cole plongea sa main dans la poche du manteau de l'homme et en sortit un gant.

— Vous avez des armes sur vous ?

— Des armes ? Non, je vous l'ai dit je n'ai rien fait de mal. J'allais juste me mettre au volant de ma voiture de location.

Cole le relâcha et chercha son badge dans ses poches. Puis il le présenta à l'homme pour que celui-ci puisse vérifier ses dires.

— Ouvrez votre coffre.

L'homme ne semblait pas certain de l'identité de Cole, mais il s'exécuta en silence.

Cole examina le coffre qui ne contenait qu'un panier garni, plein de cadeaux et de sucreries.

— Comment vous appelez-vous et pourquoi embêtez-vous Mlle Johnson ? demanda Cole en refermant le coffre.

Caroline s'approcha d'eux lentement.

— Excusez-moi, commença l'homme en se tournant vers elle avec un air désolé. Je ne voulais pas vous déranger. Vous êtes la femme de la petite boutique de souvenirs, n'est-ce pas ?

— En effet, lui répondit-elle. Écoutez, il est… Je suis… Enfin, je crois que nous avons réagi de manière un peu excessive.

Cole haussa les sourcils. Caroline lui avait dit que ce type l'inquiétait, et maintenant ils régissaient de manière excessive ?

— Attends une minute. Tu m'as dit que tu te sentais menacée par lui. Demandons-lui au moins son identité.

— Vous vous êtes sentie menacée par moi ? répéta l'homme en passant sa main sur son crâne rasé. Je suis vraiment confus, cela n'a jamais été mon intention.

— Qui êtes-vous ? Pouvons-nous au moins commencer par ça ? Comme vous avez pu le constater, moi je suis Cole Pierson de la DEA, et voici Caroline Johnson.

— Je m'appelle James Brice et je viens de New York, dit l'homme en cherchant dans son portefeuille son permis de conduire qu'il tendit à Cole. Je suis ici pour affaires et j'ai acheté une grenouille en peluche à Caroline il y a quelques jours. Je ne me doutais pas une seconde que je l'avais mise si mal à l'aise.

— Je suis navrée, lui dit Caroline en croisant ses bras sur sa poitrine. De nombreuses choses se passent dans ma vie en ce moment, et je pense que j'ai fait une projection sur vous.

— Ce n'est rien, lui répondit Brice.

— Pardon, mec, ajouta Cole en lui tendant la main. Nous sommes tous les deux sur les nerfs.

Brice lui serra la main puis ouvrit sa portière.

Mais, alors que Caroline et Cole s'apprêtaient à retourner dans le hall de l'hôtel, Cole eut soudain une réminiscence. *Brice.*

— Est-ce que vous êtes de la famille de Heather Brice, une des enfants du trio de Timberline ? demanda Cole à l'homme en se retournant vers lui.

— Oui, Heather était ma petite sœur, répondit Brice sans se retourner.

Ses épaules s'affaissèrent, et il poursuivit :

— Je suis venu ici pour vendre la propriété de mes parents, mais j'essaie de rester discret.

Caroline mit sa main devant sa bouche.

— Oh ! je suis tellement désolée.

Brice se retourna vers eux et s'appuya contre sa voiture.

— En fait, c'est probablement pour cette raison que vous m'avez trouvé étrange, Caroline.

— Pourquoi ?

— Parce que quand je vous ai vue dans cette boutique, la première fois, j'ai cru que vous étiez ma sœur disparue.

15

Caroline sentit le sang battre à ses tempes et eut soudain l'impression qu'elle allait s'évanouir et tomber au sol, tête la première.

Cole avait dû comprendre qu'elle était en état de choc, à moins qu'elle n'ait déjà entamé sa chute car il passa vite un bras solide autour de ses épaules.

— Moi ? répéta Caroline d'une voix faible après s'être éclairci la gorge. Pourquoi pensez-vous cela ?

— Quelque chose dans votre allure… Mais j'ai appris après que vous étiez nouvelle en ville et que vous étiez une proche de Linda Gunderson, la propriétaire de la boutique Timberline Treasures, lui répondit James en haussant les épaules. C'est quelque chose qui m'arrive de temps en temps. Je vois une femme de l'âge que ma sœur devrait avoir aujourd'hui et je me laisse emporter par l'espoir et par mon imagination…

— Est-ce que quelqu'un en ville sait que vous êtes revenu ?

— Juste Rebecca Geist. Elle m'aide à faire l'inventaire des biens immobiliers que possédaient mes parents. Après l'enlèvement de ma sœur, mes parents n'ont pas eu le cœur de rester vivre ici.

— Est-ce que le FBI les a prévenus qu'ils avaient identifié le responsable, Rocky Whitecotton ?

— Oui, c'est d'ailleurs pour cela que je suis à Timberline. Je crois que cette nouvelle a été pour eux comme un déclic et qu'ils sont maintenant prêts à tourner la page.

En entendant le nom de Rocky, Caroline sentit son estomac se nouer si violemment qu'elle manqua se plier en deux de douleur. Tout semblait lié, et elle se demanda si elle n'était pas impliquée dans l'enlèvement de la sœur de cet homme. Peut-être avait-elle même, quelque part bien enfouies dans les profondeurs de son cerveau, toutes les informations sur le kidnapping de ces trois enfants.

— Vos parents soupçonnaient-ils Rocky ?

— Non, je ne crois pas, mais en même temps ils ne parlaient pas du drame… Jamais même, répondit Brice avant de lever ses deux mains en l'air. Écoutez, je suis confus pour ce malentendu, mais, s'il vous plaît, pourriez-vous garder tout cela pour vous ? J'aimerais rester incognito ici, le temps de régler les histoires de la famille.

— Pas de problème.

Avant de s'éloigner, Caroline se retourna une dernière fois vers James.

— Désolée. Désolée pour… ce qui vous est arrivé.

James acquiesça puis monta dans son véhicule, démarra et sortit du parking.

En rentrant dans le hall de l'hôtel, Caroline se mit à mordiller sa lèvre nerveusement.

— Je me sens totalement stupide, lui dit Cole en lui tenant la porte. Pauvre homme.

— C'est ma faute. Je suis navrée de t'avoir embarqué là-dedans, mais en même temps je suis rassurée de voir que je n'avais pas tout imaginé. Même si je ne me doutais pas de ses raisons, cet homme a réellement eu une attitude étrange envers moi, je ne suis pas paranoïaque.

— Oui, et voyons le bon côté des choses, nous n'avons plus besoin de le chercher…

— Et si je savais quelque chose au sujet de sa sœur ? Sur les enfants qui ont été enlevés ?

— J'y ai pensé, mais tout cela s'est passé il y a presque vingt-cinq ans. Et je doute fort que Rocky Whitecotton se vante de ces vieilles histoires… Sans compter que s'il traîne aujourd'hui avec Johnny Diamond, je pense qu'il a plein de nouvelles choses à raconter…, lui répondit Cole en faisant claquer ses doigts. Ce qui me rappelle que j'ai demandé à mon coéquipier de se renseigner sur leur relation.

— Je croyais que Rocky Whitecotton avait disparu de la surface de la terre ?

— Le FBI a peut-être de nouvelles informations sur lui concernant l'affaire des enlèvements…

— Allons-nous malgré tout explorer Timberline pour voir si quelque chose me revient en mémoire ?

— Oui, affirma-t-il en se dirigeant vers les ascenseurs. Mais avant, si tu veux bien, remontons un instant dans ma chambre, je voudrais appeler Craig, mon coéquipier.

Pendant que Cole était au téléphone, Caroline en profita pour appeler Linda afin de prendre de ses nouvelles.

— Vous êtes déjà allés au commissariat ?

— Non, pas encore. Mais, Linda, je veux que tu saches que, même si je dois partir de Timberline, je te suis vraiment reconnaissante de tout ce que tu as fait pour moi.

— Je sais.

Caroline entendit la sonnette de la boutique retentir à l'autre bout du fil.

— Il y a des clients, on se reparle ultérieurement, OK ?

Caroline raccrocha en sentant les larmes lui monter aux yeux. Peut-être n'aurait-elle plus jamais l'occasion de parler à Linda.

Quelques instants plus tard, Cole raccrocha lui aussi.

— Intéressant…, commença-t-il. Craig n'a toujours rien trouvé sur Whitecotton. Il semble s'être réellement volatilisé… Enfin sauf s'il a changé de nom ou qu'il est entré dans une sorte de programme de protection de témoin. Peut-être qu'il a quitté le pays clandestinement.

— Espagnol, dit Caroline en laissant tomber son téléphone par terre.

— Quoi ?

— Je t'ai dit que je savais parler espagnol.

— Tu m'as dit que tu avais compris un peu d'espagnol dans une émission de télé.

— C'est plus que ça, Cole. Je parle l'espagnol couramment.

Caroline essaya de prononcer quelques mots, et ceux-ci sortirent de sa bouche avec un naturel désarmant. Cole parlant lui aussi cette langue, ils poursuivirent leur conversation en espagnol pendant un moment. Puis ils rebasculèrent sur l'anglais.

— D'après ce que j'entends, on dirait que tu parles un dialecte du Mexique.

— Vraiment ? Tu en es sûr ?

— Non, mais mon coéquipier lui le saura, lui répondit-il en sortant son téléphone de sa poche. Tu veux bien discuter avec lui en espagnol ? Il s'appelle Craig Delgado.

— Bien sûr.

Cole rappela son coéquipier et, après lui avoir brièvement expliqué la situation sans lui parler des zones d'ombre, il mit le téléphone sur haut-parleur et fit signe à Caroline de se lancer.

Craig et elle échangèrent pendant quelques minutes sur la météo, les paysages de la région de Timberline et Cole, puis celui-ci reprit le téléphone.

— Alors qu'en penses-tu, Craig ?

— Je crois que je ferais mieux de continuer à la briefer sur toi.

Cole leva les yeux au ciel en regardant Caroline.

— Concernant son accent, Craig.

— Oui, c'est un accent mexicain c'est certain. Je dirais même d'une région intérieure, au nord, peut-être autour de Chihuahua.

Caroline se pencha vers le téléphone que Cole tenait dans sa main.

— Est-ce que c'est une région désertique, Craig ?

— C'est possible. Le désert de Chihuahua s'étend du Nouveau-Mexique jusqu'au Mexique.

— Craig, est-ce que le FBI a eu des informations concernant une éventuelle présence de Whitecotton au Mexique ?

— Je peux vérifier. Par contre, notre gars, Johnny Diamond, a fait de nombreux voyages là-bas, illégalement bien sûr.

— Renseigne-toi sur Whitecotton, s'il te plaît.

— OK, mais Cole, quand est-ce que tu rentres de tes prétendus congés ?

— Mec, je crois justement qu'ils viennent de se terminer.

Une fois sa conversation avec Craig achevée, Cole raccrocha et tapota un instant son téléphone contre son menton en prenant un air songeur.

— Tu étais peut-être au Mexique avec ces types.

Caroline serra ses bras sur son ventre noué.

— J'ai peur, Cole. Qu'est-ce que je pouvais bien faire avec eux ? Au Mexique ?

— Tes empreintes vont probablement nous livrer les informations qui nous manquent.

Caroline regarda ses mains comme si elle pouvait lire son passé sur le bout de ses doigts. Mais en vain.

Cole les saisit et les posa sur son torse.

— Tout va s'arranger, Caro…, commença-t-il avant de croiser son regard furieux.

Elle ne voulait décidément plus être appelée ainsi. Il essayait de l'aider, mais c'était peine perdue. Et il savait que s'il faisait tout pour la secourir c'était aussi parce qu'il n'avait pas été capable de sauver sa femme de ses propres démons.

— Rien ne va s'arranger, n'est-ce pas ? Je sais que tu essaies de me réconforter, mais ma situation ne fait qu'empirer.

— Tu sais ce qui pourrait te faire du bien ? lui murmura-t-il en déposant un baiser à l'intérieur de son poignet. Sortons de cette chambre d'hôtel et allons explorer la ville. Ce sera toujours mieux que d'attendre le coup de téléphone de la police sans rien faire.

— Tu as raison, lui répondit-elle en rejetant ses cheveux en arrière. Et puis je dois affronter ce qui va se passer aujourd'hui.

Alors qu'elle attachait sa ceinture de sécurité quelques instants plus tard, Caroline demanda :

— Par quoi commençons-nous ?

— Que dirais-tu d'aller jeter un œil à Evergreen Software ? Tu t'y es déjà rendue ?

— Tu crois que je suis venue ici à cause de cette entreprise ?

— Allons jeter un œil, on ne sait jamais, et c'est tout près d'ici.

Cinq minutes plus tard, Caroline put observer les grands immeubles modernes blancs qui constituaient le campus d'Evergreen, mais l'endroit ne lui rappela rien du tout.

— Je ne crois pas avoir de lien avec ce lieu, Cole.

— C'est impressionnant, quand même, tu ne trouves pas ? Je crois avoir lu quelque part que la famille Brice possédait une propriété ici qu'ils ont vendue à Evergreen.

— Je me sens si mal pour James Brice.

— Oui, moi aussi… Je l'ai plaqué contre la voiture plutôt violemment.

— Pas que pour ça, ajouta Caroline en le poussant du coude. Il avait l'air triste à l'idée de s'occuper des affaires de ses parents.

— Je peux comprendre que la famille soit partie d'ici après avoir traversé une telle épreuve… Perdre un enfant de cette façon, c'est inimaginable.

— Et la culpabilité…

— La culpabilité ? répéta Cole en faisant une nouvelle fois le tour du parking. Pourquoi donc devraient-ils se sentir coupables ?

— Je pense que quand on est parents on se demande forcément comment on aurait pu empêcher ça. Trois enfants ont été enlevés. Pourquoi ces trois-là en particulier ? Est-ce que les motards qui avaient un rapport avec l'affaire ont donné une explication ?

— Quand on a compris qu'ils étaient impliqués, ces motards étaient tous déjà morts. Il ne restait plus que Dax Kennedy qui traîne toujours dans les parages, mais à l'époque il n'était qu'un jeune membre du gang.

— Eh bien, je suis certaine que ces parents ont dû devenir presque fous à force de se demander pour quelles raisons leurs enfants avaient été enlevés. Les frères et sœurs aussi d'ailleurs, pauvre James.

— Cela a été très dur pour les proches. En fait, le frère du petit garçon qui a été kidnappé a reproduit les enlèvements, il y a quelques mois à peine.

— Oh ! mon Dieu. Cette ville a vécu l'horreur. Mais est-ce que Johnny Diamond a eu quelque chose à voir avec cette affaire ? Peut-être que c'est à ce moment-là qu'il a rencontré Rocky ?

— Il n'était pas dans le coin à l'époque, il était très jeune, mais il est certain que c'est son appartenance au gang des Lords of Chaos qui lui a permis de rencontrer Whitecotton, répondit Cole en s'arrêtant sur le bas-côté de la route.

Il coupa le moteur et demanda :

— Est-ce que tu veux qu'on marche un peu dans la forêt ? Il y a quelques sentiers de randonnée plutôt agréables par ici… Un peu de quiétude pourrait te faire du bien, qu'en dis-tu ?

— D'autant plus que la police ne devrait plus tarder à m'appeler, lui répondit Caroline en regardant son téléphone. Ils ont dit qu'ils me contacteraient dans l'après-midi, c'est ça ?

— Ils doivent attendre d'avoir collecté toutes les empreintes sur place, et je présume qu'il devait y en avoir beaucoup dans le bureau du Dr Shipman.

— En parlant de sentiment de culpabilité, soupira Caroline en fermant les yeux. Si elle n'avait pas croisé mon chemin, elle serait en vacances à l'heure qu'il est.

— Je sais que c'est difficile, Caroline, mais tu dois cesser de te croire responsable de sa mort et reporter la faute sur son assassin.

Caroline se redressa tout à coup.

— Pourrait-on faire un arrêt à la boutique de Linda sur la route ? Je voudrais m'assurer qu'elle va bien.

— Elle n'avait pas l'air dans son assiette quand tu l'as eue au téléphone ?

— Si, mais ce qu'elle a subi est loin d'être évident, et je me demande si elle ne s'est pas remise sur pied un peu trop rapidement.

— Surtout si c'était un empoisonnement, approuva Cole en reprenant la route de Timberline. Mais c'est une battante, cette Linda.

En remontant la rue principale de la ville, Caroline remarqua des gyrophares au loin et sentit son estomac se nouer.

— Regarde, là-bas, dit-elle à Cole.

— Il y a de l'excitation dans l'air en ce moment à Timberline, j'espère que tout va bien.

— Cole, lui dit-elle en posant sa main sur sa cuisse. Est-ce que c'est une ambulance que je vois stationnée devant la boutique Timberline Treasures ?

— On dirait bien, oui, maugréa-t-il.

— Rapproche-toi, le pressa-t-elle en commençant à détacher sa ceinture de sécurité, le cœur battant.

— Je ne peux pas, je vais me garer ici.

Caroline n'attendit même pas que Cole coupe le moteur pour sortir de la voiture et courut sur le trottoir en direction de la boutique de Linda.

— Laissez-moi passer ! cria-t-elle aux badauds qui étaient attroupés devant la porte.

— Attendez, s'il vous plaît.

Un des adjoints du shérif de Timberline, Quentin Stevens, l'arrêta en levant une main devant elle.

— Est-ce que Linda Gunderson va bien ? Je suis… Je suis sa cousine.

— Vous êtes Caroline ? s'enquit l'adjoint Stevens en écarquillant les yeux.

— Oui, oui.

Cole se fraya un chemin jusqu'à eux et posa sa main dans le dos de Caroline.

— Que s'est-il passé ? demanda-t-il à l'adjoint.

— Vol avec coups et blessures.

Caroline se couvrit la bouche et sentit ses jambes fléchir sous elle.

— Coups et blessures ? Quelqu'un a agressé Linda ?

— J'en ai bien peur, en effet.

— Est-ce qu'elle est encore… en vie ?

— Oui, elle est vivante, mais elle souffre de blessures plutôt graves.

— Je dois la voir.

— Elle vous a réclamée, vous pouvez donc y aller, mais n'empêchez pas les secouristes de faire leur boulot.

Caroline prit la main de Cole dans la sienne et l'entraîna dans la boutique, de peur que Stevens ne lui en refuse l'accès.

Une fois à l'intérieur, elle se précipita vers Linda qui était allongée sur une civière. Deux secouristes s'affairaient autour d'elle.

— Oh ! mon Dieu, s'écria Caroline en serrant la main de Linda dans la sienne. Que s'est-il passé ?

Linda bougea les lèvres, mais aucun son ne sortit de sa bouche.

Un autre adjoint du shérif lui tapa sur l'épaule.

— Vous êtes la cousine de Mme Gunderson ?

— Oui, lui répondit-elle en se retournant vers lui. Pouvez-vous me dire ce qui est arrivé ? Est-ce que Linda va s'en sortir ?

— Pour ça, vous feriez mieux de voir avec les secouristes, lui répliqua-t-il en serrant la main de Cole. Je suis l'adjoint Unger.

— Cole Pierson, et voici Caroline Johnson. Est-ce que vous savez ce qu'il s'est passé ici ?

— Mme Gunderson a du mal à communiquer pour le moment, mais il semblerait qu'un homme soit entré dans sa boutique et qu'il ait pris tout l'argent de la caisse en la menaçant avec un couteau. Ce qui reste un mystère, c'est pour quelle raison il s'est ainsi acharné sur elle. Ce devait être un sadique ou un criminel endurci.

— C'était un cambriolage ? lança Caroline en se laissant aller contre Cole. Il a pris tout l'argent ?

— Oui, et en pleine journée en plus, précisa l'adjoint en hochant la tête. Parfois je me demande ce qu'Evergreen Software apporte réellement à la ville, si ce n'est la création de nouveaux emplois.

— Madame, intervint un des secouristes. Nous allons maintenant emmener la victime aux urgences.

— Ses blessures sont graves ?

— Elle a reçu un violent coup sur la tête et a perdu beaucoup de sang. Je suis étonné qu'elle soit encore consciente, mais elle tient le coup.

Alors que Caroline se rapprochait de la civière, Linda agrippa sa manche et l'attira plus près d'elle pour essayer de lui dire quelque chose.

— Qu'y a-t-il ? lui demanda doucement Caroline.

Linda regarda l'adjoint puis murmura dans l'oreille de Caroline :

— L'homme voulait des informations sur toi. Je ne lui ai rien dit d'autre que ce qu'on avait convenu.

16

Refermant les yeux, Linda laissa tomber sa tête sur le côté de la civière, la bouche entrouverte.

— Que se passe-t-il ? hurla Caroline. Qu'est-ce qu'il lui arrive ?

— Elle a perdu connaissance, lui répondit un des secouristes. Reculez, nous devons l'emmener à l'hôpital maintenant.

Caroline s'appuya sur Cole en regardant les secouristes qui poussaient la civière jusqu'à l'ambulance, garée à l'extérieur, devant la boutique.

Les adjoints du shérif posèrent encore quelques questions à Caroline puis, tandis qu'ils collectaient des preuves et relevaient des empreintes dans le magasin, elle s'assit dans un coin et glissa ses mains entre ses genoux.

La voix de Linda résonnait encore dans sa tête.

Quelqu'un avait agressé son amie. Quelqu'un qui cherchait des informations… sur elle. Linda semblait d'ailleurs avoir compris que Caroline lui avait toujours menti.

Quand l'adjoint du shérif Stevens s'arrêta devant elle pour lui dire qu'ils avaient fini et qu'ils allaient fermer la boutique pour le moment, elle l'interrogea :

— Est-ce que Linda a décrit l'homme qui l'a agressée ? Est-ce que quelqu'un l'a vu quitter la boutique ?

— C'est un homme de type caucasien, mais il a le teint mat et porte une queue-de-cheval.

— Est-ce que… Est-ce qu'elle vous a répété ce qu'il lui avait dit ? lui demanda-t-elle en fronçant les sourcils.

— Apparemment, il lui a ordonné de lui donner l'argent de la caisse et de ne pas perdre de temps. Après cela, il a fourré les billets dans ses poches, a fait le tour du comptoir et est venu la frapper. Puis il lui a donné plusieurs coups de pied alors qu'elle était au sol.

Caroline sentit la nausée l'envahir et prit une profonde inspiration.

— Et après ?

— Il a filé par la porte de secours dans la ruelle, lui rapporta Stevens en faisant un geste de la main vers le fond de la boutique. Vous pouvez rester ici si vous voulez mettre un peu d'ordre, nous avons tout ce dont nous avons besoin, ce n'est donc plus une scène de crime, mais peut-être que vous feriez mieux de fermer la boutique pour la journée.

Linda avait donc menti une nouvelle fois pour la couvrir, pensa Caroline avant de répondre à Stevens :

— Oui, je vais faire ça, merci.

Quand la police eut quitté les lieux et qu'il ne resta plus que quelques badauds sur le trottoir, Caroline se leva et alla fermer la porte d'entrée. Puis elle retourna la pancarte pour indiquer que le magasin était maintenant fermé.

Elle alla ensuite s'asseoir dans le fauteuil derrière la caisse pendant que Cole faisait les cent pas dans les allées.

— Cela fait bien trop de coïncidences. Cette agression est forcément liée à Johnny Diamond et à… toi, marmonna-t-il.

— En effet.

— Je ne sais pas pourquoi ce type est venu ici et a volé l'argent de Linda avant de la tabasser, peut-être que c'est toi qu'il espérait trouver et qu'il a cherché à brouiller les pistes.

— Il ne s'est pas donné cette peine.

Cole cessa de tourner comme un lion en cage et vint se poster devant elle.

— Comment le sais-tu ?

— Linda me l'a dit.

— Linda t'a dit quoi ? lui demanda-t-il en plissant ses yeux verts. Elle ne pouvait pas parler, elle s'est évanouie.

— Elle a pu me parler, Cole. Elle m'a dit que l'homme cherchait des informations sur moi. Elle m'a dit qu'elle s'en était tenue à ce que je lui avais dit.

— Oh ! bon sang, répondit Cole en massant ses tempes. Linda ne lui a pas donné les réponses qu'il espérait, c'est pour cette raison qu'il l'a frappée. Sale lâche.

— Tout cela doit se terminer, Cole.

— Mais, dis-moi, tu penses que Linda savait que tu lui mentais depuis le début ?

— J'imagine qu'elle avait remarqué quelque chose, peut-être le soir où j'ai cru que quelqu'un s'était introduit chez moi par effraction.

— Eh bien, on peut dire que c'est une amie fidèle.

— Trop fidèle même.

Le téléphone de Caroline se mit à vibrer et, après l'avoir sorti de sa poche, elle regarda l'écran et fut surprise de ne ressentir aucune peur en découvrant le numéro qui s'affichait.

— Allô ?

— Mademoiselle Johnson, ici le détective Rowan de la brigade criminelle de Clallam. Pouvez-vous venir cet après-midi au commissariat de Port Angeles pour procéder à votre relevé d'empreintes digitales ?

— Oui, pas de problème.

Cole lança un regard de biais à Caroline. Elle était si silencieuse depuis qu'ils avaient quitté la boutique de Timberline Treasures qu'elle devait à coup sûr se reprocher ce qui était arrivé à Linda.

Elle avait appelé l'hôpital avant de prendre la route de Port Angeles, et l'infirmière lui avait dit que Linda avait un œdème au cerveau et que même si les médecins préféraient la maintenir en coma artificiel son pronostic vital n'était pas engagé.

À présent, l'agresseur de Linda devait savoir que Caroline n'avait pas pu ou pas voulu raconter ce qui les liait et ce qui leur faisait si peur. Si c'était l'argent de Diamond que ces malfrats voulaient récupérer, mauvaise nouvelle pour eux, il était maintenant entre les mains de la DEA.

— Nous y sommes presque, tu te sens prête ? demanda Cole à Caroline en lui pressant le genou.

— Je suis prête, oui, tu sais comment ça va se passer ?

— Nous allons entrer dans le commissariat, des policiers vont prendre tes empreintes puis ils vont les entrer dans une base de données pour vérifier ton identité, ce qui peut prendre une bonne trentaine de minutes.

— Que va-t-il se passer si on se rend compte que mes empreintes digitales ne sont pas celles de Caroline Johnson ?

— Si tu as un casier judiciaire, je prendrai les choses en main et je dirai que tu travailles pour la DEA. Puis nous rechercherons tout ce que nous pouvons sur ton histoire pour comprendre qui tu es et ce qui t'est arrivé avant que je ne te… livre à la justice.

Caroline laissa échapper un faible sifflement.

— Et que se passera-t-il si je n'ai pas de casier judiciaire ?

— Encore une fois, je m'en occuperai et j'inventerai quelque chose de crédible. Même si tu n'es pas une criminelle, il est illégal de donner un faux nom à la police, mais je te couvrirai.

Caroline caressa la main de Cole qui était toujours posée sur son genou.

— Tu as tant fait pour moi, Cole, merci.

— Et, une fois que nous aurons découvert que tu n'as pas de passé criminel, je t'enverrai voir les meilleurs psychiatres du monde et tout s'arrangera pour toi.

— Et je t'aiderai à découvrir quel est le lien entre Johnny Diamond, Rocky Whitecotton et le trio de Timberline.

Quand le commissariat se profila au loin, Cole remarqua que Caroline était nerveuse. Une fois garés devant, elle détacha sa ceinture en se mordant les lèvres puis se précipita hors de la voiture et fonça tête baissée vers le bâtiment.

Cole accéléra pour aller lui tenir la porte puis il la suivit à l'intérieur en posant la main dans son dos.

Le commissariat de Port Angeles n'était pas grand, mais convenait parfaitement à une petite ville. Le détective Rowan ne serait probablement pas là, pensa Cole mais les policiers locaux lui transmettraient les résultats immédiatement. Cole aurait peut-être à prendre la défense de Caroline auprès de lui directement.

— Puis-je vous aider ? proposa un policier derrière le comptoir d'accueil.

Caroline pressa la main de Cole et avança jusqu'à lui.

— Bonjour, je suis Caroline Johnson, c'est moi qui ai découvert le corps du Dr Julie Shipman et, comme je n'avais pas de papiers d'identité sur moi — je n'en ai d'ailleurs toujours pas —, on m'a demandé de venir pour procéder à un relevé de mes empreintes.

— Ah oui, l'agent Farella vous attend.

— Par ici, mademoiselle Johnson, lui lança soudain un homme qui venait d'apparaître dans l'embrasure d'une porte sur le côté. Je suis l'agent Farella, c'est moi qui vais m'occuper de vous aujourd'hui.

Ils échangèrent une poignée de main, puis Farella passa devant Caroline et tendit la main à Cole.

— Vous devez être l'agent Pierson de la DEA, c'est ça ?

— Oui, enchanté, lui répondit Cole en l'observant un instant.

Apparemment ce n'était pas un dur à cuire, mais on ne pouvait être sûr de rien.

— La DEA n'enquête pas sur le meurtre du Dr Shipman, si ?

— Je ne peux pas en parler pour le moment, dit Cole, je suis certain que vous comprenez.

— Bien sûr, bien sûr, lui affirma Farella en leur faisant signe d'entrer dans la pièce où étaient posés sur une table un scanner et un ordinateur. Après vous, mademoiselle Johnson, asseyez-vous en face du scanner, s'il vous plaît.

Cole tira la chaise, et Caroline s'assit sur le bord en regardant la machine devant elle.

— Je présume que vous n'avez encore jamais fait ça, sachez que nous allons procéder doigt par doigt puis nous nous occuperons des paumes de vos mains.

Le visage tendu, Caroline suivit les instructions de l'agent.

Quand ce fut fini, Farella entra un code dans l'ordinateur puis tapa quelques mots et appuya sur certains boutons.

— Cet ordinateur va envoyer vos empreintes au département de justice de l'État de Washington qui est relié à la base de données nationale. Cela va prendre environ une demi-heure. Nous avons du café ici, mais celui du Café Grinder juste à côté est bien meilleur, je peux vous appeler sur votre portable dès que nous aurons un résultat.

— Merci, nous allons attendre à côté alors, dit Cole en aidant Caroline à se relever car elle semblait incapable de bouger.

Une fois à l'extérieur du commissariat, elle s'effondra contre lui.

— Je me sens si nerveuse.

— Alors tu n'as probablement pas besoin de caféine. Tu veux boire un thé ou quelque chose d'autre ?

— Un thé, ce sera parfait, lui répondit-elle en cherchant son téléphone dans sa poche. Je vais appeler l'hôpital pour savoir si l'état de Linda s'est amélioré.

Pendant que Cole passait la commande, Caroline chercha une table, s'installa et appela l'infirmière.

Quand Cole arriva vers elle, avec deux tasses dans les mains, elle avait raccroché.

— Alors, comment va-t-elle ? Elle est sortie du coma ?

— Pas encore, mais ils disent que ce n'est qu'une précaution à cause de son âge. Ils pensent qu'elle va s'en sortir.

— Quel soulagement ! Nous touchons presque au but, nous allons enfin obtenir des réponses.

— *Je* touche presque au but.

— Je ferai tout ce que je peux pour toi, lui dit Cole en lui caressant l'intérieur du poignet.

— Moi aussi, déclara-t-elle en plongeant son sachet de thé dans l'eau bouillante. Je ferai tout pour me rattraper de… de tous ces secrets, de tous ces mensonges.

— Tu souffres d'amnésie, je crois que ça suffit à t'excuser.

— Tu veux savoir une chose dont je me souviens ?

Cole se pencha vers elle, et elle leva son index en l'air en le regardant.

— À propos de mon passé immédiat, pas de ma vie antérieure.

— Oui ?

— La description que Linda a donnée de son agresseur correspond à un homme que j'ai croisé au bureau du Dr Shipman. C'est même la seule autre personne que j'ai vue là-bas. Il entrait dans le cabinet au moment où je sortais, le jour de ma première consultation.

— Un homme de type caucasien avec le teint mat et les cheveux longs ?

— Oui, sauf qu'il ne portait pas de queue-de-cheval. Ses cheveux étaient détachés et mal coiffés. Comme il avait la tête baissée, je n'ai pas pu bien voir son visage.

— Tu devrais le dire à la police de Timberline.

— Je crois que j'ai beaucoup de choses à dire à la police, ainsi qu'aux détectives et aux agents de la DEA.

Cole jeta un œil à son téléphone en fronçant les sourcils.

— Ça fait vingt-cinq minutes.

— C'est bon signe, non ? lui demanda-t-elle, pleine d'espoir. Si j'étais dans la liste des gens recherchés par le

FBI, j'imagine que la police de Port Angeles aurait déjà pris d'assaut le café avec des hommes armés jusqu'aux dents…

— Il est plus probable que Farella soit occupé par quelque chose d'autre et qu'il n'ait pas vérifié les résultats sur l'ordinateur, lui répondit Cole en se levant pour faire signe à la serveuse de leur apporter l'addition. Es-tu prête à affronter ton destin ?

— Tant que tu es à mes côtés, murmura Caroline en glissant sa main dans la sienne. Allons-y.

Cole garda sa main serrée dans la sienne tandis qu'ils remontaient le trottoir jusqu'au commissariat. Il se fit la réflexion que c'était la dernière fois qu'il voyait Caroline comme elle était à présent. Tout était sur le point de changer.

En arrivant devant la porte, il relâcha sa main car il ne voulait pas que Farella puisse avoir le moindre doute sur la nature de leur relation.

Quand ils entrèrent, Farella surgit du fond du commissariat et marcha droit vers eux, une feuille de papier dans la main.

— Mademoiselle, nous avons un problème, dit-il à Caroline en fronçant les sourcils.

Cole étouffa un juron tandis que Caroline serrait ses mains nerveusement l'une contre l'autre.

— Que se passe-t-il, monsieur l'agent ? demanda-t-elle à Farella après s'être éclairci la voix.

— Il n'existe aucune concordance avec vos empreintes dans tout l'État de Washington, ni dans tout le pays. C'est comme si… Comme si vous n'existiez pas.

17

Caroline sentit une vague de soulagement l'envahir. Elle n'était pas une criminelle recherchée par les autorités. Elle n'allait pas être envoyée en prison ou en hôpital psychiatrique. Tout du moins, pas aujourd'hui.

— C'est… C'est étrange.

— C'est surtout tout à fait inhabituel, ajouta Cole en se frottant le menton comme s'il faisait face à un grand mystère.

— Est-ce que mes empreintes doivent forcément être référencées si je n'ai pas commis de crime ou si je n'ai jamais occupé de poste où il était nécessaire de les faire enregistrer ?

— Vous n'avez jamais accompli d'acte notarié ? lui demanda Farella en haussant les sourcils. Jamais acheté un bien immobilier ? Certains États enregistrent même les empreintes digitales pour délivrer les permis de conduire. Il est tout à fait hors norme aujourd'hui que quelqu'un ne soit pas référencé dans la base nationale. Êtes-vous certaine de ne pas faire partie d'un programme de protection de témoin ?

Ces mots firent le même effet à Caroline qu'un violent coup de poing dans le ventre, et elle s'agrippa à la manche de Cole en essayant de calmer le rythme de sa respiration.

— C'était juste une blague, ajouta Farella en riant. Enfin, je crois.

— Et maintenant ? lança Cole. Je présume que vous allez devoir faire un rapport au détective Rowan.

— Oui, je vais lui envoyer les résultats, et il va, de son côté, comparer vos empreintes avec celles que nous avons relevées dans le bureau du Dr Shipman. Nous pourrons ainsi les éliminer de la liste des suspects. Mais nous avons déjà une piste, de toute façon.

— Vous pouvez déjà en parler ?

— Pas vraiment. Je peux seulement vous dire qu'un témoin a vu un homme dans la rue, derrière le cabinet du Dr Shipman, à peu près à l'heure du crime. Nous travaillons avec cette personne en ce moment même.

— C'est fini en ce qui me concerne, alors ? lui demanda Caroline en fourrant ses mains dans ses poches.

— Pour le moment, oui. Au moins nous savons maintenant que vous n'êtes pas une criminelle en fuite, lui répondit Farella en riant à nouveau.

Cette fois Caroline se laissa aller et rit avec lui.

— Eh bien, dit-elle en sortant son téléphone portable, le détective Rowan et vous avez mon numéro de téléphone si vous avez besoin d'autre chose.

— C'est fort probable, quand nous aurons attrapé ce type, il y aura un procès et s'il ne plaide pas coupable vous serez appelée à témoigner, la prévint-il avant d'agiter son index devant elle. Espérons que vous aurez alors retrouvé vos papiers d'identité.

— Oh oui, j'espère bien.

Cole et elle quittèrent le commissariat sans dire un mot et marchèrent en silence jusqu'à la voiture. Ce ne fut qu'une fois sa portière refermée que Caroline laissa s'échapper le cri de joie qu'elle retenait depuis de longues minutes, et celui-ci fit presque trembler les vitres du véhicule.

— Tu es vraiment une femme mystérieuse, lui dit Cole en se bouchant les oreilles.

— Mais je ne suis pas une criminelle, n'est-ce pas ? s'exclama-t-elle en saisissant son bras. Si je l'étais, mes empreintes auraient été dans la base.

Cole réajusta le rétroviseur central en vérifiant, comme il le faisait toujours, que personne ne les suivait.

— Je ne veux pas gâcher ta joie, mais cela veut seulement dire que tu n'as jamais été arrêtée pour un crime. Cela ne peut pas garantir que tu n'en aies jamais commis.

— Tu continues à croire que je suis impliquée dans les affaires criminelles de Johnny Diamond ? lui demanda-t-elle en s'affaissant dans son siège.

— Non, je te ramène seulement à la réalité.

— Eh bien, dans ma réalité, même si ce n'est pas grand-chose, c'est une bonne nouvelle. Maintenant je dois découvrir qui je suis et ce que je faisais en compagnie de Johnny Diamond, lui indiqua-t-elle en prenant sa main. Est-ce que tu peux m'aider ? Je me rends officiellement à la DEA. Je ferai une déclaration et tout ce qu'il faut. Je répéterai tout ce que je sais depuis que je me suis réveillée au Stardust Motel avec le cadavre de ce trafiquant de drogue, et tu pourras demander à quelqu'un de décortiquer mon cerveau, de m'hypnotiser ou de faire tout ce qui lui chante pour que je récupère ma mémoire.

— Eh bien, on dirait qu'on a un plan, lui répondit Cole en amenant sa main jusqu'à ses lèvres pour y déposer un baiser.

— Maintenant, je voudrais aller voir Linda à l'hôpital. Est-ce que tu peux m'y conduire ? Une fois qu'elle ira mieux, je lui raconterai tout. Et, quand je serai officiellement en détention, les associés de Diamond comprendront que l'argent que j'ai volé est aux mains de la DEA. Ils ne seront plus en mesure de pouvoir m'atteindre et ils n'auront plus de raison de faire du mal à mes proches.

— Je t'emmène à l'hôpital, par contre je t'accompagne à l'intérieur.

— Tu penses encore que je vais m'enfuir ? Si je le faisais, je ne ferais que me mettre davantage en danger.

— Ce n'est pas ça qui m'inquiète, tant que tu n'es pas à

l'abri, les acolytes de Diamond peuvent te retrouver, je te rappelle qu'ils sont toujours à tes trousses.

Sur le chemin du retour, Caroline posa de nombreuses questions à Cole sur les empreintes digitales.

— Est-ce vraiment si inhabituel que quelqu'un ne soit pas référencé dans la base nationale ?

— Aujourd'hui, oui. Surtout pour les adultes, lui répondit Cole en tambourinant sur son volant. Mais Caroline, est-ce que tu crois qu'il serait possible que tu aies vécu au Mexique ?

Caroline sentit un frisson de peur la parcourir.

— Si j'ai vécu là-bas, est-ce que ça pourrait expliquer pourquoi je ne suis pas référencée aux États-Unis ?

— C'est possible.

Caroline détourna le regard vers le paysage qui défilait par la fenêtre, humide et verdoyant.

Tous les chemins semblaient mener vers le Mexique.

Le médecin qui s'occupait de Linda l'avait fait changer de chambre pour se rapprocher du bloc des urgences.

Alors qu'ils attendaient l'ascenseur, Cole regarda Caroline un moment puis lui dit :

— Je vais t'accompagner jusqu'à la chambre de Linda et après j'irai passer quelques coups de fil. Je vais parler de toi à la DEA de San Diego. Ils vont probablement vouloir que tu t'y rendes le plus vite possible.

— Ce sera possible dès que je me serais assurée que les amis de Linda vont prendre soin d'elle pendant mon absence. Mais comment vais-je pouvoir prendre l'avion sans papiers d'identité ?

— La DEA va tout prendre en charge.

En descendant de l'ascenseur, Caroline se dirigea vers le bureau des infirmières.

— Bonjour, je suis Caroline Johnson, je viens voir Linda Gunderson, les médecins ont dit que c'était possible.

Tandis que l'infirmière effectuait une recherche sur son ordinateur, Caroline jeta un œil à Cole par-dessus son épaule. Il était déjà au téléphone, appuyé contre le mur à côté de la cage d'escalier.

— Vous pouvez y aller, mademoiselle Johnson. Elle occupe la chambre 528, c'est une chambre commune donc je vous saurai gré de ne pas déranger l'autre occupant.

— Merci, lui répondit Caroline avant de faire un signe à Cole pour lui montrer dans quelle direction elle partait.

En passant devant chaque chambre, elle entendit les talons de ses bottines qui claquaient sur le lino, troublant le silence religieux qui régnait à cet étage. Quand elle trouva enfin la chambre de Linda, elle entra, et soudain son cœur sembla manquer un battement.

Son amie était branchée à une multitude de machines bruyantes et de moniteurs. Elle s'assit sur la chaise en plastique qui était à côté de son lit et prit sa main dans la sienne.

— Accroche-toi, Linda. Je te raconterai tout dans les moindres détails dès que tu seras sortie de là.

L'autre occupant de la chambre, derrière le paravent, se racla la gorge bruyamment.

Soudain, le téléphone de Caroline se mit à vibrer, et elle espéra que ce n'était pas la police qui la rappelait pour l'informer de nouvelles découvertes concernant ses empreintes digitales.

Elle sortit le téléphone de sa poche et écarquilla les yeux en voyant clignoter sur son écran le numéro de téléphone de Linda. Comment Linda pouvait-elle être en train de l'appeler alors qu'elle était là, devant elle, plongée dans le coma ? Peut-être qu'un de ses amis avait emprunté son portable…

— Allô !

— Alors maintenant tu vas m'écouter, et tu vas m'écouter bien attentivement. Ton petit jeu est terminé… *Caroline.* Tu vas revenir avec nous immédiatement et tu vas rapporter avec toi tout le fric de Johnny, tout *notre* fric.

La voix autoritaire et forte lui donna envie d'éloigner le téléphone loin de son oreille, et celui-ci faillit glisser de ses mains.

— Écoutez, je ne sais pas qui vous êtes. J'ai perdu la mémoire quand Johnny m'a jetée au sol dans la chambre du motel. Vous ne comprenez donc pas ?

— Mais tu te souviens que Johnny t'a jetée au sol ?

— Oui et qu'il a aussi essayé de me tuer.

— Il ne voulait pas te tuer, il voulait juste te ramener chez toi. C'est tout ce qu'on veut. Personne ne veut te faire de mal. Tu ne veux donc pas revoir ta famille ?

Caroline sentit un sanglot se former dans sa gorge. Une famille était ce qu'elle voulait le plus au monde. Une famille et une identité.

— C'est trop tard, je me suis rendue à la DEA.

L'homme jura à l'autre bout de la ligne.

— Ce flic est un agent de la DEA ?

— Oui, et il sait tout ce que je sais, et quand j'aurai retrouvé la mémoire il en saura encore davantage. Il… Il est justement à mes côtés à cet instant, il écoute tout ce que je dis.

L'homme éclata d'un grand rire qui s'acheva en une quinte de toux.

— Tu es toute seule, dans une chambre d'hôpital avec une femme dans le coma.

Caroline bondit de sa chaise et regarda derrière elle.

— Vous m'observez ?

— Comment va ton amie, la commerçante ?

Caroline sentit un frisson glacé lui parcourir l'échine.

— Elle souffre, à cause de vous.

— Elle souffrira bien plus encore si tu ne m'obéis pas. Tu comprends ce que je te dis ? Nous savons qui toucher pour te faire réagir. Elle, cet agent de la DEA et même ta sœur. Tu te souviens de ta sœur ? Peut-être pas… Elle vit toujours au Mexique avec sa famille, mais nous n'hésiterons pas à nous en prendre à elle aussi si tu ne nous rejoins pas sur-le-champ.

Une sœur ? Elle avait une sœur ? Caroline sentit sa tête bourdonner et se massa la nuque doucement.

— Qu'est-ce que vous voulez ?

— Je viens de te le dire. Nous voulons que tu rentres. Une fois que tu auras retrouvé la mémoire, c'est d'ailleurs ce que tu voudras aussi, rentrer chez toi.

— On ne dirait pas. N'étais-je pas déjà en fuite au motel ? C'est pour ça que j'étais avec Johnny, n'est-ce pas ? Il obéissait à vos ordres ou à ceux de Rocky.

Un silence passa avant que l'homme ne lui demande :

— Tu te souviens de Rocky ?

— Non. J'ai seulement vu son SMS sur le téléphone de Johnny.

— Est-ce que cet agent de la DEA connaît Rocky ?

— Non.

— Je croyais que tu lui disais tout.

— Pas tout, juste que j'étais avec Johnny Diamond quand il est mort et que je souffre d'amnésie.

— Fausse-lui compagnie et retrouve-moi ici.

— Je… Je ne peux pas faire ça.

— Fais-le ou tous ceux à qui tu tiens vont en payer le prix. Nous venons juste de placer un nouveau traceur GPS sous la voiture de ce maudit flic, donc si tu lui en parles et qu'il te suit, nous le saurons. Nous vérifierons également ton téléphone quand tu seras là, alors n'imagine même pas pouvoir lui envoyer un SMS ou l'appeler, ou c'est l'enfant de ta sœur qui trinquera en premier.

Caroline posa une main tremblante dans son cou.

— Comment puis-je savoir que ce que vous me dites est vrai ? Comment puis-je être sûre que j'ai même une sœur ?

— Je suppose que tu découvriras tout ça quand tu retrouveras la mémoire, cela dit il sera peut-être trop tard.

— OK, répondit-elle en fermant les yeux. OK, je vais venir vous voir, mais je n'ai pas de voiture. Où dois-je me rendre et comment ?

— Descends jusqu'au quai de chargement de l'hôpital. Pour t'y rendre, prends l'ascenseur jusqu'au sous-sol, puis passe par la droite en sortant, comme ça les infirmières ne te verront pas. Une voiture t'attendra. N'essaye surtout pas de faire passer un message à cet agent de la DEA. Nous te surveillons et, crois-moi, tu le regretteras.

— J'y serai.

— Pars tout de suite, lui ordonna l'homme avant de raccrocher.

Caroline jeta un œil au paravent qui séparait les deux lits dans la chambre. Comment pouvait-elle prévenir Cole ? Quel genre de message pouvait-elle lui laisser ? Elle ne connaissait pas l'homme qu'elle avait eu au téléphone et n'avait aucune idée de l'endroit où elle se rendait. Et elle ne savait pas non plus dans quel type de voiture elle allait bien pouvoir monter.

Elle fit deux pas vers le paravent, le tira vers elle et croisa le regard étonné d'un vieil homme, allongé dans son lit.

— Quand un homme va venir dans cette chambre à ma recherche — ce qu'il ne manquera pas de faire —, s'il vous plaît, dites-lui que je suis retournée au Mexique.

Cole regarda une nouvelle fois sa montre en se demandant combien de temps Caroline allait encore passer en tête à tête avec une femme dans le coma…

Il décolla le dos du mur contre lequel il était appuyé depuis ce qui lui semblait être une éternité et se dirigea vers le bureau des infirmières.

— Mon amie est allée voir Linda Gunderson il y a un

bon moment, est-ce que vous pensez que je peux aller la chercher ?

— Oui, c'est la chambre 528.

— Merci.

Cole étudia les numéros des chambres dans le couloir et, quand il se trouva devant la 528, il ouvrit la porte et passa sa tête à l'intérieur.

Linda était allongée, inconsciente, sur son lit, les machines reliées à elle sifflaient et bourdonnaient, mais nulle trace de Caroline à son chevet.

Le cœur battant, il entra dans la pièce. Caroline ne pouvait pas être partie… C'était impossible, à aucun moment il ne s'était éloigné du bureau des infirmières et il n'y avait pas d'autre issue.

Il l'appela en se dirigeant vers la petite salle de bains dont la porte était ouverte et regarda à l'intérieur, mais elle était vide.

Caroline s'était sauvée.

— Excusez-moi ? lança une voix faible à l'autre bout de la pièce.

Cole se dirigea vers le paravent qui séparait la chambre en deux espaces, l'écarta et découvrit un vieux monsieur qui semblait bien agité.

— Elle est partie, mais elle m'a demandé de vous dire quelque chose.

— La femme qui est venue ici tout à l'heure ? lança Cole en sentant le sang marteler ses tempes. Que vous a-t-elle dit ?

— Qu'elle retournait au Mexique.

Cole s'effondra sur la chaise qui était à côté du lit du vieil homme et se pinça l'arête du nez.

— Que vous a-t-elle dit d'autre ?

— Seulement ça. Elle est venue me voir et elle m'a dit qu'un homme allait venir la chercher et qu'il fallait que je lui dise qu'elle repartait au Mexique.

Cole serra les poings. Il ne pouvait s'en prendre qu'à lui-même, il n'avait pas senti venir le danger.

Caroline s'était-elle soudain souvenue de son histoire et avait-elle décidé qu'elle préférait son ancienne vie à celle-ci ? Souffrait-elle même seulement d'amnésie ? Mais elle ne pouvait pas avoir fait semblant de ressentir toutes ces émotions… Si ?

— C'était juste après son coup de téléphone.

Cole bondit de son siège.

— Quel coup de téléphone ?

Le vieux monsieur lui montra du doigt le lit de Linda.

— Elle était au téléphone avant de venir me voir. Une conversation tout à fait étrange.

— C'est-à-dire ?

— Je ne sais pas… Il était question de quelqu'un qui essayait de la tuer, d'un certain diamant, de la DEA. Une histoire complètement folle. Quand elle m'a demandé de vous dire qu'elle partait au Mexique, ça s'est confirmé. Une histoire complètement folle.

Ils l'avaient retrouvée, pensa Cole en se passant les mains dans les cheveux. Mais comment avaient-ils pu la convaincre de les suivre ? Et où l'avaient-ils récupérée ?

— Est-ce que vous avait entendu autre chose ? Le nom d'un endroit, d'une personne ?

— Le seul nom dont je me souvienne est Johnny. Je n'ai pas entendu de nom de ville ou d'endroit à part quand elle m'a dit qu'elle repartait au Mexique.

— Merci, lui répondit Cole en prenant sa main frêle dans la sienne. Vous ne pouvez pas savoir combien vous m'avez aidé.

— J'espère qu'elle va bien. C'est un joli brin de femme, même si la tristesse semble hanter son regard.

— Elle ira bien, ne vous en faites pas.

Il n'hésiterait pas à affronter les flammes de l'enfer pour s'en assurer.

En quittant la chambre après avoir salué le vieux monsieur, Cole jeta un coup d'œil dans le couloir. Au fond à droite, un panneau vert indiquant une sortie surplombait une lourde porte. Il se précipita vers elle, poussa la barre de métal et se retrouva dans un escalier.

Tout en regrettant de ne pas avoir inspecté l'étage entier avant d'avoir permis à Caroline d'aller voir Linda seule, il descendit les marches en courant pour arriver au rez-de-chaussée.

Après avoir poussé une nouvelle porte, Cole se retrouva sur le quai de chargement de l'hôpital. Avisant un homme qui était en train de faire l'inventaire de nombreux cartons, il se dirigea vers lui.

— Bonjour, excusez-moi, auriez-vous vu une femme passer par ici il y a peu de temps ?

Après avoir levé les yeux vers lui d'un air blasé, l'homme reporta son attention sur son bloc-notes, et Cole décida de lui présenter son badge.

— Non, mais je viens seulement d'arriver, lui répondit finalement l'homme avant de faire un signe vers la droite. Mais allez voir par là, deux camions sont encore en train de décharger.

— Merci.

Cole se dirigea vers les camions et montra à nouveau son badge à l'homme qui s'occupait de la livraison.

— Avez-vous vu une femme sortir par cette porte dans le quart d'heure qui précède ? De taille moyenne, les cheveux longs châtains, mince, avec une veste en cuir noire et des bottes ?

L'homme étudia l'insigne, arracha la copie du formulaire qu'il venait de remplir puis la tendit au chauffeur.

— Ouais, je l'ai vue.

— Qu'a-t-elle fait ? Par où est-elle partie ?

— Une voiture lui a fait des appels de phares, et elle est montée dedans.

— Quel genre de voiture ? Est-ce que vous avez pu voir le conducteur ? demanda Cole en regardant dans toutes les directions.

— C'était une petite voiture, noire. Je n'ai pas vu la personne qui était au volant, je l'ai seulement remarquée car il est rare que les gens empruntent ce chemin pour sortir de l'hôpital.

— Est-ce qu'il y a des caméras de surveillance par ici ?

— Pas encore mais c'est en cours.

— Est-ce que vous avez vu dans quelle direction ils sont partis ?

— Je ne peux pas voir de quel côté ils ont tourné de là où je suis, j'ai seulement vu qu'ils prenaient l'allée qui débouche sur la route latérale.

— Je vous remercie, lui répondit Cole en soupirant.

Comment allait-il bien pouvoir retrouver une petite voiture noire sans avoir de numéro de plaque d'immatriculation, ni de description du conducteur ?

Cole eut soudain envie de frapper dans quelque chose, ou sur quelqu'un.

Il fit demi-tour et commença à marcher vers l'escalier pour remonter chercher sa voiture qui était garée sur le parking. Soudain, il entendit que quelqu'un l'appelait.

— Hé !

Cole se retourna et découvrit qu'un homme, debout à côté de celui avec lequel il venait de discuter, lui faisait de grands signes.

Il revint sur ses pas.

— Oui ?

— Vous êtes flic ou quoi ?

— Je travaille pour la DEA, pourquoi ?

— Joey vient de me dire que vous lui aviez posé des questions sur la femme qui est passée ici il y a une demi-heure.

— Tout à fait, vous l'avez vue monter dans la voiture,

vous aussi ? Vous avez remarqué quelque chose à propos de ce véhicule ?

— Je l'ai vue sortir par la porte, mais je n'ai pas vu la voiture.

— Oh ! OK, merci, lui répondit Cole en sentant la frustration l'envahir.

— Mais vous n'êtes pas le seul à la chercher.

— Ah bon ? Qui d'autre ?

— Un type des environs, Jason Foster.

— Jason Foster, le Quileute ? Celui qui sort avec la serveuse du Sutter's ?

— Celui-là même. Il a déboulé ici et m'a demandé sur un ton super agressif si j'avais vu passer une gonzesse, et où elle était partie. Je lui ai dit de me prévenir s'il voulait quitter Chloe parce que bon j'ai toujours eu un petit faible pour elle, vous voyez ce que je veux dire ?

— Qu'est-ce qu'il a fait après ça ?

— Il est monté sur sa Harley.

— OK, merci pour le tuyau, les gars.

Que venait faire Jason dans cette affaire ? songea Cole en se rappelant tout à coup son apparition aux urgences, la main en sang, le soir où Linda avait été malade. Ce même soir, Cole l'avait surpris en train de sortir du Sutter's par la porte arrière, l'air préoccupé.

Cole retourna à sa voiture et se rendit jusqu'au Sutter's dans le centre-ville. L'équipe était en train de mettre les couverts et se préparait pour le premier service du soir.

Il reconnut la serveuse Chloe qui discutait au bar avec Bud tout en préparant les menus. Mieux encore, il découvrit Jason en train de boire une bière, installé au bout du comptoir.

Tandis que Cole se dirigeait vers lui, Jason leva les yeux et, l'apercevant, descendit de son tabouret de bar et se précipita vers la porte de service.

— Jason ! cria Cole en accélérant le pas pour rattraper le jeune homme qui sortait du restaurant en courant.

Cole le rattrapa alors qu'il allait monter sur sa moto, l'empoigna et le plaqua contre le mur en tirant son bras derrière son dos.

— Qu'est-ce que tu sais à propos de Caroline Johnson ? Pourquoi étais-tu à sa recherche ?

— Aïe, pesta Jason en essayant de se dégager. J'essayais seulement de la sauver, mec.

— De la sauver de qui ? Où est-elle ?

— De Rocky Whitecotton. Ils la retiennent à la cabane Kennedy, je… Je crois qu'ils vont la tuer.

Poussant le canon de son arme dans son dos, l'homme au teint mat ordonna à Caroline d'avancer.

— Nous n'allons pas passer par la porte d'entrée.

La cabane paraissait perdue au milieu des bois, et Caroline trébucha dans les fourrés tandis qu'elle en faisait le tour. Elle se demanda si elle était déjà venue ici, des images assaillaient son esprit de tous les côtés. Des images différentes de ses dernières réminiscences, cette fois la végétation luxuriante remplaçait le désert aride. Si elle semblait bien loin de sa famille à présent, jamais elle n'avait autant voulu les retrouver.

L'homme marmonna : « c'est Vic », puis il frappa à la porte sur un rythme qui laissa penser à Caroline qu'il s'agissait d'un code, et elle entendit la serrure se déverrouiller de l'intérieur.

Caroline sentit alors une vague de terreur l'envahir et elle recula d'un pas. Elle ne voulait pas entrer à l'intérieur de cette cabane. Elle ne voulait pas voir la personne qui était de l'autre côté de cette porte. Ça recommençait. Il allait l'enlever, l'emmener loin de l'homme qu'elle aimait.

La porte s'entrouvrit, et un regard sombre apparut dans l'entrebâillement de la porte.

— Non, non ! gémit-elle en se couvrant la bouche.

Mais Vic la poussa à l'intérieur. Elle tomba à quatre pattes aux pieds de l'autre homme et, lorsqu'elle releva la tête, elle reconnut le visage émacié et ridé de Rocky Whitecotton.

L'homme qui l'avait kidnappée vingt-cinq ans auparavant.

18

— Maintenant tu te souviens, n'est-ce pas ? lui dit Rocky en souriant. Je suis certain que tu te souviens même de ce que tu as découvert sur ta véritable identité en allant fouiner l'année dernière…

Caroline se releva et lui fit face en redressant les épaules.

— Mon vrai nom est Heather Brice, et tu m'as enlevée en même temps que Kayla Rush, Stevie Carson… et d'autres encore.

— Tous les trois vous étiez suffisamment jeunes pour réussir à oublier vos anciennes vies et vos identités. Tu as été heureuse dans la communauté, non ?

— Jusqu'à ce que l'on découvre le trafic de drogue, les crimes et les meurtres.

— Nous n'avons tué que nos ennemis, et je t'ai laissée partir sans problème quand tu as découvert nos… petits trafics. Ta sœur, elle, est heureuse à Mexico avec son mari et ses enfants.

— Parce qu'elle ne sait pas qu'elle s'appelle en réalité Kayla Rush, qu'elle a une sœur jumelle et qu'elle a été enlevée à sa véritable famille quand elle avait cinq ans.

— Et tu continuerais de l'ignorer, toi aussi, si tu n'avais pas fureté dans mes affaires. Tu faisais des études pour devenir infirmière et voilà que tu abandonnais ton rêve pour faire ce stupide voyage à Timberline. Je ne pouvais pas te laisser continuer, Meadow.

— Je m'appelle Heather.

— Tu as vécu bien plus longtemps dans la peau de Meadow Castillo que dans celle de Heather Brice. Et encore plus que dans celle de Caroline Johnson.

— Est-ce que c'est toi qui as dit à Johnny Diamond de me tuer ?

— Non, je lui ai juste demandé de te ramener. Mais c'était le dernier des idiots. Il n'était pas censé se servir du cyanure, il devait juste utiliser quelque chose pour t'assommer et il a fini par se faire tuer et perdre notre drogue et notre argent. D'ailleurs, lança Rocky en claquant des doigts, où est l'argent ?

— Je ne l'ai pas. La DEA s'est moquée de vous quand ils ont prétendu qu'il en manquait. Moi je n'avais pris qu'une petite somme et même ça je ne l'ai plus.

— Eh bien on dirait que tu t'entends plutôt bien avec la DEA, n'est-ce pas ? siffla Rocky, les yeux brillants d'animosité.

— Ils ne savent rien, lui répondit-elle en haussant les épaules. Ils ne savent rien puisque je ne savais rien. Et ils ignorent que vous êtes ici.

— C'est censé me rassurer ? J'ai enlevé des enfants dans cinq États et jamais le lien n'a été fait entre ces kidnappings. J'ai filé au Mexique avec ma nouvelle famille pour fonder ma propre communauté et j'ai disparu du radar des autorités. Ni le FBI ni ces stupides Quileutes qui m'ont banni de la réserve n'ont jamais eu un seul indice sur l'endroit où j'avais pu m'enfuir.

Il leva un doigt accusateur vers elle et reprit :

— Et toi, toi tu m'as fait revenir ici et mettre ma communauté en danger juste pour rechercher une famille qui t'a oubliée depuis bien longtemps !

Elle repensa soudain au visage triste de James Brice et se souvint qu'il lui avait dit que ses parents ne parlaient jamais de l'enlèvement et qu'ils n'étaient même pas capables de revenir à Timberline.

James avait raison, ils étaient bien frère et sœur. Son instinct ne l'avait pas trompé.

Heather avait une famille et elle voulait la retrouver.

— Eh bien, allons-y alors, dit-elle, impassible. J'imagine que vous avez franchi la frontière clandestinement, et comme je n'ai pas de passeport nous allons devoir faire de même pour retourner au Mexique.

— Qu'as-tu fait de tes papiers d'identité ? Quand Vic m'a dit que tu avais perdu la mémoire, je me suis demandé pourquoi tu n'avais pas regardé sur ton passeport.

— Je ne sais pas ce que Johnny a fait de mon sac à main, mais impossible de le retrouver. Je n'avais rien sur moi pour m'aider à comprendre qui j'étais et ce que je faisais là.

Rocky donna une grande claque dans le dos de Vic.

— C'est toi que j'aurais dû envoyer chercher Meadow, tu as fait du meilleur boulot que Johnny.

— Il a assassiné ma psychologue, répondit Heather en reculant d'un pas. Il a agressé mon amie.

— Ce ne sont que des dommages collatéraux, Meadow. Rentre avec nous maintenant et oublie cette vie. Tes frères et sœurs t'attendent, ainsi que tes études pour devenir infirmière.

— Pas River… Ou plutôt devrais-je dire Stevie, dit-elle en essuyant son nez qui la chatouillait soudain.

— River est mort dans un accident de moto, nous n'avons rien pu faire.

— Est-ce que c'est vraiment ce qui s'est passé ou est-ce qu'il a compris qu'il s'appelait en réalité Stevie Carson et qu'il avait été enlevé aux siens ?

— Et voilà que tu recommences…, marmonna Rocky en se grattant la barbe. Est-ce que tu comptes rentrer avec nous au Mexique et oublier tout ça ou… ?

— Ou quoi ? Tu vas me tuer comme Stevie ? Combien

d'entre nous vas-tu éliminer ? River et moi ne serons pas les seuls à se poser des questions et à chercher à comprendre comment nous avons fini dans cette communauté isolée près du Copper Canyon au Mexique.

— J'espère que les autres feront comme Summer. Elle est heureuse, elle, avec sa petite famille.

— C'est seulement parce que tu l'as toujours terrorisée, et qu'elle a eu la chance de pouvoir s'éloigner de toi quand elle est tombée amoureuse de Gerardo.

— Je suis prêt à tout te pardonner, Meadow, l'argent et la drogue que nous avons perdus, le fait que tu aies fricoté avec la DEA et même que tu m'aies obligé à sortir de ma planque. Mais il est temps de rentrer à la maison maintenant.

Soudain un bruit contre la porte du fond les fit tous sursauter. Le cœur de Heather manqua un battement. Cole l'avait-il retrouvée ? Elle savait qu'elle ne retournerait jamais au Mexique avec Rocky.

Ces enfants qui appartenaient désormais à la communauté, ses frères et sœurs, tous avaient de vraies familles et des parents qui avaient été dévastés par leur disparition.

Elle devait remettre les choses en ordre.

D'un geste, Rocky ordonna à Vic d'aller voir d'où provenait ce bruit, et celui-ci regarda par les stores discrètement :

— C'est Jason.

Heather croisa les bras sur sa poitrine en se demandant ce que pouvait bien faire ici le petit ami de Chloe.

— Qu'est-ce que ce loser vient faire ici ? gronda Rocky ? Va lui ouvrir.

Pendant tout le temps de leur conversation, Vic n'avait jamais cessé de la menacer de son arme, mais à présent il la tenait devant lui pour ouvrir la porte. Heather fit quelques pas vers la porte en se demandant si elle ne devait pas profiter de cette diversion pour tenter de s'enfuir.

— Qu'est-ce que tu veux ? lança Vic sur le pas de la

porte. Nous n'avons plus besoin d'approvisionnement, nous repartons demain.

— Jason ? s'exclama Heather. Qu'est-ce que tu fais ici ?

— Je… J'ai aidé Rocky. C'est moi qui ai essayé de vous empoisonner l'autre soir au Sutter's. Je suis désolé, mais Rocky est comme un membre de ma famille, lui répondit Jason en marchant vers Rocky après avoir refermé la porte derrière lui. Mon oncle Danny a travaillé avec lui.

— Danny était un bon à rien, ricana Rocky, tout comme toi. Je l'ai envoyé faire un seul boulot et il a réussi à griller ma connexion avec les Lords of Chaos. C'est à cause de lui que le FBI a compris que j'étais l'auteur des enlèvements du trio de Timberline. Maintenant, que veux-tu ?

— Je suis venu pour te mettre en garde. J'ai entendu dire que le FBI savait que tu étais ici. Tu devrais partir ce soir, lui répondit Jason en retournant vers la porte d'entrée.

— Que fais-tu ? lui lança Vic en repointant son arme sur lui.

La porte arrière s'ouvrit alors avec fracas, et Cole entra dans la pièce, le canon de son arme pointé sur la tête de Rocky.

— Lâche ton arme, Vic, ou ton patron est mort.

Vic attrapa Jason par la nuque et retourna son arme contre lui.

— Je n'hésiterai pas à flinguer cette sale petite fouine sur-le-champ.

— Baisse-toi, Caroline.

Heather se jeta au sol, hors de portée des tirs.

— C'est fini, lança Cole. J'ai appelé le FBI et le shérif en venant ici. Dans quelques minutes, l'endroit sera encerclé par la police.

Rocky baissa la main vers sa ceinture, et Heather se mit à crier.

— Il a une arme !

Mais, avant même que Cole n'ait le temps de l'en empêcher,

Rocky pointa le canon de son arme sous son menton et se fit éclater la cervelle.

Il tomba ensuite devant elle, et tout s'acheva comme cela avait commencé…

Heather regardait à nouveau un cadavre, les yeux dans les yeux.

Épilogue

Une fois la conférence de presse terminée, Heather se retira dans la salle de banquet de l'hôtel où étaient réunies les familles. En voyant la pièce remplie d'enfants joyeux et de parents heureux, les larmes lui montèrent aux yeux.

Ses propres parents, Patty et Charlie, ainsi que son frère, James, l'entourèrent comme s'ils craignaient qu'elle ne disparaisse à nouveau.

— Je n'arrive toujours pas à croire que tout soit résolu, lui dit sa mère en l'étreignant pour la millième fois depuis qu'ils s'étaient retrouvés. Cette histoire est tellement incroyable.

— Ce qui est incroyable c'est que James ait réussi à me reconnaître après toutes ces années.

— Tu ne peux pas imaginer combien j'ai été désarçonné quand j'ai découvert que tu étais la cousine de Linda Gunderson et pas ma sœur. J'étais si sûr de moi.

— Et tu avais raison. Maintenant je me sens coupable de t'avoir plaqué contre la voiture, ajouta Cole en serrant la main de James.

— Au final, c'est vous qui avez sauvé Heather, intervint le père de celle-ci, je crois que nous pouvons donc oublier tout ce qui s'est passé avant.

Linda, qui était à présent tout à fait remise, pressa le bras de Heather affectueusement.

— Tu aurais dû me dire la vérité dès le début, Heather.

Peut-être que j'aurais pu t'aider plus tôt à découvrir ta réelle identité.

— Tu as déjà tellement fait pour moi, Linda. D'autant plus que le fait de m'avoir prise sous ton aile ne t'a apporté que des ennuis. La prochaine fois que Louise part en croisière, je crois que tu devrais prendre un peu de bon temps et partir avec elle.

L'animatrice de l'émission de TV, Cold Case Chronicles, se fraya un chemin jusqu'à eux, suivie de son petit ami du FBI, Duke Harper.

— Monsieur et madame Brice ? Bonjour, je suis Beth St. Regis.

— J'aime beaucoup votre émission, lui déclara la mère de Heather en lui souriant.

— Est-ce que votre fille vous a dit que j'allais faire une soirée consacrée au trio de Timberline ? Même si aujourd'hui l'affaire est enfin résolue.

— Oui, elle nous en a parlé, répondit le père de Heather en enlaçant sa femme. Cependant, madame St. Regis, je vais être sincère avec vous : nous n'avons pas très envie d'être sous les feux de la rampe.

— Je comprends parfaitement. Mais ne vous tracassez pas, vous ne passerez pas à l'image, par contre, est-ce que je peux vous poser quelques questions ?

— Beth, intervint l'agent Harper en levant les yeux au ciel. Tu dois respecter leur intimité.

— Qu'en penses-tu, Heather ? lui demanda son père en la prenant sous son bras.

— Je crois que c'est une histoire importante et je suis persuadée que Beth va faire un super travail, j'en ai d'ailleurs déjà parlé avec elle.

Beth lui murmura un « merci » du bout des lèvres.

— Je ne vois pas quel est le problème, papa, affirma James avant de se tourner vers Beth. Vous êtes installés à cette table, là-bas ?

Tandis qu'ils avançaient vers les tables, Heather sourit à Cole.

— Personne ne résiste à Beth.

Un homme aux cheveux bruns et au regard intense avança vers eux, une belle femme amérindienne à son bras.

— Heather ? Bonjour, je suis Jim Kennedy et voici Scarlett Easton. Je voulais juste vous présenter mes excuses pour le rôle que mon père a joué dans votre enlèvement.

— Oh ! je vous en prie, ce n'est pas nécessaire, lui assura-t-elle en faisant un signe vers Cole. Je vous présente Cole Pierson, qui travaille pour la DEA.

— On m'a raconté comment vous et Scarlett aviez enquêté sur cette affaire et comment vous aviez réussi à faire le lien entre Rocky et les Lords of Chaos, lui dit Cole en lui serrant la main. C'est grâce à vous que le FBI a commencé à suivre Whitecotton.

Cole se tourna vers Scarlett avant d'ajouter :

— Et c'est grâce à votre cousin, Jason, que j'ai pu l'arrêter.

— Je ne sais pas si j'aurais réussi à rassembler toutes les pièces du puzzle si je n'avais pas lu un article sur vous deux et sur le travail que vous faisiez, confia Heather.

Scarlett la prit dans ses bras affectueusement.

— Je suis si heureuse que vous ayez pu retrouver les vôtres ! Et regardez tous ces gens autour de nous, c'est vous qui les avez réunis.

— Vous savez, Jim, nous avons tous vécu avec Rocky pendant des années, murmura Heather. Même enfant, je savais qu'il n'était pas quelqu'un de bien, mais nous étions ses prisonniers. Nous n'avions pas beaucoup de choix.

— Ouais, et certains d'entre nous ont eu suffisamment de chance pour retrouver leur véritable famille, lui répondit Jim en déposant un baiser sur la tempe de Scarlett. Si l'un de ces enfants, vos frères et sœurs adoptifs, a un jour besoin d'aide pour quoi que ce soit, appelez-moi.

— Je garderai ça en tête.

Une fois Jim et Scarlett partis, Cole parcourut la salle des yeux.

— C'est en train de se transformer en fête, même le shérif de Timberline et les agents du FBI s'amusent.

— Tu n'as pas encore rencontré Summer, je veux dire Kayla, lui indiqua Heather en lui tirant la manche. Regarde, elle vient vers nous avec sa jumelle.

Kendall Rush enlaça affectueusement Heather.

— Je te suis tellement reconnaissante de m'avoir ramené ma sœur.

— Maintenant j'ai deux sœurs, ajouta Kayla en souriant timidement. Car tu resteras toujours ma sœur, Meadow, euh pardon, Heather.

— Cole, je te présente Kayla, ainsi que son mari, Gerardo.

Tous se serrèrent la main en tentant de se souvenir des prénoms de chacun.

Kendall leur présenta son propre fiancé, Cooper Sloane, et Cole lui demanda, en lui serrant la main :

— Le bureau du shérif de Timberline ne parle que de vous, vous êtes apparemment un des meilleurs shérifs que la ville n'ait jamais connu. Aucune chance pour que vous reveniez ?

— Aucune, ni ma fiancée ni ma fille ne supportent la pluie, je pense que nous allons rester à Phoenix.

Kendall soupira et regarda autour d'eux.

— C'est une si belle réception… Il ne manque qu'une personne. Savez-vous si Stevie a eu une belle vie ?

— Rocky, même s'il a brisé des familles, a tout fait pour créer sa propre tribu, lui répondit Heather. Et malgré ses activités criminelles il nous traitait avec gentillesse. C'était une communauté, nous vivions isolés et nous n'avions pas le confort moderne, mais nous avons appris à compter les uns sur les autres et nous avions chacun notre travail. River, nous l'appelions ainsi, aimait la mécanique. Il aimait rafistoler les vieux vélos et les motos. Selon moi, il était heureux, oui, qu'en dis-tu Summer ?

— Je crois que oui, enfin comme nous tous.

Kendall posa sa main sur la taille de sa sœur jumelle avant d'ajouter :

— Je sais que Gerardo et toi avez déjà une vie au Mexique, mais nous allons venir vous rendre visite le plus vite possible et il faudra aussi que vous veniez à notre mariage.

Petit à petit, la foule se dispersait, et bientôt les parents de Heather vinrent la saluer avant de retourner à leur chambre d'hôtel avec James.

— Pendant une semaine terrifiante, dit alors Heather à Cole, je n'ai pas eu de nom, de famille, ni d'identité. Maintenant j'ai trois prénoms, tellement de gens dans ma famille que je ne pourrai jamais les voir tous à Noël et je sais enfin qui je suis.

— Sacré revirement de situation.

— Mais dans cette obscurité j'ai toujours eu une petite lumière pour me guider et me rassurer. Toi.

— J'étais ta petite lumière, vraiment ? Parce que j'avais plus l'impression que tu n'attendais qu'une chose, que je quitte Timberline le plus rapidement possible.

— C'était seulement parce que je ne savais pas si tu étais un trafiquant de drogue venu pour me tuer ou un policier qui voulait m'arrêter, lui répondit-elle en agrippant le col de sa veste. Mais il s'est avéré que tu étais en réalité mon chevalier servant, venu pour me sauver.

Cole prit son visage dans ses mains et lui murmura :

— Maintenant, tu es bien trop entourée, comment est-ce que je vais pouvoir me débarrasser de tous les membres de ta famille et me retrouver en tête à tête avec toi, Caroline, Meadow, Heather ?

— Je te propose une chose, *señor.* Je vais devoir retourner au Mexique pour régler deux ou trois choses, mais je suis certaine que tu peux trouver une raison de m'y accompagner.

Nous pourrions alors nous esquiver en douce, et prendre du bon temps là-bas, boire de la tequila et faire de longues siestes à l'ombre.

— Devrons-nous vraiment dormir pendant la sieste ? lui demanda-t-il en souriant malicieusement.

— Oh ! nous pourrons faire tout un tas d'autres choses, mais seras-tu encore sous le charme maintenant que je ne suis plus aussi mystérieuse ?

— Je ne veux pas que tu sois mystérieuse. J'ai même l'intention d'apprendre à te connaître dans les moindres détails, Heather, mais par contre promets-moi de ne pas me quitter si par mégarde il m'arrive de t'appeler Caroline.

— Te quitter, Cole Pierson ? Ça, ça ne risque pas d'arriver.

Cole l'embrassa alors fougueusement, et à cet instant précis elle sut exactement qui elle était.

Retrouvez prochainement,
dans votre collection

BLACK ROSE

Sous protection particulière, de Lisa Childs - N°761

Victime ou complice ? Blaine fixe en silence Maggie Jenkins, qu'il vient d'arracher aux mains d'une bande de cambrioleurs. Comment se fait-il qu'après avoir été prise en otage une première fois, lors du braquage d'une banque, cette jeune femme, enceinte de plusieurs mois, se retrouve aujourd'hui au cœur d'un nouveau hold-up ?

Double révélation, de Rita Herron

Joe McCullen a été assassiné… Abasourdi, Roan dévisage Megan Lail, la jeune médecin légiste qui vient de lui faire cette révélation. Puis la phrase le percute à nouveau. Ainsi, le patriarche du clan n'est pas décédé de mort naturelle… Mais qui l'a supprimé ? Et quel terrible secret a-t-on voulu taire par ce crime ?